더 걸 비포

THE GIRL BEFORE
by JP Delaney

Copyright ⓒ JP Delaney, 2017
Korean Translation Copyright ⓒ MUNHAKDONGNE Publishing Corp., 2018

This Korean edition is published by arrangement with Ballantine Books,
an imprint of Random House, a division of Penguin Random House, LLC
through Imprima Korea Agency.
All rights reserved.

이 책의 한국어판 저작권은 Imprima Korea Agency를 통해
Ballantine Books, an imprint of Random House, a division of Penguin Random House,
LLC와 독점 계약한 (주)문학동네에 있습니다.
저작권법에 의해 한국 내에서 보호를 받는 저작물이므로
무단 전재 및 무단 복제를 금합니다.

이 도서의 국립중앙도서관 출판예정도서목록(CIP)은
서지정보유통지원시스템 홈페이지(http://seoji.nl.go.kr)와
국가자료공동목록시스템(http://www.nl.go.kr/kolisnet)에서 이용하실 수 있습니다.
(CIP제어번호: CIP2018021566)

THE
GIRL
BEFORE

더 걸 비포

JP 덜레이니 장편소설

이경아 옮김

문학동네

일러두기

1. 주석은 모두 옮긴이주다.
2. 본문 중 고딕체는 원서에서 이탤릭체나 대문자로 강조한 부분이다.

차례

한때 로맨틱한 사랑과 로맨틱한 사랑에 대해 사람들이 들려주는 이야기라면 뭐든 열렬한 관심을 보였던 다크우드 씨는 이제 이 주제에 완전히 질려버렸다. 왜 이 연인들은 자신들의 말을 반복할까? 스스로 하는 말이 듣기 지겹지도 않나?

— 이브 오텐버그, 『미망인의 오페라』

중독자들이 다 그렇듯, 서명 살인자들signature killers도 강박에 가까울 정도로 반복적인 행동이 포함된 각본대로 범행을 저지른다.

— 로버트 D. 케펄, 윌리엄 J. 번니스 『서명 살인자들』

환자가 이미 잊었고 억압당한 것이 무엇이건, 그것을 기억하지는 못하지만 그것을 실연實演한다고 말할 수 있다. 환자는 그것을 기억으로써가 아니라 행위로써 재연한다. 그래서 그것을 반복하지만, 당연히 반복한다는 인식은 없다.

— 지크문트 프로이트, 「기억하기와 반복하기, 해결하기」

이미지들이 계속 반복되게 만드는 것—혹은 영화의 경우 '런온'—에 대한 내 열정은, 우리가 관찰하지 않고 보기만 하며 삶의 대부분을 보낸다는 내 믿음을 드러낸다.

— 앤디 워홀

1. 당신의 인생에서 없어서는 안 될 소유물을 빠짐없이 목
   록으로 작성하시오.

과거 : 에마

작지만 살기 좋은 집이죠. 부동산 중개인의 태도는 순수한 열정으로 보일 정도로 호들갑스럽다. 생활편의시설도 가깝고요. 저 지붕을 오붓하고 조용한 공간으로 쓸 수도 있어요. 그곳을 테라스로 만들 수 있거든요. 물론 집주인의 동의가 있어야 하죠.

좋네요. 사이먼이 일부러 내 눈을 피하며 대꾸한다. 집으로 들어와 창문 아래로 길이 6피트가 조금 못 되는 지붕이 달린 것을 보자마자 별로라는 생각이 들었다. 사이먼도 내 생각을 알아차렸지만 중개인에게 대뜸 말하고 싶지 않을 것이다. 적어도 무례해 보일 만큼 서둘러 퇴짜를 놓고 싶지는 않을 것이다. 어쩌면 사이먼은 내가 중개인의 멍청한 장광설을 듣고 마음이 흔들리기를 바랄지도 모른다. 중개인은 사이먼과 같은 부류의 남자다. 세련되고 자신만만하고 열정적인 남자라는 뜻이다. 아마 사이먼이 만드는 잡지도 읽을 것이다. 우리가 이 건물의 계단을 오르기도 전에 두 사람은 벌써

스포츠에 대해 잡담을 나누었다.

그리고 이 침실 정도면 크기도 적당할 겁니다. 중개인의 설명이 이어진다. 충분히……

이 집은 별로네요. 나는 남자의 장광설을 단숨에 끊는다. 우리에게 맞지 않아요.

중개인이 눈썹을 치켜세우며 말한다. 이 바닥에서는 너무 까다로우시면 안 됩니다. 이 집은 오늘 저녁이면 벌써 나가고 없을 거예요. 오늘만 해도 다섯 팀이 집을 보러 오거든요. 아직 우리 홈페이지에 올리지도 않았는데 말입니다.

별로 안전해 보이지 않아요. 나는 딱 잘라 말한다. 이제 갈까요?

창문마다 잠금장치가 달려 있어요. 중개인이 강조한다. 현관에는 처브 자물쇠가 달려 있고요. 보안을 유독 중시하신다면 도난경보기를 설치해도 됩니다. 집주인이 반대하지는 않을 거예요.

중개인은 나를 건너뛰고 사이먼을 보며 말한다. 유독 중시하신다라. 그냥 대놓고 말하는 편이 낫겠다. 여자친구분이 드라마를 너무 많이 보시는 거 아닙니까?

밖에서 기다릴게. 나는 이렇게 말하며 몸을 돌려 그곳을 나간다.

중개인은 자신의 실언을 깨달았는지 서둘러 덧붙인다. 혹시 동네가 문제라면 더 서쪽을 알아보세요.

그쪽은 벌써 돌아봤어요. 사이먼이 대답한다. 우리 예산과는 맞지 않더라고요. 예산이 안 맞는 집을 빼면 티백만한 집밖에 없고요.

그는 자신의 목소리에 불만이 드러나지 않도록 애쓰고 있다. 하지만 그가 그래야 한다고 느낀다는 사실이 더 내 신경을 긁는다.

퀸스파크에 침실 하나짜리 집이 있어요. 중개인이 말한다. 좀 지저분하지만……

거기도 봤어요. 사이먼이 말한다. 봤는데, 우리가 느끼기엔 공원하고 너무 가까이 붙어 있는 것 같더라고요. 그의 어조에서 우리가 실은 '내 여자친구'라는 사실이 똑똑히 전해진다.

킬번 쪽에 삼층집이 막 나왔는데……

그것도 봤어요. 배관이 창문 옆으로 설치되어 있더군요.

중개인이 영문을 모르겠다는 표정을 짓는다.

누가 그걸 타고 올라올 수도 있잖아요. 사이먼이 설명한다.

그렇군요. 저, 이사철은 이제 시작이에요. 좀더 기다려보세요.

중개인은 우리를 시간만 낭비하는 손님들이라고 여기는 게 분명하다. 아예 문을 향해 슬금슬금 옆걸음질을 하는 걸 보면 말이다. 나는 그가 내 근처에 오지 않도록 밖으로 나가 층계참에서 기다린다.

집주인에게 나간다고 이미 통보를 했어요. 사이먼의 말소리가 들린다. 우리가 고를 만한 집도 슬슬 떨어져가고요. 그가 목소리를 낮춘다. 사실, 우리가 강도를 당했어요. 오 주 전에요. 강도 두 명이 침입해서 칼로 에마를 위협했죠. 에마가 왜 이렇게 까다롭게 구는지 아시겠죠.

오, 중개인이 말한다. 맙소사. 누가 내 여자친구에게 그런 짓을 한다면 나는 뭘 어떻게 해야 할지 모를 거예요. 있잖아요, 거래가 성사될지는 모르겠지만…… 중개인의 목소리가 점점 작아진다.

네? 사이먼이 되묻는다.

사무실에서 혹시 원 폴게이트 스트리트에 대해 말하지 않던가요?

못 들은 것 같은데요. 막 세를 놓았나요?

그런 건 아니고요.

중개인은 이야기를 더 해야 할지 선뜻 마음을 정하지 못하는 것 같다.

어쨌든 집이 나와 있는 거죠? 사이먼이 재차 묻는다.

그렇다면 그런 셈이죠. 중개인이 대답한다. 그리고 집은 훌륭해요. 정말 환상적이죠. 이곳과는 격이 다른 집이에요. 하지만 집주인이…… 그 사람에게 까다롭다는 말은 많이 봐준 표현이죠.

동네가 어딘데요? 사이먼이 묻는다.

햄프스테드예요. 중개인이 말한다. 음, 헨던에 더 가깝지만요. 하지만 정말 조용한 동네예요.

엠? 사이먼이 나를 부른다.

나는 안으로 들어간다. 한번 보는 것도 괜찮을 것 같아. 내가 말한다. 거기까지 중간쯤 와 있으니까.

중개인이 고개를 끄덕인다. 일단 사무실부터 들르고요. 그가 사정을 설명한다. 세부사항을 확인해봐야 해서요. 사실 마지막으로 그 집을 보여준 뒤로 시간이 꽤 흘렀거든요. 아무나 들어가 살 수 있을 만한 집이 아니에요. 하지만 두 분의 취향까지는 거의 다 온 것 같네요. 아차, 죄송합니다. 말장난을 할 의도는 아니었는데.

"이 집이 마지막이에요." 커밀라라는 이름의 부동산 중개인이 스마트 카*의 운전대를 손끝으로 두드린다. "그러니까 이제 정말로 마음을 정해야 할 때예요."

한숨이 나온다. 지금 막 둘러본, 웨스트엔드 레인을 가로막고 있는 다 쓰러져가는 맨션은 예산 범위 내에 있는 유일한 집이다. 이만하면 괜찮은 편이라고 스스로 납득할 즈음—찢어진 벽지와 아래층에서 슬금슬금 올라오는 희미한 요리 냄새, 손바닥만한 침실, 환기가 안 되는 욕실 군데군데 퍼져 있는 곰팡이를 무시한다면—근처에서 구식 핸드벨 소리인가 싶은 종소리가 나더니 느닷없이 왁자지껄한 아이들의 소리가 집안을 가득 채운다. 나도 모르게 창가로 다가가 학교를 물끄러미 내려다본다. 유아들의 방으로 쓰이

---

* 첨단의 컴퓨터·통신·측정 기술 등을 이용해 자동으로 운행할 수 있는 차량.

는 교실이 눈에 들어온다. 그곳의 창문마다 종이를 잘라 만든 토끼와 거위들이 걸려 있다. 저릿한 통증이 뱃속에서 요동친다.

"이 집은 안 되겠어요." 내가 간신히 말한다.

"왜요?" 커밀라는 놀란 표정을 짓는다. "학교 때문에 그래요? 지난번 세입자들은 오히려 아이들 노는 소리가 좋다고 했는데."

"이사를 안 갈 정도로 좋지는 않았나봐요." 나는 몸을 돌린다. "이제 갈까요?"

커밀라는 나를 태우고 중개인 사무실로 돌아가는 길에 말할 기회를 엿보듯 한참이나 침묵을 지킨다. 이윽고 그녀가 말한다. "오늘 본 집들이 영 맘에 들지 않으면 예산을 올리는 쪽으로 생각을 해봐야 해요."

"안타깝게도 제 예산은 바꿀 수가 없어요." 나는 창밖을 내다보며 심드렁하니 말한다.

"그러면 눈높이를 조금 낮추셔야죠." 커밀라가 쏘아붙인다.

"마지막 집 말이에요. 실은…… 학교 옆에서 살 수 없는 개인적인 이유가 있어요. 당장은 안 돼요."

더이상 임신 상태는 아니지만 아직도 살짝 부풀어 있는 내 배로 그녀의 시선이 옮겨가더니 내 말과 불룩한 배의 관계를 이해하고 두 눈이 휘둥그레진다. "어머." 그녀는 이렇게 말한다. 커밀라가 보기만큼 둔하지 않아서 천만다행이다. 덕분에 내가 그 단어를 입밖으로 내뱉지 않아도 된다.

그녀는 대신 뭔가 마음을 정한 것 같다.

"있잖아요. 볼만한 집이 한 군데 더 있어요. 집주인이 확실하게 허가해주지 않으면 우리도 아무에게나 보여주지 않지만 가끔 융통성을 발휘하기도 해요. 그 집에 질색하는 사람들도 있지만 개인적으로 나는 굉장히 좋은 곳이라고 생각해요."

"내 예산에 그렇게 좋은 집을요? 설마 수상가옥을 말하는 건 아니죠?"

"설마요. 아니에요. 오히려 그 반대예요. 헨던에 있는 현대식 주택이에요. 독채인데 침실은 하나지만 공간이 아주 넉넉해요. 집주인이 그 집을 지은 건축가거든요. 정말 유명한 사람이에요. 원더러에서 옷 사본 적 있어요?"

"원더러……" 돈도 있고 월급도 많이 받는 번듯한 직장에 다니던 전생과도 같은 까마득한 옛날에는 나도 본드 스트리트에 있는 원더러에 종종 갔다. 눈이 튀어나올 정도로 비싼 원피스들이 제물로 바쳐진 처녀처럼 두꺼운 돌판 위에 펼쳐져 있고 판매원들은 검은 기모노를 입고 있는 그 매장은 섬뜩할 정도로 미니멀리즘이 잘 구현되어 있다. "가끔요. 그건 왜요?"

"원더러의 매장을 전부 디자인한 곳이 멍크퍼드 파트너십이거든요. 그 건축가를 테크노 미니멀리스트인지 뭔지 그렇게 부른다나봐요. 필요한 설비는 다 숨겨져 있고 겉으로는 대개 아무것도 없이 휑해요." 그녀가 나를 힐끗 본다. "미리 말해두는데, 그 사람의 스타일을…… 금욕적이라고 하는 사람들도 있어요."

"그런 건 괜찮아요."

"그리고……"

"그리고요?" 그녀가 선뜻 말을 잇지 않자 내가 대뜸 묻는다.

"일반적인 임대계약이 아니에요." 그녀가 망설이듯 말한다.

"그게 무슨 뜻이에요?"

"우선," 그녀는 방향등을 켜고 왼쪽 차선으로 진입하며 말한다. "집이 마음에 드는지 둘러보세요. 그런 다음에 무슨 문제가 있는지 설명해드릴게요."

세상에, 집이 정말 훌륭하다. 믿을 수 없을 정도로 근사해서 보는 순간 숨이 턱 막힌다. 말로는 도저히 설명할 수 없다.

거리의 풍경만으로는 상상도 하지 못했다. 크리클우드를 향해 난 언덕길 양쪽으로는, 런던 북부에 가면 흔히 볼 수 있는 붉은 벽돌과 새시 창문 조합의 크고 몰개성한 빅토리아 양식 주택들이 늘어서 있었다. 신문을 잘라 만든, 손이 서로 이어진 종이 인형들처럼 서로가 서로의 복제품 같았다. 각 집들의 차이라고는 현관과 현관 위에 달린 살짝 색이 들어간 창문뿐이었다.

그 길이 끝나는 모퉁이에 울타리가 있었다. 그 너머로 옅은 빛깔의 돌로 만든 정육면체 같은 작고 야트막한 건물이 보였다. 얼핏 무작위로 흩어져 있는 듯한, 유리로 된 수평의 틈 몇 개가 그 건물이 거대한 문진文鎭이 아니라 집이라는 사실을 보여주는 유일한 표식이었다.

와우. 사이먼이 반신반의하며 말한다. 진짜 이 집이에요?

그럼요. 중개인이 유쾌하게 대답한다. 원 폴게이트 스트리트입니다.

그는 우리를 집의 측면으로 데리고 간다. 그곳에서 마주친 벽에 현관문이 달려 있는데, 완벽한 플러시 도어*다. 그런데 초인종이 보이지 않는다. 문손잡이도 우편함도 보이지 않는다. 문패며 사람이 거주하는 곳이라는 표시도 전혀 없다. 중개인이 문을 밀자 그대로 활짝 열린다.

여기 누가 살고 있어요? 내가 묻는다.

지금은 아무도 안 살아요. 중개인이 우리가 들어가도록 옆으로 비켜서며 말한다.

그런데 왜 문을 잠가두지 않아요? 나는 선뜻 들어가지 못하고 신경질적으로 묻는다.

중개인이 실실 웃으며 설명한다. 잠겨 있었죠. 제 스마트폰에 디지털 키가 있어요. 앱 하나로 모든 걸 제어하죠. 스위치를 '비어 있음'에서 '사람 있음'으로 바꾸기만 하면 돼요. 그러면 모든 게 자동으로 진행되는 겁니다. 이 집의 센서가 비밀번호를 해제하고 저를 안으로 들여보내주죠. 디지털 팔찌를 차고 있으면 스마트폰도 필요 없어요.

그거 끝내주는데요. 사이먼이 감탄의 눈으로 문을 바라보며 말한다. 그의 반응에 나는 웃음이 터져나올 것 같다. 전자기기들을 너무나도 사랑하는 사이먼에게, 휴대폰으로 조종할 수 있는 집은 최고

---

* 앞면과 뒷면에 합판을 대어 만든 문.

20

의 생일선물들을 하나로 합쳐놓은 것처럼 보일 게 분명하니까.

안으로 들어가니 벽장보다 조금 클까 말까 한 작은 현관홀이 나온다. 어쩌나 비좁은지 중개인이 뒤따라 들어오자 편하게 서 있기도 힘들어 안을 살펴보겠느냐는 질문을 기다리지도 않고 그냥 들어간다.

이번에는 내가 와우, 하고 감탄할 차례다. 실내는 한마디로 장관이다. 작은 정원과 높은 돌담 쪽으로 난 커다란 창문들로 빛이 쏟아져들어온다. 넓지 않아도 공간이 여유롭게 느껴진다. 벽과 바닥은 모두 똑같이 옅은 빛깔의 석재로 시공되어 있다. 벽과 바닥이 맞닿는 부분이 오목하게 파여 있어서, 마치 벽이 둥둥 떠 있는 듯한 인상을 준다. 그리고 텅 비어 있다. 물론 가구가 없지는 않다. 실내의 한쪽에는 석조 테이블과 유명 디자이너의 작품으로 보이는 몹시 근사한 식탁 의자 몇 개, 짙은 크림색 천으로 마감한 길고 낮은 소파가 있으니까. 하지만 그 밖에 눈길을 끌 만한 것이 아무것도 없다. 나는 황당해 주위를 두리번거린다. 문도, 선반도, 사진도, 창틀도, 눈에 띄는 전기 콘센트도, 조명도, 심지어 전기 스위치조차 없다. 그런데도 방치되었다거나 사람이 살지 않는 느낌이 들지 않으면서 동시에 어수선하지도 않다.

와우. 이렇게 말하는 내 목소리는 누가 목을 조르기라도 하듯 기괴하다. 그러고 보니 바깥 소음이 전혀 들리지 않는다. 런던 어디서나 늘 들려오는 공사장 소리며 자동차 경적 소리가 사라지고 없다.

사람들 반응이 다 그래요. 중개인이 맞장구를 친다. 죄송하지만 집주인이 실내에서는 꼭 신발을 벗으라고 해서요. 괜찮으시죠……?

그가 허리를 숙여 광이 나는 요란한 구두의 끈을 푼다. 우리도 신발을 벗는다. 이 집의 삭막하고 휑한 공동空洞이 그의 수다를 몽땅 빨아들이기라도 했는지, 그는 집을 둘러보는 우리만큼이나 말문이 막힌 채 양말만 신은 발로 집안을 돌아다닌다.

"아름다워요." 내가 말한다. 안으로 들어가니 실내는 갤러리처럼 세련되고 완벽하다. "정말 아름다워요."

"그렇죠?" 커밀라가 맞장구를 친다. 그녀는 목을 길게 빼고 휑한 벽을 올려다본다. 비싸 보이는 크림색 돌로 만든 벽은 천장의 텅 빈 공간까지 뻗어 있다. 이층은 내가 본 것 중 가장 미니멀리즘을 충실히 구현한 계단을 올라가면 나온다. 계단은 절벽을 깎아서 만든 것 같다. 허공에 걸려 있고, 연마하지 않아 표면이 거칠고, 난간이건 뭐건 붙잡을 수 있는 구조물이 보이지 않는다. "이 집에 아무리 와도 볼 때마다 숨이 헉하고 막히는 것 같아요. 지난번에는 건축학과 학생들과 왔었어요. 참, 그게 임대 조건 중 하나인데요, 반년마다 방문객들에게 집을 개방해야 해요. 하지만 방문객들은 항상 점잖게 행동해요. 대저택에 사는 죄로, 씹던 껌을 양탄자에 뱉는 관광객들을 받는 것과는 차원이 다르죠."

"지금은 누가 살아요?"

"아무도 안 살아요. 일 년 가까이 비어 있어요."

나는 맞은편에 있는 방으로 시선을 돌린다. 문은 고사하고 문틀도 없이 통으로 이어진 공간을 지칭하는 표현으로 방이라는 단어가 적절하다면 말이다. 기다란 석조 테이블 위에는 튤립이 가득 꽃힌 볼이 놓여 있는데, 피처럼 붉은 꽃잎들이 주위의 옅은 석조 벽, 바닥과 강렬한 대조를 이룬다. "그럼 이 꽃들은 누가 갖다놓은 거죠?" 그쪽으로 다가가 테이블을 만져본다. 먼지가 없다. "그리고 청소는 누가 이렇게 깔끔하게 한 거예요?"

"전문업체의 청소부가 매주 와요. 그것도 조건의 하나죠. 그 사람들을 계속 고용해야 해요. 그 사람들이 정원도 관리해요."

이번에는 창으로 다가간다. 창은 바닥까지 이어져 있다. 창밖의 공간을 정원이라고 부르는 것도 적절하지 않다. 그곳은 엄밀히 말해 그냥 마당이다. 길이는 20피트에 높이는 15피트 정도 되는 담으로 둘러싸여 있고 바닥에는 내가 서 있는 바닥과 같은 돌이 깔려 있다. 으스스할 정도로 정확한 타원형으로, 잔디볼링장처럼 짧게 깎은 자그마한 풀밭이 저쪽 벽을 따라 조성되어 있다. 화초는 없다. 사실 조그만 풀밭을 제외하면 살아 있는 것도, 색이 있는 것도 없다. 회색 자갈로 만든 작은 원들만이 유일하게 조형물이라고 할 만하다.

몸을 돌려 실내를 바라보니 이곳에는 약간의 색채와 부드러움이 필요하다는 생각이 든다. 러그 몇 장과 인간적인 손길이 살짝 더해지면 인테리어 잡지에 나오는 곳처럼 정말 아름다운 곳이 될 것 같다. 오랜만에 흥분이 슬며시 회오리치는 느낌이다. 마침내 내 운이 바뀐 걸까?

"음, 그건 타당한 조건 같네요." 내가 말한다. "그게 다인가요?"

커밀라가 망설이는 듯 미소를 짓는다. "내가 조건 중 하나라고 말한 건 비교적 간단한 조건들 가운데 하나라는 뜻이에요. 혹시 제한 조항이 뭔지 알아요?"

내가 고개를 젓는다.

"영구 소유권이 있는 재산에 지워진 법적 조건을 말하는 건데, 설령 이 집이 팔린다 해도 없앨 수 없어요. 대개는 개발권과 얽힐 때 문제가 돼요. 주택을 상가로 용도를 변경할 수 있느냐 없느냐, 뭐 그런 일이죠. 이 집은 그 조건들이 임대계약의 일부이기도 하지만, 동시에 제한 조항이기도 하기 때문에 협상이나 변경을 할 수 없어요. 계약이 유난히 엄격해요."

"구체적으로 말씀해주세요."

"기본적으로 이곳의 임대계약은 해야 하는 일과 해서는 안 되는 일의 목록이나 다름없어요. 음, 주로 안 되는 일이죠. 사전 약정에 의한 것이 아니라면 어떤 종류의 변경도 할 수 없어요. 러그나 양탄자를 깔아서도 안 돼요. 그림도 안 돼요. 화분도 금지. 장식품도 금지. 책도……"

"책도 안 된다고요? 말도 안 돼요."

"정원에 뭔가를 심어서도 안 되고 커튼도……"

"커튼을 못 달면 빛을 어떻게 가리라고요?"

"창유리가 감광성이에요. 하늘이 어두워지면 창문도 어두워지죠."

"알았어요. 커튼이 안 되는 건 알겠어요. 또 뭐가 있어요?"

"오, 어디 보자." 커밀라는 내 비꼬는 어조를 무시하며 말한다.

"조항이 전부 이백 개가량이에요. 하지만 가장 말이 많은 조항은 마지막 조항이죠."

……이미 설치되어 있는 전등 외에는 새로 설치할 수 없습니다. 중개인이 말한다. 빨랫줄도 안 되고요. 쓰레기통 금지. 흡연 금지. 컵받침과 식탁용 매트 금지. 쿠션도, 작은 장식품도, 조립식 가구도……

완전히 미쳤군. 사이먼이 말한다. 집주인이 무슨 권리로 그러는 거예요?

지금 사는 아파트에서 쓰는 이케아 가구를 사이먼은 몇 주에 걸쳐서 조립했다. 그래서 요즘 그는 자신이 직접 나무를 베고 깎아서 가구를 만들기라도 한 것처럼 가구 조립을 뿌듯해한다.

조건이 까다롭다고 말씀드렸지 않습니까. 중개인이 어깨를 으쓱하며 말한다.

나는 천장을 올려다보며 묻는다. 전등 이야기가 나왔으니 말인데, 불은 어떻게 켜죠?

켤 필요가 없습니다. 중개인이 말한다. 초음파 동작 감지 센서가 있거든요. 바깥이 얼마나 어두워졌는지에 따라 조도를 조절하는 탐지기와 연결되어 있어요. 야간에 자동차 전조등에 불이 들어오게 하는 것과 같은 기술이죠. 앱에서 원하는 분위기를 선택하기만 하면 됩니다. '능률적인'이나 '평화로운' '유쾌한' 같은 걸로요. 겨울에는 추가로 자외선을 발산하니까 우울증에 걸릴 일도 없죠. 그러니까, 계절성 우울증 램프 같은 겁니다.

내 눈에는 사이먼이 중개인의 설명에 감격한 나머지 갑자기 건축주가 조립식 가구를 금지한다는 사실에 더이상 연연하지 않게 된 것이 빤히 보인다.

난방장치는 바닥에 깔려 있습니다. 중개인은 사이먼이 슬슬 넘어오고 있다는 사실을 알아차리고 은근히 밀어붙인다. 그 장치는 집의 바로 아래에 있는 시추공에서 열을 끌어옵니다. 게다가 여기 창문은 전부 삼중창이에요. 그래서 난방 효율이 좋죠. 남은 전력을 내셔널 그리드*로 돌려보낼 정도니까요. 여기서 살면 난방비는 내지 않아도 될 겁니다.

아예 사이먼에게 포르노물을 들려주는 것 같다. 그럼 보안은요? 날선 어조로 내가 묻는다.

모두 같은 시스템으로 운영됩니다. 중개인이 말한다. 두 분 눈에는 보이지 않지만 외부 벽에 도난경보기가 내장되어 있습니다. 방마다 센서가 달려 있고요. 불을 켜는 것과 같은 센서죠. 게다가 스마트 장치예요. 두 분이 누구고 일상을 어떻게 보내는지 학습합니

---

* 영국의 국영 전력회사.

다. 다른 사람의 경우, 출입해도 좋다는 사실을 거주자에게 확인하게 되어 있어요.

엠? 사이먼이 부른다. 여기 와서 주방을 한번 봐.

그는 실내의 한쪽, 그러니까 석조 테이블이 있는 쪽으로 어슬렁거리며 들어간다. 언뜻 봐서는 그가 무슨 근거로 그곳을 주방이라고 하는지 알 수 없다. 한쪽 벽에는 돌로 만든 조리대 같은 것이 설치되어 있다. 그 조리대의 한쪽 끝에는 수도꼭지로 짐작되는 것이 달려 있고 가느다란 스테인리스스틸 관이 석조 벽 위로 튀어나와 있다. 그 부근이 아래로 꺼진 것을 보니 개수대인 모양이다. 다른 쪽 끝에는 작은 구멍 네 개가 일렬로 나 있다. 중개인이 구멍 위로 손을 흔든다. 순식간에 구멍에서 쉭쉭거리며 불길이 솟구친다.

짜잔. 그가 계속 말한다. 가스레인지입니다. 사실 그 건축가는 주방보다 식당이라는 표현을 더 선호하죠. 중개인은 바보 같은 짓이라고 생각한다는 듯 활짝 웃는다.

유심히 살펴보니 벽의 패널들 사이로 작은 홈이 여럿 있다. 그중 하나를 밀자 벽이 열린다. 딸깍하는 소리라기보다 압축공기가 서서히 빠지는 듯한 소리가 들린다. 벽 뒤에는 아주 작은 찬장이 있다.

이제 위층을 둘러보실까요. 중개인이 말한다.

계단은 넓적한 돌을 층층이 벽에 끼워놓은 형태이다. 확실히 아이에게는 위험하죠. 중개인이 앞서 올라가며 주의를 준다. 발밑을 조심하세요.

내가 맞혀볼까요. 사이먼이 말한다. 난간도 낙상 방지 문도 금지 목록에 들어가 있겠죠?

그리고 반려동물도요. 중개인이 말한다.

침실도 그 집의 다른 부분처럼 휑하다. 침대는 붙박이로, 돌돌 말 수 있는 소파베드 스타일의 매트리스가 예의 그 옅은 색 석조 받침대에 깔려 있다. 욕실은 별도의 공간으로 막혀 있지 않고 그냥 벽 뒤에 설치되어 있다. 아래층의 텅 빈 공간이 극적이고 병원 같은 반면, 위층은 차분하고 포근한 느낌이다.

고급 교도소 독방 같은데. 사이먼이 한마디한다.

말씀드렸다시피, 모든 사람의 취향에 맞는 곳은 아니죠. 중개인이 맞장구를 친다. 하지만 이 집과 잘 맞는 사람이라면……

사이먼이 침대 옆의 벽을 누르자 패널이 돌아가며 열린다. 안쪽은 옷장이다. 열 벌 조금 넘게 걸면 꽉 찰 것 같은 크기다.

규칙 중에는 언제 어느 때고 바닥에 물건이 놓여 있으면 안 된다는 조항이 있습니다. 중개인이 알려준다. 물건은 전부 치워둬야 하죠.

사이먼이 인상을 쓴다. 집주인이 그걸 어떻게 알아요?

정기점검 조항이 계약서에 있습니다. 게다가 규칙을 하나라도 어긴 게 보이면 청소부가 관리사무소에 보고하도록 되어 있죠.

말도 안 돼. 사이먼이 말한다. 학창 시절로 돌아간 것 같잖아요. 더러운 셔츠를 치우지 않았다고 나를 고자질할 사람을 두고 살 수는 없어요.

나는 그때 한 가지 사실을 깨닫는다. 이 집에 발을 들인 후로 단 한 번도 플래시백*이나 공황발작이 나타나지 않았다. 외부 세계와

---

* 감당하기 힘든 사건을 겪은 뒤 이를 연상시키는 자극이 생기면 다시 그때의 상황으로 돌아가 똑같은 고통을 경험하는 것.

어찌나 철저하게 단절되어 있는지 고치에 들어 있는 것처럼 극도로
안전하다는 느낌이 든다. 제일 좋아하는 영화의 대사가 문득 떠오
른다. 그곳의 고요함과 당당한 모습. 그곳에서라면 내게 나쁜 일이 일어
날 리 없어.*

그러니까 엄청나기는 하네요. 사이먼이 계속 말한다. 그런 규칙
들만 아니라면 분명 마음이 동했을 거예요. 그런데 우리는 많이 어
지르는 편이거든요. 침대에서 엠이 자는 쪽은 〈프렌치 커넥션〉**에
서 폭탄이 터진 장면 같죠.

그러시다면, 이해합니다. 중개인이 고개를 끄덕이며 말한다.

나는 마음에 들어. 내가 충동적으로 말한다.

마음에 들어? 사이먼이 놀란 것 같다.

꼭 그렇다는 게 아니라…… 뭐랄까 말이 되잖아, 안 그래? 만약
자기가 어딘가에 이런 근사한 집을 지었다면 그곳에 사는 사람들
도 자기가 의도한 대로 집에 어울리게 살아주기를 바라지 않을까?
그게 아니라면 이러는 이유가 뭐겠어? 여기는 환상적이야. 이런 곳
은 난생처음 봐. 잡지에서도 못 봤어. 이런 곳에서 살기 위해 치러
야 할 대가라면 정리정돈 정도는 할 수 있을 거야, 안 그래?

음…… 좋아. 사이먼이 애매하게 말한다.

자기도 좋은 거지? 내가 확인한다.

자기가 좋으면 나도 좋아. 그가 대답한다.

그러지 말고. 내가 말한다. 정말 마음에 들어? 우리 생활도 엄청

---

* 영화 〈티파니에서 아침을〉의 주인공 홀리 골라이틀리의 대사.
** 1971년 아카데미 작품상 수상작으로, 두 형사가 프랑스에서 밀수되는 마약 루트
를 쫓는 이야기.

나게 변할 거야. 자기가 싫다면 나도 억지로 밀어붙이고 싶지 않아.

중개인은 이 소소한 대화가 어떤 식으로 끝날지 흥미진진하게 지켜보고 있다. 하지만 사실 우리는 뭔가를 결정할 때마다 늘 이런 식이다. 내가 아이디어를 내면 사이먼은 잠시 생각해보다가 결국 동의한다.

자기 말이 맞아, 엠. 사이먼이 느릿느릿 말한다. 우리가 어디에 집을 얻든 이런 집은 못 얻어. 그리고 이 집이 우리가 원하는 새 출발이라면…… 음, 다른 평범한 침실 하나짜리 아파트로 이사를 가는 것보다 훨씬 더 새로운 출발이 될 거야, 그렇지?

그는 중개인을 향해 돌아선다. 계약을 하려면 어떻게 해야 하죠?

그게 말이죠, 중개인이 말한다. 그 부분이 좀 까다로워요.

"마지막 조항…… 그게 뭐죠?"

"이렇게 제약이 많은데도 여기서 살아보려는 사람이 얼마나 많은지 알면 놀랄 거예요. 마지막 장애물은 건축가가 가지고 있는 거부권이에요. 쉽게 말해서 그 건축가가 세입자를 승인해야 해요."

"건축가가 직접, 말이에요?"

커밀라가 고개를 끄덕인다. "그전에 그 단계까지 갈 수 있어야겠죠. 먼저 기다란 신청서 양식을 작성해야 해요. 그리고 당연히 신청서를 다 읽고 규칙을 제대로 이해했다는 서류에 서명해야 하고요. 서류가 통과되면 건축가가 어디에 있건 그곳에서 일대일 면접을 진행하겠다는 통보를 보내줘요. 몇 년 전에는 면접지가 일본이었어요. 마침 그 사람이 도쿄에서 고층건물을 짓고 있었거든요. 하지만 지금은 런던에 있어요. 물론 웬만해서는 면접까지 가지 않아요. 이 신청자는 거부한다는 메일만 달랑 보내주죠. 아무 설명도 없어요."

"어떤 사람들이 통과했나요?"

커밀라가 어깨를 으쓱한다. "우리 사무실에서도 규칙 같은 건 못 찾았어요. 건축학과 학생들은 절대 통과하지 못한다는 사실은 알겠지만요. 그리고 또 한 가지 확실한 점은, 이런 집에서 살았던 경험이 꼭 있을 필요는 없다는 거예요. 사실 그 점은 오히려 결점이겠네요. 그것만 아니면, 모르기는 피차일반이에요."

나는 주위를 둘러본다. 내가 이런 집을 지었다면 어떤 사람을 세입자로 받아들이고 싶을까? 나라면 이 집에 살아도 될 세입자인지 신청서만 보고 어떻게 판단할까?

"솔직히." 내가 천천히 말한다.

"뭐라고요?" 커밀라가 어리둥절한 표정으로 나를 본다.

"내가 이 집에서 받은 인상은 단순히 멋지다는 것만은 아니에요. 이 집에 얼마나 헌신했을까 하는 생각도 들어요. 그러니까 그건 절대 타협할 수 없는 거죠. 어떤 면에서는 인정사정없기도 해요. 하지만 이 건축가는 자신이 원하는 것을 백 퍼센트 구현한 것을 만들어내기 위해 자신이 가진 것, 자신의 열정을 있는 대로 다 쏟아부은 사람이에요. 여기에는…… 음, 가식적인 표현이기는 하지만, 그 행위에는 진실함이 있어요. 내 생각에 그 사람은 이 집에서 살면서 따라야 할 생활방식을 자신처럼 솔직하게 대할 준비가 된 사람을 찾는 것 같아요."

커밀라가 다시 어깨를 으쓱한다. "그럴지도 모르겠네요." 그녀의 어조는 그렇게 생각하지 않는다고 말하고 있다. "그래서 지원해 볼 건가요?"

천성적으로 나는 조심스러운 성격이다. 심사숙고하지 않고 선뜻 결정을 내리는 일은 드물다. 매사에 대안을 찾아보고, 그에 따른 결과를 저울질하고, 장단점을 따져본다. 그래서 내 입에서 이런 말이 나왔을 때는 나도 놀랐다. "네. 물론이죠."

"좋아요." 커밀라는 전혀 놀란 눈치가 아니다. 하기야 어느 누가 이런 집에서 살 수 있는 기회를 마다하겠는가. "일단 사무실로 돌아가죠. 가서 신청서 양식을 찾아드릴게요."

1. 당신의 인생에서 없어서는 안 될 소유물을 빠짐없이 목록으로
   작성하시오.

  나는 펜을 들었다가 다시 내려놓는다. 간직하고 싶은 것들의 목
록을 몽땅 작성하려면 밤을 새워야 할 것이다. 그런데 계속 생각을
하다보니, 없어서는 안 될이라는 단어가 페이지에서 빠져나와 두둥
실 내게 다가오는 것 같다. 없어서는 안 될 소유물이 뭘까? 옷? 강
도를 당한 후 나는 사실상 똑같은 청바지 두 벌과 낡고 헐렁한 스
웨터로 버티는 중이다. 당연히 챙겨가고 싶은 원피스와 치마가 몇
벌 있다. 근사한 재킷 두 벌에 구두와 부츠도 몇 켤레 있다. 하지만
나머지는 없어도 그만이다. 우리 사진은? 사진은 전부 컴퓨터에 백
업을 해두었다. 그리 나쁘지 않은 보석 몇 점은 강도들이 다 가져
가버렸다. 그럼 가구는? 원 폴게이트 스트리트에 두면 어울리지 않

고 조잡해 보일 것들뿐이다.

이 질문은 일부러 단어를 골라서 작성한 것이 아닐까 하는 생각이 퍼뜩 든다. 없어도 되는 물건의 목록을 작성하라고 했다면 나는 절대 못할 것이다. 막상 정말 중요한 것은 아무것도 없다는 생각이 머릿속에 자리를 잡자 내 모든 물건들, 내 잡동사니도 구습을 훌훌 털어내듯 버릴 수 있을 것 같은 기분이 든다.

어쩌면 이것이 우리가 '규칙들'이라고 부르기 시작한 것의 진짜 의의일지 모른다. 그 건축가가 단순히 우리 때문에 자신의 아름다운 집이 엉망이 될까봐 모든 것을 통제하려고 유난을 떠는 게 아닐지 모른다. 이것은 일종의 실험일지 모른다. 생활에 대한 실험.

이게 실험이라면 사이먼과 나는 그의 실험용 쥐다. 솔직히 나는 상관없다. 그렇지 않아도 나는 나 자신—우리 자신—을 바꾸고 싶다. 그리고 그 변화는 누군가의 도움이 없으면 안 된다는 사실을 안다.

특히 우리 자신에 대해서는 더욱 그렇다.

사이먼과 나는 일 년 이 개월 전 솔과 어맨다의 결혼식을 계기로 만나 줄곧 함께 살고 있다. 그 부부와는 직장에서 알게 된 사이인데, 두 사람 모두 나보다 연상인데다 둘을 제외하면 결혼식장에서 아는 사람이 별로 없었다. 사이먼은 솔의 들러리였고 결혼식은 낭만적이고 아름다웠다. 우리는 만나자마자 서로에게 빠졌다. 술을 마시면서 이야기를 나누다보니 어느새 춤을 추고 전화번호를 주고받게 되었다. 잠시 후 우리는 같은 B&B에 묵고 있다는 사실을 알게 되었고, 그런 전개는 또다른 전개로 이어졌다. 이튿날 나는 생각했다. 내가 무슨 짓을 한 거야? 분명 충동적인 하룻밤의 불장난이었고 내가 싸구려처럼 굴었고 이용당했다는 뒷맛만 남은 채 다시는 그를 볼 일이 없을 것 같았다. 그런데 그 반대였다. 사이먼은 집에 도착하자마자 내게 전화를 했고, 그다음날 또 전화를 했고, 그 주말 우리는 사람들의 이야깃거리가 되며 친구들에게 큰 놀라움을 선사했다. 특히 그의 친구들에게. 그의 직장은 마초적이고 술도 많이 마시는 분위기로, 오래 사귄 여자친구가 있다는 건 그곳에선 흠이나 다름없다. 사이먼이 필진으로 있는 그런 잡지사에서 여자들은 '베이비' 아니면 '핫티' 아니면 '큐티'일 뿐이다. 정작 기사 내용은 전자기기와 기술에 관한 것이지만 페이지마다 소위 B&K — 브라와 팬티 — 사진이 가득하다. 휴대폰을 다루는 기사라면, 속옷 차림의 여자가 휴대폰을 들고 있는 사진이 실린다. 노트북에 대한 기사라면, 여전히 속옷 차림인 여자 모델이 이번에는 안경을 쓰고 키보드를 두드린다. 속옷에 관한 기사라면 모델은 속옷을 전혀 입지 않고 막 벗은 것처럼 손에 들고 있을 것이다. 잡지사에서 파티를 열 때마다 모델들은 자신이 잡지에 나올 때 입은 것과 크게 다르지 않은 옷차림으로 나타난다. 그러면 얼마 후 잡지는 그 파티의 사진들로 도배가 된다. 나는 그런 쪽으로는 전혀 취향이 아니었고 사이먼도 처음부터 자신도 그렇다고 했다. 나를 좋아하는 이유 중 하나가 내가 그런 여자들과 다르다는 점이라고, 나는 '진짜'라고 했다.

결혼식에서의 만남에는 관계를 처음부터 활활 불타오르게 만드는 뭔가가 있다. 사이먼은 데이트를 시작한 지 고작 몇 주 만에 자신의 집에서 같이 살자고 했다. 그의 결정에 친구들도 놀랐다. 그도 그럴 것이 보통은 여자가 결혼을 원하거나 다음 단계로 넘어가기 위해 남자를 밀어붙이기 때문이다. 하지만 우리 관계는 항상 반대다. 어쩌면 사이먼이 나보다 나이가 많기 때문일 것이다. 그는 늘 이렇게 말했다. 나를 본 순간 내가 자신의 유일한 사랑이라는 사실을 깨달았다고. 나는 그의 그런 모습이 좋았다. 자신이 원하는 것을 잘 아는 태도며 자신이 원하는 사람이 나라는 사실을 조금도 의심하지 않는 태도도. 하지만 지금껏 나는 나 자신도 이런 관계를 원하는지, 그가 내게 어떤 의미를 부여하건 나도 그에게 같은 의미를 부여하고 있는지 고민해봐야 한다는 생각을 해본 적이 없었다. 그러다 최근에 강도를 당하고 그의 아파트에서 이사를 나와 함께 살 새집을 구하려고 마음을 먹으면서, 나는 이제 결단을 내릴 때라는 사실을 깨달았다. 서로 맞지 않는 사람에게 연연하기에는 인생이 너무 짧다.

혹시 이번 이사가 우리 관계를 되돌아볼 기회일지도.

이런저런 생각을 꽤 오래 하다보니 어느새 펜의 끄트머리를 잘근잘근 씹어 산산이 부서진 플라스틱 조각이 입안에 가득찼다. 손톱 물어뜯기와 더불어 나의 나쁜 버릇이다. 원 폴게이트 스트리트로 이사를 하면 관둬야 할 행동일 것이다. 어쩌면 그 집 덕분에 내가 더 나은 사람이 될지도 모른다. 그 집이 마구잡이 카오스 같은 내 인생에 질서와 규율을 가져다줄 것이다. 나는 목표를 세우고, 목록을 작성하고, 뭐든 끝까지 해내는 사람이 될 것이다.

나는 신청서에 집중한다. 그리고 이 신청서의 목적을 이해하고, 그 건축가의 의도에 맞출 수 있다는 사실을 증명하기 위해, 최대한 간결하게 질문에 답하자고 마음먹는다.

다음 순간 정답이 떠오른다.

나는 답을 적는 칸에 아무것도 적지 않는다. 원 폴게이트 스트리트의 실내처럼 백지 상태로 텅 비워 완벽해지도록.

    잠시 후 사이먼에게 신청서를 주며 내가 작성한 답변을 들려준
다. 그가 되묻는다. 그러면 내 물건들은 어떻게 할 거야, 엠? 그 수
집품은?
    '그 수집품'은 그가 지난 몇 년 동안 힘들게 모은 나사의 잡다한
기념품들로 대부분 침대 밑 상자에 들어 있다. 나는 버즈 올드린이
나 잭 슈미트 같은 사람이 서명을 한 이베이 잡동사니 몇 점이 우
리가 본 것 중에 가장 대단한 집으로 이사를 가지 못하도록 우리의
발목을 잡을지 어떤지 의논다운 의논을 하고 있다는 유쾌함과, 사
이먼이 어떻게 내가 당한 일보다 자신의 우주비행사들이 더 우선
이라고 진지하게 생각할 수 있는 걸까 하는 울분 사이에서 갈팡질
팡하며 이렇게 제안한다. 창고에 보관해도 되잖아. 그리고 이렇게
덧붙인다. 자기도 제대로 된 보관 장소를 찾아주고 싶다고 늘 말했
잖아.
    그렇다고 큐브스마트의 큐비클에 처박아두고 싶다는 말은 아니
었어, 베이비. 그가 말한다.
    그러니까 그건 그냥 물건이야, 사이. 그리고 물건은 중요하지 않
아, 안 그래?
    또다른 언쟁의 분위기가 무르익고 익숙한 분노가 부글거리며 수
면 위로 올라오는 것 같다. 이번에도 또야? 나는 이렇게 소리지르고
싶다. 뭐라도 할 것처럼 굴다가 이번에도 또 행동에 옮길 때가 되니까
요리조리 빠져나가려는 거야?

물론 나는 그렇게 말하지 않는다. 이런 분노는 내가 아니다.

강도를 당한 후 내가 상담치료를 받고 있는 심리치료사인 캐럴은 화를 내는 건 좋은 징조라고 한다. 화를 내는 건 내가 패배하지 않는다거나 그 비슷한 뜻이다. 안타깝게도 내 분노는 오직 사이먼에게만 향한다. 분명, 그것 또한 정상적인 현상이다. 가장 가까운 사람들이 가장 모진 공격을 받는 법이니까.

알았어, 알았다고. 사이먼이 재빨리 말한다. 그 수집품은 창고로 보내지 뭐. 그런데 다른 짐은……

벌써부터 나는 여백 그 자체인 사랑스러운 내 대답을 지켜야 한다는 묘한 의지에 사로잡혀 있다. 전부 버리자. 내가 성마르게 대답한다. 새로 시작해.

좋아. 그가 대답한다. 하지만 사이먼은 내가 화를 내지 못하도록 그렇게 말한 것뿐이라고 장담할 수 있다. 그는 싱크대로 가더니 나를 비난하듯 내가 쌓아둔 더러운 컵과 접시들을 씻기 시작한다. 지금 사이먼은 내가 이런 일을 해내지 못할 거라고, 너무 제멋대로라 항상 정리정돈을 해야 하는 생활방식을 실천할 수 없을 거라고 생각하고 있을 것이다. 자기는 혼란을 끌어당겨. 그는 입버릇처럼 이렇게 말한다. 나는 매사에 도가 지나치다. 하지만 바로 그런 이유로 그 집에서 살아보려는 것이다. 나는 나 자신을 개조하고 싶다. 내가 널 잘 아는데, 너는 그런 일에 소질이 없어, 라고 단정하는 사람과 함께 살며 나 자신을 뜯어고쳐야 한다는 사실에 울컥 화가 치민다.

그 집에서는 글을 쓸 수 있을 것 같아. 내가 덧붙인다. 그렇게 차분한 분위기에서라면. 전부터 내게 책을 써보라고 했잖아.

그가 못 믿겠다는 듯 툴툴거린다.

아니면 블로그라도 시작해볼까. 내가 말한다.

나는 모든 각도에서 검토하며 글을 쓰는 문제를 생각해본다. 블로그라면 썩 괜찮을 것 같다. 블로그의 제목을 '미니멀리스트인 나'라고 하면 어떨까. '나의 미니멀리즘 여행.' 아니면 훨씬 더 단순한 이름으로. '미스 미니.'

블로그를 할 생각을 하니 벌써부터 신이 난다. 미니멀리즘 블로그에 구독자가 몇 명이나 생길까. 어쩌면 광고주로부터 광고를 받고, 직장을 관두고, 그 블로그를 인기 있는 라이프 스타일 저널로 키울지도 모른다. 에마 매슈스, 비움의 여왕.

그러면 내가 만들어준 블로그는 다 닫을 거야? 그가 묻는다. 내가 이런 생각을 진지하게 하는 게 아닐 거라는 뉘앙스가 느껴지지만 나는 가뿐히 무시한다. '런던 걸프렌드'의 구독자는 여든네 명이다. 심지어 '칙릿 읽는 칙'은 고작 열여덟 명이다. 블로그를 알차게 채울 글을 쓸 시간이 제대로 확보된 적이 없었다.

나는 다시 신청서로 돌아간다. 질문을 하나 해결했고 우리는 벌써 싸웠다. 이제 답해야 할 질문이 서른네 개 남았다.

신청서 양식을 죽 훑어본다. 몇몇 질문은 확실히 이상하다. 가지고 오고 싶은 짐이나 바꾸고 싶은 붙박이장과 반고정 가구를 묻는 건 그러려니 하지만 이런 질문들은 뭐란 말인가.

23. 아무 죄가 없는 타인 열 명을 구하기 위해 자신을 희생할 수 있습니까?
24. 타인 만 명은 어떻습니까?
25. 뚱뚱한 사람들을 보면 어떤 기분이 듭니까? ① 슬프다 ② 짜증이 난다

아까 **진실함**이라는 단어를 썼을 때 내 판단이 옳았다는 생각이 든다. 이 질문들은 일종의 심리테스트다. 하지만 진실함은 부동산 중개인이 자주 쓰는 단어가 아니다. 커밀라가 어안이 벙벙한 표정

을 지은 것도 놀랄 일이 아니다.

답을 기입하기 전에 일단 '멍크퍼드 파트너십'을 구글에서 검색한다. 제일 위에 뜬 링크가 그들의 홈페이지다. 클릭을 하니 텅 빈 벽 사진이 뜬다. 옅은 색깔에 부드러운 질감의 석재로 만든 매우 아름다운 벽이다. 아름다운 건 아름다운 거고, 정보가 너무 없다.

다시 클릭하자 이번에는 단어 두 개가 뜬다.

작업물
연락처

'작업물'을 선택하자 화면에 목록이 스르르 뜬다.

도쿄, 고층건물
런던, 멍크퍼드 빌딩
시애틀, 원더러 캠퍼스
메노르카섬, 비치하우스
브루게, 예배당
인버네스, 블랙 하우스
런던, 원 폴게이트 스트리트

건물의 이름을 클릭하자 더 많은 사진이 뜬다. 아무 설명이 달리지 않은 건물 이미지들이다. 모두 극도로 단순하다. 모든 건축물이 원 폴게이트 스트리트처럼 디테일에 똑같이 공을 들이고, 똑같이 고급 자재를 썼다. 어느 사진을 봐도 사람이나 거주자가 있다고 짐작할 만한 단서는 없다. 예배당과 비치하우스는 서로 바뀌도 될 것 같다. 두 건물 모두 옅은 빛깔의 석재와 판유리로 만든 육중한 입방체다. 창문 뒤로 보이는 풍경만 다르다.

이번에는 위키피디아로 간다.

에드워드 멍크퍼드(1980년생)는 미니멀리즘 미학을 구현하는 영국의 테크노 건축가다. 2005년 그는 데이터 기술 전문가인 데이비드 틸 외 두 명의 동료와 함께 멍크퍼드 파트너십 사를 설립했다. 그들은 도모틱스,* 즉 주택이나 건물이 외부 요소나 불필요한 요소 없이 통합된 유기체가 되는 인텔리전트 거주 환경 분야의 발전에 혁신을 일으켰다.[1]

특이하게도 멍크퍼드 파트너십은 한 번에 한 가지 의뢰만 받는다. 그러므로 현재까지 그들의 작업물은 의도적으로 희소하다. 현재 지금껏 맡은 프로젝트 중 가장 야심찬 프로젝트가 진행중으로, 노스콘월에 주택 만 채가 들어설 에코타운 뉴 오스텔을 건설하고 있다.[2]

나는 수상 목록을 빠르게 훑어내린다. 〈건축 리뷰〉는 멍크퍼드를 "융통성 없는 천재"라고 했고, 〈스미소니언〉 매거진은 그를 "영국에서 가장 영향력 있는 스타 건축가 (⋯) 심오한 만큼 단순한 건축물을 만들어내는 과묵한 선구자"라고 불렀다.

---

* domotics. 집을 의미하는 라틴어 'domo'와 자동화를 의미하는 'automatic'의 합성어로, 주택을 자동화한다는 뜻이다.

나는 '사생활'로 건너뛴다.

2006년 아직 널리 알려지지 않았던 멍크퍼드는 멍크퍼드 파트너십의 동료인 엘리자베스 맨카리와 결혼했다. 이듬해 아들 맥스가 태어났다. 그러나 원 폴게이트 스트리트를 건축하던 중(2008~2011) 아내와 아들이 사고로 사망했다. 원래 이 집은 재능 있는 신입 직원들의 견학 장소일 뿐 아니라 멍크퍼드의 세 식구가 살 집으로 건축중이었다.[3] 어떤 논평가들은[누구?] 이 회사에 명성을 가져다준 엄숙하고 극도로 미니멀한 스타일이 탄생하게 된 배경으로 에드워드 멍크퍼드의 개인적 비극과 그후 그가 일본에서 장기간 안식 휴가를 보낸 사실을 거론하기도 한다.

안식 휴가에서 돌아온 멍크퍼드는 원 폴게이트 스트리트—당시에도 여전히 건축중이던[4]—에 대한 원래 설계를 철회하고 백지상태에서 재설계했다. 그 결과 완성된 주택은 영국왕립건축연구소에서 수여하는 스털링상을 비롯해 유수의 건축상을 수상했다.[5]

나는 그 부분을 다시 읽는다. 그 집은 죽음과 함께 잉태되었다. 엄밀히 말해 두 개의 죽음. 즉, 이중의 사별. 그래서 내가 그 집에서 그런 느낌을 받은 걸까? 그곳의 금욕적인 공간과 내 개인적인 상실 사이에 어떤 종류의 동질성이라도 있는 걸까?

내 시선은 저절로 창가의 여행가방으로 향한다. 그 가방에는 아기 옷이 가득 들어 있다.

내 아기는 죽었다. 내 아기는 숨을 멈추고 그로부터 사흘 후 세상에 나왔다. 지금까지도 나를 가장 아프게 하는 사실은, 그 상황의 부자연스러운 그릇됨, 즉 적절하게 진행되어야 할 사건들의 순서가 무심하게 뒤바뀌었다는 것이다.

나보다 나이가 크게 많지도 않으면서 벌써 진찰 전문 산부인과 의사인 닥터 기퍼드는 내 눈을 바라보며 정상분만처럼 아기를 낳아야 한다고 직접 설명했다. 감염이나 다른 합병증이 발생할 위험이 있을 뿐 아니라 제왕절개는 중대한 외과수술이고, 그 말은 즉 출생 전 태아가 사망한 경우 제왕절개를 권하지 않는 것이 병원 정책이라는 뜻이라고 했다. 권하다라—그는 설령 사망한 태아라 해도, 제왕절개수술을 하는 것이 마치 호텔에서 공짜로 주는 과일 바구니처럼 일종의 대접이라도 된다는 듯 그 단어를 사용했다. 점적 주사로 유도분만을 해서 최대한 빠르고 진통 없이 끝날 거라고 그는 설명했다.

그 말을 들으며 나는 생각했다. 하지만 진통 없이 진행하는 건 원하지 않아요. 나는 진통을 느끼고 싶어요. 그래서 그 모든 과정이 끝났을 때 여전히 살아 있는 아기를 낳고 싶어요. 닥터 기퍼드에게도 아이들이 있는지 문득 궁금해졌다. 있겠지, 나는 내 맘대로 생각했다. 의사들은 대개 일찍 다른 의사와 결혼을 하기도 하거니와 닥터 기퍼드는 매우 좋은 사람이라 아직까지 가족을 꾸리지 않았을 리 없었다. 아마 그는 그날 밤 집으로 퇴근해 저녁을 먹기 전 맥주를 한잔하면서 아내에게 어쩌면 조금은 무거운 표정으로 출산 전 태아 사망과 만삭 같은 단어를 써가며 그날 하루가 어땠는지 들려줬을 것이다. 바로 그때 그의 딸이 학교에서 그린 그림을 그에게 보여주면 그는 딸에게 입을 맞추며 정말 잘 그렸다고 칭찬했을 것이다.

나는 처치를 시작하는 의료진의 긴장되고 굳은 표정을 보고 그들에게도 내 경우가 좀처럼 접할 수 없는 끔찍한 상황이라는 사실을 깨달았다. 그나마 그들은 직업정신에서 일종의 피난처를 찾았겠지만, 나는 실패자라는 생각에 압도되어 모든 감각이 마비되는 듯했다. 유도분만을 시작하기 위해 의료진이 호르몬이 든 점적주사를 내게 부착할 때, 저쪽 끝 분만실에서 어느 산모가 울부짖는 소리가 들렸다. 지금은 저래도 저 여자는 애도 전문 심리치료사와 만날 예약 카드가 아니라 아기를 안고 걸어나가겠지. 산모. 이 단어도 생각해보면 또다른 기이한 단어다. 엄밀히 말해서 내가 지금 엄마인가? 아니면 잠시 후 내가 될 상태를 가리키는 다른 용어가 있나? 의료진은 내가 듣고 있는데도 벌써 산전이 아니라 산후라는 단어를 썼다.

누군가가 아기의 아버지에 대해 물었고 나는 고개를 가로저었다. 연락할 아이의 아버지는 없었고 대신 친구 미아만이 병원에 와주었다. 우리가 꼼꼼하게 세운 출산 계획―딥티크의 캔들과 수중 분만용 풀, 잭 존슨과 바흐의 곡이 가득 든 아이팟―이 폐기되고 삭막한 분위기에서 다급하게 의료 처치가 벌어지자 미아의 얼굴은 슬픔과 걱정으로 해쓱해졌다. 우리는 그 출산 계획을 언급조차 하지 않았다. 마치 그 계획이 환상―모든 것이 안전하고 온전하리라는 환상, 내가 상황을 통제할 수 있다는 환상, 출산이란 이런 결과가 충분히 일어날 수 있고 일어나리라 예상되기도 하는 위험한 상황이 아니라 스파 치료나 격렬한 마사지를 받는 정도의 부담에 지나지 않는다는 환상―의 일부에 불과했다는 듯이. 이백 명 중 한 명꼴이라고 닥터 기퍼드가 설명했다. 이런 사례의 삼분의 일은 아무 원인을 찾을 수 없었다. 내가 건강하다는 사실, 아이가 생기기

전 매일 필라테스를 하고 일주일에 최소 한 번은 달리기를 했다는 사실은 아무 소용이 없었다. 내 나이도 마찬가지였다. 어떤 아기들은 그냥 죽었다. 나는 아기가 없을 것이고 어린 이저벨 마거릿 캐번디시에게 엄마는 결코 없을 것이다. 한 생명이 이 세상에 태어날 일은 없을 것이다. 자궁수축이 시작되자 나는 마취제를 한입 가득 들이마셨고 그와 함께 내 마음은 공포로 가득찼다. 포름알데히드를 채운 유리병에 든 빅토리아시대의 혐오스러운 것들이 내 머릿속으로 헤엄쳐 들어왔다. 조산사가 아직은 때가 아니라고 했지만 나는 비명을 지르며 온몸에 힘을 주었다.

그러나 다 끝나고 나자—내가 생명을 낳았다고 해야 할지 죽음을 낳았다고 해야 할지 도대체 뭐라고 불러야 할지 모르겠는 일을 끝내고 나자—모든 것이 기이할 정도로 평화스러웠다. 그것은 분명 호르몬의 영향이었을 것이다. 갓 출산한 엄마들이 느끼는 것과 똑같은 사랑과 환희, 안도감의 칵테일. 내 딸은 완벽하고 조용했다. 나는 여느 엄마들과 똑같이 그 아기를 품에 안고 내 목소리를 들려주었다. 딸에게서는 콧물과 체액, 아기의 달콤한 피부에서 나는 냄새가 났다. 여느 신생아처럼 살며시 주먹을 쥔 아기의 따스한 손으로 내 손가락을 밀어넣었다. 나는 느꼈다—환희를 느꼈다.

조산사가 기억상자에 넣을 손과 발의 본을 뜨기 위해 잠시 아기를 데려갔다. 나는 그런 일을 한다는 말을 그때 처음 들어서 그녀가 내게 설명을 해주어야 했다. 나는 이저벨의 머리카락 조금과 아기를 쌌던 포대기, 사진 몇 장, 석고 본 두 개가 든 구두상자를 받게 될 거라고 했다. 결코 존재한 적 없는 사람을 기억하는 물건들을 담은 작은 관 같은 상자를. 산파가 석고 본을 가지고 왔는데, 마치 유치원 만들기 숙제 같았다. 양손은 분홍색 석고고 발은 파란색이었다. 바로 그 순간 처음으로, 공작 시간에 만든 작품도, 벽에 붙여놓을 그림도, 학교를 선택할 일도, 아이가 자라 교복이 작아지는 일도 없으리라는 사실이 서서히 실감이 났다. 나는 단지 아기를 잃은 것이 아니었다. 나는 어린아이를, 십대 소녀를, 성인 여성을 잃은 것이었다.

이제 딸은 발부터 다른 곳까지 전부 차갑게 식어 있었다. 나는 내 입원실 수도꼭지에서 아기의 발가락에 말라붙은 마지막 석고 흔적을 씻어낸 후, 잠시 동안만이라도 아기를 집에 데리고 갈 수 있는지 물었다. 조산사는 의아해하는 표정으로 그건 좀 이상하지 않냐고 했다. 병원에서 원하는 만큼 데리고 있을 수 있다고 했다. 나는 그들에게 이제 아기를 보낼 준비가 되었다고 말했다.

아기를 보내고, 눈물 사이로 런던의 잿빛 하늘을 보자 내 몸 어딘가가 잘려나간 느낌이었다. 집으로 돌아온 후, 나는 슬픔을 가누지 못한 나머지 아무 감정도 느끼지 못하게 되었다. 친구들이 깊은 충격을 받고 함께 마음 아파하며 내 상실에 대해 위로를 해줄 때면, 그들의 마음을 잘 알면서도 그 단어가 숨을 끊어놓을 듯 날카롭게 느껴졌다. 다른 여자들은 이겼다. 자연과 출산과 유전학과 벌인 도박에서 승리를 거머쥐었다. 나는 그러지 못했다. 언제나 누구보다 유능했고, 많은 것을 성취했고, 성공적인 삶을 살았지만 나는 졌다. 슬픔은 패배감과 크게 다르지 않다는 사실을 나는 그때 깨달았다.

그런데 기이하게도 표면적으로는 모든 것이 예전과 거의 다름 없는 상태로 되돌아갔다. 제네바 사무실에서 일하던 나와 같은 직함을 가진 사람과 짧고 세련된 정사, 즉 호텔방과 무미건조하고 경제적인 레스토랑을 찾아다니며 불륜을 저지르기 전으로, 아침마다 찾아온 구역질과 내 생각과 달리 우리가 그렇게 치밀하지 않았을지 모른다는 깨달음—처음에는 끔찍했던—이 찾아오기 전으로. 껄끄러운 전화 통화를 하고 이메일을 보내고 그 남자로부터 결정과 정리와 운 나쁜 타이밍을 정중하게 암시하는 말을 듣고 마침내 처음과 달라진 감정, 즉 오히려 이 타이밍이 잘된 것일 수 있으며 설령 이 정사가 장기적인 관계로 이어지지 않더라도 서른네 살의 미혼인 내게 어떤 기회를 안겨줬다는 사실을 서서히 깨닫기 전으로. 나는 아이와 둘이 살기 충분한 정도 이상으로 돈을 벌었고, 내가 근무하던 금융 PR 사는 육아 혜택이 많다는 사실을 자랑으로 내세우는 곳이었다. 일 년 가까이 육아 휴가를 내고 아기를 키울 수 있을 뿐 아니라 복귀 후에도 근무시간을 탄력적으로 조정할 수 있었다.

내가 사산을 했다는 보고를 한 후에도 고용주들은 도움을 아끼지 않아, 내게 무기한 병가를 제안했다. 어쨌든 대체 인력은 벌써 뽑아두었으니까. 나는 태어날 아기를 맞이하기 위해 정성껏 꾸민 아파트에 홀로 앉아 있었다. 집에는 커스터 요람과 최고급 부가부 유모차가 있었고 남는 침실 벽에는 손으로 직접 그린 서커스 프리즈* 장식까지 있었다. 나는 사산 후 한 달 동안 젖을 짜 개수대에 버렸다.

공무원들은 내가 마음을 다치지 않도록 배려해주었지만 결과적으로 상처를 주었다. 알고 보니 사산에 대해서는 특별한 법적 조항이 없었다. 그래서 나와 같은 처지의 여자는 관청에 가서 사망신고

---

* 건물이나 벽의 윗부분에 그림이나 조각을 띠처럼 넣어 장식한 것.

를 하면서 출생신고도 해야 한다. 생각할 때마다 치가 떨리는 잔혹한 법이다. 그리고 장례식을 치렀다. 나도 장례식을 원하긴 했지만, 어쨌든 그것도 법적 의무였다. 제대로 태어나지도 못한 생명에게 추도사를 하기 어려웠지만, 우리는 노력했다.

상담치료를 제안받고 치료를 받기로 했지만, 마음 깊은 곳에서는 그런 것이 아무 소용 없으리라는 사실을 잘 알았다. 내게는 올라가야 할 슬픔의 산이 있었고, 어떤 말도 그 산을 오르도록 도와주지는 못할 것이었다. 나는 일이 필요했다. 일 년 후 원래 직장으로 복귀할 수 없는 현실—육아 휴가를 간 동안 당신을 대체한 인력을 간단히 자를 수 없는데다 그 직원도 다른 직원과 동등한 권리가 있다—을 확인했을 때 나는 사직서를 내고 사산에 대한 연구를 개선해야 한다는 시민운동을 벌이는 자선단체에서 파트타임으로 일하기 시작했다. 그 말은 전과 같은 수준으로 살 수 없다는 뜻이었다. 하지만 그게 아니어도 이사를 했을 것이다. 요람을 버리고 아기방의 벽지를 다 뜯어낸다 하더라도, 이저벨이 그곳에서 한순간도 살지 않았다는 사실은 영원히 변치 않을 테니까.

어떤 기척에 잠이 설핏 깬다.

거리 케밥가게의 술꾼들 소리도, 거리에서 벌어진 싸움 소리도, 머리 위를 지나가는 경찰 헬기 소리도 아니었다는 것을 듣자마자 안다. 왜냐하면 그런 소리에는 이제 익숙해져서 거의 신경이 쓰이지 않기 때문이다. 나는 머리를 들고 귀를 쫑긋 세운다. 쿵, 또 소리가 난다.

누군가가 집안을 돌아다니고 있다.

최근 이 근방에서 주거침입 사건이 몇 차례 일어났다. 잠시 치솟는 아드레날린에 위가 뭉치는 느낌이 찌릿하고 온다. 이제 기억난다. 사이먼이 술집 순례인지 뭔지 때문에 외출을 했고 나는 기다리지 않고 먼저 잠자리에 들었다. 소리를 들어보니 사이먼이 더는 못마실 정도로 마셔댄 모양이다. 샤워는 하고 침대로 오면 좋으련만.

나는 길거리 소음이나 그 소음이 없다는 사실을 기준으로 얼마나 늦은 시간인지 대충 짐작한다. 신호등 불이 바뀌자마자 가속해 멀어지는 엔진 소음이 들리지 않는다. 케밥가게 주위에서 차문을 거칠게 닫는 소리도 없다. 나는 휴대폰을 찾아 시간을 확인한다. 렌즈를 끼지 않았지만 2:41이라는 숫자는 잘 보인다.

사이먼이 복도를 걸어오는데, 어찌나 취했는지 욕실 옆 바닥이 삐걱거린다는 사실조차 잊은 것 같다.

괜찮아. 내가 큰 소리로 말한다. 나 안 자.

문밖에서 그의 발소리가 멈춘다. 화가 나지 않았다는 사실을 알리려고 이렇게 덧붙인다. 자기 술 취한 거 다 알아.

알아들을 수 없는 목소리들. 속삭이는 소리들.

사이먼이 누군가를 데려왔다는 뜻이다. 교외로 나가는 마지막 기차를 놓친 술 취한 동료겠지. 사실 그의 이런 행동은 짜증난다. 내일—아니, 벌써 오늘이지—은 바쁜 하루가 될 텐데, 술도 덜 깬 사이먼의 직장 동료들에게 아침을 차려주는 건 내 계획에 없다. 하지만 막상 아침이 되면, 사이먼이 재미있고 매력적인 남자가 되어 내게 베이비니 아름답다느니 하며 친구들에게 내가 모델이 될 뻔했다는 이야기를 늘어놓고 자신이 세상에서 제일 운좋은 남자라고 떠벌리면, 나는 굽히고 들어가 결국 지각을 하겠지. 또다시.

그럼 이따 봐. 약간 날선 목소리로 소리친다. 저 인간들은 엑스박스라도 꺼내서 놀 것이다.

그런데 발소리가 멀어지지 않는다.

이제 짜증이 난 나는 다리를 침대 밖으로 꺼내고 일어나—낡은 티셔츠와 사각팬티 차림이지만 사이먼의 동료에게 이 정도는 무난할 것이다—침실 문을 확 열어젖힌다.

나는 문 반대편에 나타난 형체에 재빨리 반응하지 못한다. 검은
옷과 눈만 나온 방한모 차림의 형체는 어깨를 문에 대고 있다가 갑
자기 거칠게 나를 뒤로 밀쳐버린다. 나는 비명을 지른다. 적어도
지른다고 생각한다. 실은 목이 충격과 공포로 마비되어 헉하는 소
리에 불과했을 것이다. 주방의 불이 켜져 있어서 그가 들어올린 칼
날에 반사된 빛이 눈을 찌른다. 작은 칼이다. 정말 작아서 펜보다
더 크지 않을 정도다.

침입자의 두 눈이 검은 모직 방한모 구멍으로 도드라진다. 그 눈
이 나를 본 순간 튀어나올 것처럼 커진다.

우와! 그가 놀란다.

그 남자의 뒤로 다른 방한모, 이번에는 좀더 불안한 눈빛을 한
두 개의 눈이 보인다.

내버려둬, 브루브.* 두번째 남자가 말한다. 침입자들은 백인과
흑인이지만 둘 다 길거리 속어를 쓴다.

오싹하지. 첫번째 남자가 말한다. 토할 것 같지, 응?

그러더니 칼을 내 얼굴 바로 앞으로 들어올린다.

휴대폰 내놔, 이년아.

나는 얼어붙는다.

하지만 그 순간 나는 그의 허를 찌르듯 민첩하게 움직인다. 나는
뒤로 손을 뻗는다. 그는 휴대폰을 꺼내려는 줄 알았겠지만 내가 움
켜쥔 것은 칼이다. 주방에서 가져와 침대 옆 작은 테이블에 둔 커
다란 육류용 칼. 손잡이가 부드럽고 묵직하게 내 손에 착 감긴다.

---

* '친구'를 의미하는 속어.

나는 빙그르 돌며 한 번의 동작으로 칼을 휘둘러 그 개자식의 갈비뼈 바로 아래 배를 가른다. 칼은 거침없다. 피가 안 나네. 칼을 빼서 다시 찌르며 생각한다. 공포영화에서처럼 피가 뿜어져나오지 않는다. 덕분에 더 쉬워진다. 나는 그의 팔을 칼로 내려친 후 복부를 가르고 칼을 내려 고환 근처 어딘가로 깊이 쑤셔넣고 사타구니를 향해 비튼다. 그가 바닥으로 쓰러지자마자 그 살덩이를 밟고 넘어가 두번째 남자로 향한다.

너도 죽어, 내가 그에게 말한다. 거기 있으면서 네 친구를 말리지도 않았으니까. 이 멍청한 자식아. 나는 종이 자르는 칼로 편지봉투를 자를 때처럼 칼을 그의 입에 박아넣는다.

그 순간 모든 것이 사라져 텅 비고 나는 비명을 지르며 잠에서 깬다.

그건 정상이에요. 캐럴이 고개를 끄덕이며 말한다. 완벽히 정상적인 반응이죠. 사실 좋은 징조예요.

지금까지도, 캐럴이 심리치료를 하는 진료실의 차분한 분위기에서도 나는 부들부들 떨린다. 근처 어딘가에서 잔디를 깎고 있다.

그게 어떻게 좋다는 거죠? 나는 멍하니 되묻는다.

캐럴이 다시 고개를 끄덕인다. 그녀는 내가 아무 말이라도 꽤 많이 하기만 하면, 자신은 원래 내담자의 질문에 대답하지 않지만 이번만은 나를 위해 예외로 해주겠다는 듯 고개를 끄덕인다. 그녀가 상담을 끝낼 즈음이면 아주 잘해내고 있고, 아주 훌륭하게 나아지고 있고, 어쩌면 어느새 한 고비를 넘기고 있을 누군가를 위해서. 경찰이 캐럴을 추천해준 것을 보면 그녀는 실력 있는 치료사일 테지만, 솔직히 나는 경찰이 치료사 명함을 주느니 그 시간에 그 개자식들이나 잡았으면 좋겠다.

당신이 칼을 들고 있었다는 상상은 벌어진 사건에 대해 통제권을 갖기를 바라는 무의식의 신호일지 몰라요. 캐럴이 말한다.

그래요? 나는 되물으며, 두 다리를 접어 소파 위로 올린다. 캐럴의 소파가 새것 같다는 점을 감안하면 구두를 벗는다고 해도 이런 행동이 허용되는지 모르겠지만, 오십 파운드어치의 본전을 챙기는 편이 나을 것 같다. 내가 물어본다. 휴대폰을 건넨 후에 일어난 일을 기억해서는 안 된다고 결정한 바로 그 무의식인가요? 처음부터 침대에 칼을 두지 않다니 이 무슨 바보 같은 짓이야, 라고 그냥 말해줄 수는 없었을까요?

그것도 하나의 해석이에요, 에마. 그녀가 대답한다. 하지만 별로 유용한 해석은 아니에요, 내가 보기에는요. 폭행 피해자들은 자주 가해자가 아니라 자신을 비난하죠. 하지만 법을 어긴 건 그 가해자지, 당신이 아니에요.

잘 들어봐요. 그녀가 덧붙인다. 나는 당신이 겪은 실제 정황보다 회복 과정에 더 관심이 많아요. 그런 관점에서 본다면 지금 상황은 상당한 진척이에요. 최근의 플래시백에서 당신은 싸우기 시작했어요. 자신이 아니라 공격자들을 비난하기 시작한 거죠. 그들의 피해자로 정의되기를 거부하는 거예요.

내가 그들의 피해자인 사실을 제외하면 그렇죠. 내가 대답한다. 무엇으로도 그 사실은 바뀌지 않아요.

피해자다? 캐럴이 조용하게 되묻는다. 아니면 피해자였다?

의미심장한 침묵—캐럴은 가끔 이런 침묵을 "긴장을 풀어주는 여백"이라고 하는데, 결국 그냥 할말 없음을 다르게 부르는 멍청한 방법일 뿐이다—이 한참 흐른 후 그녀가 부드럽게 말문을 연다. 사이먼은요? 그 사람과는 요즘 어때요?

노력중이에요. 내가 말한다.

생각해보니 내 대답을 두 가지 의미로 받아들일 수 있을 것 같다. 그래서 덧붙인다. 그러니까 그 사람이 최선을 다하고 있다는 뜻이에요. 끝없이 차를 태워주고 공감해줘요. 자신이 거기에 없었기 때문에 책임감을 느끼는 것 같아요. 자신이 그 둘을 때려눕혀서 직접 체포할 수 있었을 거라고 생각하나봐요. 그 상황에서는 오히려 강도에게 찔렸을 텐데 말이에요. 아니면 카드 비밀번호 때문에 고문을 당했거나.

캐럴이 온화하게 말한다. 사회에는 일종의…… 남성성에 대한 고정관념이 있어요, 에마. 그런 남성성이 훼손될 경우 위협을 느끼거나 확신을 잃을 수 있어요.

이번 침묵은 꼬박 일 분을 채운다.

밥은 잘 챙겨 먹고 있어요? 그녀가 묻는다.

어쩌다보니 나는 예전에 섭식장애가 있었다는 사실을 캐럴에게 털어놓았다. 음, 예전에는 상대적인 용어다. 왜냐하면 과거에 섭식장애를 앓았던 사람은, 그 증상이 절대 사라지지 않고 주변 상황이 불안정해지고 통제되지 않으면 언제든지 되돌아올 수 있다는 사실을 알기 때문이다.

사이먼이 챙겨줘요, 내가 대답한다. 괜찮아요.

때로는 음식을 먹지 않고 그릇에 흔적을 묻혀 개수대에 넣어둬서 사이먼에게 내가 식사를 한 듯한 인상을 주거나, 때로는 함께 먹은 후 먹은 것을 다 게워낸다는 말은 하지 않는다. 내 인생의 일정 부분은 접근 금지다. 솔직히 이렇게 염려해주는 모습은 내가 줄곧 사이먼에 대해 좋아했던 점들 중 하나다. 내가 아프면 그가 돌봐주는 것 말이다. 문제는, 지금 내가 아프지도 않은데 그가 보여주는 보살핌과 관심이 나를 미치게 만든다는 사실이다.

나는 아무것도 안 했어요. 내 입에서 불쑥 튀어나온다. 그 자식들이 들어왔을 때 말이에요. 나는 그게 이해가 안 돼요. 말 그대로 아드레날린이 솟구쳤다고요. 그러면 투쟁 도피 반응이 나왔어야 하는 거 아닌가요? 그런데 나는 투쟁도 도피도 하지 않았어요. 아무것도 안 했어요.

특별한 이유도 없이 눈물이 솟구친다. 나는 캐럴의 쿠션 하나를 집어들고 그것을 꽉 짜면 내 인생에서 엿같은 것들을 다 짜낼 수 있는 것처럼 품에 꼭 안는다.

아무것도 하지 않은 게 아니에요. 캐럴이 말한다. 당신은 자는 척했잖아요. 절대적으로 타당한 본능적 반응이었어요. 산토끼와 집토끼의 차이 같은 거죠. 집토끼는 도망치고, 산토끼는 웅크려요. 이런 상황에서 옳고 그른 반응은 애초에 없어요. 이랬으면, 저랬으면 같은 생각은 소용없죠. 무슨 일이건 일어난 건 일어난 거예요.

그녀는 상체를 앞으로 숙이며 커피 테이블 맞은편에 앉은 내 쪽으로 티슈 박스를 민다. 에마, 한번 시도해보고 싶은 게 있어요. 내가 코를 풀자 캐럴이 말한다.

뭔데요? 내가 시큰둥하게 묻는다. 최면은 안 돼요. 그건 하지 않겠다고 분명히 말했는데요.

그녀가 고개를 젓는다. EMDR이라는 치료법을 시도해보려고요. 안구운동 민감소실 및 재처리 요법이라는 거예요. 처음에는 이상할지도 몰라요. 하지만 사실 아주 간단한 치료법이에요. 내가 당신과 나란히 앉아서 당신의 눈앞에서 내 손가락을 좌우로 움직일 거예요. 그러면 당신은 눈으로 내 손을 좇으면서 외상의 경험을 마음속에서 끄집어내봐요.

그게 무슨 소용이 있어요? 내가 미심쩍어하며 묻는다.

실은 우리도 EMDR이 어떤 식으로 작용하는지 정확하게 규명하지 못해요. 그녀가 대답한다. 하지만 무슨 일이 일어났는지 다시 살펴서 균형감각을 갖는 데 도움을 주는 것 같아요. 그리고 이번 경우처럼 당사자가 사건의 세부사항을 기억하지 못하는 경우에 특히 효과가 좋아요. 한번 해볼래요?

해보죠. 나는 어깨를 으쓱한다.

캐럴은 의자를 가져와 나와 2피트가량 떨어진 곳에 앉은 후 손가락 두 개를 세운다.

강도가 침입한 순간부터 시각적 이미지를 떠올려봐요. 그녀가 말한다. 지금은 그 상태로 가만히 있어요. 영화를 중지시킨 것처럼.

그녀가 손가락을 이쪽에서 저쪽으로 움직이기 시작한다. 나는 고분고분 그 손가락을 좇는다. 바로 그거예요, 에마. 그녀가 말한다. 이제 영화를 다시 재생해봅시다. 어떤 느낌인지 잘 기억해요.

처음에는 이미지에 집중하기가 쉽지 않다. 하지만 손가락의 움직임에 익숙해지자 그날 밤 일을 머릿속에서 되살릴 수 있을 정도로 집중하게 된다.

응접실에서 쿵 소리가 나요.

발소리들.

속삭이는 소리들.

내가 침대에서 일어나요.

문이 요란하게 열려요. 내 얼굴 앞에 칼이……

심호흡을 해요, 캐럴이 웅얼거린다. 우리가 연습했던 대로 해요.

두세 번 심호흡을 한다. 내가 침대에서 나와요……

칼. 침입자들. 내가 있으니 그대로 튀어야 할지 그냥 집을 털지를 놓고 둘 사이에 다급하고 거칠게 오가는 언쟁. 더 연상인 쪽, 그러니까 칼을 든 쪽이 내게 몸짓을 한다.

이 말라깽이를 봐. 이런 여자가 뭘 어쩌겠어?

호흡을 계속해요, 에마. 계속 숨을 쉬어요. 캐럴이 지시한다.

목 아래쪽에 느껴지는 칼날의 촉감. 이 여자가 무슨 짓을 하려고 하면 바로 목을 따버리자, 응?

안 되겠어요. 내가 겁에 질려 소리친다. 못하겠어요. 미안해요.

캐럴이 의자 등받이에 기댄다. 잘했어요, 에마. 잘했어요.

나는 몇 번 더 심호흡을 해 흥분을 가라앉힌다. 이제껏 받은 치료로, 지금 침묵을 깰 수 있는 사람은 나밖에 없다는 사실을 안다. 하지만 그 강도 사건에 대해서는 더이상 말하고 싶지 않다.

이사 갈 곳이 생길 것 같아요. 내가 불쑥 말한다.

오, 그래요? 캐럴의 목소리는 평소처럼 담담하다.

사이먼의 동네가 원래 사람 살 곳이 못 돼요. 내가 그곳의 범죄율을 더 형편없게 만들기 전부터 그랬죠. 이웃도 다 나를 싫어하는 것 같아요. 나 때문에 집값이 오 퍼센트는 내려갔을 테니까요.

그 사람들은 당신을 미워하지 않아요, 에마. 그녀가 말한다.

나는 스웨터의 소매를 입에 물고 빨기 시작한다. 오래된 버릇이 다시 시작된 것 같다. 내가 말한다. 이사가 곧 패배라는 걸 알아요. 하지만 그곳에서 더는 못 살아요. 경찰 말로는 이런 종류의 강도는 또 올 수도 있대요. 분명히 소유권이 있다고 여기는 거겠죠. 당신은 이제 그놈들 것입니다, 라는 거죠.

당연히 당신은 그렇지 않아요. 캐럴이 차분하게 말한다. 당신은 누구의 것도 아닌 당신 자신이에요, 에마. 그리고 나는 이사가 패배라고 생각하지 않아요. 오히려 그 반대죠. 이건 당신이 다시 결정을 내리기 시작했다는 증거예요. 통제력을 되찾은 거죠. 지금 당장은 힘들 거라는 거 알아요. 하지만 사람들은 이런 상처를 이겨내요. 시간이 걸린다는 것만 받아들이면 돼요.

그녀가 시계를 힐끔 본다. 아주 잘했어요, 에마. 오늘 정말 진전을 보였어요. 다음주 같은 시간에 만나요, 올 거죠?

30. 당신이 가장 최근에 맺은 사적인 관계를 가장 잘 서술한 표
현은 무엇입니까?
○ 연인보다는 친구에 더 가깝다
○ 편하고 안정감을 준다
○ 감정이 치솟고 강렬하다
○ 격정적이고 금세 폭발한다
○ 완벽하지만 단기간에 끝났다

신청서의 질문들이 점점 이상해진다. 시작할 때만 해도 질문마다
심사숙고해서 답을 작성하자고 생각했는데, 질문이 너무 많다보니
결국에는 깊게 생각하기는커녕 직감적으로 찍으며 넘기고 있다.

그들은 최근에 찍은 사진 세 장을 요구한다. 나는 친구의 결혼식
에서 찍은 사진과 두 해 전 스노든산을 올랐을 때 미아와 함께 찍

은 셀카 사진, 취업을 위해 찍은 증명사진을 고른다. 마침내 다 작성했다. 다음으로 첨부할 편지를 결코 과장되지 않게, 원 폴게이트 스트리트가 무척 마음에 들며 그곳에 합당한 진실함을 갖고 살 준비가 되었다고 강조하는 내용을 정중한 톤으로 작성한다. 몇 줄 되지도 않는데 여섯 번이나 고쳐쓴 끝에 만족할 만한 글이 완성된다. 중개인은 내가 희망을 가질 만한 말을 해주지 않았다. 신청한 사람들 대부분이 서류 단계를 통과하지 못한다고 한다. 하지만 나는 꼭 되기를 바라는 마음을 품고 잠자리에 든다. 새로운 시작. 산뜻한 출발. 어느덧 내가 잠으로 빠져들 즈음. 다른 단어가 머릿속에 두둥실 떠오른다. 재탄생.

2. 어떤 일을 할 때 완벽한 결과가 나올 때까지 쉴 수 없다.

그렇다 ○ ○ ○ ○ ○ 그렇지 않다

신청서를 보낸 후 아무 답변도 받지 못한 채 일주일이 지나고 또 일주일이 지나간다. 나는 그들이 우리의 신청서를 받았는지 확인하는 메일을 보낸다. 여전히 답장이 없다. 슬슬 화가 치밀어오르기 시작할 즈음—우리에게 그 빌어먹을 질문지를 작성하고 사진을 고르고 편지까지 쓰라고 했으면, 적어도 우리가 서류 심사에 떨어졌다는 메일을 보내는 성의는 보여야 하는 거 아닌가—마침내 발신자가 admin@themonkfordpartnership.com이고 제목이 '원폴게이트 스트리트'인 메일이 도착한다. 나는 초조함을 느낄 잠깐의 시간도 참지 못한다. 그래서 곧장 메일을 확인한다.

면담을 위해 내일, 3월 16일 화요일 오후 다섯시에 멍크퍼드 파트너십 사로 와주시기 바랍니다.

이것뿐이다. 주소도, 세부사항도, 면담 담당자가 에드워드 멍크퍼드 본인인지 그의 부하 직원인지 아무 설명도 없다. 하지만 멍크퍼드 파트너십 사의 위치는 인터넷에서 금방 찾을 수 있고 면담 상대가 누구인지도 중요하지 않다. 지금부터가 진짜 시작이다. 우리는 모든 허들을 통과했고 이제 마지막 관문만 남았다.

멍크퍼드 파트너십은 시티에 위치한 유명한 현대적 빌딩의 꼭대기 층에 있다. 엄연한 주소가 있지만, 사람들은 대부분 그 빌딩을 생긴 모습대로 '하이브'라고 부른다. 거대한 돌로 만든 벌집 같아서다. 스퀘어마일*에 서 있는 유리와 철강으로 된 상자 같은 마천루들 사이에 있는 하이브는 외계인에게 공습을 받은 기괴하고 투명한 번데기처럼 세인트폴성당에 바짝 다가서 있다. 건물 안으로 들어와서 보니 이곳은 한층 더 이상하다. 안내데스크가 따로 없고 길게 뻗은 옅은 색조의 석조 벽에 두 개의 홈이 파여 있다. 아마도 홈을 따라가면 엘리베이터가 나오는 듯하다. 왜냐하면 들고 나는 사람들의 흐름이 계속 이어지고 있기 때문이다. 남자건 여자건 모두 고가의 검은색 정장을 입고 셔츠의 맨 위 단추를 풀고 있다.

내 휴대폰이 울린다. 액정에 뭔가가 반짝거린다. 멍크퍼드 빌딩. 체크인을 하시겠습니까?

나는 '승인'을 터치한다.

---

* 런던의 중심 지구인 '시티'의 별칭. 전체 면적이 1.12스퀘어마일밖에 되지 않는 데서 유래했다.

환영합니다, 에마와 사이먼. 3호 승강기를 타고 십사층에서 내리십시오.

이 빌딩이 어떻게 우리를 인식했는지 도무지 모르겠다. 어쩌면 그들의 이메일에 모종의 쿠키가 심어져 있었는지도 모른다. 사이먼은 이런 전문적인 내용에 대해 잘 안다. 나는 사이먼이 흥미를 느끼기를 바라며 휴대폰을 보여주지만 그는 무시하는 표정으로 어깨만 으쓱한다. 이런 장소, 부유하고 돈을 쏟아부었고 자신만만한 공간은 그의 취향이 아니다.

엘리베이터 앞에는 우리보다 더 이곳에 어울리지 않아 보이는 남자 한 명이 있을 뿐 우리를 맞으러 나온 사람은 보이지 않는다. 남자는 잿빛 머리를 길게 길렀는데, 머리를 뒤로 모아 묶었지만 전혀 정리가 되어 있지 않다. 수염은 족히 이틀은 자라 까칠하고, 좀이 파먹은 카디건과 낡은 면바지를 입고 있다. 그의 발을 보니 구두도 신지 않은 채 양말 바람이다. 크런치바 같은 초콜릿을 쩝쩝 소리를 내며 요란하게 먹고 있다. 엘리베이터 문이 열리자 그가 냉큼 올라탄다.

층을 누르려고 고개를 돌렸는데 아무것도 없다. 미리 프로그램된 층으로만 운행하는 것 같다.

너무 부드럽게 움직여 이동하는 느낌조차 없이 위로 올라가는데, 남자의 시선이 내 몸을 훑는 느낌이 난다. 그 시선이 지금 내 몸통을 맴돈다. 그가 손가락에 묻은 초콜릿 부스러기를 핥는 동안 시선이 한곳에 머무른다. 그의 시선이 따가운 곳을 더듬더듬 만져보니 셔츠가 말려올라가 있다. 바지 허리춤 바로 위쪽에 맨살이 살짝 드러나 있다.

왜 그래, 엠? 내가 불편해하는 기색에 사이먼이 묻는다.

아무것도 아니야. 나는 낯선 남자에게서 사이먼에게로 시선을 돌리고 대답하면서 재빨리 셔츠를 안으로 집어넣는다.

아직도 결심이 바뀌지 않았어? 사이먼이 조용히 묻는다.

모르겠어. 내가 대답한다. 사실 조금도 바뀌지 않았지만 내가 이 문제를 다시 의논할 가능성을 닫아버렸다고 사이먼이 생각하는 건 또 싫다.

엘리베이터 문이 열리고 남자는 여전히 초콜릿바를 우물거리며 냉큼 내린다.

쇼타임. 사이먼이 주위를 둘러보며 말한다.

이번에도 넓고 휑하며 길쭉한, 빛으로 환하게 채워진 공간이다. 한쪽 끝에는 둥글게 휜 유리벽이 시티를 굽어보고 있다. 세인트폴 성당의 돔과 로이드 본사와 그 밖의 런던의 랜드마크 건축물들, 저 멀리 커내리워프*, 아일오브독스를 휘감은 후 동쪽으로 끝도 없이 뻗은 평지로 흘러가는 템스강이 보인다. 가죽 의자에 앉아 아이패드를 톡톡 두드리던, 검은색 맞춤 정장을 입은 금발 여직원이 일어선다.

어서 오세요, 에마 씨, 사이먼 씨. 직원이 인사한다. 잠시 앉아서 기다리세요. 에드워드가 곧 두 분을 만날 겁니다.

아이패드로 이메일을 전부 확인하는지 십 분가량 조용히 있던 직원이 말한다. 저를 따라오세요.

그녀가 문을 밀어서 연다. 열리는 모습을 보니 그 문이 얼마나 무겁고 균형이 잘 맞는지 알겠다. 안으로 들어가니 어떤 남자가 기

---

* 런던 템스강 도크랜즈에 위치한 신도시로 초고층 건물이 모여 있다.

다란 테이블을 양 주먹으로 짚고 서서 설계도 여러 장을 살펴보고 있다. 설계도들이 테이블 면적을 다 차지할 정도로 매우 크다. 슬쩍 보니 청사진이 아니라 실제 스케치다. 연필 두세 자루와 지우개 한 개가 테이블의 한쪽 구석에 크기대로 가지런히 놓여 있다.

에마. 사이먼. 마침내 남자가 고개를 들어 우리에게 알은체를 한다. 커피 드시겠습니까?

좋은데, 이 남자 매력 있네. 그를 보자마자 처음으로 든 생각이다. 그리고 두번째로 든 생각도. 세번째로 든 생각도. 머리카락은 미묘한 금발로, 짧게 바짝 자른 곱슬이다. 셔츠의 맨 위 단추를 풀었고 그 위에 검은색 스웨터를 입었다. 눈에 띄는 옷차림은 아니지만 울 스웨터에 감싸인 어깨는 넓고 날씬하고 미소는 따스하면서 겸손해 보인다. 내가 상상했던 강박적인 기인이 아니라 섹시하면서 느긋한 태도의 교사처럼 보인다.

사이먼도 이런 점들이 보였는지 아니면 내가 그런 점을 눈여겨본다는 사실을 알아차렸는지, 그는 느닷없이 앞으로 성큼성큼 걸어가더니 에드워드 멍크퍼드의 어깨를 움켜쥔다.

에드워드, 맞죠? 사이먼이 묻는다. 아니면 에디? 에드라고 부를까요? 나는 사이먼이에요. 만나서 반가워요. 여긴 정말 대단한 곳이네요. 여기는 내 여자친구 에마예요.

나는 움찔한다. 사이먼은 자신에게 위압감을 주는 사람을 상대할 때 꼭 이런 돌출 행동을 하기 때문이다. 나는 재빨리 끼어든다. 커피 좋아요.

커피 두 잔 부탁해, 앨리샤. 에드워드 멍크퍼드는 비서에게 매우 정중하게 지시한다. 그는 몸짓으로 나와 사이먼에게 테이블의 맞은편에 있는 의자를 가리킨다.

자, 이제 말해봐요. 우리가 의자에 앉자, 에드워드 멍크퍼드는 사이먼을 본체만체한 채 나를 똑바로 바라보며 묻는다. 왜 원 폴게 이트 스트리트에 살고 싶으신 거죠?

아니다. 교사가 아니다. 적어도 교장이나 운영위원회 회장이다. 그의 눈빛은 여전히 친근하지만 살짝 강렬해졌다. 물론 그 점이 그를 더욱 매력적으로 만든다.

우리는 이런 질문이나 이와 비슷한 질문이 나오리라 짐작했다. 나는 우리가 이 기회를 귀중하게 여기고 있다는 둥, 우리가 이 집의 가치를 제대로 살려보고 싶다는 둥 미리 준비한 답변을 더듬더듬 늘어놓는다. 사이먼은 내 옆에서 말없이 쏘아보기만 한다. 내가 대답을 끝내자 멍크퍼드는 예의바르게 고개를 끄덕인다. 하지만 지루해하는 기색이다.

그리고 그곳에서의 생활이 우리를 바꿀 수 있을 것 같아요. 불쑥 이런 말이 나온다.

그가 처음으로 관심을 보이는 듯하다. 두 분을 바꾼다고요? 어떻게요?

얼마 전 강도를 당했어요. 내가 천천히 이야기를 시작한다. 남자 둘이었죠. 실은 애들이었어요. 십대 애들이요. 무슨 일이 있었는지는 잘 기억하지 못해요. 세세한 부분까지는요. 일종의 외상 후 쇼크를 겪고 있어요.

그가 생각에 잠긴 표정으로 고개를 끄덕인다.

그 반응에 힘입어 나는 계속한다. 나는 거기 멍하니 서서 그들이 도망치도록 내버려둔 사람이 되고 싶지 않아요. 스스로 결정을 내리는 사람이 되고 싶어요. 맞서 싸우는 사람이요. 그런 점에서 그 집이 도움이 될 것 같아요. 그러니까 우리는 평소 그런 식으로 생활하지 않거든요. 그 규칙들 말이에요. 하지만 시도해보고 싶어요.

다시 한번 침묵이 이어진다. 마음속으로 나는 내 엉덩이를 걷어찬다. 그 일이 이것과 무슨 상관이 있다는 거야? 그 집이 어떻게 나를 다른 사람으로 바꿔준다는 거야?

얼음 같은 냉기가 감도는 금발이 커피 두 잔을 가지고 온다. 나는 벌떡 일어나 커피를 받아들다가 다급하고 초조한 마음에 그만 커피를 쏟고 만다. 컵이 그대로 넘어지면서 스케치 위로 커피가 쏟아진다.

제기랄, 에마. 사이먼이 벌떡 일어나며 힐난한다. 지금 뭐하는 거야.

정말 죄송합니다. 커피가 갈색 강물처럼 서서히 디자인들을 빨아들이는 모습을 지켜보며 나는 비참한 기분으로 사과한다. 세상에, 정말 죄송합니다.

비서가 닦을 걸 가지러 서둘러 나간다. 눈앞에서 기회가 스르르 빠져나가는 것 같다. 텅 비워놓은 소유물 목록 칸이며 희망을 품고 답변지에 적어넣은 온갖 거짓말들이 이제 아무 소용 없어졌다. 그 아름다운 집에서 이 남자가 절대 보고 싶지 않은 풍경이 재바르지 못하게 커피나 쏟는 멍청이일 테니.

놀랍게도 멍크퍼드는 웃고 있다. 형편없는 스케치였어요. 그가 말한다. 몇 주 전에 버렸어야 했는데. 덕분에 귀찮은 일을 덜었네요.

비서가 키친타월을 가지고 돌아와 서둘러 도면 위를 톡톡 두드리며 커피를 훔친다. 앨리샤, 더 엉망으로 만들고 있잖아. 멍크퍼드의 말투가 날카롭다. 내가 할게.

그는 커피가 쏟아진 부분이 안으로 가도록 도면을 커다란 기저귀처럼 뭉친다. 버려. 그러고는 비서에게 종이 뭉치를 건네며 말한다.

이봐요, 정말 미안해요. 사이먼이 사과한다.

처음으로 멍크퍼드가 사이먼을 똑바로 바라본다.

사랑하는 사람에 대해 절대 사과하지 마요. 멍크퍼드가 차분하게 말한다. 멍청해 보이니까.

사이먼은 많이 놀랐는지 아무 말도 못한다. 나도 놀라서 숨만 헉하고 들이쉴 뿐이다. 지금까지 에드워드 멍크퍼드의 행동 어디에도 그가 그렇게 사적인 말을 할 조짐은 없었다. 그리고 사이먼은 이 일에 비하면 별것도 아닌 일, 정말 아무것도 아닌 일로도 사람을 때린 적이 있다. 이윽고 멍크퍼드는 다시 나를 바라보며 선선하게 말한다. 곧 결과를 알려드리죠. 와주셔서 고맙습니다, 에마.

잠시 침묵이 흐른 후 그가 덧붙인다. 그리고 사이먼, 당신도요.

나는 하이브의 십사층에 위치한 로비에서 유리벽 회의실에 있는 두 남자가 언쟁을 하는 모습을 지켜보며 기다리는 중이다. 확신하건대, 둘 중 한 명은 에드워드 멍크퍼드다. 그는 내가 인터넷에서 본 사진과 똑같은 옷을 입고 있다. 맨 위 단추를 푼 흰색 셔츠에 검은색 캐시미어 스웨터를 입었고, 금발에 가까운 연한색 곱슬머리가 금욕적인 분위기의 갸름한 얼굴을 감싸고 있다. 그는 미남이다. 눈이 번쩍 뜨일 정도는 아니지만 한쪽 입술이 살짝 말려올라간 미소가 더해져 매력적이고 자신만만한 분위기를 풍긴다. 다른 남자가 그에게 고함을 지르고 있는데, 유리벽이 워낙 두터워 무슨 말을 하는지는 알 수 없다. 이곳은 연구실처럼 고요하다. 이 남자는 몸짓이 격렬해서 양손을 멍크퍼드의 턱 아래로 찌르듯 집어넣기도 한다. 그런 몸짓과 까무잡잡한 피부를 보니 러시아 사람인지도 모르겠다.

한쪽에 서서 가끔 말참견을 하는 여자는 올리가르히*의 아내일 것이다. 남편보다 훨씬 젊고, 요란한 베르사체 문양의 옷을 입었고, 말끔한 머리는 비싼 돈을 들여 절묘한 색감의 금발로 염색했다. 남편은 그녀를 무시하지만 멍크퍼드는 가끔 그녀를 정중하게 바라본다. 남자가 마침내 고함을 멈추자 멍크퍼드가 차분하게 몇 마디를 하더니 고개를 가로젓는다. 상대방 남자는 한번 더, 이번에는 더 격렬하게 분통을 터트린다.

나를 맞이한 말끔한 갈색 머리 여직원이 다가온다. "죄송하지만 에드워드의 미팅이 아직 끝나지 않았어요. 뭘 좀 가져다드릴까요? 물 드시겠어요?"

"괜찮아요. 고맙습니다." 나는 눈앞의 장면을 턱짓으로 가리킨다. "저 미팅을 말씀하시는 건가요?"

직원이 내 시선을 좇는다. "저분들은 시간만 낭비하고 있어요. 에드워드는 절대 바꿔주지 않을 거예요."

"무슨 문제로 다투는 거죠?"

"저 고객이 지난번 결혼생활을 할 때 집을 의뢰하셨어요. 그런데 재혼한 지금 아내가 아가**를 설치하고 싶어해요. 집을 좀더 아늑하게 만들고 싶대요."

"그런데 멍크퍼드 파트너십은 안락하게 고쳐주지 않을 거고요?"

"그게 문제가 아니에요. 처음 의뢰에서 합의된 사항에 속하지 않는다면 에드워드는 절대 수정하지 않아요. 그가 만족스럽지 않은

---

* 러시아의 재벌.

** 무쇠로 만든 영국산 레인지 겸 히터의 상표명.

부분이 아닌 한요. 한번은 서머하우스의 지붕을 4피트 정도 낮추려고 석 달 동안 다시 지은 적도 있어요."

"말하자면 완벽주의자가 되려고 애쓰는 거군요?" 내가 말한다. 그러자 내가 선을 넘었는지 그녀는 내게 차가운 미소를 지어 보인 후 그대로 가버린다.

나는 두 사람의 논쟁을 계속 지켜본다. 아니, 그저 불만을 퍼붓는 상황이라고 하는 게 좋겠다. 왜냐하면 에드워드 멍크퍼드는 거의 개입하지 않고 있기 때문이다. 바위를 때리는 파도처럼 상대방이 분노를 몽땅 쏟아내게 할 뿐, 가끔 관심을 보이는 표정을 정중하게 짓는 것 외에 그는 아무것도 하지 않는다. 결국 문이 벌컥 열리더니, 고객이 여전히 투덜거리면서 쿵쾅쿵쾅 나오고 하이힐을 신은 그의 아내가 징징거리며 뒤따른다. 마침내 멍크퍼드가 그곳을 나선다. 나는 치맛자락을 매만진 후 자리에서 일어난다. 면담을 위해 한참 고민하다 고른 옷은 프라다 원피스였다. 치마 부분에 주름이 잡혔고 길이는 무릎 바로 아래까지 내려오는 군청색 원피스로 현란한 분위기와는 거리가 한참 멀다.

"제인 캐번디시 씨입니다." 안내 직원이 그에게 알린다.

그가 몸을 돌려 나를 바라본다. 아주 잠깐 동안이지만 그가 놀라는 것 같다. 내 모습이 그가 기대한 모습과 달라 당황한 듯도 하다. 이윽고 그가 손을 내민다. "제인. 그렇죠. 저쪽으로 가시죠."

나는 이 남자와 자게 될 거야. 나는 간신히 인사를 건네는 와중에도, 내가 통제할 수 있는 선 너머에 있는 의식의 일부분이 이런 식으로 판단하는 것을 인지한다. 그가 나를 위해 회의실 문을 잡아주는데, 이렇게 단순하고 몸에 밴 정중함조차 자신감으로 충만해 있는 듯하다.

우리는 작은 마을의 건축 모형이 꽉 채우고 있는 기다란 유리 테이블을 사이에 두고 앉는다. 내 얼굴을 찬찬히 살피는 그의 시선이 느껴진다. 그가 평범하게 잘생긴 얼굴 이상은 아니라고 판단한 것은 그를 가까이서 보지 않았기 때문이었다. 특히 그의 눈동자는 놀라울 정도로 투명한 파란색이다. 아직 삼십대인 것으로 알고 있는데 눈꼬리에 주름이 잡혀 있다. 웃음 주름. 할머니는 눈가의 주름을 그렇게 부르셨다. 하지만 에드워드 멍크퍼드의 웃음 주름은 강렬하고 매처럼 날카로운 인상을 더해준다.

"이기셨나요?" 그가 아무 말이 없자 내가 묻는다.

그가 깜짝 놀란 것 같다. "이기다뇨, 뭘?"

"언쟁이요."

"아하, 그거요." 그가 어깨를 으쓱하며 미소를 짓는다. 그의 얼굴이 순식간에 부드럽게 풀어진다. "내가 만든 건축물은 고객에게 요구사항이 많아요, 제인. 나는 그 사람들이 견디지 못할 리 없다고 생각해요. 게다가 어떤 경우든 보상이 요구사항보다 훨씬 더 크죠. 어떤 면에서는 그래서 당신이 여기에 온 것 같군요."

"그런가요?"

그가 고개를 끄덕인다. "나의 기술 파트너인 데이비드는 노상 UX에 대해 이야기를 하죠. UX란 '사용자 경험'이라는 뜻이에요. 계약서의 임대 조건들을 봤으니 당신도 알겠지만, 우리는 원 폴게이트 스트리트에서 정보를 모은 후 그걸 이용해 다른 고객들의 UX를 개선합니다."

사실 나는 계약서의 조항들을 대충 훑으며 건너뛰었다. 계약서가 자잘한 글씨로 스무 장가량이나 되기 때문이다. "구체적으로 어떤 정보를요?"

그가 다시 어깨를 으쓱한다. 스웨터에 감싸인 그의 어깨는 넓지만 호리호리하다. "메타데이터죠, 대개는. 당신이 어떤 방을 가장 많이 쓰는가 같은 정보예요. 그리고 때때로 설문지를 다시 작성해달라는 부탁을 할 겁니다. 그동안 당신의 답변이 어떻게 변했는지 알아보기 위해서죠."

"그 정도는 괜찮을 것 같군요." 나는 주제넘게 들릴지도 모른다는 생각이 들어 입을 다문다. "물론 기회를 주신다면요."

"좋습니다." 에드워드 멍크퍼드가 종이 포장지로 싼 각설탕을 넣어둔 그릇과 커피잔들이 놓인 쟁반으로 손을 뻗는다. 무의식적으로 그는 각설탕들의 가장자리를 바로잡아 루빅큐브처럼 완벽한 정사각형으로 만든다. 다음으로 컵의 손잡이가 모두 같은 방향을 향하도록 돌린다. "당신에게 우리 고객들을 만나서 아가와 트로피 진열장이 없어도 그들의 세상이 끝나지 않는다고 설득하도록 도와달라는 부탁을 할 수도 있어요." 또다시 그의 눈꼬리에 미소가 번진다. 그 미소를 보고 있으니 어쩐지 무릎이 조금 후들거리는 것 같다. 이건 나답지 않아. 이렇게 스스로를 다그치는데 문득 이런 생각이 든다. 우리, 같은 느낌일까? 나는 그에게 호응하는 미소를 살짝 지어 보인다.

정적. "알겠습니다, 제인. 내게 물어보고 싶은 점이 있나요?"

나는 생각해본다. "원 폴게이트 스트리트는 직접 거주할 목적으로 지으셨죠?"

"네." 그는 길게 대답하지 않는다.

"그럼 멍크퍼드 씨는 지금 어디에서 사세요?"

"호텔이죠, 대개는. 어디건 프로젝트를 진행하는 곳 근처요. 숨이 다 죽은 쿠션들을 몽땅 옷장으로 치워버리기만 하면 호텔도 충분히 견딜 만해요." 그가 다시 미소를 짓지만 농담을 하는 것 같지는 않다.

"자신의 집이 없어도 괜찮으세요?"

그가 어깨를 으쓱한다. "덕분에 작업에 집중할 수 있죠." 대답을 하는 그의 목소리에 더이상 질문을 거부하는 듯한 느낌이 난다.

그때 웬 남자가 방으로 들어온다. 다짜고짜 말을 시작하며 스토퍼로 고정해둔 문을 거칠게 억지로 밀어붙인다. "에드, 대역폭에 대해 이야기 좀 해. 그 멍청이들이 광섬유를 아끼려고 해. 그 녀석들은 요즘 납 배수관이 구닥다리로 보이는 것처럼 구리 전선도 앞으로는 그렇게 보일 거라는 사실을 백 년이 지나도 이해 못할⋯⋯"

그 남자는 육중한 체격에 옷차림은 꾀죄죄하고, 턱이 발달하고 살이 투실투실한 얼굴에는 듬성듬성 자란 수염이 가득하다. 수염보다 더 하얗게 센 머리를 뒤로 묶었다. 에어컨이 작동중인데도 그는 반바지에 플립플랍 차림이다.

멍크퍼드는 그런 방해에 당황하는 것 같지 않다. "데이비드, 이분은 제인 캐번디시 씨야. 원 폴게이트 스트리트에 살고 싶다고 신청하셨어."

아마도 멍크퍼드의 기술 파트너인 데이비드 틸인 듯하다. 너무 깊이 박혀 있어서 눈빛을 좀처럼 읽을 수 없는 그의 두 눈이 내 쪽으로 무심하게 향하더니 어느새 멍크퍼드 쪽으로 돌아간다. "유일한 해결책은 이 마을에 자체 위성을 띄우는 거야. 모든 것을 다시 생각할 필요가……"

"전용 위성 말이야? 그거 재미있는 생각인데." 멍크퍼드가 생각에 잠긴 채 말한다. 그러더니 나를 바라본다. "미안하지만 이제 가주셔야겠네요, 제인."

"물론이죠." 내가 자리에서 일어나자 데이비드 틸의 두 눈이 내 맨다리로 향한다. 멍크퍼드가 그 모습을 보더니 다음 순간 얼굴이 일그러진다. 무슨 말을 하려다 애써 참는 것 같다.

"만나주셔서 감사합니다." 내가 정중하게 덧붙인다.

"조만간 연락드리겠습니다." 그가 대답한다.

면담 후 하루 만에 메일이 도착한다. 귀하의 신청이 승인되었습니다.

승인을 받았다는 사실이 도저히 믿기지 않는다. 무엇보다 메일에 이 한 문장 외에 다른 내용이 전혀 없는 것 때문에 더 그렇다. 우리가 그 집에 이사 갈 수 있는 날짜나, 거래 은행에 대한 구체적인 정보나, 다음으로 우리가 무엇을 해야 할지 구체적인 설명이 전혀 없다. 나는 부동산 중개인 마크에게 전화를 건다. 신청서를 작성하려고 준비하는 동안 그와 꽤 친해졌는데, 첫인상만큼 나쁜 사람은 아니었다.

내가 소식을 알리자 그는 진심으로 기뻐하는 것 같다. 집이 현재 비어 있기 때문에 두 분이 원한다면 이번 주말에 들어갈 수 있어요. 서명이 필요한 서류가 있고 두 분의 휴대폰에 앱을 깔아야 하는데 그건 제가 설명을 해드릴 거고요. 이 정도가 다예요, 정말로요.

이 정도가 다예요, 정말로요. 마침내 우리가 해냈다는 사실이 이제야 실감이 난다. 앞으로 우리는 런던에서 가장 놀라운 집 중 한 곳에서 살게 될 것이다. 우리가. 나와 사이먼이. 이제부터 모든 것이 달라질 것이다.

3. 교통사고가 발생했는데, 사고의 책임이 당신에게 있습니다. 그런데 상대 여성 운전자가 당황해서 자신이 사고를 일으켰다고 생각하는 듯합니다. 경찰에 누구의 잘못이라고 말하겠습니까?

　　○ 상대의 잘못
　　○ 자신의 잘못

나는 지극히 만족스러운 기분으로 텅 빈 원 폴게이트 스트리트
에 앉아 금욕적인 분위기에 젖어 있다.

내 두 눈은 오염되지 않은 텅 빈 정원을 빨아들일 듯 보고 있다.
정원에 왜 꽃이 없는지 이제 안다. 인터넷에 따르면, 이 정원은 일
본의 절에서 명상을 위해 조성하는 정원인 가레산스이를 본따 만
들었다. 각각의 형태는 산과 물, 하늘을 상징한다. 이곳은 화초를
키우는 곳이 아니라 생각을 하기 위한 정원이다.

에드워드 멍크퍼드는 아내와 아들을 잃은 후 일 년간 일본에서
지냈다. 나는 그 사실에 착안해 이 정원을 검색했다.

이곳은 인터넷조차 외부와 다르다. 커밀라는 내 휴대폰과 노트
북에 앱을 다운받고 내게 원 폴게이트 스트리트의 센서를 작동시
키는 특수한 팔찌를 주더니 와이파이를 연결해 비밀번호를 입력했
다. 그후로 내가 노트북을 켜면 나오는 화면은 구글이나 사파리가

아니라 '하우스키퍼'라는 단어 외에 아무것도 없는 텅 빈 화면이다. 탭도 '홈'과 '검색' '클라우드' 세 가지밖에 없다. '홈'은 원 폴게이트 스트리트의 조명이나 난방 등의 현상태에 대한 정보를 불러온다. 설정은 '능률적인'과 '평화로운' '유쾌한' '목적이 뚜렷한' 이네 가지 중에서 골라야 한다. '검색'으로 인터넷을 사용할 수 있다. 그리고 '클라우드'에 자료를 백업하고 보관한다.

하우스키퍼는 매일 바깥의 날씨와 그날의 약속, 현재의 세탁 상황을 근거로 그날그날 입을 옷을 제안한다. 집에서 밥을 먹으려고 하면, 하우스키퍼는 냉장고에 어떤 식재료가 있고, 그것을 어떻게 조리할 수 있고, 현재 식사량에서 몇 칼로리가 더 필요한지 알려준다. 한편 '검색' 기능은 광고며 납작한 배를 만들어준다는 팝업창, 불쾌한 뉴스, 각종 순위, 인지도 낮은 유명인들에 대한 가십, 스팸, 쿠키 같은 것들을 걸러준다. 즐겨찾기도, 사이트 방문 이력도, 저장된 데이터도 없다. 나는 화면을 끌 때마다 모든 흔적을 말끔히 삭제한다. 그런 행위가 묘하게 해방감을 준다.

때때로 나는 와인 한 잔을 따라 집안을 걸어다니며 물건들을 만져보고, 고급스럽고 청량한 질감에 익숙해지고, 의자나 화병의 위치를 정확하게 바로잡는다. 미스 반데어로에*가 표방한 적을수록 많다Less is More는 말은 익히 잘 알고 있었지만, 실제로 그 적음이 얼마나 감각적일 수 있는지, 얼마나 풍요롭고 육감적일 수 있는지는 몰랐다. 몇 점 되지 않는 가구들은 모두 디자인의 고전들이다. 옅은 빛깔의 떡갈나무로 만든 식탁용 의자는 한스 베그네르, 흰색 스

---

* 20세기 건축계의 거장으로 절제된 단순미를 특징으로 하는 미니멀리즘 건축가.

툴은 니콜, 맵시 있는 소파는 리소니다. 그 외에도 이 집에는 신경을 써서 고른 사치스럽고 소소한 살림살이들이 갖춰져 있다. 도톰한 흰색 수건과 TC*가 높은 침구류, 가느다란 내열 받침대가 달린 입으로 불어 만든 와인잔. 집안을 꾸민 손길 하나하나가 의외의 즐거움을 선사하고 제품의 진가를 차분히 음미하게 한다.

나는 영화 속 등장인물이 된 느낌이다. 이토록 탁월한 취향에 싸여 있으니 이 집에서는 어쩐지 더 우아하게 걷고, 서 있을 때도 자세를 고민하고, 매번 가장 좋은 풍경을 연출할 수 있을 만한 곳에 자리를 잡게 된다. 물론 나를 지켜볼 사람은 아무도 없다. 하지만 하우스키퍼가 자동으로 선곡한 조용한 영화 삽입곡들로 텅 빈 공간을 채워놓은 원 폴게이트 스트리트가 내 청중인 것 같다.

귀하의 신청이 승인되었습니다. 메일에는 이렇게만 적혀 있었다. 나는 면접이 너무 금방 끝났다는 사실을 나쁜 징조로 받아들였는데, 에드워드 멍크퍼드는 매사에 간결한 것을 좋아하는 사람인가보다. 그리고 서로 호감을 느낄 때 받는 작은 충격 같은 무언의 암류暗流는 결코 내 상상이 아니었다고 나는 확신한다. 음, 그 사람은 내가 어디에 사는지 아니까. 나는 그렇게 생각한다. 기다림만으로도 감정이 고조되며 육감적이 된다. 일종의 말없는 전희다.

그리고 꽃이 있다. 내가 이사를 온 날 현관에 꽃이 놓여 있었다. 비닐 포장지에 싸여 있는 커다란 백합 다발이었다. 메모는 없었다. 그가 입주자가 새로 들어올 때마다 꽃을 선물하는지 나를 위해 특별히 보낸 것인지 알려줄 만한 표시는 전혀 없었다. 그래도 나는

---

*Thread Count. 1제곱인치 안에 교차하는 날실과 씨실의 수.

그에게 정중하게 감사의 편지를 보냈다.

이틀 후 전과 똑같은 꽃다발이 도착했다. 그리고 일주일 후 세번째 꽃다발이 나타났다. 지난번과 동일하게 현관 옆에 놓인 똑같은 모양의 백합 꽃다발. 지금 원 폴게이트 스트리트는 곳곳이 진한 백합 향으로 가득하다. 아무리 그래도 이건 너무 심하다.

네번째 백합 꽃다발이 와 있는 것을 보니 이 정도면 참을 만큼 참았다는 생각이 든다. 마침 비닐 포장지에 플로리스트의 이름이 찍혀 있다. 나는 꽃집으로 전화해 다른 꽃으로 바꿀 수 있는지 묻는다.

그런데 전화를 받은 여자는 오히려 영문을 모르는 듯하다. "원 폴게이트 스트리트로 배달해달라는 주문은 없었는데요?"

"에드워드 멍크퍼드 씨 이름으로 주문했을 거예요. 아니면 멍크퍼드 파트너십일 수도 있고요."

"그런 주문은 없어요. 사실 손님이 사시는 지역에서는 전혀 없어요. 우리 가게는 해머스미스에 있거든요. 그렇게 북쪽으로는 배달을 하지 않아요."

"알겠습니다." 나는 당황해서 대답한다.

이튿날 다시 백합이 도착하자 나는 쓰레기통으로 던져버릴 생각에 꽃다발을 집어든다.

바로 그때 뭔가가 눈에 들어온다. 누군가가 처음으로 남겨두고 간, 손으로 쓴 카드다.

에마, 영원히 사랑해. 편히 잠들기를, 내 사랑.

과거 : **에마**

이곳은 우리가 바랐던 만큼 훌륭하다. 엄밀히 말해 내가 바랐던 만큼이지만. 사이먼이 모든 결정에 잘 따르고 있지만 여전히 꺼림칙해하는 것을 나는 안다. 어쩌면 저렴한 집세만 받고 이 집에 살게 해준 건축가에게 신세를 지는 기분이 드는 게 마음에 들지 않는지도 모른다.

그런 사이먼조차 샤워부스의 문을 열면 각자의 방수 팔찌로 우리를 구별하고 각기 선호하는 수온을 기억해 물을 틀어주는 접시만한 샤워 헤드에는 꽤 감탄하는 눈치다. 우리는 침실을 서서히 밝히는 빛—두꺼운 벽과 유리로 집밖의 소음이 거의 차단된 곳에서의 전기 일출—속에서 첫번째 아침을 맞았고, 나는 요 몇 년간 최고의 숙면을 취했다는 생각이 든다.

물론 짐 정리도 전혀 시간이 걸리지 않는다. 원 폴게이트 스트리트에는 이미 고급스러운 생필품이 갖춰져 있어 우리의 낡은 세간은 사이먼의 수집품과 함께 창고 신세를 지고 있다.

　가끔 나는 머그잔에 커피를 따라 들고 계단에 앉아서 턱을 양 무릎에 괸 채 이 모든 것이 얼마나 훌륭한지 음미한다. 커피 쏟지 마, 베이비. 이러고 있는 나를 볼 때마다 사이먼은 주의를 준다. 커피 사건은 어느새 우리만의 농담이 되었다. 우리는 내가 커피를 쏟은 덕에 이 집에 살게 되었을 거라고 생각한다.

　멍크퍼드가 사이먼에게 멍청하다고 한 일이나 그때 사이먼이 되받아치지 못했던 일은 입에 올리지 않는다.

　행복해? 사이먼이 계단에 앉아 있는 내 옆에 나란히 앉으려 다가오며 묻는다.

　행복해. 나는 얼른 대답한다. 그런데……

　이제는 이사를 가고 싶구나. 그가 말한다. 이 정도면 충분히 살아봤잖아. 그럴 줄 알았어.

　내 생일이 다음주잖아.

　그래, 베이비? 깜박했네.

　물론 농담이다. 사이먼은 밸런타인데이나 내 생일 같은 기념일을 언제나 요란하게 챙긴다.

　친구 몇 명을 초대하면 어떨까?

　파티를 열자고?

　나는 고개를 끄덕인다. 토요일에.

　사이먼이 걱정스러운 표정을 짓는다. 여기서 파티를 할 수 있기는 해?

　엉망이 되지는 않을 거야. 내가 말한다. 지난번 같지는 않겠지.

　내가 이런 말을 하는 것은, 지난번 우리가 파티를 열었을 때 이웃 세 집이 각기 따로 경찰에 신고를 했기 때문이다.

좋아, 그럼 하지 뭐. 사이먼은 여전히 미심쩍은 투다. 토요일이란 말이지.

토요일 밤 아홉시, 집은 사람들로 가득하다. 나는 실내에는 계단 칸칸마다, 실외에는 정원에 초를 밝히고 조명을 낮췄다. 처음에는 하우스키퍼에 '파티' 설정이 없다는 사실이 조금 걸렸다. 하지만 규칙을 확인해보니 '파티 금지' 조항은 없었다. 그들이 파티 조항을 깜박했을지도 모르지만 조항은 조항이다.

집안에 가구가 어디에 있으며 왜 이삿짐을 정리하지 않는지 농담이 끊이지 않을 만도 한데, 친구들은 현관을 들어서는 순간부터 눈앞에 보이는 광경을 좀처럼 믿지 못한다. 사이먼은 물 만난 물고기 같다. 안 그래도 친구들의 부러움을 한몸에 받으면 좋아하고, 최신 한정판 시계나 앱, 휴대폰을 보면 갖고 싶어 몸이 근질근질한 사람이 최첨단 주택에 살고 있으니 오죽할까. 그는 어느새 새로운 버전의 자아에 완전히 적응해 가스레인지와 전자동 출입 시스템, 석조 벽에 난 작은 홈 세 개가 전기 소켓이 되는 방식, 성별에 따라 침대 아래 서랍이 다르게 설치된 것까지 보여주며 으쓱해하고 있다.

에드워드 멍크퍼드도 초대하려 했지만 사이먼이 나를 만류했다. 손님들 사이로 동심원처럼 퍼져나가는 카일리의 〈Can't Get You Out of My Head〉를 듣고 있으니 사이먼의 말이 옳았다는 생각이 든다. 멍크퍼드는 이 모든 소음과 혼란과 춤을 증오할 것이다. 그라면 그 자리에서 당장 새로운 규칙을 만들어 손님들을 몽땅 쫓아낼지도 모른다. 아주 잠깐이지만 그런 일이 실제로 벌어졌다고 상상해보니―초대하지도 않은 에드워드 멍크퍼드가 나타나 음악을 끄고 모두에게 나가라고 한다―정말로 기분이 훨씬 좋아진다. 물론 말도 안 되는 생각이다. 왜냐하면 이건 내 파티니까.

사이먼이 양팔에 술병을 가득 안고 내 옆을 지나가다 몸을 기울여 입을 맞춘다. 주인공 아가씨, 아주 좋아 보이는데. 그가 말한다. 그거 새 원피스야?

아주 오래된 거야. 거짓말이다. 그는 내게 다시 입맞춘다. 너희 둘, 방을 잡아. 솔의 고함소리가 음악소리 사이로 끼어들자 어맨다가 그를 춤추는 사람들 사이로 끌고 간다.

이곳에는 술이 잔뜩 있고, 약이 조금 있고, 음악과 사람들의 고함소리가 넘쳐난다. 사람들이 작은 정원으로 나가 담배를 피우고 이웃에게 큰 소리로 항의를 듣고 있다. 새벽 세시쯤 되니 손님들도 뿔뿔이 흩어져 돌아간다. 솔은 피곤하다는 내 말과 술을 너무 마셨다는 사이먼의 말에도 아랑곳없이 우리에게 클럽에 같이 가자고 이십 분이나 졸라대다가 결국 어맨다의 손에 이끌려 집으로 간다.

침대로 가자, 엠. 모두 돌아가자 사이먼이 말한다.

좀 이따가. 내가 말한다. 지금은 너무 피곤해서 꼼짝도 못하겠어.

자기 향기가 너무 좋아, 끝내줘. 그는 내 목에 코를 파묻으며 이렇게 말한다. 얼른 침대로 가자.

사이. 내가 망설인다.

응? 그가 말한다.

오늘밤은 섹스하고 싶지 않아. 내가 말한다. 미안해.

우리는 강도를 당한 이후로 섹스를 하지 않았다. 사실 섹스라는 말을 입에 담지도 않았다. 이 문제도 우리가 함구하는 것들 가운데 하나다.

이 집으로 이사를 오면 모든 게 달라질 거라고 했잖아. 사이가 부드러운 어조로 말한다.

그럴 거야. 내가 대답한다. 다만 아직은 아니야.

그래. 그가 말한다. 서두를 필요 없어, 엠. 절대 서두르지 마.

잠시 후 어둠 속에 나란히 누워 그가 나직하게 말한다. 우리가 벨포트 가든스에 세례를 주자고 했던 일 기억해?

그 일은 우리가 세운 바보 같은 도전이었다. 그곳에서 지내는 일주일 동안 방마다 돌아다니며 사랑을 나누는 계획이었다.

그는 더이상 아무 말도 하지 않는다. 침묵이 길어지고 결국 나는 잠에 빠져든다.

나는 간소한 집들이를 핑계로 친구들을 점심식사에 초대했다.
미아와 리처드 커플은 아이들인 프레디와 마사를, 베스와 피트는
샘을 데리고 왔다. 미아는 케임브리지 시절부터 알고 지내는 나의
가장 오래되고 가장 친한 친구다. 어느 정도로 가까운가 하면, 두
사람이 결혼식을 올리기 직전 미아가 이비사섬에서 다른 남자와
하룻밤을 보내고 결혼식을 취소하려 했던 일이나 프레디를 낳고
산후우울증이 극심해 마사를 가졌을 때 낙태를 고려했던 일 등 그
녀의 남편도 모르는 일을 나는 안다.

이 친구들을 많이 좋아하기는 해도 이들을 함께 부르지는 말아
야 했나보다. 내가 이 두 가족을 초대한 건 다 불러도 될 만큼 집
이 넓다는 사실 때문이었다. 하지만 친구들이 아무리 조심을 한다
고 해도 언젠가는 반드시 아이들에 대한 이야기가 나올 것이다. 리
처드와 피트가 돌바닥과 무시무시한 계단, 뛰어다니다 알아차리지

못할 수도 있는 통유리 창문 때문에 벌벌 떨면서 눈에 보이지 않는 보호용 끈으로 홱 잡아당기듯 아이들 뒤를 졸졸 따라다니는 동안, 미아와 베스는 커다란 잔에 화이트와인을 가득 따르고 치열한 전투로 기운은 다 빠졌지만 자랑스럽다는 듯한 태도로 자신들의 삶이 얼마나 지루한지 조용조용 불평을 늘어놓는다. "세상에, 지난주에는 여섯시 뉴스를 보다가 곯아떨어졌지 뭐야!" "그건 아무것도 아니야. 나는 요즘 씨비비스*에 푹 빠졌잖아!" 마사가 석조 식탁에 점심을 다 토하는 동안 샘은 손가락을 초콜릿무스에 푹 담갔다가 거실 통유리창에 바른다. 어느새 나는 아이가 없는 생활의 장점을 떠올리고 있다. 나의 일부는 손님들을 모두 보내버리고 얼른 집을 치우고 싶다는 생각뿐이다.

잠시 후 미아 때문에 조금 거북한 상황이 생긴다. 나를 도와 샐러드를 준비하던 미아가 묻는다. "제이, 아프리카 숟가락들은 어디에 뒀어?"

"아, 그건 전부 자선 가게에 기증했는데."

미아는 묘한 표정을 지으며 말한다. "그것들, 내가 준 거잖아."

"그래, 알아." 미아는 아프리카에 있는 고아원에 자원봉사를 다녀온 적이 있다. 그때 그녀가 아이들이 손수 깎아서 만든 샐러드 숟가락 두 개를 갖다주었다. "잘 떠지지 않는 것 같아서 그랬어. 미안해. 마음 상했어?"

"아니, 괜찮아." 그녀는 살짝 상처입은 표정을 지으며 대답한다. 분명 마음이 상한 것이리라. 하지만 이내 점심이 준비되고 그녀는

---

* CBeebies. 6세 이하 아동을 대상으로 하는 BBC의 유아 전문 채널.

그 일을 잊어버린다.

"그나저나 제이, 요즘 만나는 사람은 있어?" 베스가 두번째 잔을 채우며 묻는다.

"늘 좋은 남자 가뭄이지." 내가 말한다. 이 대화는 지난 몇 년간 이 모임에서 내가 맡은 역할이다. 그러니까 내가 경험한 형편없는 섹스 이야기를 들려주면, 친구들은 자신들이 완전히 뒤처진 건 아니라고 느끼며 동시에 자신들이 보기보다 훨씬 더 나은 삶을 살고 있다고 확신하는 것 말이다.

"그 건축가는 어때?" 미아가 말한다. "그 사람하고는 어떻게 돼가?"

"어머, 건축가는 또 뭐야? 전혀 몰랐어." 베스가 말한다. "어서 이야기해봐."

"쟤, 지금 이 집을 지은 남자한테 마음이 있어. 그렇지, 제이?"

피트는 샘을 밖으로 데리고 나갔다. 아이는 풀밭 옆에 쪼그리고 앉아 작은 손으로 자갈을 움켜쥐고 사방으로 던지고 있다. 피트에게 돌을 못 던지게 하라고 부탁하면 노처녀 히스테리로 보일 것 같다. "하지만 내가 어떻게 할 수 있는 일이 아니잖아." 내가 대답한다.

"괜히 뜸들이지 마." 베스가 말한다. "너무 늦기 전에 얼른 잡아." 그녀는 자신의 말실수에 놀라 말문을 닫는다. "젠장, 내가 하려던 말은……"

비통함과 분노가 가슴에 사무쳐오지만 차분하게 말한다. "괜찮아. 무슨 뜻인지 알아. 어차피 당분간 내 생체시계는 눈을 좀 붙이려는 것 같아."

"그래도 미안해. 내가 너무 주제넘었어."

"그 남자가 밖에 있던 사람인지 궁금하네." 미아가 말한다. "네 건축가 말이야."

나는 인상을 쓴다. "그게 무슨 말이야?"

"방금 마사의 펭귄을 가지러 차에 다녀왔거든. 그런데 어떤 남자가 꽃을 들고 현관 쪽으로 오던데."

"무슨 꽃이었어?" 내가 묻는다.

"백합. 제인?"

나는 어느새 현관으로 뛰쳐나가고 있다. 지난번 영문 모를 카드를 발견한 후로 수수께끼의 꽃다발은 계속 내 신경을 긁어댔다. 문을 밀어서 열어보니 꽃다발은 벌써 계단에 놓여 있고 남자는 길에 거의 다다른 참이었다. "잠깐만요!" 나는 소리쳐 남자를 부른다. "저기요, 잠깐만요."

그가 돌아선다. 나와 또래이거나 두 살 정도 많아 보이고 검은 머리에는 새치가 섞여 있다. 얼굴은 해쓱하지만 눈빛만은 묘하게 강렬하다. "네?"

"누구세요?" 나는 꽃다발을 몸짓으로 가리킨다. "왜 내게 이 꽃들을 주시는 거죠? 내 이름은 에마가 아니에요."

"그 꽃들은 그쪽에게 주는 게 아니에요." 그가 넌더리를 내며 대답한다. "그쪽이 꽃을 자꾸 가져가니까 새 꽃다발을 갖다놓는 거예요. 메모도 그래서 남긴 거고요. 그 집의 명품 주방을 화사하게 장식하라고 꽃을 갖다놓은 게 아니라는 사실을 그 둔한 머리로 알아차리라고 말이에요." 그가 잠시 입을 다문다. "내일이 그녀 생일이에요. 아니 생일이었죠."

이제야 알겠다. 그 꽃은 선물이 아니라 추모의 의미였다. 사망 사고가 일어난 곳에 꽃다발을 남기는 것처럼. 에드워드 멍크퍼드에 대한 생각에 너무 푹 빠져 있었던 탓에 그런 가능성조차 고려하지 못한 스스로를 속으로 책망한다.

"정말 유감이에요." 내가 말한다. "그 여자분이…… 이 근처에서 그렇게 되셨나요?"

"그 집에서요." 그는 몸짓으로 내 뒤의 원 폴게이트 스트리트를 가리킨다. 소름이 등줄기를 타고 내려간다. "거기서 죽었어요."

"어쩌다가요?" 말을 뱉자마자 너무 주제넘은 질문을 했다는 생각이 들어 나는 이렇게 덧붙인다. "물론 제가 상관할 바는 아니지만……"

"당신이 누구에게 묻는지에 달렸죠." 그가 내 말을 다 듣지도 않고 불쑥 말한다.

"그게 무슨 말이죠?"

그가 나를 똑바로 바라본다. 눈빛에서 광기가 엿보인다. "에마는 살해됐어요. 검시관은 사인 불명이라고 결론을 내렸지만, 모두, 심지어 경찰도 그녀가 살해당했다는 사실을 알았어요. 먼저 그녀의 마음을 독으로 물들이고 그다음엔 목숨을 빼앗았죠."

순간 이 모든 일이 다 터무니없는 소리 같고 이 남자가 제정신이 아닌 것 같다. 하지만 그렇게 치부하기에 그는 너무나 진지하고 멀쩡해 보인다.

"누가 그랬는데요? 누가 그분을 죽였나요?"

그는 고개를 젓더니 그대로 몸을 돌려 자신의 차로 돌아간다.

파티 다음날 아침, 잠에서 깨지도 않았는데 휴대폰이 울린다. 강도를 당한 후 새로 장만한 휴대폰이어서 익숙하지 않은 벨소리에 잠이 깨기까지 시간이 걸린다. 전날의 파티로 머리가 멍하다. 하지만 그런 와중에도 침실의 조명이 전화기 소리와 완벽하게 연동하면서 유리창의 색깔이 점점 희미해지고 있다는 사실을 알아차린다.

에마 매슈스 씨? 여자 목소리다.

그런데요? 내가 말한다. 지난밤의 여파로 목소리가 잠겼다.

저는 월런 경사입니다. 상대방이 말한다. 에마 씨의 사건을 담당하고 있습니다. 지금 동료 한 명과 댁에 왔습니다. 아까부터 벨을 울렸는데요. 잠시 들어가도 되겠습니까?

깜박하고 경찰에 이사 사실을 알리지 않았다. 우리는 이제 거기 살지 않아요. 내가 말한다. 지금은 헨던에 살아요. 원 폴게이트 스트리트요.

잠깐만요. 윌런 경사가 대답한다. 휴대폰을 가슴팍에 붙이고 누군가와 이야기를 하고 있는지 그녀의 목소리가 잘 들리지 않는다. 잠시 후 그녀가 다시 말한다.

저희가 이십 분 안에 그쪽으로 가겠습니다, 에마 씨. 사건에 중요한 진척이 있었습니다.

경찰이 도착할 즈음 우리는 지난밤 파티의 흔적을 대부분 치웠다. 아쉽게도 와인 자국이 돌바닥에 몇 군데 남아 있어서, 그 얼룩들은 나중에 제대로 지워야 한다. 그 때문에 원 폴게이트 스트리트가 최고의 상태는 아니지만 어쨌든 윌런 경사는 감탄한 것 같다.

전에 사시던 곳과 분위기가 좀 다르군요. 그녀가 주위를 둘러보며 말한다.

나는 지난밤 친구들에게 규칙을 설명하느라 진땀을 뺀 터라 그걸 다시 반복할 힘이 없다. 싸게 지내고 있어요. 이렇게만 말한다. 집을 관리해주는 대신 세를 낮췄어요.

새로운 소식이 있다면서요? 사이먼이 초조하게 끼어든다. 그럼 범인들을 잡은 겁니까?

그런 것 같습니다. 그래요. 더 나이 많은 형사가 대답한다. 그는 좀전에 자신을 클라크 경위라고 소개했다. 그의 목소리는 낮고 차분하며 몸집이 실팍하고 불그레한 두 볼이 꼭 농부 같다. 보자마자 그가 마음에 들었다.

금요일 밤 두 분이 당하신 것과 매우 흡사한 수법으로 강도를 저지른 남성 두 명을 체포했습니다. 그가 대답한다. 루이셤에 있는 주소지를 수색해 경찰의 데이터베이스에 도난품으로 등록된 물품들을 압수했습니다.

대단한 소식인데요. 사이먼이 말한다. 그러고는 나를 힐끔 본다. 그렇지, 에마?

잘됐네요. 내가 말한다.

짧은 침묵이 흐른다.

재판이 열릴 가능성이 높기 때문에 에마 씨에게 질문을 몇 가지 드려야 합니다. 윌런 경사가 말한다. 이왕이면 따로 이야기를 하고 싶으시겠죠?

괜찮아요. 사이먼이 말한다. 경찰분들이 그 자식들을 잡았다니 천만다행이네요. 우리가 할 수 있는 일이라면 도와드려야죠, 그렇지, 엠?

경사는 여전히 나를 보고 있다. 에마 씨? 사이먼 씨가 없는 곳에서 이야기를 하고 싶으십니까?

그렇게 물으면 누가 그렇다고 대답할 수 있을까? 설령 그러고 싶다 한들 원 폴게이트 스트리트 그 어디에도 사적인 공간은 없다. 공간이 침실과 욕실까지 모두 하나로 이어져 있다.

여기도 괜찮아요. 내가 말한다. 제가 법정에 가야 하나요? 그러니까 증언을 하러요.

두 사람 사이에 눈빛이 오간다. 그건 그들이 죄를 인정하는지에 달려 있습니다. 윌런 경사가 대답한다. 증거가 확실해서 그자들이 발뺌해봐야 소용없다는 사실을 깨달으면 좋겠죠.

침묵이 이어지더니 그녀가 말문을 연다. 에마 씨, 경찰이 방금 언급한 주소지에서 휴대폰을 다수 압수했습니다. 그중 하나가 에마 씨의 것으로 확인되었습니다.

갑자기 아주 불길한 예감이 든다. 숨쉬어. 나는 속으로 말한다.

일부 휴대폰에는 많은 사진과 동영상이 저장되어 있었습니다. 경사는 계속 설명한다. 성행위중인 여성들의 사진입니다.

나는 기다린다. 앞으로 무슨 이야기가 나올지 다 알지만 아무 말도 하지 않고, 그 말들이 현실이 아닌 것처럼 나를 스쳐지나가도록 내버려두는 편이 더 쉽다.

에마 씨, 당신의 휴대폰에서 우리가 체포한 남성 가운데 한 명과 인상착의가 일치하는 남성이 당신과 성행위를 하는 자신의 모습을 그 휴대폰으로 촬영한 것으로 보이는 증거를 찾았습니다. 이 상황에 대해 설명해주실 수 있습니까?

사이먼이 내 쪽으로 얼굴을 돌리는 기척이 느껴진다. 나는 그가 있는 쪽으로 시선을 돌리지 않는다. 침묵이 녹아내린 유리처럼 펼쳐지며 점점 가늘어지다 툭 끊어진다.

네. 마침내 내가 대답한다. 다 기어들어가는 목소리다. 귀에는 내 목소리 대신 오직 고막이 쿵쿵 울리는 소리뿐이다. 하지만 이제 무슨 말이든 해야 한다는 것을, 이대로 덮어버릴 수는 없다는 것을 안다.

나는 심호흡을 한다. 그 사람이 동영상을 보내겠다고 했어요. 내가 말한다. 모두에게요. 제 휴대폰에 저장된 사람들 모두에게. 그 사람이 제게…… 그걸 자신에게 하도록 강요했어요. 두 분이 보신 거요. 그리고 제 휴대폰으로 그걸 촬영했어요.

나는 말을 멈춘다. 마치 절벽의 가장자리에서 아래를 굽어보는 것 같다. 그는 칼을 가지고 있었어요. 내가 말한다.

천천히 하세요, 에마 씨. 지금 얼마나 힘드실지 잘 압니다. 월런 경사가 부드럽게 말한다.

나는 차마 사이먼을 바라볼 수 없지만 어떻게든 계속한다. 그 사람이 다른 사람에게, 경찰한테건 남자친구한테건 입만 벙긋해도 자기는 다 알 수 있으니까 그 영상을 유출하겠다고 했어요. 그런데 그 휴대폰은 일할 때 쓰는 거라 제가 아는 사람들의 연락처가 전부 저장되어 있었어요. 상사, 회사 직원들 전원. 그리고 가족도요.

죄송하지만 꼭 질문을 드려야만 하는 문제가 또 있습니다…… 클라크 경위가 사과하듯 말한다. 이 남성이 DNA를 남겼을 가능성이 있습니까? 혹시 침대나, 아니면 당시 입고 있던 옷이나?

내가 고개를 가로젓는다.

이 질문을 제대로 이해하신 거죠, 그렇죠, 에마 씨? 월런 경사가 말한다. 우리는 디언 넬슨이 사정을 했는지 질문을 드리는 겁니다.

곁눈으로 사이먼이 주먹을 쥐는 모습이 보인다.

그 사람이 제 코를 잡았어요. 나는 기어들어가는 목소리로 말한다. 그 사람이 제 코를 잡고 다 삼키게 했어요. 경찰이 DNA를 절대 찾아내지 못하게 조금도 남김없이 모조리 삼켜야 한다고 했어요. 그러니 DNA를 찾아봐야 소용이 없다는 걸 누구보다 제가 잘 알아요. 이렇게 말씀드려봐야 소용이 없겠죠. 죄송해요.

이제야 나는 간신히 사이먼을 바라본다. 미안해. 나는 다시 사과한다.

다시 긴 침묵이 이어진다.

에마 씨, 지난번 진술에서 말입니다. 클라크 경위가 상냥하게 말한다. 강도가 침입한 밤에 무슨 일이 있었는지 정확히 기억나지 않는다고 하셨지요. 이제 이해가 됩니다만, 왜 저희에게 그렇게 진술하셨는지 직접 설명해주실 수 있습니까?

그때 일어난 일은 다 잊고 싶었어요. 내가 말한다. 너무 무서워서 아무에게도 말하지 못했다는 사실을 인정하고 싶지 않았어요. 수치스러웠어요.

급기야 눈물이 쏟아진다. 사이먼에게 이 일을 털어놓고 싶지 않았어요. 내가 대답한다.

뭔가 벽에 부딪히는 소리가 난다. 사이먼이 커피잔을 벽에 던졌다. 하얀 자기 그릇이 산산조각이 나고 옅은 색의 석조 벽이 갈색 액체로 얼룩진다. 사이먼, 잠깐만. 내가 애원하듯 그를 부른다. 하지만 그는 이미 가고 없다.

나는 소맷부리로 눈물을 훔치며 묻는다. 경찰이 이 이야기를 사용할 수 있을까요? 그 사람이 유죄 판결을 받도록?

또다시 두 사람이 시선을 주고받는다. 상황이 쉽지 않습니다. 월런 경사가 대답한다. 최근 들어 배심원단은 DNA 증거가 있기를 기대하거든요. 그리고 이 동영상으로는 용의자를 특정할 수 없습니다. 이자가 교묘하게 자신의 얼굴이나 칼이 전혀 나오지 않게 했어요.

그녀가 잠시 말을 끊는다. 게다가 경찰은 에마 씨가 처음에 기억이 나지 않는다고 했던 증언을 피고측에 공개해야 합니다. 저쪽 변호인이 이 사실을 악용할 우려가 있어요.

아까 다른 휴대폰도 많았다고 하셨잖아요. 내가 풀이 죽은 채 묻는다. 그 여자분들은 증언을 할 수 없을까요?

우리는 그자가 에마 씨에게 했던 짓을 다른 피해자들에게도 했다고 의심하고 있습니다. 이번에는 클라크 경위가 말한다. 범죄자들, 특히 성범죄자들은 한 가지 패턴을 발전시키는 경향이 있습니다. 효과가 있는 것은 반복하고 효과가 없는 것은 그냥 버리죠. 심지어 그런 것들을 반복함으로써 쾌감을 느낍니다. 그래서 그 패턴이 일종의 의식처럼 되어버리죠. 그런데 안타깝게도 아직 다른 피해자들을 찾아내지 못했습니다.

그러니까 아무도 신고를 하지 않은 거네요. 나는 경위의 말의 진짜 의미를 깨닫고 이렇게 말한다. 그 사람의 협박이 통했고 피해자들은 입을 다문 거군요.

그런 것으로 보입니다. 클라크 경위가 말한다. 에마 씨, 이 이야기를 아무에게도 하지 않은 이유를 잘 압니다. 하지만 그날 어떤 일이 있었는지 저희는 정확한 진술을 받아야 합니다. 경찰서에 출두해서 지난번 진술을 더 보강해주시겠습니까?

나는 비참한 기분에 고개만 끄덕인다. 경위가 재킷을 집어든다. 솔직하게 말씀해주셔서 감사합니다. 경위가 친절하게 말한다. 이런 일이 얼마나 힘들지 잘 압니다. 하지만 이 점을 이해해주세요. 법에 따르면, 강제적인 구강성교를 비롯해 모든 종류의 강제적인 성행위는 강간입니다. 그래서 경찰은 이 남성을 강간 혐의로 기소하려는 겁니다.

사이먼은 한 시간 만에 돌아온다. 나는 그동안 깨진 커피잔 조각들을 치우고 벽을 깨끗하게 닦아놓았다. 화이트보드 같네. 이런 생각이 든다. 이곳에 한번 쓴 건 지울 수 없다는 점만 빼면.

그가 돌아오자 나는 그가 어떤 기분인지 표정을 유심히 살핀다. 두 눈이 붉게 충혈된 걸 보니 울고 온 것 같다.

미안해. 내가 비참하게 사과한다.

왜 그랬어, 엠? 그가 차분한 어조로 말한다. 왜 내게 말하지 않았어?

자기가 화를 낼 것 같았어.

자기는 내가 공감하지 않을 거라고 생각했다는 말이야? 그는 화가 난데다 당혹스럽기까지 한 표정이다. 내가 염려하지 않을 거라고 생각한 거야?

나도 모르겠어. 내가 대답한다. 그 일은 더이상 생각하고 싶지 않았어. 나는…… 수치스러웠어. 그냥 그 일이 일어나지 않은 척하는 편이 훨씬 더 수월했던 것뿐이야. 그리고 무서웠어.

세상에, 엠. 그가 버럭 소리를 지른다. 내가 가끔 멍청이처럼 군다는 건 나도 알아. 하지만 정말 내가 염려하지 않을 거라고 생각하는 거야?

아니야…… 내가 잘못했어. 내가 비참하게 대답한다. 차마 자기에게 털어놓을 수 없었어. 미안해.

멍크퍼드가 말한 대로네. 속으로는 자기도 나를 멍청이라고 생각하는 거야.

여기서 멍크퍼드가 왜 나와?

그는 몸짓으로 바닥과 아름다운 석조 벽들, 이층 높이의 극적인 텅 빈 공동空洞을 가리킨다. 이것들 때문에 우리가 여기로 온 거잖아, 안 그래? 내가 자기를 보살필 만큼 잘나지 못해서. 우리가 살던 집이 계속 지낼 만큼 좋은 집이 아니어서.

이건 자기와 관계없어. 내가 무기력하게 말한다. 그리고 어찌되었건 나는 그렇게 생각하지 않아.

갑자기 그가 고개를 흔든다. 그리고 분노는 찾아왔을 때만큼 재빠르게 사라진다. 그가 말한다. 자기가 내게 말만 해줬더라면.

경찰은 범인이 풀려날지도 모른다고 생각해. 나는 나쁜 소식은 지금 다 말해버리는 편이 낫다는 생각이 든다.

그가 되묻는다. 뭐라고?

경찰이 꼭 그렇게 말한 건 아니야. 하지만 내가 증언을 번복했고 다른 피해 여성들이 나서지 않았기 때문에 범인이 빠져나갈 수 있다고 생각해. 잡아넣으려고 하는 게 아무 의미가 없을 수도 있대.

오, 세상에. 그가 한탄하며 양 주먹을 쥐고 석조 테이블을 내리친다. 내가 약속할게, 에마. 만약 그 개자식이 무죄로 풀려나면 내가 직접 죽여버릴 거야. 이제 그놈 이름도 아니까. 디언 넬슨.

친구들이 다 돌아간 후 나는 노트북을 열어 '원 폴게이트 스트리트'라고 입력한다. 그리고 검색창에 '죽음'을 더한 후 결국 '에마'까지 넣는다.

이런 검색어들이 포함된 문서가 뜨지 않는다. 나는 하우스키퍼가 구글과 같은 방식으로 작동하지 않는다는 사실을 경험으로 깨닫고 있다. 구글이 수천 개 아니 수백만 개의 검색 결과를 보여줄 때 하우스키퍼는 검색어와 완벽하게 들어맞는 문서 한 개를 골라주거나 아무것도 보여주지 않는 방식을 선호한다. 대개의 경우 수많은 대안과 마주치지 않아도 된다는 점에서 편하다. 하지만 자신이 무엇을 찾고 있는지조차 모른다면 이런 검색 방식은 그리 효과적이지 않다.

다음날인 월요일은 자선단체인 '스틸 호프'에 출근하는 날이다. 우리 단체는 킹스크로스에 있는 복잡한 방 세 개를 오밀조밀 나눠 쓴다. 삭막하고 금욕적인 원 폴게이트 스트리트의 아름다움과 이 곳만큼 대비되는 곳도 없을 것이다. 나는 그곳에서 책상 하나를, 아니 반을 쓰고 있다. 나와 같은 파트타임 직원인 테사와 책상을 같이 쓰기 때문이다. 그리고 삐걱거리는 낡은 데스크톱 컴퓨터도.

나는 구글에 똑같이 검색어를 친다. 구글이 보여준 검색 결과는 대부분 에드워드 멍크퍼드와 관련이 있다. 성가시게도, 하필 이름이 에마인 건축 전문 기자가 '잡동사니의 죽음'이라는 제목으로 멍크퍼드에 대한 기사를 썼고 그 기사와 관련해 뜬 링크가 오백 개 정도다. 그래도 여섯번째 페이지까지 가니 찾는 기사가 나온다. 어느 지방지에 실린 기사다.

헨던 사건 검시배심에서 사인 불명 판결이 나다

임대해 살던 사우스헨던의 원 폴게이트 스트리트 주택에서 숨진 채 발견된 에마 매슈스(26세)의 사인을 규명하기 위한 검시배심이 지난 7월 사인 불명 판결을 내리는 것으로 종결되었다. 검시배심은 경찰이 사건을 더 수사하도록 반년간 휴정된 바 있다.

제임스 클라크 경위는 "우리에게는 수많은 잠재적인 단서들이 있었고, 그 단서들이 어느 시점에서 용의자 체포로 이어졌습니다. 하지만 검찰은 사망자가 범죄에 휘말려 목숨을 잃었다는 사실을 입증할 증거가 충분하지 않다고 봤습니다. 당연히 우리 경찰은 진상이 밝혀지지 않은 이 사건을 최선을 다해 계속 수사할 것입니다"라고 말했다.

검시관은 최종 논고에서, 세계적인 건축가인 에드워드 멍크퍼드가 설계한 그 집을 "건강과 안전의 측면에서 악몽 같은 곳"이라고 묘사했다. 지난 검시배심에서는 에마 매슈스의 시신이 난간도 없고 카펫도 깔리지 않은 계단의 제일 아래쪽에서 발견되었다는 사실이 공개되었다.

지난 2010년 지역 주민들은 그 집의 건축을 막기 위해 기나긴 싸움을 벌였으나 집은 결국 시청의 승인으로 완공되었다. 이웃 주민인 매기 에번스 씨는 어제 인터뷰에서 "우리는 이런 일이 일어날 거라고 그 설계회사에 몇 번이나 경고했어요. 이제 그 집을 철거하고 주위와 더 조화를 이룰 만한 건물을 짓는 게 최선일 거예요"라고 말했다.

어제 검시배심에 대리인이 출석하지 않은 멍크퍼드 파트너십은 논평을 거부했다.

그랬다. 죽음은 둘이 아니었다. 그런 생각이 든다. 죽음은 셋이었다. 처음에는 멍크퍼드의 가족이더니 이번에는 이 사건까지. 원폴게이트 스트리트는 내가 생각했던 것보다 훨씬 더 비극적인 곳이었다.

그 세련된 돌계단의 아랫부분에 쓰러져 있는 젊은 여자의 시신이며 산산조각이 난 두개골에서 피가 서서히 번져가는 모습이 머릿속에 그려진다. 물론 검시관의 판단은 옳았다. 그 휑한 계단은 어처구니없을 정도로 위험하다. 상상할 수 있는 가장 끔찍한 방법으로 그 위험이 증명되었는데도 에드워드 멍크퍼드는 왜 그 계단을 더 안전하게 보강하지 않았을까. 왜 유리로 된 벽을 세우거나 난간 같은 것을 설치하지 않았을까?

하지만 나는 이미 그 답을 안다. 내가 만든 건축물은 고객에게 요구 사항이 많아요, 제인. 나는 그 사람들이 견디지 못할 리 없다고 생각해요. 분명 계약서의 조건을 살펴보면 어딘가에 세입자가 위험을 감수하고 계단을 써야 한다는 조항도 분명히 있을 것이다.

"제인?" 매니저인 애비의 목소리다. 내가 고개를 든다. "누가 찾아왔어요." 그녀는 어쩐지 허둥대는데다 두 볼에는 살짝 홍조마저 돈다. "에드워드 멍크퍼드라고 하던데. 미리 말해두는데, 그 사람 정말 미남이던걸요. 지금 아래층에서 기다리고 있어요."

그는 지난번 만났을 때와 거의 똑같은 옷차림으로 좁아터진 대기실에 서 있다. 검은색 캐시미어 스웨터와 첫 단추를 푼 흰 셔츠, 검은색 바지 차림이다. 쌀쌀한 날씨만큼은 그도 어쩔 수 없다는 듯 프렌치 스타일로 풀매듭을 지어 목도리를 둘렀을 뿐이다.

"안녕하세요." 이렇게 인사를 하지만 솔직히 이렇게 묻고 싶다. 도대체 여기는 무슨 일로 오셨어요?

그는 벽에 걸린 스틸 호프 포스터들을 보고 있다가 내 목소리가 들리자 돌아본다. "이제 말이 되네요." 그가 차분하게 말한다.

"무슨 말씀이신지?"

그가 포스터 중 하나를 가리킨다. "당신도 아이를 잃었군요."

나는 어깨를 으쓱한다. "네. 맞아요."

그는 유감이라거나 사람들이 말문이 막혀 난감할 때 늘어놓는 뻔한 말 따위는 하지 않는다. 그저 고개만 끄덕인다.

"당신과 커피 한잔하고 싶어요, 제인. 자꾸 당신 생각이 나요. 혹시 너무 빠르다면 말해줘요. 그냥 갈 테니까요."

이 간략한 네 문장 속에 가정과 질문과 폭로가 너무 많아 제대로 의미를 파악할 수가 없다. 다만 듣자마자 내 머릿속에 이런 생각이 스친다. 내 착각이 아니야. 서로 끌리는 거야.

그리고 좀더 확실하게 떠오른 두번째 생각은 이렇다. 좋아.

"그게 케임브리지 시절이었어요. 하지만 예술사 전공자에게 열린 취업의 문은 그리 많지 않더군요. 사실, 졸업 후에 뭘 하겠다고 구체적으로 생각해보지도 않았어요. 어쩌다 소더비에 인턴으로 들어갔는데, 정직원으로 전환되지는 못했죠. 그다음으로 갤러리 두 군데에서 일했어요. 그때 직함이 시니어 아트 컨설턴트였는데, 접수계 직원이라는 말을 멋지게 포장한 거죠. 그러다가 PR 쪽에서 일하게 되었어요. 처음에는 웨스트엔드에서 미디어 계정 일을 했어요. 하지만 소호 쪽은 전반적으로 저와 맞지 않았죠. 나는 시티 쪽이 좋았어요. 거기 고객들이 좀더 보수적이거든요. 솔직히 보수도 좋았고요. 하지만 무엇보다 일 자체가 흥미로웠어요. 우리 고객들은 대형 금융기관이었거든요. 그들에게 PR이란 언론에 자신들의 이름을 싣는 게 아니라 어떻게든 빼는 거예요. 어머, 나 혼자 너무 떠드는 거 아닌가요?"

에드워드 멍크퍼드가 미소를 지으며 고개를 젓는다. "당신 이야기를 듣는 게 좋아요."

"당신은 어때요?" 내가 말한다. "어릴 때부터 건축가가 되고 싶었나요?"

살집 없는 어깨가 으쓱한다. "한동안 가족이 경영하는 회사에서 일했어요. 인쇄회사죠. 그 일이 너무 싫었어요. 마침 아버지의 친구분이 스코틀랜드에 별장을 짓고 계셨는데, 현지 건축가를 성에 차지 않아하셨어요. 그래서 같은 예산으로 내게 일을 맡겨달라고 그분을 설득했어요. 현장에서 일을 배웠죠. 우리 같이 침대로 갈 건가요?"

화제의 전환이 너무나 갑작스러워 내 입이 저절로 벌어진다.

"인간의 삶과 같은 인간관계에는 쓸데없는 일들이 꾸역꾸역 쌓여요." 그가 차분하게 말한다. "밸런타인데이 카드, 로맨틱한 몸짓, 특별한 기념일, 의미 없이 내뱉는 사랑의 밀어…… 이 모든 것은 둘의 관계가 시작되기도 전에 이미 끝나버리는, 소심하고 관습적인 관계에 내재된 지루함과 관성들이죠. 그렇다면 그런 것들을 싹 다 걷어내보면 어떨까요? 관습에 구애받지 않는 관계에는 일종의 순수함이, 그러니까 단순함과 자유로운 감각만이 남을 거예요. 나는 그런 관계가 짜릿해요. 지금 이 순간 외에 아무것에도 얽매이지 않는 두 사람. 그리고 나는 원하는 게 있으면 손에 넣으려고 해요. 하지만 내가 당신에게 무엇을 제안하고 있는지 확실하게 밝혀두고 싶어요."

이 사람은 아무 속박도 없는 섹스를 원하는구나. 그런 생각이 든다. 과거에 내게 데이트를 신청했던 수많은 남자들이 원한 것도 사랑보다는 이런 관계였을 거라고 나는 확신한다. 이저벨의 친부도 그런 남자들 중 하나였다. 하지만 그런 속셈을 솔직하게 밝힐 배짱이 있는 남자는 거의 없었다. 나의 반쪽은 조금 김이 샜지만—나는 무심한 듯 툭툭 던지는 로맨틱한 행동을 꽤나 좋아한다—다른 반쪽은 그의 제안에 솔깃해한다.

"어느 침대를 염두에 두고 있죠?" 내가 말한다.

물론 그의 대답은 원 폴게이트 스트리트의 침대다. 지금까지 본 에드워드 멍크퍼드의 모습 때문에 그가 관대하지 않거나 과묵한 연인일 것이라고 넘겨짚었지만—미니멀리스트는 섹스를 하기 전에 먼저 바지부터 잘 개어둘까? 부드러운 느낌의 가구나 패턴 무늬의 쿠션을 생리적으로 싫어하는 사람은 체액이나 욕망의 신호에도 비위가 약하지 않을까?—현실은 전혀 그렇지 않아 유쾌하게 놀랐다. 관습에 구애받지 않는 관계라는 그의 말은 자신의 쾌락만 충족하겠다는 뜻의 완곡한 표현도 아니었다. 침대에서 에드워드는 사려 깊고, 너그럽고, 결코 서둘러 끝내려 들지 않는다. 나의 모든 감각이 오르가슴에 도취되어 있을 즈음 비로소 그가 내 안에서 전율에 몸을 떨며 엉덩이를 들썩이고 큰 소리로 내 이름을 부르면서 사정을 한다.

제인. 제인. 제인.

마치 내 이름을 그의 머릿속에 새기려는 것 같았다. 한참 후 그런 생각이 든다.

섹스를 끝내고 그와 나란히 누워 있는데, 사무실에서 읽었던 기사가 불쑥 떠오른다. "현관에 꽃을 두고 간 남자가 있어요. 그 사람이 그 꽃은 에마라고 이 집에서 죽은 여자를 추모하는 거라더군요.

저 계단과 관계가 있었죠. 그렇죠?"

내 등을 나른하게 어루만지는 그의 손길은 멈추지 않는다. "맞아요. 그 남자가 성가시게 구나요?"

"그렇지는 않아요. 게다가 사랑했던 사람을 잃었다니……"

그는 잠시 입을 닫는다. "그 사람은 내 탓이라고 주장하고 있어요. 어떤 식으로든 이 집에 책임이 있다는 생각에 집착하고 있죠. 하지만 부검 결과 그 여자가 술을 마셨다는 사실이 밝혀졌어요. 그리고 시신이 발견됐을 때 샤워기가 켜져 있었어요. 분명 젖은 발로 계단을 뛰어내려갔겠죠."

눈살이 찌푸려진다. 뛰었다니. 이 고요한 원 폴게이트 스트리트에서는 있을 수 없는 일 같다. "누군가로부터 도망치던 중이었을 거라는 뜻인가요?"

그가 어깨를 으쓱한다. "아니면 집을 찾아온 사람을 급하게 마중하러 갔든가."

"기사에는 경찰이 누군가를 체포했다고 나와 있었어요. 누군지는 언급이 없더군요. 하지만 그게 누구건 경찰은 풀어줄 수밖에 없었어요."

"그랬나요?" 그의 연푸른 눈동자에는 아무 감정도 담겨 있지 않다. "상세한 것까지는 기억이 안 나요. 그때 프로젝트중이라 이곳에 없었거든요."

"그리고 그 남자가 어떤 사람에 대해서도 말했어요. 그녀의 마음을 독으로 물들인 남자라고……"

에드워드가 시계를 보더니 일어나 앉는다. "정말 미안해요, 제인. 까맣게 잊고 있었어요. 오늘 현장 점검이 잡혀 있는데."

"잠깐 요기를 하고 갈 시간도 없어요?" 그가 그렇게 서둘러 가야 한다는 사실에 섭섭해, 내가 말을 꺼낸다.

그가 고개를 가로젓는다. "고마워요. 하지만 지금 가도 늦었어요. 나중에 전화할게요." 그는 어느새 옷을 입고 있다.

4. 더 나은 사람이 되려고 노력하지 않는 사람을 상대할 시
   간은 없다.

   그렇다 ○ ○ ○ ○ ○ 그렇지 않다

사실, 브라이언이 도발적인 태도로 운을 뗀다. 우리 회사의 가치가 무엇인지 정하지 않으면 사훈을 작성할 수 없습니다. 그는 반대하는 사람이 있으면 말해보라는 듯 회의실을 둘러본다.

지금 우리가 있는 곳은 7a호실과 7c호실과 똑같이 생긴 유리 상자인 7b호실이다. 누가 이 회의의 목적을 차트에 써두었다. 사훈. 바로 전 회의 시간에 차트에서 찢어낸 종이들이 여전히 유리벽에 붙어 있다. 어떤 종이에는 24시간 응대? 위급상황시 창고 수용 능력? 이라고 적혀 있다. 지금 우리가 하는 회의보다 훨씬 재미있을 것 같다

마케팅 부서로 이동하기 위해 기회를 엿본 지 벌써 일 년이 넘어간다. 하지만 내가 오늘 여기에 온 것은, 브라이언이 나를 원해서라기보다 내가 어맨다의 친구이고 따라서 재무 쪽에서 꽤 직급이 높은 솔의 친구이기도 하다는 사실이 영향력을 발휘한 것 같다. 나

는 브라이언이 내 쪽을 바라볼 때마다 열심히 고개를 끄덕이려고 애쓰는 중이다. 실은 마케팅이 이보다는 더 재미있을 줄 알았다.

누가 서기 역할을 하죠? 리오나가 나를 바라보며 말한다. 나는 그녀의 의도를 바로 알아차리고는 손에 마커펜을 쥐고 차트 옆에 서서 의욕 넘치는 신참 여직원이 된다. 차트 제일 위에 '가치관'이라고 쓴다.

에너지. 누군가가 제안한다. 나는 그 단어를 눈치 빠르게 받아 적는다.

긍정적 태도. 또다른 누군가가 말한다.

다른 목소리들이 끼어든다. 배려. 역동성. 신뢰.

찰스가 지적한다. 에마, 역동성을 빼먹었어요.

역동성은 그의 제안이다. 그건 에너지와 같은 개념 아니에요? 내가 반문한다. 그러자 브라이언의 표정이 구겨진다. 결국 나는 역동성을 적는다.

이제 자문해봅시다. 플로우 사의 더 상위 목표는 무엇인가? 리오나가 거만하게 주위를 둘러보며 말한다. 플로우에 근무하는 우리가 사람들의 삶에 둘도 없는 기여를 한다면 그것은 무엇일까?

침묵이 길어진다. 생수 배달요? 내가 의견을 낸다. 이렇게 대답한 것은, 플로우가 사무실 식수 냉장고에 설치하는 커다란 물통을 공급하는 회사이기 때문이다. 브라이언의 표정이 다시 구겨지자 이제부터 입다물고 있자고 다짐한다.

물은 없어선 안 돼요. 물은 생명입니다. 찰스가 불쑥 말한다. 이 말 적어요, 에마.

나는 군말 없이 따른다.

어디에서 읽었는데, 리오나가 덧붙인다. 우리 몸은 거의 물로 이루어졌대요. 그러니까 물은 말 그대로 우리를 구성하는 큰 부분인 거죠.

수화水和. 브라이언이 생각에 잠긴 표정으로 말한다. 나를 비롯해 몇 명이 고개를 끄덕인다.

그때 문이 열리면서 솔이 고개를 들이민다. 아하, 마케팅의 귀재들이 열띤 토론중이시군. 그가 친근하게 말을 건다. 어때, 잘돼가?

브라이언이 툴툴거린다. 사훈은 골치 아파.

솔이 차트로 시선을 옮긴다. 간단하잖아, 안 그래? 사람들에게 수도꼭지를 관리하는 성가심을 덜어주고 그 대가로 눈이 튀어나올 만한 비용을 청구하기.

어서 꺼져. 브라이언이 웃음을 터트리며 말한다. 자네는 전혀 도움이 안 돼.

잘하고 있어, 에마? 솔이 경쾌하게 인사를 하며 사무실을 나간다. 윙크도 잊지 않는다. 리오나가 내 쪽으로 고개를 홱 돌린다. 그녀는 내가 관리부에 친구들이 있다는 사실을 몰랐던 것 같다.

나는 대부분이 물이라고 쓰고 그 옆에 수화를 적는다.

마침내 회의—플로우 사의 사훈과 더 상위의 목적은 매일 모든 곳에서, 사람들이 더 자주 워터쿨러를 사용하게 만드는 것으로 결정되었고, 참석자 전원은 이 사훈이 적절하게 창의적이고 뛰어난 인사이트를 갖췄다는 데 동의한다—가 끝나자 나는 내 자리로 돌아간다. 그리고 직원들이 점심을 먹기 위해 자리를 비우기를 기다렸다가 전화를 건다.

멍크퍼드 파트너십입니다. 교양 있는 여자 목소리가 들린다.

에드워드 멍크퍼드 씨와 통화를 하고 싶은데요. 내가 말한다.

정적. 멍크퍼드 파트너십은 통화 대기중에 녹음된 음악이 나오지 않는다. 잠시 후 에드워드가 대답을 한다. 전화 바꿨습니다.

멍크퍼드 씨, 저는 에마예요. 원 폴게이트 스트리트에 사는.

에드워드라고 부르세요.

에드워드, 임대계약에 대해 물어보고 싶은 게 있어요.

이런 문제는 부동산 중개인인 마크를 통해 처리해야 한다는 건 저도 알아요. 하지만 그랬다가는 마크가 사이먼에게 이야기를 할 것 같아서요.

규칙은 협상 대상이 아닙니다, 에마. 에드워드 멍크퍼드의 말투가 딱딱하다.

규칙 이야기가 아니에요. 내가 얼른 안심시킨다. 그 반대라고 할 수 있죠. 저는 원 폴게이트 스트리트에서 나가고 싶지 않아요.

침묵. 그렇다면 왜 질문을 하시는 거죠?

사이먼과 제가 서명한 계약서 말이에요…… 우리 중 한 사람이 집을 나가면 어떻게 되나요? 나머지 한 사람은 계속 그곳에서 살고 싶다면요?

혹시 두 분이 더이상 같이 살지 않으시나요? 그렇다면 유감이군요, 에마.

지금으로서는…… 그냥 해보는 질문일 뿐이에요. 그 경우 어떻게 되는지 궁금해서요. 그게 다예요.

머리가 쿵쿵 울린다. 사이먼을 떠날 생각만 해도 현기증이 나는 것 같은 묘한 느낌이 든다. 이렇게 된 게 강도 사건 때문일까? 캐럴에게 상담을 받기 때문일까? 아니면 원 폴게이트 스트리트로 인해? 그 안에 있으면 갑자기 모든 것이 훨씬 명료하게 보이는 것 같은 그 강력한 텅 빈 공간 때문일까?

에드워드 멍크퍼드가 이것저것 따져보는 것 같다. 이론적으로는, 그가 말한다. 두 분은 계약을 위반하는 셈입니다. 하지만 당신이 모든 책임을 진다는 내용의 변경 증서에 서명을 하면 될 것 같군요. 실력 있는 변호사라면 십 분이면 증서를 작성할 겁니다. 혼자서도 임대료를 내실 수 있습니까?

모르겠어요. 나는 솔직히 말한다. 원 폴게이트 스트리트의 집세가 그렇게 멋진 곳치고 터무니없을 정도로 낮은 것은 사실이지만, 여전히 나의 쥐꼬리만한 수입으로 감당할 수 있는 수준은 아니다.

음, 어쨌든 조건을 다시 조정해볼 수 있을 겁니다.

그렇게 해주신다면 정말 감사하겠어요. 내가 말한다. 이제 사이먼에게 더욱 부정을 저지른 기분이 된다. 만약 사이먼이 이 통화를 들었다면 그는 정확히 이런 결과를 바랐기 때문에 내가 마크가 아니라 에드워드 멍크퍼드에게 바로 전화를 했다고 말할 것이기 때문이다.

내가 퇴근해 원 폴게이트 스트리트에 돌아오고 한 시간 후, 사이먼도 집에 도착한다. 이게 다 뭐야? 그가 의아해한다.

요리를 하는 중이야. 나는 그를 향해 미소를 지으며 대답한다. 자기가 제일 좋아하는 거. 비프 웰링턴.*

와우, 웬일이야. 그가 감탄을 하며 주방을 둘러본다. 솔직히 주방은 난장판이다. 그래도 내가 노력을 했다는 사실만큼은 그도 알아볼 것이다. 그걸 만드는 데 얼마나 걸린 거야? 그가 묻는다.

장은 점심시간에 미리 봐뒀고 정시에 퇴근해서 준비했어. 내가 으쓱해하며 대답한다.

에드워드 멍크퍼드와 통화를 끝낸 순간, 나는 끔찍한 기분이 들었다. 내가 무슨 생각을 한 걸까? 사이먼은 그렇게 노력하는데 나는 지난 몇 주 동안 괴물처럼 굴었다. 그러니 오늘 저녁부터 그 시간을 보상해주기로 마음먹었다.

와인도 샀어. 내가 말한다. 사이먼은 이미 그 와인이 삼분의 일이나 줄어든 것을 보고 눈을 휘둥그레 뜨지만 아무 말도 하지 않는다. 그리고 올리브랑 감자칩 같은 안주도 잔뜩 샀지. 내가 덧붙인다.

나는 샤워부터 할게. 그가 말한다.

그가 씻고 옷을 갈아입고 내려올 즈음, 소고기는 오븐에 있고 나는 살짝 취기가 돈다. 그가 포장지로 싼 꾸러미를 내민다. 내일까지 기다려야 한다는 건 알아, 베이비. 그가 말한다. 그치만 지금 이걸 주고 싶어. 생일 축하해, 엠.

꾸러미의 모양으로 보아 찻주전자인 것 같다. 막상 포장지를 벗겨보니 그냥 찻주전자가 아니라 1930년대 대양을 오가는 여객선에서 썼을 법한, 공작의 깃털 모양으로 디자인된 아르데코풍의 아름다운 찻주전자다. 숨이 헉 막힐 정도다. 너무 아름다워. 내가 말

---

* 쇠고기 등심살에 푸아그라와 버섯 파테를 발라 파이 옷으로 싸서 구워낸 요리.

한다.

엣시에서 찾았어. 그가 우쭐하며 말한다. 알아보겠어? 오드리 헵번이 〈티파니에서 아침을〉에서 쓴 디자인이야. 자기가 제일 좋아하는 영화잖아. 미국에 있는 골동품가게에 주문해서 배송을 받았어.

자기 정말 대단해. 내가 감탄한다. 나는 그의 선물을 내려놓고 다가가 그의 허벅지 위에 앉는다. 사랑해. 나는 그의 귀를 깨물며 웅얼거린다.

그에게 사랑한다는 말을 하지 않은 지 오래되었다. 우리 중 누구도 더는 그런 말을 하지 않는다. 나는 한 손을 그의 다리 사이로 집어넣는다.

도대체 무슨 바람이 불어서 이러는 거야? 그가 반색을 한다.

바람은 무슨. 나는 이렇게만 말한다. 어쩌면 자기가 바람을 불어넣어줘야 할지도 몰라. 바람이 안 되면 자기 몸이라도.

그의 허벅지 위에서 몸을 비틀자 점점 단단해지는 그의 아랫도리가 느껴진다. 자기는 너무 잘 견뎌줬어. 나는 그의 귀에 이렇게 속삭인다. 나는 미끄러지듯 내려가 그의 다리 사이에 무릎을 꿇는다. 원래는 좀더 있다가, 그러니까 저녁을 먹고 할 작정이었다. 하지만 지금만큼 적당한 때는 없을 것 같고 와인의 취기도 나를 부추긴다. 나는 지퍼를 내리고 그의 성기를 꺼낸다. 고개를 들어 끈적거리게 유혹하는 것처럼 보이기를 바라며 미소를 지은 후 내 입술로 귀두를 스르르 덮는다.

일 분가량 그는 나를 내버려둔다. 그런데 성기는 더 단단해지기는커녕 점점 힘이 빠진다. 나는 두 배로 열심히 해보지만 그럴수록 상황은 더 악화된다. 다시 고개를 들어 그를 보니 그는 어떻게든 발기해보려는 것처럼 두 눈을 질끈 감고 주먹을 꽉 쥐고 있다.

음. 그를 흥분시키기 위해 신음소리를 내본다. 으음.

내 소리에 그가 눈을 번쩍 뜨면서 나를 밀어낸다. 젠장, 에마. 그가 말한다. 그는 성기를 바지춤으로 집어넣으며 벌떡 일어선다. 젠장. 그가 반복한다.

왜 그래? 나는 바짝 얼어서 묻는다.

그는 나를 빤히 내려다본다. 그의 얼굴에 기묘한 표정이 서려 있다. 디언 넬슨. 그가 말한다.

그 자식이 왜?

그 개자식에게 했던 짓거리를 어떻게 나한테 할 수 있어? 그는 대답한다.

이제는 내가 그를 빤히 바라볼 차례다. 바보 같은 소리 하지 마. 내가 말한다.

그 자식이 자기 입에 사정을 하게 했잖아. 그가 말한다.

나는 한 대 맞은 사람처럼 움찔한다. 내가 하도록 내버려둔 게 아니야. 내가 말한다. 그 자식이 억지로 시킨 거야. 어떻게 그런 말을 할 수 있어? 자기가 감히 어떻게?

행복에 젖어 있던 나는 비참한 나락으로 곤두박질친다. 요리를 먹어야 해. 나는 일어서며 말한다.

잠깐만. 그가 말한다. 할 이야기가 있어.

그의 표정이 너무 고통스러워 보여서 어떤 예감이 든다. 이제 끝이구나. 나와 헤어지려는 거야.

오늘 그 경찰이 나를 찾아왔어. 그가 말한다. 내 증언에 어긋나는 점이…… 있다고.

그게 무슨 말이야, 어긋나다니?

그가 창가로 걸어간다. 창은 어둡게 변했지만 그는 창 너머에 있는 뭔가를 보듯 시선을 거두지 않는다. 강도가 든 후에, 그가 말한다. 경찰에 증언을 했어. 그 시간에 펍에 있었다고.

알아. 내가 말한다. 포틀랜드라고 했지, 그렇지?

실은 포틀랜드가 아니었어. 그가 말한다. 경찰이 확인을 했어. 포틀랜드는 심야영업 허가를 받지 않았으니까. 그래서 내 신용카드 거래 내역을 조회한 거야.

사이먼이 어느 술집에 있었는지 확인을 하다니, 너무 쓸데없는 조사까지 하는 것 같다. 왜 그렇게까지 해? 내가 되묻는다.

그렇게 하지 않으면 넬슨의 변호사가 경찰이 조사를 제대로 하지 않았다고 이의를 제기할 수 있대.

그는 숨을 고른다.

나는 그날 밤 술집에 가지 않았어, 에마. 클럽에 갔어. 랩댄스 클럽.

그러니까 지금 이런 말을 하는 거야? 내가 천천히 말한다. 내가 그 괴물 같은 자식에게 강간을 당하는 동안 자기는 벌거벗은 여자들이나 구경했다고?

나 혼자 간 게 아니야, 엠. 솔과 다른 친구들도 있었어. 내가 가자고 한 것도 아니야. 나는 즐기지도 않았다고.

거기서 얼마나 썼는데?

그는 당황한 표정을 짓는다. 그게 이 일과 무슨 상관인데?

얼마나 썼느냐고. 내가 소리친다. 내 목소리가 석조 벽에 부딪혀 울린다. 지금까지 원 폴게이트 스트리트에서 소리가 메아리치는 줄도 몰랐다. 이 집이 나와 합세해 그에게 소리를 지르는 것 같다.

그가 한숨을 쉰다. 나도 몰라. 삼백 파운드 정도.

세상에. 내가 말한다.

경찰은 이런 사실이 법정에서 다 밝혀질 거라고 생각해. 그가 말한다.

이제야 이 상황이 무엇을 의미하는지 알 것 같다. 이건 사이먼이 단지 친구들에게 휩쓸려 그곳에 갔다는 이유로 섹스도 못할 벗은 여자들을 구경하느라 수중에 있지도 않은 돈을 쓸 여력이 되느냐 마느냐의 문제가 아니다. 그 자식이 내게 한 짓 때문에 사이먼이 내가 더럽혀졌다고 생각하느냐 마느냐의 문제도 아니다. 이 상황은 디언 넬슨 재판에서 중요하게 다뤄질 것이다. 변호인은 우리의 관계가 끝장이 났으며 우리가 경찰에만이 아니라 서로에게도 거짓 말을 하고 있다고 주장할 것이다.

그들은 그날 밤 내가 동의를 했으며 그래서 그 부분은 신고하지 않았다고 주장할 것이다.

어떻게든 개수대까지 가려고 했지만 먹은 것들—방금 전까지 마신 와인과 검은 올리브, 우리의 특별한 밤을 위해 준비한 안줏거리들—이 뜨거운 신물이 되어 역류해 입 밖으로 격렬하게 쏟아진다.

나가. 모두 게워낸 후 내가 말한다. 당장 나가. 짐 챙겨서 꺼져.

나는 지금껏 이 나약하고 보잘것없는 남자가 나를 사랑하는 시늉을 하도록 내버려둔 채 몽유병을 앓듯 살았다. 이제는 끝낼 때다. 꺼져. 내가 반복한다.

엠. 그가 애원하듯 나를 부른다. 엠, 마음의 소리를 들어봐. 이런 모습은 자기가 아니야. 지금까지 일어난 일들 때문에 그렇게 말하

는 것뿐이야. 우리는 사랑하잖아. 이 일도 다 이겨낼 거야. 내일이
면 후회할 말은 하지 마.

　내일이 와도 후회하지 않아. 내가 말한다. 절대 후회하지 않을
거야. 끝내, 사이면. 어차피 우리는 오래전에 끝났어. 더이상 자기
와 함께하고 싶지 않아. 그 말을 할 용기가 이제 생겼어.

현재 : **제인**

"그 사람이 뭐라고 했다고?"

"관습에 구애받지 않는 관계에 짜릿한 순수함이 남는다나. 표현은 조금 다르지만 이런 뜻이었어."

미아가 오싹한 표정을 짓는다. "현실의 남자 맞니?"

"그게 중요한 점이야. 그 사람은…… 지금까지 만났던 남자들과 너무 달라."

"너 혹시 스톡홀름증후군인지 뭔지인 건 아니지?" 투명한 여백 같은 원 폴게이트 스트리트를 미아가 빙 둘러본다. "이 집에서 사는 건…… 어떤 의미로는 그 남자의 머릿속에 갇힌 것 같을 거야. 혹시 너, 그 사람에게 세뇌되었을지 몰라."

웃음이 터진다. "설령 에드워드가 지은 집에서 살지 않는다 해도 여전히 그 사람에게 흥미를 느꼈을 거야."

"그럼 너는? 그 사람은 네게서 뭘 봤을까? 그 사람이 말한 구애받지 않는 섹스 어쩌고 하는 것 말고."

"나도 몰라." 한숨이 나온다. "어떤 경우든, 그 답을 알게 될 기회는 없을 거야."

에드워드가 화급하게 내 침대를 빠져나간 이야기를 들려주자 미아의 표정이 일그러진다. "네 이야기를 들으니 그 사람에게 심각한 문제가 있는 것 같아, 제이. 그 사람을 피할 생각은 없어?"

"문제없는 사람이 어디 있어." 내가 가볍게 말한다. "나도 있는데."

"문제 있는 두 사람이 만나봐야 온전한 하나가 되지 못해. 지금 네게 필요한 사람은 착하고 든든한 남자야. 너를 아끼고 사랑해줄 사람."

"슬프게도 착하고 든든한 남자는 내 타입이 아니야."

미아는 아무런 대꾸도 하지 않는다. "그후로는 연락이 없어?"

나는 고개를 끄덕인다. "전화 안 해봤어." 나는 다음날 일부러 가벼운 분위기로 쓴 이메일을 보냈지만 답장이 오지 않았다는 이야기는 굳이 꺼내지 않는다.

"음, 확실히 아무 구애도 받지 않는구나." 미아는 잠시 입을 다문다. "꽃다발 남자는? 꽃이 또 오지는 않아?"

"이제는 안 와. 에드워드 말로는 사고였대. 그 불쌍한 아가씨가 계단에서 떨어졌나봐. 요는, 경찰이 살인을 의심했지만 입증할 수 없었다는 거지."

미아가 나를 빤히 바라본다. "이 계단?"

"응."

"그리고 살인이라니…… 그게 다 무슨 소리야? 그런 이야기를 듣고도 무섭지 않니? 범죄 현장에서 산다는 사실을 알았는데?"

"별로." 내가 말한다. "그러니까 여기가 비극적인 사건이 벌어진 곳은 맞아. 하지만 이곳을 꼭 범죄 현장이라고 할 수는 없어. 게다가 사람이 죽은 집이 어디 한두 집이니?"

"이런 식으로는 아니지. 그리고 너는 이 집에 혼자 지내고 있잖아……"

"무섭지 않아. 이 집은 유난히 조용하니까." 게다가 나는 죽은 애를 품에 안고 있었어, 문득 이런 생각이 떠오른다. 몇 년 전 생판 남이 죽은 일 따위는 아무것도 아니다.

"그 여자 이름이 뭐라고?" 미아가 아이패드를 꺼낸다.

"에마 매슈스. 왜?"

"궁금하지 않아?" 미아는 이렇게 되물으며 액정을 톡톡 두드린다. "어머나, 세상에."

"왜?"

미아는 잠자코 아이패드를 보여준다. 스크린에 이십대 중반으로 보이는 여자의 사진이 떠 있다. 꽤 예쁘다. 날씬한 몸매에 머리카락은 짙은 색이다. 그리고 어쩐지 낯이 익다. "그런데 뭐?" 내가 말한다.

"이게 안 보이니?" 미아가 오히려 되묻는다.

나는 다시 사진을 꼼꼼히 뜯어본다. "보이다니 뭐가?"

"제이, 이 여자는 너랑 꼭 닮았어. 아니다, 네가 저 여자처럼 보여."

듣고 보니 일리가 있다. 사진 속 여자와 나는 흔치 않은 색깔 조합이다. 갈색 머리에 푸른 눈, 매우 창백한 피부. 그녀가 나보다 더 날씬하고, 젊고, 솔직히 말하면 더 예쁘다. 그리고 화장을 좀더 진하게 한 편—검은색 마스카라를 짙게 칠한 속눈썹이 요란하다—
인데도 확실히 닮은 구석이 있다.

"단순히 얼굴만이 아니야." 미아가 덧붙인다. "이 여자가 서 있
는 자세 보이지? 자세가 좋아. 너도 꼭 이렇게 서 있어."

"내가?"

"그렇다는 걸 너도 알 텐데. 이래도 그 남자에게 문제가 없다는
거야?"

"우연의 일치겠지." 내가 간신히 말한다. "어쨌든 에드워드가 이
여자와도 관계했다고 추측할 근거도 없잖아. 이 세상에 갈색 머리
에 푸른 눈의 여자들이 얼마나 많은데."

"이사 오기 전부터 네가 어떻게 생겼는지 그 남자는 알고 있었
지?"

"응." 나는 인정한다. "면접을 봤잖아." 그리고 면접 전에도 알
고 있었다. 사진 세 장을 신청서에 첨부하라고 했으니까. 그때는
그게 이상하다는 생각이 들지 않았다. 하지만 지금 생각해보니 집
주인이 왜 세입자의 사진을 봐야겠다고 한 건지 의아하긴 하다.

무슨 생각이 났는지 미아가 눈을 부릅뜬다. "그 남자 아내는? 그
여자 이름이 뭐였지?"

"미아, 그만해⋯⋯" 말리는 내 목소리에 자신감이 없다. 나는
여기까지도 충분하다고 생각한다. 그러나 미아는 이미 아이패드를
두드리고 있다.

"엘리자베스 멍크퍼드, 결혼 전 이름은 엘리자베스 맨카리." 잠
시 후 미아가 중얼거린다. "자, 이미지를 검색하고⋯⋯" 그녀가
재빠르게 스크롤을 내린다. "이 여자는 아닐 거야⋯⋯ 국적이 달

라…… 찾았다." 놀란 그녀가 나지막하게 휘파람을 분다.

"왜 그래?"

미아는 내가 볼 수 있도록 아이패드를 돌린다. "구애받지 않는 게 아닌데." 미아가 조용하게 말한다.

미아가 보여준 사진은 건축가의 이젤 같은 물건에 앉아 카메라를 보며 미소를 짓는 검은 머리의 젊은 여성이다. 해상도가 떨어지기는 해도 사진 속 여성은 에마 매슈스와 똑 닮았다. 그렇다는 말은 나와도 닮았다는 뜻이리라.

사이먼과 경찰에게 강간에 대해 기억나지 않는다고 거짓말을 했다고 털어놓기도 충분히 힘들었지만 캐럴에게 말하려니 훨씬 더 끔찍했다. 그런데 그녀가 나를 탓하지 않아 마음의 짐을 덜었다.

당신은 이 사건의 가해자가 아니에요, 에마. 캐럴이 말한다. 살다 보면 진실을 마주할 준비가 되지 않을 때가 있어요.

그런데 놀랍게도 캐럴이 상담 시간에 꺼낸 이야기는 디언 넬슨과 그의 무시무시한 위협이 아니라 사이먼이다. 그녀는 그가 결별을 어떻게 받아들이고 있는지, 그후로 그와 연락을 하는지—물론 그는 계속 연락을 하고 있지만 나는 그의 메시지에 답장을 하지 않는다—앞으로 이 문제를 어떻게 할 것인지 더 궁금해한다.

그래서 당신은 지금 어떤 상황이죠, 에마? 그녀가 마침내 말한다. 앞으로 어떻게 되면 좋겠어요?

모르겠어요. 나는 어깨를 으쓱하며 말한다.

음, 그러면 이렇게 물어볼게요. 사이먼과는 완전히 헤어진 건가요?

사이먼은 그렇게 생각하지 않아요. 내가 인정한다. 우리는 전에도 헤어진 적이 있어요. 하지만 그때마다 그가 사정하고 애원하면서 매달렸어요. 그러니 이번에도 쉽게 돌아올 수 있을 거라고 생각하겠죠. 하지만 이번엔 달라요. 나는 예전 물건들—아무짝에도 쓸모없는 것들—을 다 갖다 버렸어요. 그 덕분에 사이먼도 버릴 수 있는 힘을 얻은 것 같아요.

하지만 인간관계는 물건과 달라요. 캐럴이 말한다.

나는 발끈해 그녀를 바라본다. 내가 잘못된 행동을 하고 있다고 생각하세요?

그녀는 잠시 대답을 고민하다 마침내 말한다. 지금 에마가 겪고 있는 것과 같은 종류의 트라우마 경험에서 나타나는 흥미로운 측면 중 하나는요, 때로는 이 경험으로 인해 지금까지 형성된 경계가 약해지는 결과가 나타난다는 거예요. 때로는 그런 변화들이 일시적이죠. 하지만 변화에 수반된 본인의 새로운 면이 마음에 들면 결국 그게 그 사람의 일부가 되기도 해요. 에마, 당신에게 이런 변화가 좋은지 나쁜지 나는 말할 수 없어요. 오직 당신만이 그 판단을 내릴 수 있어요.

상담치료가 끝나고 이번에는 임대계약의 변경 증서를 작성할 변호사와 약속이 있다. 에드워드 멍크퍼드의 말이 맞았다. 인근의 변호사 사무실에서 알아보니 수수료 오십 파운드면 서류를 만들 수 있었다. 한 가지 문제가 있는데, 사이먼 씨도 이 증서에 서명을 해야 할지 모릅니다. 상담을 한 변호사는 이렇게 말했다. 결국 오십 파운드를 더 내기로 하고, 변호사는 서류를 전부 검토해주기로 했다.

오늘 다시 만난 자리에서 변호사는 이런 계약서는 난생처음 봤다고 말한다. 누가 작성했는지는 몰라도, 이 계약서에는 도무지 빠져나갈 구멍이 보이지 않아요. 그가 말한다. 확실하게 처리하기 위해 사이먼 씨에게도 서류에 서명해달라고 하셔야겠어요.

우리의 결별을 공식화하는 서류에 사이먼이 서명을 해줄 것 같지 않다. 그래도 일단 서류는 챙겨가기로 한다. 변호사가 내게 서류를 넣을 봉투를 찾아주면서 수다스럽게 이야기를 꺼낸다. 그건 그렇고 지방의회 기록보관소에서 그 건물에 대해 살펴봤습니다. 꽤 놀라운 곳이더군요.

네? 내가 묻는다. 그건 왜죠?

원 폴게이트 스트리트는 비극적인 사연이 있는 곳 같아요. 그가 말한다. 원래 있던 주택은 전쟁중에 독일의 공습으로 파괴되었습니다. 당시 거주자는 다 죽었죠. 가족 전부가요. 그 가족의 친척 중에도 생존자가 없어서 지방의회가 폐허가 된 건물을 구입하기 위해 강제명령서를 발부했어요. 그후에 부지가 방치되어 있었는데, 어느 날 그 건축가가 구입을 한 겁니다. 원래는 지금보다 훨씬 평범한 집을 지을 계획이었다고 해요. 그런데 얼마 후 몇몇 이웃이 자신들이 감쪽같이 속았다는 진정서를 지방의회에 제출했어요. 분위기로 봐서는 상황이 꽤 과열되었나봐요.

어쨌든 집을 지었잖아요. 내가 불쑥 말한다. 그 집의 과거는 관심 없어요.

그러시겠죠. 그런데 얼마 후에 불난 데 기름 붓는 격으로 건축가가 그 집에 누군가를 매장하게 허가해달라는 신청을 했어요. 정확히 말해서 두 사람을요.

매장이요? 내가 놀라서 되묻는다. 그게 합법적이기는 한가요?

변호사가 고개를 끄덕인다. 절차가 황당할 정도로 간단해요. 지방의회에는 이런 행위를 금지하는 규정이 없으니 환경청에서 이의를 제기하지 않는 한 의회는 울며 겨자 먹기로 허가증을 발부할 수밖에 없죠. 유일한 요구사항이, 그 집의 설계도면에 사망자들의 성명과 묻힌 장소를 표시해두라는 것이었어요. 이유야 뻔하죠. 자, 여기 도면이 있습니다.

그는 스테이플러로 찍은 복사지를 꺼내 뒤쪽에 있는 지도를 펼친다. 엘리자베스 멍크퍼드와 맥시밀리언 멍크퍼드의 마지막 안식처. 그가 소리 내어 읽는다.

그는 도면과 지도를 다른 서류와 함께 봉투에 넣어 내게 건넨다. 여기요. 필요하면 가져가세요.

미아가 돌아간 후 나는 노트북을 켜 '엘리자베스 맨카리'를 검색한다. 내 어깨 너머를 기웃거리는 미아 없이 한번 더 보고 싶어서다. 하지만 하우스키퍼는 사진을 단 한 장도 불러오지 않는다.

미아에게 한 말은 진심이다. 이곳에 산 지 얼마 되지 않았지만 원 폴게이트 스트리트를 무섭다고 느낀 적은 한 번도 없다. 그런데 지금 이곳의 여백에 전에 없던 사악한 색채가 스며든 것 같다. 물론 바보 같은 생각이다. 유령 이야기를 듣고 나서 겁에 질리는 것과 무엇이 다른가. 다 아는데도 나는 조도를 가장 밝게 설정하고 집을 돌아다니며 살펴본다. 도대체 무엇을? 침입자가 아닌 것은 분명하다. 어째서인지 이 집이 더이상 안전하게 느껴지지 않는다.

꼭 누군가가 나를 지켜보는 것 같다.

나는 애써 그런 느낌을 털어낸다. 처음 이사왔을 때 기억을 떠올려보니, 그때도 이 집이 꼭 영화 세트 같다고 느꼈었다. 오히려 그때는 그래서 좋았다. 그후에 일어난 일이라면 흐지부지 끝나버린 에드워드 멍크퍼드와의 바보 같은 섹스와 그가 좋아하는 특정한 타입을 알아버렸다는 것이 다다.

두개골이 박살난 채 계단 아래쪽에 누워 있는 시체. 나는 별 뜻 없이 그 지점으로 가 유심히 살펴본다. 오래전에 박박 닦아냈을 텐데, 이 희미한 윤곽은 혈흔일까? 하지만 나는 당시 피가 흘렀는지조차 모른다.

고개를 든다. 저 위, 계단 꼭대기에 뭔가가 보인다. 전에는 그 지점에서 본 적 없는 가는 빛줄기다.

나는 빛줄기에 시선을 고정한 채 조심스럽게 계단을 오른다. 가까이 다가갈수록 빛줄기는 높이가 5피트가량 되는 작은 문의 윤곽을 갖추어간다. 침실과 주방에 있는 감춰진 벽장과 구조가 비슷한 숨은 패널이다. 여태 그곳에 문이 있는 줄도 몰랐다.

"거기 누구 있어요?" 내가 소리를 친다. 아무 대답도 없다.

나는 손을 뻗어 문을 끝까지 밀어 연다. 그 안은 깊고 높은 벽장으로, 청소용구들로 가득하다. 밀대와 유리창 닦이, 진공청소기, 바닥 닦는 기구, 심지어 늘일 수 있는 사다리까지 있다. 웃음이 터져나오려고 한다. 원 폴게이트 스트리트에도 어딘가에 이런 공간이 있을 거라 짐작했어야 했다. 청소부—중년의 일본 여성으로, 영어를 거의 하지 않으며 매주 올 때마다 말을 걸어도 통 상대해주지 않는다—가 문을 완전히 닫지 않았나보다.

이 벽장은 이 집의 다른 편의기능에도 접근할 수 있도록 설계된 것 같다. 한쪽 벽은 배선으로 뒤덮여 있다. 컴퓨터 케이블이 천장에 난 작은 창구를 통과해 원 폴게이트 스트리트의 내부로 뱀처럼 구불구불 들어와 있다.

나는 청소용구를 요리조리 피해서 천장의 창으로 머리를 쑥 밀어넣는다. 휴대폰 불빛으로 비춰보니 통로는 집의 반대편까지 뻗어 있고, 바닥에는 더 많은 케이블이 두껍게 깔려 있다. 그리고 침실 위쪽에 위치한, 더 크고 다락과 비슷한 공간으로 이어져 있다. 저쪽 끝은 수도관 같은 것이 간신히 보인다.

문득 그동안 줄곧 고민하던 문제의 해결책이 떠오른다. 나는 헌책을 옥스팜에 기부할 때 이저벨이 입지 못한 옷들과 육아용품들까지는 차마 보내지 못했다. 그렇다고 그 물건들을 다 꺼내서 원폴게이트 스트리트의 옷장에 가지런히 정리해두는 것도 내키지 않았다. 결국 이곳으로 이사를 온 후로 이저벨의 옷가방은 침실에서 나의 처분을 기다리고 있다. 나는 당장 침실로 가 그 가방을 가져와서 다락이 나올 때까지 구불거리는 공간으로 가방을 밀고 들어간다. 이 위에 두면 될 테니, 고민은 끝이다.

휴대폰에서 나오는 불빛은 그리 강하지 않다. 발에 뭔가 폭신폭신한 것이 걸려 아래를 보니 서까래 두 개 사이에 침낭이 끼여 있다. 침낭은 여기에 오랫동안 놓여 있었던 듯, 온통 먼지로 뒤덮여 있다. 침낭을 들어올리자 뭔가가 툭 떨어진다. 작은 사과 무늬가 프린트된 여성용 잠옷 바지다. 침낭 주머니 안쪽을 손으로 더듬어보니 공처럼 뭉쳐놓은 양말 몇 켤레가 들어 있다. 그리고 꼬깃꼬깃 뭉친 명함 한 장도 있다. '캐럴 윤선. 공인 심리치료사.' 인터넷 주소와 전화번호가 쓰여 있다. 그것들 말고는 아무것도 없다.

돌아서니 여기저기 흩어져 있는 물건들이 눈에 들어온다. 슈퍼마켓에서 파는 참치캔 빈 것 몇 개와 다 쓴 양초들, 빈 향수병, 빈 에너지 드링크 플라스틱 병 등이다.

이상하다. 그런데다 이런 물건들이 여기에 있는 이유가 짐작도 가지 않는다. 이 침낭이 에마 매슈스의 것이었는지 이제 와 알 방도가 없다. 나는 원 폴게이트 스트리트를 거쳐간 세입자가 몇 명인지도 모른다. 혹시 이 침낭이 에마의 것이었다면, 그녀가 어떤 이름 모를 공포에 사로잡혔기에 저 아래 아름답고 세련된 침실을 두고 이 위에서 잠을 청하게 되었는지도 결코 알 길이 없다.

바로 그때 휴대폰이 울린다. 협소한 공간이라 벨소리가 더욱 크게 들린다. 휴대폰을 꺼낸다.

"제인. 나예요, 에드워드." 귀에 익은 목소리다.

나는 어떻게든 펍처럼 중립적인 곳에서 사이먼과 약속을 잡으려 했다. 하지만 그는 서류에 서명은 해주겠지만 원 폴게이트 스트리트에서가 아니면 안 된다고 못을 박는다.

어쨌든 한 번은 들러야 해. 그가 말한다. 거기서 나올 때 내 물건 몇 가지를 두고 왔어.

내키지는 않지만 나는 대답한다. 그럼 알았어.

나는 조도를 가장 환하게 조절한 후 지저분한 청바지와 가장 우중충한 낡은 셔츠를 입는다. 주방을 치우는데―이렇게 물건이 없는데도 잡동사니가 얼마나 불어나는지 그저 놀랍다―등뒤에서 인기척이 난다. 나는 헉하고 놀란다.

잘 지냈어, 엠? 그가 말한다.

세상에, 기겁했잖아. 나는 불같이 화를 낸다. 어떻게 들어왔어?

물건을 챙겨 나올 때까지 현관 비밀번호를 아직 안 지우고 저장해뒀어. 그가 대답한다. 걱정 마. 이 일만 끝나면 삭제할 테니까.

알았어. 나는 탐탁하지 않게 대꾸한다. 이쪽에서 암호를 차단하는 법을 마크에게 물어봐야겠다고 생각한다.

어떻게 지내? 사이먼이 묻는다.

잘 지내고 있어. 내가 말한다. 그에게도 안부를 물어야 한다는 건 알지만 한눈에도 그가 잘 지내지 못하는 걸 알겠다. 안색은 창백하고 폭음을 했을 때처럼 피부가 얼룩덜룩한데다 머리 손질도 하지 않는 것 같다.

여기 합의서야. 나는 이렇게 말하며 서류를 건넨다. 그리고 펜. 나는 벌써 서명했어.

이봐, 엠! 먼저 술이라도 한잔해야 하는 거 아냐?

그건 좋은 생각이 아닌 것 같아, 사이. 그가 히죽거리는 모습을 보니 벌써 한잔하고 온 것 같다.

이건 다 잘못된 거야. 그는 서류를 읽어내리며 불쑥 말한다.

변호사가 작성한 거야. 내가 대꾸한다.

내 말은, 지금 우리가 잘못된 행동을 하고 있다는 거야. 우리는 서로 사랑해, 엠. 물론 문제가 있기는 하지만, 마음 깊은 곳에서는 여전히 사랑한단 말이야.

일을 힘들게 만들지 마, 사이먼.

힘들게? 그가 되묻는다. 이거 참 어처구니가 없네, 안 그래? 살던 곳에서 쫓겨나 오갈 데 없는 처지가 된 사람은 난데. 자기가 결국에는 나를 받아줄 거라는 사실을 몰랐다면 정말 화가 났을 거야.

자기를 받아줄 생각 없어. 내가 말한다.

아니, 그럴 거야.

그럴 일 없어. 내가 못을 박는다.

하지만 나는 지금 돌아와 있잖아, 안 그래? 나는 지금 여기 있어. 짐을 챙기러 왔을 뿐이야.

아니면 내 물건이 있는 곳으로 돌아온 거거나.

사이먼, 지금 당장 가줘. 내가 점점 끓어오르는 분노를 터트린다.

그가 조리대에 기댄다. 일단 한잔하면서 제대로 이야기를 나눈다면. 그가 선언하듯 말한다.

제발 그만해. 내가 소리친다. 한 번만이라도 어른처럼 행동할 수 없어?

엠, 엠. 그가 나를 설득하려 든다. 그렇게 화내지 마. 내 말은, 나는 당신을 사랑하고 그래서 당신을 잃고 싶지 않다는 거야.

이렇게 하는 수밖에 없어. 내가 되받아친다.

아하! 그가 말한다. 다른 길이 있을 수 있지 않을까?

나는 망설여진다. 조만간 재결합을 할 여지가 있다고 말하면 그는 더이상 소란 피우지 않고 갈 것이다. 과거의 에마라면 그렇게 대답했을 것이다. 하지만 새로운 에마는 전보다 더 강해졌다.

그런 건 없어. 내 목소리는 단호하다. 우리가 다시 합칠 일은 절대 없어, 사이먼.

그가 나를 향해 다가오며 양손으로 내 어깨를 짚는다. 그의 숨결에서 술냄새가 난다. 사랑해, 엠. 그가 반복한다.

이러지 마. 나는 빠져나오려고 몸을 비틀며 말한다.

자기를 향한 사랑을 멈출 수가 없어. 그가 지껄인다. 그의 눈빛에서 살짝 광기가 느껴진다.

바로 그때 전화벨이 울린다. 나는 그쪽으로 고개를 돌린다. 불을 반짝이며 벨소리를 울리는 내 휴대폰이 진동하면서 조리대 가장자리로 조금씩 이동중이다.

이거 봐. 내가 그의 가슴을 밀며 소리친다.

이번에는 그가 나를 놔주어서 나는 낚아채듯 휴대폰을 집어든다. 여보세요?

에마, 에드워드예요. 전에 우리가 이야기했던 계약 문제는 잘 해결됐는지 궁금해서 연락했어요. 에드워드 멍크퍼드의 말투는 정중하면서 형식적이다.

네, 고마워요. 마침 사이먼이 지금 여기 와 있어요. 막 서류에 서명을 하려던 참이에요.

나는 이렇게 덧붙이지 않을 수 없다. 적어도 나는 그러기를 바라요.

전화기 건너편에서 짧은 정적이 흐른다. 그 사람 좀 바꿔줄래요? 에드워드가 말한다.

에드워드와 통화를 하는 동안 사이먼의 안색은 점점 납빛이 되어간다. 대화는 일 분가량 이어지는데, 그동안 사이먼은 거의 입을 떼지 못하고 이따금 '아하'나 '음' 같은 소리만 내뱉는다.

전화 받아. 사이먼이 뚱한 말투로 이렇게 말하며 전화기를 돌려준다.

사이먼은 지금 서류에 서명할 거예요, 에마. 에드워드의 목소리가 그렇게 말한다. 그리고 바로 나갈 거예요. 그 사람이 정말 갔는지 확인하러 잠깐 들를게요. 당신을 침대로 데려가고 싶기도 하고요. 물론 이 말은 사이먼에게 하지 말아요.

그가 전화를 끊는다. 너무 놀란 나는 전화기만 멍하니 바라본다.

그 사람의 말을 제대로 들은 건가? 물론 제대로 들었다.

그 사람이 뭐라고 했어? 내가 사이먼에게 묻는다.

나라면 자기에게 상처 주지 않을 텐데. 내 질문에 대답하는 대신 그는 서글픈 표정으로 엉뚱한 소리를 한다. 나라면 자기에게 절대 상처 주지 않을 거야. 고의로는. 나는 자기에 대한 사랑을 멈출 수가 없어, 엠. 언젠가 자기를 꼭 되찾을 거야. 두고 봐.

에드워드 멍크퍼드가 얼마 후면 도착할까? 샤워를 할 시간이 있을까? 집안을 둘러보니 한눈에 들어오는 계약 위반이 열 개도 넘는다. 바닥이며 조리대에 이런저런 물건이 널브러져 있고, 식탁에는 〈메트로〉 한 부가 놓여 있다. 재활용 보관함의 쓰레기는 바닥으로 넘쳐흘렀다. 폭탄이 떨어진 것처럼 난장판인 침실은 말할 것도 없고 지난 파티 때 흘린 와인 얼룩도 그대로다. 나는 순식간에 샤워를 하고 허둥지둥 집안을 정리하고 돌아다니며 수수한 치마와 셔츠를 고른다. 향수를 뿌릴지 잠시 고민하다가 너무 호들갑을 떠는 것 같아 관둔다. 마음 한구석은 여전히 에드워드가 농담을 했거나 내가 잘못 들은 거라고 여긴다.

물론 내 착각이 아니기를 바라지만.

휴대폰이 다시 울린다. 밖에 누가 왔다고 전하는 하우스키퍼의 알림이다. 얼른 영상 버튼을 누르니 화면에 에드워드가 있다. 그는 꽃다발과 와인 한 병을 들고 있다.

역시 내가 잘못 들은 게 아니었다. 나는 '승인'을 눌러 그를 안으로 들인다.

계단으로 나가니 그가 어느새 계단 아래에서 굶주린 눈빛으로 나를 올려다보고 있다. 계단에서는 서두르지 마요. 이 계단은 한 번에 한 단씩 조심스럽게, 제대로 밟고 내려와야 해요. 그에게 다 다르기도 전부터 나는 기대감에 몽롱하다.

안녕하세요. 내가 긴장한 채 말한다.

그가 손을 내밀어 흘러내린 머리카락 몇 가닥을 내 왼쪽 귀 뒤로 넘겨준다. 샤워를 한 직후라 머리가 여전히 축축해 목에 닿는 머리카락의 감촉에 한기가 느껴진다. 그의 손가락이 내 귓불을 쓸어내리자 나는 화들짝 놀란다.

괜찮아요, 그가 조용히 말한다. 괜찮아요.

그의 손가락이 내 턱 아래로 향하더니 살며시 내 턱을 들어올린다.

에마, 그가 말한다. 자꾸 당신 생각이 나요. 혹시 너무 빠르다면 말해줘요. 그냥 갈 테니까.

그가 내 셔츠의 제일 위쪽 단추 두 개를 푼다. 나는 브라를 하지 않았다.

떨고 있군요. 그가 말한다.

나는 강간을 당했어요.

이렇게 다짜고짜 털어놓을 생각은 전혀 없었다. 나는 다만 그에게 이런 행동이 내게 어떤 의미가 있는지를, 그가 특별한 사람이라는 사실을 이해시키고 싶다.

그의 얼굴이 이내 어두워진다. 사이먼에게? 그가 격노해 묻는다.

아니에요. 그 사람은 절대로…… 강도 중 한 명이었어요. 지난번에 말했던 그 강도들.

그렇다면 이번은 너무 빠르군요. 그가 말한다.

그는 내 셔츠에서 스르르 손을 빼더니 단추를 다시 채운다. 학교에 가기 위해 어른이 옷을 입혀주는 아이가 된 기분이다.

이건 말해두고 싶어요. 만약…… 당신이 원하면 침대로 갈 수 있어요. 내가 소심하게 말한다.

아뇨, 갈 수 없어요. 그가 말한다. 오늘은 안 돼요. 대신 나와 함께 갈 곳이 있어요.

5a) 당신은 미켈란젤로의 다비드상과 거리의 굶주린 아동 중 어느 한쪽을 구할 선택권이 있습니다. 어느 쪽을 선택하겠습니까?

○ 조각상
○ 아동

"여기 세워주세요." 에드워드가 택시 기사에게 말한다. 우리는 지금 시티 한복판에 와 있다. 유리와 철근으로 만든 으리으리한 현대식 건축물이 우리를 에워싸고 있어서 머리 위로는 샤드*와 치즈 그레이터**의 꼭대기밖에 보이지 않는다. 내가 그 빌딩들을 우러러 보는 모습을 보며 에드워드가 택시비를 지불한다. "트로피 빌딩들 이죠." 그가 경멸하듯 말한다. "우리 목적지는 이쪽이에요."

그는 나를 어느 교회로 데려간다. 작고 평범한 교구 교회로, 으스대는 현대의 거인들 사이에 자리잡고 있어서 평소에는 있는 줄도 몰랐다. 내부는 아름답다. 별다른 장식 없이 거의 정사각형에 가까운 교회 내부로 벽 높은 곳에 난 거대한 창문에서 빛이 쏟아져

---

* 런던에 위치한 95층 빌딩.
** 치즈를 가는 강판처럼 생긴 레든홀 빌딩의 별칭.

들어온다. 사방 벽은 원 폴게이트 스트리트와 같은 연한 크림색이다. 투명한 납으로 만든 창틀이 쏟아지는 햇빛과 만나 바닥에 격자 무늬를 그린다. 우리 둘 말고는 아무도 없다.

"런던에서 이 건물을 제일 좋아해요." 그가 조용하게 말한다. "봐요."

그의 시선을 따라 고개를 든 순간 숨이 턱 막힌다. 우리의 머리 위는 거대한 돔이다. 가느다란 기둥들 위에 올라앉은 투명한 공동空洞이 중앙을 완전히 차지한 채 허공에서 작은 교회를 압도하고 있다. 돔 바로 아래에는 제단 혹은 제단으로 짐작되는 것이 놓여 있다. 폭이 5피트인 육중한 원형 돌덩어리가 교회의 정중앙에 있다.

"런던 대화재*가 발생하기 전에는 두 종류의 교회가 있었어요." 그는 더이상 속삭이지 않는다. "영국이 아직 가톨릭 국가였을 때부터 변함없이 건축한, 아치와 장식물과 스테인드글라스로 점철된 음울하고 우울한 고딕 양식의 교회, 그리고 장식을 배제한 청교도들의 수수한 예배당이었죠. 대화재 후 런던을 재건하던 사람들은 새로운 양식의 건축물을 만들 기회가 생겼다고 생각했어요. 종파에 상관없이 누구나 예배를 드릴 수 있는 장소를요. 그래서 그들은 불필요한 장치를 의도적으로 제거한 양식을 채택했어요. 하지만 고딕 양식의 음울함을 다른 것으로 대체하지 않으면 안 된다는 사실을 깨달았죠."

햇빛을 받아 격자 그림자가 펼쳐진 바닥을 그가 가리킨다. 내부

---

* 1666년 런던 중심부를 잿더미로 만든 화재. 나흘 만에 진화된 이 화재로 세인트폴 성당이 불타고 런던 시민 8만 명 중 7만 명이 집을 잃었다.

에서 불을 밝힌 것처럼 돌바닥이 은은하게 빛나고 있다. "그것이 바로 빛이었어요." 그의 말이 이어진다. "무지를 밝히는 계몽주의는 말 그대로 빛이 전부였던 거예요."

"건축가가 누구였어요?"

"크리스토퍼 렌. 관광객들은 세인트폴성당으로 몰려가지만 그의 걸작은 바로 이곳이에요."

"아름다운 곳이에요." 나는 진심을 담아 말한다.

아까 전화를 받았을 때, 에드워드는 일주일 전 느닷없이 나를 두고 가버렸던 일에 대해 일언반구도 없었다. 흔한 안부인사도 하지 않았다. 다만 이렇게 말했을 뿐이다. "당신에게 보여주고 싶은 건물이 있어요, 제인. 같이 가지 않을래요?"

"갈래요." 나는 조금도 망설이지 않고 대답했다. 물론 미아의 경고를 깡그리 무시할 생각은 없다. 하지만 미심쩍다 해도, 그런 경고를 들으면 이 남자에 대한 호기심만 더 커질 뿐이다.

나는 에드워드가 나를 이 교회에 데리고 왔다는 사실에 안심이 된다. 단지 죽은 아내와 외모가 닮았다는 사실 때문에 내게 끌렸다면 굳이 이렇게까지 할까? 그가 우리를 위해 정해놓은 한계를 받아들이자. 나는 이렇게 결심했다. 매 순간을 있는 그대로 받아들이고, 우리 관계를 너무 깊이 생각하거나 막연한 기대를 품어 부담을 지우지 말자.

우리는 세인트스티븐 교회를 나와 링컨스인 필즈에 있는 존 손 경 박물관*으로 향한다. 오늘은 일반에게 공개하지 않는다는 공지

---

* 건축가이자 수집가인 존 손 경의 유지로 만든 작은 박물관.

가 붙어 있지만 에드워드는 아무렇지도 않게 벨을 누르고 큐레이터와 이름을 부르며 인사를 한다. 잠시 친근한 대화가 이어진 후 우리는 들어와서 마음대로 둘러보라는 허락을 받는다. 박물관으로 꾸민 작은 집은 그리스 조각에서 떨어져나온 파편부터 미라로 만든 고양이까지 수공예품과 진기한 물건들로 빼곡하게 채워져 있다. 에드워드가 이런 분위기를 좋아하다니 의외다. 하지만 정작 그는 온화하게 이렇게 말한다. "내가 특정한 양식의 건축물만 짓는다고 해서 다른 양식의 진가를 못 보는 건 아니에요, 제인. 중요한 건 탁월함이죠. 탁월함과 독창성."

그는 도서실의 서랍장에서 신고전주의 양식으로 설계된 작은 사원의 도면을 꺼낸다. "이건 훌륭해요."

"이게 뭐예요?"

"그가 죽은 아내를 위해 지은 영묘靈廟예요."

도면을 받아들고 요모조모 뜯어보는 척하지만 정작 내 머릿속엔 영묘라는 단어만 맴돌 뿐이다.

원 폴게이트 스트리트로 돌아가는 택시 안에서도 그 단어가 암시하는 바가 좀처럼 뇌리에서 사라지지 않는다. 집에 도착하자 방금 보고 온 건물들을 바탕으로 새로운 시각에서 이 집을 보게 된다.

현관에서 그가 발걸음을 멈춘다. "내가 들어가기를 원해요?"

"물론이죠."

"내가 이런 걸 당연하게 받아들이는 것처럼 보이고 싶지 않아요. 이 관계는 양방향으로 작용한다는 걸 잘 이해하고 있겠죠?"

"그렇게 말해줘서 고마워요. 어쨌든 나는 당신이 꼭 들어오면 좋겠어요."

우리 지금 어디 가요? 소리쳐 택시를 부르는 에드워드에게 묻는다.

월브룩. 그의 대답은 나를 향한 것이기도, 택시 기사를 향한 것이기도 하다. 그리고 이렇게 덧붙인다. 당신에게 보여주고 싶은 건축물이 있어요.

이런저런 질문을 해보지만 그는 우리를 태운 택시가 시티 한복판에 설 때까지 아무 말도 해주지 않는다. 사방에 웅장한 현대적 마천루가 서 있는 이곳까지 와서 저중 어느 건물로 가려는 건지 자못 궁금하다. 그러나 그는 나를 고층건물 대신 교회로 이끈다. 주위의 화려한 은행들 사이에서 그 건물은 어쩐지 자리를 잘못 잡은 것 같다.

내부는 조금 심심해도 나쁘지 않다. 머리 위는 거대한 돔이고 그 아래, 그러니까 바닥의 정중앙에 거대한 바위 제단이 놓여 있다.

제단을 보니 이교도들의 원이나 제물 같은 게 떠오른다.

대화재 전에는 두 종류의 교회가 있었어요. 그가 말한다. 음울한 고딕 양식과 청교도들이 예배를 보는 단순한 예배당이었죠. 대화재 후, 런던을 재건하던 사람들은 두 가지 양식을 결합해 새로운 것을 만들 기회가 생겼다고 생각했어요. 그리고 고딕 양식의 음울함을 다른 것으로 대체해야 한다는 사실을 알게 되었죠.

그는 이렇게 말하며 바닥을 가리킨다. 그곳에는 거대한 투명 유리창을 통과한 햇빛이 그림자와 함께 만든 십자가가 있다.

빛이었어요. 그가 말한다. 무지를 밝히는 계몽주의는 말 그대로 빛이 전부였던 거예요

그가 주위를 둘러보는 동안 나는 제단으로 쓰는 석판 위로 올라간다. 무릎을 꿇고 목이 돌에 닿을 정도로 상체를 뒤로 젖혀 등이 활 모양이 되게 한다. 그런 후 몇 가지 자세를 더 해본다. 브리지 자세와 후굴 자세, 누운 영웅 자세. 반년 가량 요가를 했었는데 여전히 이런 동작들이 된다.

뭐하는 거예요? 에드워드의 목소리가 들린다.

나를 의식儀式의 제물로 바치고 있어요.

그 제단은 헨리 무어*의 작품이에요. 그가 못마땅한 기색으로 말한다. 미켈란젤로가 이용했던 채석장에서 돌을 조달해 그 제단을 만들었어요.

그 사람은 여기서 섹스를 했을 거예요.

이제 가봐야겠군요. 에드워드가 말한다. 이 특별한 교회에 출입

---

* 영국의 조각가.

금지를 당하고 싶지는 않으니까.

우리는 다시 택시를 타고 영국박물관으로 간다. 그가 안내데스크에 있는 사람과 이야기를 몇 마디 나누자 붉은 줄이 거둬지고, 우리는 어느새 큐레이터만 출입하는 구역에 들어와 있다. 직원 한 명이 보관장의 문을 열더니 우리가 편하게 볼 수 있게 자리를 비켜준다. 이걸 껴요. 에드워드는 이렇게 말하며 하얀 면장갑을 내게 건네고 자신도 장갑을 낀다. 그러고는 보관장으로 손을 뻗어 돌로 된 물체를 하나 꺼낸다.

이건 올멕인*들이 만든 제의용 가면이에요. 아메리카 대륙에서 도시를 건설한 최초의 문명이죠. 그들은 삼천 년 전에 멸망했어요.

그가 가면을 내게 내민다. 나는 떨어트릴까봐 벌벌 떨며 받아든다. 가면의 두 눈이 살아 있는 것 같다.

대단하네요. 내가 말한다. 사실 이런 유물은 내 취향이 아니고 방금 전 다녀온 교회만큼이나 박물관도 내 취향이 아니지만 그와 함께 있으니 이곳도 좋다.

그가 만족스럽게 고개를 끄덕인다. 나는 박물관에 오면 한 번에 한 가지만 감상하는 규칙이 있어요. 들어온 길로 되돌아 나가면서 그가 말한다. 그 이상은 안 돼요. 그러면 무엇을 보건 제대로 감상할 수 없거든요.

그래서 내가 박물관을 좋아하지 않는 거예요. 내가 말한다. 지금까지 죄다 엉터리로 감상하고 있었던 거네요.

그가 웃음을 터트린다.

---

* 멕시코에 살았던 고대 인디오.

슬슬 배가 고파와서 우리는 그가 아는 일식집으로 향한다. 내가 당신 음식까지 주문할게요. 그가 말한다. 돈가스 같은 간단한 음식을 시키죠. 영국인들은 정통 일본음식은 무서워하니까.

나는 아니에요. 내가 말한다. 나는 아무거나 잘 먹어요.

그가 눈썹을 치켜세운다. 도전이 될 텐데요, 매슈스 씨?

좋으실 대로.

그가 내게 문어와 성게, 다양한 종류의 새우를 얹은 초밥부터 주문해준다.

이 정도면 내가 충분히 즐길 수 있는 범위네요. 내가 그에게 말한다.

흠. 그가 반응한다. 그는 유창한 일본어로 주방장까지 구슬려 이 일에 끌어들였는지, 주방장이 자그마한 가이진* 아가씨가 도저히 감당 못할 음식을 낼 생각에 싱긋 미소를 짓는다. 잠시 후 하얀 연골 같은 것이 담긴 접시가 나온다.

먹어봐요. 에드워드가 권한다.

이게 뭐예요?

일본어로는 시라코라고 하죠.

나는 시험 삼아 두 개를 집어 입에 넣는다. 시라코가 이 사이에서 터지자 짭짤한 맛의 크림 같은 찐득한 물질이 흘러나온다.

나쁘지 않네요. 사실 끔찍했지만 꿀꺽 삼키며 그렇게 말한다.

생선의 정소예요. 그가 알려준다. 일본에서는 진미로 여기죠.

대단해요. 하지만 나는 그런 것이라면 사람의 것이 더 좋다. 다

---

* '외국인'이라는 뜻의 일본어.

음은 뭐죠?

주방장 특선 요리죠.

종업원이 생선 한 마리가 그대로 올라가 있는 접시를 가져온다. 생선이 아직 숨이 붙어 있다는 사실에 나는 질색을 한다. 물론 숨만 붙어 있다. 배로 서듯 세워져 있는 생선은 고개를 살짝 들고 꼬리를 힘없이 위아래로 움직이고 할말이 있는 듯 입을 뻐금거리고 있다. 가장 위쪽의 살은 얇게 저며져 있다. 절로 몸이 멈칫한다. 하지만 나는 눈을 꼭 감고 한 점을 먹어본다.

두 점째를 넣을 때는 눈을 감지 않는다.

당신은 모험을 즐기는 잡식가군요. 그가 불만스럽게 말한다.

단순 잡식가가 아니에요. 내가 대뜸 반박한다.

당신이 알아둬야 할 것이 있어요, 에마.

그의 표정이 진지해서 나는 젓가락을 내려놓고 집중한다.

나는 관습적인 인간관계는 맺지 않아요. 그가 말한다. 관습적인 건축물을 짓지 않듯이.

알았어요. 그러면 당신은 어떤 관계를 맺죠?

인간의 삶과 같은 인간관계에는 쓸데없는 일들이 꾸역꾸역 쌓여요. 밸런타인데이 카드, 로맨틱한 몸짓, 특별한 기념일, 의미 없이 내뱉는 사랑의 밀어…… 우리가 그런 것들을 싹 다 걷어내보면 어떨까요? 관습에 구애받지 않는 관계에는 일종의 순수함이, 그러니까 단순함과 자유로운 감각만이 남을 거예요. 하지만 이런 관계는 양쪽이 자신들의 행위를 명확하게 이해하고 있을 때에만 맺을 수 있어요.

밸런타인데이 카드는 기대하지 말자고 기억해둬야겠네요. 내가 대답한다.

그리고 관계가 더이상 완벽하지 않으면 각자의 길을 가는 거예요. 아무런 앙금 없이요. 동의해요?

그런 관계는 얼마나 오래가요?

그게 중요해요?

꼭 그런 건 아니지만.

나는 결혼의 경우도, 일정 기간 함께 산 후 의무적으로 이혼을 하게 하면 결혼생활을 더 알차게 보낼 수 있을 거라는 생각을 가끔 해요. 그가 생각에 잠긴다. 대충 삼 년이면 어떨까요. 그러면 사람들은 서로의 진가를 훨씬 더 잘 알아볼 거예요.

에드워드, 내가 말한다. 내가 그 제안에 동의하면 같이 침대로 갈 건가요?

꼭 섹스를 할 필요는 없어요. 당신이 불편하다면 말이에요.

혹시 내가 더럽혀진 상품 같다고 생각하지는 않아요?

그게 무슨 뜻이에요?

어떤 남자들은…… 목소리가 잘 나오지 않는다. 하지만 이 말은 꼭 해야 한다. 나는 심호흡을 하며 마음을 다잡고 말한다. 사이먼이 강간 사실을 알게 된 후로, 우리는 섹스를 하지 않았어요. 그가 할 수 없었어요.

세상에. 에드워드가 말한다. 그러면 당신은요? 이 관계가 너무 빠른 게 아니라고 확신해요?

나는 충동적으로 테이블 아래에서 그의 손을 잡아 내 치마 속으로 가져간다. 그는 놀란 눈치지만 어느새 호응한다. 나는 큰 소리로 웃음을 터트릴 뻔하며 생각한다. 당신의 시선을 끌었고 당신이 나를 응시하게 했어. 당신이 내 속옷을 느끼게 했어.

나는 그의 손을 다리 사이로 더 깊숙이 잡아끈다. 팬티 위를 어루만지는 손의 관절이 느껴질 정도로.

절대 너무 빠르지 않아요. 내가 그에게 말한다.

나는 그의 손목을 붙잡고 내 몸을 움직여 그의 손을 어루만진다. 그는 내 팬티의 사타구니 부분을 옆으로 젖히고 손가락을 안으로 밀어넣는다. 그 순간 내 무릎이 위로 튀어올라가 영매가 자리한 강령회처럼 테이블이 달달 떨린다. 나는 그의 눈을 그윽하게 바라본다. 그가 매혹된 것 같다.

이제 가는 게 좋겠어요. 그가 말한다. 하지만 그는 손을 빼지 않는다.

섹스를 끝낸 후 나는 만족감을 음미하며 나른하게 누워 있다. 에드워드는 한쪽 팔꿈치로 상체를 받친 채 다른 손으로 내 피부를 어루만지며 나를 미세하게 탐색한다. 이저벨을 가졌을 때 살이 튼 부분에 그의 손이 닿는다. 내가 그 흔적을 의식해 돌아누우려 하자 그가 만류한다.

"그러지 말아요. 당신은 아름다워요, 제인. 당신의 몸 구석구석이 아름다워요."

내 몸을 탐색하는 그의 손가락이 내 왼쪽 가슴 아래 흉터에 다다른다. "이건 무슨 상처예요?"

"어릴 때 사고를 당했어요. 자전거에서 떨어졌죠."

그는 납득할 만하다는 듯 고개를 끄덕인다. 그의 손가락은 쉬지 않고 움직여 내 배꼽까지 내려간다. "매듭을 묶은 풍선 주둥이 같군요." 손끝으로 배꼽을 벌리며 그가 말한다. 그의 손가락이 아래로 난 털을 따라 내려간다. "왁싱을 하지 않았군요." 그가 말한다.

"네. 해야 하나요? 지난…… 비토리오는 이렇게 놔두는 걸 좋아했죠. 그 사람은 음모가 너무 적다고 하더군요."

에드워드는 잠시 생각에 잠긴다. "적어도 대칭으로 정리해요."

갑자기 우스워 견딜 수가 없다. "지금 내 음모를 밀어버리라고 부탁하는 거예요, 에드워드?" 너무 웃어서 숨을 헐떡이며 내가 되묻는다.

그가 머리를 갸웃한다. "그래요, 그런 것 같아요. 뭐가 그렇게 우습죠?"

"아무것도 아니에요. 당신을 위해서 내 몸의 털을 최소화하도록 해볼게요."

"고마워요." 그는 작은 깃발을 꽂듯 내 배에 입을 맞춘다. "이제 씻어야겠어요."

욕실과 침실을 구분하는 석조 파티션 뒤로 물줄기가 쏟아지는 소리가 들린다. 소리가 바뀌는 방식으로 그가 쏟아지는 물속으로 들어가고 나오며 날씬하고 탄탄한 몸을 이쪽저쪽으로 돌리는 모습이 그려진다. 나른한 머릿속으로 센서가 그의 몸을 어떻게 인식하는지 의문이 떠오른다. 그에게는 시스템에 등록된 그만의 특권이 있는 걸까. 아니면 단순히 방문객을 위해 마련된 일반적이고 보편적인 기능이 있을까.

물소리가 뚝 그친다. 그러고도 몇 분이 지나도록 그가 나오지 않아 나는 일어나 앉는다. 욕실 쪽에서 뭔가를 문지르는 소리가 들린다.

나는 소리가 나는 곳을 향해 파티션을 돌아간다. 에드워드가 허리에 하얀 수건을 감은 채 샤워기 아래에 쪼그리고 앉아 천조각으로 석조 벽을 닦고 있다.

"이 지역은 경수硬水가 나와요, 제인." 그는 고개를 들지도 않은 채 말한다. "조심하지 않으면 돌 표면에 석회 자국이 생길 거예요. 벌써 징후가 나타나고 있어요. 그러니 물을 쓸 때마다 항상 샤워실의 물기를 제거하도록 해요."

"에드워드……"

"네?"

"그건 좀…… 강박적이지 않아요?"

"아뇨." 그가 말한다. "게으름의 반대죠." 그러더니 잠시 생각을 한다. "꼼꼼한 거고요."

"샤워를 할 때마다 물기를 닦기에는 인생이 너무 짧지 않아요?"

"또는," 그가 차근차근 말한다. "완벽하게 보낼 수 있는 인생을 완벽하지 않게 살기엔 인생이 너무 짧지 않을까요?" 그는 마침내 일어선다. "아직 평가를 하지 않았죠, 그렇죠?"

"평가라뇨?"

"하우스키퍼와 하는 게 있어요. 한 달 간격으로 수행하도록 설정되어 있을 거예요. 내일 할 수 있도록 조정해둘게요." 그가 잠시 말을 끊는다. "당신은 잘하고 있으리라 믿어요, 제인. 하지만 점수를 알면 개선하는 데 도움이 될 거예요."

다음날 아침 눈을 뜨니 기분은 상쾌하지만 온몸이 약간 뻐근하다. 에드워드는 이미 가고 없다. 샤워를 하기 전에 커피를 한 잔 마시러 아래층으로 내려가니 노트북 화면에 하우스키퍼가 보낸 메시지가 있다.

제인, 다음 문항에 1점부터 5점까지 점수를 평가해주세요. 전적으로 동의하면 5점을, 절대 동의하지 않으면 1점을 주세요.
1. 나는 때로 실수를 한다.
2. 나는 쉽게 실망을 한다.
3. 나는 중요하지 않은 일을 자꾸 걱정한다.

이런 문항이 열 개가 넘는다. 나는 평가는 미뤄놓고 커피부터 내려서 위층으로 올라간다. 샤워기 아래에 서서 폭포수처럼 쏟아질 따뜻한 물줄기를 기다린다. 물이 나오지 않는다.

디지털 팔찌를 찬 손을 마구 흔들어보지만 여전히 반응이 없다. 정전인가? 청소부의 벽장에 퓨즈 박스가 있었는지 기억을 더듬어본다. 아니다, 정전일 리 없다. 아래층에는 전기가 들어와 있었다. 정전이었다면 하우스키퍼가 작동하지 않았을 것이다.

바로 그때 어떻게 된 건지 이해가 된다. "빌어먹을, 에드워드." 나는 소리를 빽 지른다. "나는 샤워가 하고 싶다고요."

다시 아래층으로 내려가 하우스키퍼를 꼼꼼히 살펴보니 비로소 이런 문구가 눈에 들어온다. 평가를 완성할 때까지 주택의 편의시설 일부가 작동하지 않습니다.

그래도 커피는 마시게 해줬다. 나는 그대로 앉아서 평가를 시작한다.

섹스는 훌륭하다.

훌륭하지만 환상적이지는 않다.

그가 신사적으로 행동하려고 자제하는 것 같다. 지금 내 침대에 절대 들이고 싶지 않은 남자가 신사인데. 그가 이기적인 알파메일이 되어주면 좋겠다. 자질은 충분해 보인다.

아직도, 함께 맞춰야 할 것들이 잔뜩 있다.

나는 가운 차림으로 식탁에 앉아 에드워드가 볶음 요리를 만드는 모습을 지켜본다. 그는 요리를 시작하기 전 앞치마부터 두른다. 남성적인 사람치고 묘하게 여성적이다. 일단 재료를 준비한 후 본격적으로 조리를 하는 면이나 재료들을 허공으로 던져 펄럭이는 커다란 팬케이크처럼 다시 받는 모습을 보면, 그의 요리는 집중력과 정확성을 기해 불과 에너지를 다루는 것 그 자체다. 잠시 후 요리가 완성된다. 나는 배가 고파 죽을 지경이다.

당신은 늘 이런 식으로 관계를 맺나요? 내가 음식을 먹으며 묻는다.

어떤 식 말이에요?

이런 식이요. 구애받지 않고. 반쯤 거리를 두고.

그래요, 꽤 오랫동안. 관습적인 관계를 무조건 반대하는 건 아니에요. 그 점은 알아줘요. 다만 내 생활방식에 그런 관계가 들어설 여지가 없을 뿐이죠. 그래서 더 단기간의 관계에 맞추기로 일부러 결심한 거예요. 단기적인 관계를 맺다보니 이편이 훨씬 더 나을 수 있다는 걸 알겠더군요. 더 강렬하다고 할까요. 마라톤이 아니라 단거리 경주를 하는 거죠. 관계가 영원히 가지 않으리라는 사실을 알고 있으면 그 사람의 진가가 더 잘 보이거든요.

대개 그런 관계는 얼마나 가요?

둘 중 한 사람이 그만하자고 할 때까지요. 그가 무표정하게 대답한다. 오로지 양쪽이 같은 목적을 원할 때에만 이런 관계를 맺을 수 있어요. 구애받지 않는다고 해서 헌신이나 노력을 기울이지 않는 관계로 받아들이지는 말아요. 이건 다른 종류의 헌신이자 노력이니까요. 지금까지 내가 맺은 가장 완벽한 관계들은 일주일도 못가 끝난 적도 있고 몇 년이나 이어지기도 했어요. 기간은 정말 중요하지 않아요. 오직 관계의 질이 중요하죠.

그럼 몇 년 동안 지속된 관계에 대해 말해줘요. 내가 말한다.

나는 전에 사귄 연인들의 이야기는 절대 하지 않아요. 그가 단호하게 대답한다. 당신에 대해서 아무에게도 말하지 않을 생각인 것처럼. 자, 이제 내 차례예요. 당신은 양념을 어떤 식으로 정리하죠?

양념요?

그래요. 아까 커민을 찾을 때부터 계속 신경이 쓰였어요. 양념을 알파벳이나 유통기한 순으로 정리해놓은 것 같지 않더군요. 풍미의 특징별인가요? 아니면 대륙별?

지금 농담하는 거죠?

그가 나를 빤히 바라본다. 그 말은 무작위라는 뜻인가요?

완벽하게 무작위예요.

와우. 그가 감탄한다. 어쩐지 빈정거리는 것 같다. 하지만 에드워드와 함께 있으면 선뜻 단정을 짓기 힘들 때가 있다.

그는 집을 나서며 근사한 저녁이었다고 내게 말한다.

5b) 당신은 소액의 기부금을, 중요한 예술 작품을 구입하기 위해 기금을 모으는 지역 박물관에 보내거나 아니면 아프리카의 기아 문제를 해결하기 위해 보낼 수 있습니다. 어느 쪽을 선택하겠습니까?

　　○ 박물관
　　○ 기아

"저는 각기 다른 유형론을 다양하게 활용해 프로젝트를 엄정하게 진행한 점을 존경합니다." 코듀로이 재킷을 입은 남자가 이렇게 말하며 유리와 철강으로 만든 지붕을 향해 샴페인잔을 든 손을 크게 휘두르듯 흔든다.

"……비非데카르트적 인프라와 사회적 기능성을 융합하는 것은……" 어떤 여자가 이런 이야기를 진지하게 하고 있다.

"욕구에 대한 태도가 암시되고 다시 거부되고……"

전문용어를 제외하면, 상량식 후에 열리는 파티들은 내가 미술계에서 일할 때 참석하던 화랑의 개관식과 크게 다르지 않은 것 같다. 여기든 거기든 검은색 옷을 입은 사람과 샴페인과 힙스터 수염과 값비싼 스칸디나비아 안경 들이 넘쳐난다는 점에서 그렇다. 오늘밤 이 자리는 데이비드 치퍼필드가 지은 새로운 콘서트홀의 준공식이다. 나는 요즘 노먼 포스터나 작고한 자하 하디드, 존 포슨, 리

처드 로저스 같은 유명한 영국 건축가들 이름에 점점 익숙해지는 중이다. 수많은 사람들이 이 파티에 참석할 거라고 에드워드가 내게 귀띔해주었다. 좀 있으면 유리 천장을 통해 저멀리 켄트에서도 볼 수 있을 정도로 요란한 불꽃놀이와 레이저 쇼도 열릴 것이다.

나는 샴페인잔을 들고 여기저기 이야기를 엿들으며 사람들 틈바구니를 돌아다닌다. 에드워드에게 파티에 같이 가자며 초대를 받았지만, 나는 그에게 부담이 되지 말자고 마음을 먹었기 때문에 이렇게 돌아다니는 중이다. 그가 없어도 나는 원하기만 하면 언제든지 대화에 녹아들 수 있다. 파티의 손님들은 대개 남자로 자신만만하고 살짝 취기가 올라 있다. 나를 붙잡아 세우고 "우리 아는 사이인가요?"라거나 "어디서 일해요?"라거나 단순히 "안녕하세요"라고 말을 건 사람이 한둘이 아니다.

내 쪽을 보고 있는 에드워드를 보자 나는 그에게 돌아간다. 그는 함께 있던 사람들에게서 빠져나온다. "정말 고마워요." 그가 말소리를 죽인다. "계획에 따른 요건의 중요성에 대한 연설을 한 번만 더 들으면 미쳐버릴 거예요." 그는 나를 음미하듯 본다. "당신이 오늘 여기서 가장 아름다운 여성이라는 말을 누가 하지 않던가요?"

"사실 몇 명에게서 들었어요." 오늘 나는 등이 깊이 파이고 스커트가 허벅지 길이에 뒤쪽의 품이 낙낙해 내가 움직이면 따라 찰랑거리는 헬무트랭 원피스에 끌로에의 단순한 스캘럽트 플랫슈즈를 신었다. "물론 그렇게 긴 문장으로 말해준 건 아니지만요."

그가 웃음을 터트린다. "이리로 와요."

나는 그를 따라 야트막한 벽 뒤로 돌아간다. 그는 샴페인잔을 그 벽 위에 내려놓더니 한 손으로 내 엉덩이를 쓸어내린다.

"팬티를 입었군요." 그가 불쑥 말한다.

"네."

"당장 벗어요. 라인을 망치니까. 걱정 말아요. 아무도 안 볼 거예요."

순간 나는 얼어붙는다. 그리고 주위를 둘러본다. 우리를 보고 있는 사람은 아무도 없다. 나는 최대한 조심스럽게 팬티를 끌어내린다. 팬티를 집어들려고 몸을 숙이는데 그가 내 팔에 손을 올린다.

"잠깐만요."

그의 오른손이 치맛자락을 들어올린다. "아무도 안 볼 거예요." 그가 반복한다.

그의 손이 내 허벅지를 따라 올라오더니 다리 사이의 깊은 곳에 닿는다. 나는 너무 놀라 어쩔 줄을 모른다. "에드워드, 나는……"

"가만히 있어요." 그가 살며시 속삭인다.

그의 손가락이 닿을락 말락 앞뒤로 미끄러진다. 나는 애무를 더 강하게 받을 수 있도록 그를 향해 자세를 잡는다. 이건 나답지 않아. 이런 생각이 퍼뜩 든다. 나는 이런 짓을 하지 않아. 그의 손끝이 클리토리스를 두세 번 맴돌더니 손가락 하나가 예고 없이 부드럽게 내 안으로 들어온다.

그는 잠시 손놀림을 멈추고 내 손에서 잔을 받아 자신의 잔 옆에 내려놓더니 느닷없이 두 손으로 내 몸을 공격한다―뒤에서 공격하는 손은 두 손가락으로 삽입을 반복하고 앞에서 공격하는 손은 탐색하듯 원을 그리며 애무한다. 파티장의 소음이 점점 희미해지는 것 같다. 나는 숨도 제대로 쉬지 못한 채 남들 눈에 띄지 않을까 하는 걱정은 모두 그에게 맡겨버린다. 지금 주도권은 그에게 있으니까. 말도 안 되는 상황에서도 파도처럼 쉴새없이 밀려오는 쾌락이 나를 휩쓸고 지나간다.

"은밀한 장소를 찾아보고 싶지 않아요?" 내가 속삭인다.

"아뇨." 그가 짧게 대답한다. 손가락의 움직임은 점점 속도를 더해가고 한 치의 망설임도 없다. 어느새 절정이 다가오고 있다. 양무릎은 힘이 풀려 그의 두 손에 점점 내 체중이 실린다. 나는 그에게 몸을 의지한 채 전율 속에서 온몸을 떨며 절정에 도달한다. 눈앞에서 불꽃이 터지며 하늘이 번쩍거린다. 차츰 이성을 되찾으며 눈앞의 번쩍거림이 켄트에서도 볼 수 있다는 현실의 불꽃놀이와 레이저 쇼라는 것을 알아차린다. 그래서 사람들이 박수로 환호하는 것이다. 하느님, 감사합니다. 나 때문이 아니었다.

나는 여전히 다리가 후들거리는데 그가 손을 떼며 말한다. "미안해요, 제인. 이야기를 해봐야 하는 사람들이 좀 있어서."

그가 성큼성큼 다가가는 남자는 내 짐작에 분명 영국에서 가장 저명한 건축가이자 상원의원이다. 에드워드는 그 남자에게 환하게 웃으며 손을 내민다. 몇 초 전만 해도 내 안에 있던 손을.

파티는 서서히 파장을 향해 가는데 나는 여전히 정신이 몽롱하다. 우리가 정말 그걸 했나? 사람들이 가득한 이곳에서 내가 오르가슴을 느꼈어? 이 모습이 나란 말이야? 잠시 후 그는 근처 일식집으로 나를 데려간다. 식당 중앙에 주방장이 초밥을 만들어 손님에게 내는 조리대가 있는 일식집이다. 손님들은 모두 아시아인으로, 검은색 정장을 입은 회사원과 사업가들이다. 주방장이 에드워드를

잘 아는 듯 고개를 숙여 인사하며 일본어로 말을 건넨다. 에드워드
도 일본어로 대답한다.

"오늘 우리가 먹을 음식을 주방장에게 일임한다고 했어요." 테
이블에 앉는데 에드워드가 알려준다. "이타마에*의 판단을 신뢰한
다는 존중의 표시죠."

"일본어가 유창한 것 같아요."

"얼마 전에 도쿄에서 빌딩을 지었거든요."

"네, 알아요." 그가 일본에 지은 마천루는 구름을 꿰뚫으려는 거
대한 드릴의 날처럼 우아하고 육감적인 나선형 건물이다. "일본에
는 그때 처음 간 거였나요?"

물론 아니라는 걸 안다. 나는 그가 젓가락 두 짝이 정확하게 평
행을 이루도록 가지런히 맞추는 모습을 지켜본다.

"아내와 아이가 죽은 후 일 년 동안 그곳에서 지냈어요." 그가
담담하게 말한다. 그리고 나는 그가 처음으로 자신을, 친밀함을 살
짝 드러낸 것에 마음이 설렌다. "내 마음을 편하게 해준 건 단순히
일본이라는 나라가 아니었어요. 그곳의 문화였어요. 자기규율과
절제를 강조하는 문화요. 우리 사회에서 금욕은 결핍과 가난을 연
상시켜요. 일본은 금욕을 지고의 수준에 다다른 미의 형태로 보죠.
거기서는 그걸 시부이**라고 해요."

종업원이 우리에게 수프가 담긴 그릇을 내온다. 대나무로 만들
어 색을 칠한 그릇은 아주 작고 가벼워서 손에 쏙 들어온다. "이 그

---

* 일본요리의 요리사.
** 화려하지 않은 수수한 멋이 있다는 뜻.

릇을 예로 들어볼까요." 그는 그릇을 집어들며 설명을 이어간다. "이 그릇들은 오래됐고 서로 잘 어울리지도 않아요. 이런 게 바로 시부이죠."

나는 수프를 한입 먹는다. 혓바닥에 뭔가 꿈틀거리는 게 느껴지는데, 묘하게 따끔거리는 것 같다.

"그나저나 그것들 살아 있어요." 그가 뒤늦게 덧붙인다.

"뭐라고요?" 나는 화들짝 놀란다.

"수프에 작은 치어들이 들어 있어요. 시로우오*라고 갓 태어난 새끼들이죠. 주방장이 조리의 가장 마지막 단계에 넣어요. 대단한 진미로 여겨지는 식재료예요." 그가 이렇게 설명하며 초밥 조리대를 가리키자, 주방장이 우리에게 다시 고개를 숙여 인사한다. "아타라 주방장의 특선 요리는 이키즈쿠리, 살아 있는 해산물이에요. 입에 맞으면 좋겠네요."

그때 종업원이 접시를 가져와 우리 테이블에 내려놓는다. 접시에는 붉은 도미 한 마리가 놓여 있다. 구리색의 빛나는 비늘이 가늘게 썰어놓은 하얀 순무와 대비되어 더 선연하다. 생선의 한쪽 면은 등뼈가 드러나도록 살이 가지런히 저며져 있다. 그런데 생선은 여전히 숨이 붙어 있어서, 전갈처럼 말린 꼬리가 힘없이 계속 움찔거린다. 생선은 입을 뻐끔거리고 공포에 눈알을 뒤룩거린다.

"세상에." 내가 아연실색해 말한다.

"먹어봐요. 장담하는데, 맛있어요." 그가 손을 뻗어 젓가락으로

---

* 우리나라에서는 사백어라고 불리는 망둑엇과 바닷물고기. 비늘이 없고 몸이 반투명한데, 뼈가 딱딱해지기 전의 치어를 통째로 먹는다.

180

투명한 생선살 한 점을 집어올린다.

"에드워드, 나는 못 먹겠어요."

"괜찮아요. 그러면 다른 걸 주문할게요." 그가 손짓을 하자 종업원이 얼른 우리 쪽으로 온다. 하지만 방금 먹은 수프가 금방이라도 올라올 것 같다. 갓 태어난 새끼들이라니. 그 단어가 내 머릿속을 쿵쾅거리며 날아다니기 시작한다.

"제인, 괜찮아요?" 그가 걱정스러운 얼굴로 나를 쳐다본다.

"나는 안 되겠…… 나는 안……"

슬픔을 견딜 때 가장 기이한 점은, 전혀 생각지도 못한 순간에 슬픔이 훅 차오른다는 것이다. 어느새 나는 분만실에서 이저벨을 안고 아기의 작은 팔다리가 차갑게 식어버리는 순간을 어떻게든 미뤄보려고, 마지막 남은 소중한 체온—내 몸의 온기—을 붙잡아두려고 숄처럼 포대기로 이저벨의 머리를 미친듯이 감싸안고 있던 순간으로 되돌아가 있다. 나는 아기의 눈동자가 나를 닮은 푸른색일지 아니면 아빠를 닮은 검은색일지 궁금해, 사랑스러운 도톰한 눈꺼풀을 꼭 닫은 이저벨의 작은 눈을 바라보고 있다.

눈을 깜박이자 지난 기억은 이내 사라지지만 실패와 절망의 음울한 추가 또다시 나를 후려치고 나는 그대로 손목에 얼굴을 묻고 흐느낀다.

"아, 이런." 에드워드가 이마를 탁 친다. "시로우오. 어떻게 이렇게 멍청한 짓을!" 그는 종업원에게 나를 가리키며 일본어를 다급하게 쏟아내 다른 음식을 주문한다. 하지만 그걸 기다릴 시간이 없다. 아무것도 기다릴 여유가 없다. 나는 이미 가게문을 향해 달리고 있다.

과거 : **에마**

와줘서 고마워요, 에마. 클라크 경위가 인사한다. 설탕은 하나 넣나요?

경위의 사무실은 서류와 파일이 잔뜩 쌓인 작은 방이다. 경위가 럭비팀의 가장 앞줄에서 우스꽝스러울 정도로 커다란 트로피를 안고 있는 꽤 오래된 사진을 넣은 액자도 있다. 인스턴트커피를 부어 내게 내민 머그잔에는 가필드가 찍혀 있다. 경찰서치고 너무 쾌활해 보인다.

설탕은 괜찮아요. 내가 초조하게 말한다. 왜 부르신 거죠?

클라크 경위는 커피를 한 모금 마시고 잔을 책상에 내려놓는다. 그 옆에 비스킷 접시가 놓여 있다. 경위는 그 접시를 내 쪽으로 민다.

에마 씨의 사건과 관련해서 기소된 두 남성이 모두 무죄를 주장하며 보석을 신청했습니다. 공범인 그랜트 루이스에 대해서는 우리도 할 수 있는 일이 많지 않습니다. 하지만 당신을 성폭행한 디언 넬슨은 문제가 다릅니다.

네, 알겠어요. 대답은 이렇게 하지만 나는 여전히 왜 나를 군이 경찰서로 불러서 이런 이야기를 하는지 모르겠다. 물론 그들이 무죄를 주장한다니 끔찍한 소식이기는 하지만 전화로 전하지 못할 정도인가?

피해자로서, 클라크 경위가 말을 잇는다. 당신은 피해자의견진술서를 작성할 권리가 있습니다. 언론에서는 영향진술서라고 부르죠. 당신은 보석적부심에서 범죄가 당신에게 어떤 영향을 미쳤는지, 재판이 시작될 때까지 넬슨이 보석으로 풀려난다면 어떤 심정일지 증언할 수 있습니다.

나는 고개를 끄덕인다. 내 심정이라고? 사실 아무 느낌도 없다. 그 자식을 기어이 감옥에 보낼 수 있다면, 다른 건 어찌되든 상관없다.

무덤덤한 나를 보며 클라크 경위가 상냥하게 말한다. 에마, 문제는 넬슨이 교활하고 폭력적인 자라는 겁니다. 나로서는 지금 그자가 감옥에 있어야 마음이 편하겠어요.

설마 보석중에 또 나쁜 짓을 하려고요, 안 그래요? 내가 말한다. 그러나 바로 그 순간 클라크 경위의 의도가 이해된다.

제가 위험해질 수도 있다고 보시는군요. 나는 그를 똑바로 바라보며 말한다. 제가 증언을 못하게 그자가 무슨 짓을 할지도 모른다고 생각하시는 거예요.

겁을 주고 싶진 않아요, 에마. 다행스럽게도 증인을 협박하는 일은 매우 드물어요. 하지만 판결 여부가 기본적으로 한 명의 증언에 달린 이런 사건에서는 나중에 후회하는 것보다 안전을 기하는 편이 더 좋죠.

제가 어떻게 하면 되죠?

보석적부심에 대비해 피해자의견진술서를 작성하세요. 우리가 몇 가지 조언을 해드릴 수 있지만 내용이 개인적일수록 더 좋습니다.

그가 숨을 고른다. 하지만 한 가지 명심해두셔야 할 사항이 있습니다. 일단 진술서를 법정에서 읽는 순간 그것은 법적 문서가 됩니다. 재판이 시작되면 변호인은 그 내용에 대해 당신을 반대신문할 권리가 있습니다.

그 진술서는 누가 읽나요?

음, 그거라면. 검사나 경찰관이 읽을 수도 있습니다. 하지만 이런 진술은 피해자의 입에서 직접 나올 때 더 강력한 효과를 발휘하죠. 판사도 결국은 사람이니까요. 그리고 당신이라면 무척 강한 인상을 줄 수 있을 것 같아요.

아주 잠깐이지만 클라크 경위의 표정이 부드러워지고 눈가에 눈물이 살짝 맺히려는 것처럼 보인다. 그는 이내 목청을 가다듬는다. 우리는 특별조치를 신청할 겁니다. 따라서 심리중에는 넬슨이 당신을 볼 수 없습니다. 당신이 진술서를 읽을 때 그자를 직접 봐야 할 필요도 없고 그자도 당신을 볼 수 없죠.

하지만 그 사람이 그 자리에 있을 거잖아요. 내가 말한다. 내 진술을 들으면서.

클라크 경위가 고개를 끄덕인다.

만약 판사가 동의하지 않으면 어떻게 되죠? 그 사람이 보석으로 풀려나나요? 제가 상황을 더 악화시키기만 할 가능성은 없나요?

우리가 당신을 안전하게 지켜줄 겁니다. 클라크 경위가 안심시키듯 말한다. 이사를 하셔서 천만다행이에요. 그자는 당신이 어디에 사는지 모르니까요.

그는 상냥하고 염려하는 눈빛으로 나를 가만히 바라본다. 자, 에마. 진술서를 작성해서 법정에서 읽겠습니까?

그래서 나보고 오라고 한 거였구나. 나는 깨닫는다. 전화로 이런 이야기를 하면 내가 단칼에 거절할 줄 짐작한 것이다.

음, 그게 도움이 된다고 생각하신다면요. 나도 모르게 대답이 나온다.

생각 잘했어요. 그가 말한다.

그가 나를 너무 아랫사람 대하듯 하는 게 아닌가 싶지만, 그가 눈에 띄게 안도하는 모습에 나는 신경쓰지 않기로 한다.

보석적부심은 목요일에 열릴 예정입니다. 그가 덧붙인다.

그렇게 빨리요?

그자가 선임한 변호사가 여간 끈질기지 않아요, 안타깝게도. 그게 다 세금인데 말이죠.

클라크 경위가 일어선다. 지금 비어 있는 조사실이 있는지 알아보겠습니다. 그러면 바로 진술서를 작성할 수 있을 거예요.

일식집 사건이 있고 며칠 후, 소포 두 개가 도착했다. 하나는 크고 얇은 상자로 본드 스트리트에 있는 원더러의 로고 W가 찍혀 있다. 다른 상자는 그보다 작아서 페이퍼백 정도의 크기다. 더 큰 상자를 들어 석조 테이블 위에 놓는다. 크기에 비해 너무 가벼워서 꼭 빈 상자 같다.

안에는 얇은 종이에 감싸인 원피스가 한 벌 들어 있다. 원피스를 꺼내 팔에 걸치니, 검은색 직물이 팔의 양쪽으로 실크처럼 부드럽게 떨어진다. 이 옷을 입으면 피부에 닿는 촉감이 얼마나 관능적이고 자극적일지 상상이 간다.

나는 위층으로 옷을 가져가 입어본다. 내 두 팔을 드는 것만으로도 천이 스르르 떨어져 내 몸을 휘감는다. 내가 돌아보자 원피스도 나와 함께 희롱하듯 살랑거린다. 직조를 살펴보니 대각 방향으로 재단이 되어 있다.

이 옷에는 목걸이가 필요해. 이런 생각이 든다. 순간 작은 상자의 내용물이 무엇인지 알 것 같다.

상자에는 캘리그래피 전문가가 쓴 것처럼 아름다운 필체로 쓴 카드가 있다. 제인, 무신경한 멍청이인 나를 용서해줘요. 에드워드. 조개 모양의 케이스를 열자 벨벳으로 감싼 내부에 세 줄짜리 진주 목걸이가 들어 있다. 알은 크지 않지만 독특하다. 연한 크림색에 형태가 완전히 둥글지 않고 진주 깊은 곳에서 오팔처럼 영롱한 빛이 뿜어져나온다.

진주는 원 폴게이트 스트리트의 벽과 똑같은 색이다.

목걸이가 작아 보인다. 목에 거는데 너무 작다는 생각이 든다. 목에 너무 꼭 맞아서 순간 탄력이 없는 목걸이에 목이 졸리는 듯한 기분이 든다. 육감적으로 출렁이는 원피스와 너무 다른 느낌이다. 하지만 거울을 보니 목걸이와 원피스는 눈이 번쩍할 정도로 잘 어울린다.

나는 한 손으로 머리를 감아올리고 어떤 모습인지 거울을 본다. 옆으로 돌면서 생각한다. 그래, 이 모습이야. 나는 셀카를 찍어 미아에게 보낸다.

에드워드도 이 모습을 봐야 해, 그런 생각이 든다. 나는 그에게도 사진을 보낸다. 용서하고 말 것도 없어요. 그래도 고마워요.

일 분도 되지 않아 답장이 온다. 잘됐네요. 이 분 후면 도착할 거거든요. 그럼.

나는 아래층으로 내려가 가장 근사한 모습을 보여줄 수 있도록 현관문을 마주보는 통유리창 앞에 선다. 내 연인을 기다리며.

그는 원피스도 진주 목걸이도 벗기지 않은 채, 나를 안아 석조 테이블 위에 내려놓는다. 인사나 소소한 잡담을 나눌 겨를도 없이 다급하고 거침이 없다.

나는 한 번도 이런 식으로 관계를 한 적이 없었다. 침대가 아닌 곳에서 사랑을 나눈 적은 한 번도 없었다. 너무 데면데면하고 재미가 없다는 말을 들은 적도 있고 어떤 남자는 내게 성적으로 지루하다고 했다. 그러나 지금은 바로 이 모습이 나다. 이런 행동을 하는 내가.

섹스를 마친 후 에드워드는 최면에 걸린 듯한 상태에서 빠져나와 어느새 점잖고 분별력 있는 평소의 그로 돌아와 있다. 그는 우리 둘이 먹을 파스타를 만든다. 소스는 라벨이 붙지 않은 병에 든 그린올리브오일과 신선한 염소치즈를 넣고 후추를 잔뜩 갈아넣는 게 전부다. 올리브오일의 이름이 라크리마*라고 그가 말해준다. 올리브를 압축하기 전 세척을 할 때 표면에 배어나오는 최초의 귀중한 눈물이란다. 매년 수확철이 되면 토스카나에서 이 올리브오일을 두 병씩 보내준다고 한다. 후추는 말라바르해안의 텔리체리산이다. "가끔은 캄보디아산 캄포트 후추 열매를 쓰기도 해요. 맛은 더 순하지만 향이 더 강하거든요."

섹스와 단순하면서 건강한 음식이라니. 지극한 호사를 누리는 기분이다.

파스타를 순식간에 먹어치우자 그는 그릇을 식기세척기에 넣고

---

* '눈물'이라는 뜻의 이탈리아어.

팬을 닦는다. 뒷정리를 다 마친 후에야 그는 서류가방에서 서류 한 장을 꺼낸다. "당신의 결과서를 가져왔어요. 지금 당신이 어떻게 지내고 있는지 알아두면 좋을 것 같아서요."

"내가 통과했나요?"

그는 무표정하다. "음, 총점은 팔십 점이에요."

"그게 무슨 뜻이죠?"

"이 평가에 정해진 기준은 없어요. 하지만 이 점수가 시간이 흐르면서 오십 점이나 그 밑으로 더 떨어지기를 바라요."

비난을 받는 느낌을 떨쳐버릴 수가 없다. "그래서 내가 어떤 점이 부족한데요?"

그가 서류를 훑어본다. 서류를 보니 스프레드시트처럼 숫자들이 여러 줄로 나열되어 있다. "운동을 좀더 하면 좋겠어요. 일주일에 두 번 정도면 충분할 거예요. 이사를 온 후로 체중이 좀 줄었지만 좀더 뺄 수 있을 거예요. 스트레스 수준은 대개는 용인할 수 있는 범위에 있어요. 전화 통화를 할 때 말하는 속도가 빨라지는데, 드문 일은 아니에요. 술은 거의 마시지 않는데, 이건 좋아요. 체온과 호흡수, 신장 기능도 전부 정상이고요. 렘수면은 적당하고 침대에서 보내는 시간도 적당해요. 무엇보다 인생을 더 긍정적인 시각으로 바라보고 있어요. 개인적 성실성이 갈수록 높아지고 있어요. 좀더 규칙적으로 생활하고 샤워부스에 석회 자국이 생기지 않게 관리도 잘하고 있고요." 그는 적어도 마지막 말은 농담이라는 듯 미소를 짓지만, 나는 너무 화가 나서 숨도 쉬어지지 않는다.

"당신은 나에 대해 모르는 게 없군요?"

"당연하죠. 당신이 계약서의 조건을 꼼꼼하게 읽었다면 이중 어느 것도 놀랍지 않을 텐데요."

이 모든 게 내가 서명한 계약서에 있는 내용이라고 생각하니 끓어오르던 분노가 수증기처럼 사라진다. 애초에 내가 원 폴게이트 스트리트의 집세를 감당할 수 있는 것도 그 계약 조건들 때문이니까.

"이건 미래예요, 제인." 그가 덧붙인다. "실내 환경이 당신의 건강과 웰빙을 관리하는 거죠. 심각한 문제가 발생하면, 병원을 가야 할 정도로 악화되기 한참 전에 하우스키퍼가 알려줄 거예요. 이 통계치는 당신이 자신의 삶을 제어하도록 도와주죠."

"사람들이 감시당하고 싶어하지 않으면요?"

"감시를 당하는 게 아니에요. 우리는 오직 당신에 관한 구체적인 데이터를 수집할 뿐이에요. 아직은 베타테스트 단계에 있거든요. 미래의 사용자들에 대해서는 개인의 개별 데이터가 아니라 전반적인 트렌드만 확인하게 될 겁니다." 그가 일어선다. "노력해봐요." 그가 온화하게 말한다. "그리고 당신이 여기에 적응할 수 있는지 확인해봐요. 적응을 못한다면…… 음, 그건 그것대로 유용한 데이터가 되겠죠. 어떻게 하면 사용자가 더 받아들이기 쉽게 시스템을 수정할 수 있는지 알 수 있을 거예요. 하지만 내가 알아낸 정보들로 미루어보건대 당신은 이 시스템이 얼마나 이로운지 금방 이해할 것 같아요."

피해자의견진술서를 작성하기 위해 적어놓은 메모들을 살펴보
며 어떻게 시작하면 좋을지 고민중인데, 갑자기 전화기가 울린다.
액정을 힐끔 본다. 에드워드.

여보세요, 에마. 내 메시지 받았어요? 그의 목소리는 재미있는
일이 있는지 유쾌하기까지 하다.

무슨 메시지요?

내가 당신 사무실에 남긴 거요.

나는 지금 사무실에 없어요. 내가 말한다. 지금 경찰서예요.

괜찮아요?

솔직히 괜찮지 않아요. 내가 말한다. 그리고 내가 끼적거린 메
모로 시선을 돌린다. 클라크 경위는 주제별로 중요한 사실을 분류
해서 정리하라고 알려주었다. 강도가 무슨 짓을 했는가. 그때 나는
어떤 기분이었나. 그 일이 나의 인간관계에 어떤 영향을 미쳤나.

지금 내 기분은 어떤가. 내가 적은 내용을 뚫어져라 바라본다. 역겹다. 무섭다. 수치스럽다. 더럽다. 단어의 나열일 뿐이다. 이렇게 될 줄은 미처 예상하지 못했다.

실은 전혀 안 괜찮아요. 내가 말한다.

어느 경찰서예요?

웨스트햄프스테드.

십 분이면 도착할 거예요.

전화기에서 아무 소리도 들리지 않는다. 금세 기분이 좋아진다. 아까보다 훨씬 낫다. 왜냐하면 지금 나는 에드워드처럼 강인하고 결단력 있는 사람이 나타나 나를 위해 내 인생을 뜯어보고 모든 조각을 재조립해서 제대로 작동하도록 만들어주기를 무엇보다 간절히 원하고 있기 때문이다.

에마. 오, 에마. 그가 말한다.

이곳은 웨스트엔드 레인 근처의 카페다. 나는 아까부터 펑펑 울고 있다. 간간이 다른 손님들이 우리를 의심스러운 눈초리―저 여자는 누구야? 저 남자가 무슨 짓을 했기에 저렇게 우는 거야?―로 바라보지만 에드워드는 전혀 신경쓰지 않는다. 힘을 내라는 듯 한 손으로 내 손을 살며시 감싼다.

내가 당한 무시무시한 일을 털어놓으려니 끔찍하지만 한편으로는 내가 특별해진 기분이 든다. 에드워드의 염려는 사이먼의 불안한 분노와는 전혀 다르기 때문이다.

에드워드는 내가 쓴 진술서 초안을 집어든다. 봐도 돼요? 그가 묻는다. 내가 고개를 끄덕이자 그는 가끔 인상을 찌푸리며 진술서를 읽는다.

메시지는 뭐였어요? 내가 문득 묻는다.

오, 그거요. 그냥 작은 선물이었어요. 정확히 말하면 선물 두 개군요.

그는 옆자리에 내려뒀던 가방을 든다. 가방에는 커다란 W 로고가 찍혀 있다.

내 거예요? 내가 반색하며 묻는다.

아주 따분한 자리에 나와 같이 가달라고 부탁을 할 작정이었거든요. 그렇다면 내가 당신에게 해줄 수 있는 최소한이 입고 갈 옷을 선물해주는 거라 생각했죠. 그런데 당신은 지금 어딜 갈 기분이 아니겠군요.

나는 가방으로 손을 넣어 조개 모양의 상자를 꺼낸다.

궁금하면 열어봐요. 그가 온화하게 말한다.

상자에는 목걸이가 들어 있다. 아니, 이건 단순한 목걸이가 아니다. 나는 〈티파니에서 아침을〉에서 오드리 헵번이 걸었던 것과 같은 진주 초커*가 늘 갖고 싶었다. 그 목걸이가 지금 내 앞에 있다. 물론 똑같은 디자인은 아니지만—다섯 줄이 아니라 세 줄이고 앞쪽 장식도 없다—이 목걸이가 옷깃처럼 내 목을 빈틈없이 감싼 모습이 벌써부터 그려진다.

아름다워요. 내가 말한다.

이번에는 더 큰 상자로 손을 뻗는데 그가 나를 만류한다. 여기서

---

* 목에 꼭 끼는 목걸이.

는 안 돼요.

무슨 일인데요? 나를 데리고 가고 싶다는 곳 말이에요.

건축상을 수상하는 자리예요. 아주 지루하죠.

수상자는 당신인가요?

아마 그럴걸요.

나는 갑자기 행복에 겨워 그에게 미소를 짓는다. 집에 가서 옷을
갈아입을게요. 내가 말한다.

같이 가요. 그가 말한다. 그러고는 일어서서 내 귀에 속삭인다.
그 옷을 입은 당신을 보자마자 섹스하고 싶어질 테니까.

일어나보니 에드워드는 가고 없다. 유부남과 불륜을 하면 아마 이럴 것이다. 그렇게 생각하자 어느 정도 마음이 편해진다. 가령, 이런 문제에 좀더 융통성이 있는 프랑스에서는 우리 같은 관계가 아무렇지 않게 여겨질지도 모른다.

물론 미아는 이 관계가 또다른 재앙을 불러올 것이라고 믿어 의심치 않는다. 그 사람은 절대 변하지 않을 거라고, 그렇게 오랜 기간 자기 절제를 해온 사람은 절대 다른 사람이 되지 않을 거라고 확신한다. 내가 반박하자 미아는 발끈하며 나를 다그친다. "제이, 지금 넌 얼음장처럼 차가운 그 남자의 심장을 네가 녹일 수 있을 거라고 여학생 같은 환상을 품고 있지? 진실은 말이야, 그 남자가 네 심장을 부숴버릴 거라는 거야."

내 심장은 이저벨을 잃었을 때 이미 부서져버린걸. 나는 그렇게 생각한다. 게다가 에드워드가 대중없이 내 인생에 불쑥불쑥 나타나고 있으니, 미아가 우리의 관계가 얼마나 진지한지 잘 이해하지 못하는 것도 무리는 아니다.

결국 에드워드의 말이 옳았다. 아무런 기대나 요구 없이 만나는 두 사람의 관계에는 완벽한 뭔가가 있다. 나는 하루종일 그가 뭘 했는지 시시콜콜 듣지 않아도 되고 우리 중 누가 쓰레기를 버리러 나갈지 신경전을 벌일 일도 없다. 서로의 시간을 맞춰야 할 공동의 일정도, 늘 처리해야 할 집안일도 없다. 우리는 지루하게 느껴질 만큼 오래 함께 있지도 않는다.

어제 그는 옷을 벗지도 않은 채 내게 첫번째 오르가슴을 선사했다. 지금까지 지켜본 바로는 에드워드는 그런 걸 좋아한다. 자신은 옷을 다 입은 채 목걸이만 남을 때까지 내 옷을 하나씩 벗기고 손가락과 혀로 나를 유린해 내가 욕망에 모든 것을 내던지도록 만든다. 마치 자신이 자제력을 잃지 않는 것으로는 충분치 않다는 듯. 내가 먼저 자제력을 놓아야 한다. 그래야만 그도 편안하게 자신을 내려놓는다.

지금까지 지켜본 모습들이 그를 들여다보는 흥미로운 창 같아서, 아래층으로 내려가는 동안 계속 그 생각을 곱씹는다. 현관 앞 계단에 눅눅해진 우편물 더미가 자그맣게 쌓여 있다. 언젠가 에드워드에게 왜 이 집에는 우편함이 없는지 물어보았더니―이렇게 모든 것을 주도면밀하게 고려해 지은 집과 전혀 어울리지 않는 실수처럼 보인다―원 폴게이트 스트리트를 지을 당시 파트너인 데이비드 틸이 십 년 후면 전자메일이 종이 우편물을 대체할 거라고 예측했다고 대답했다.

우편물을 대충 살펴본다. 대부분이 다가오는 지방선거와 관련한 정치 홍보물들이다. 선거인명부에 내가 등록을 할지도 아직 모르겠다. 지역 도서관과 쓰레기 수거 횟수에 관한 논란은 원 폴게이트 스트리트에서의 내 삶과 별 관계가 없다. 에마 매슈스 앞으로 온 우편물이 두 통 있다. 분명 광고물이겠지만 커밀라에게 전해주려고 따로 빼놓는다.

마지막 우편물은 내게 온 것이다. 얼핏 봐서는 내용을 짐작할 만한 단서가 없어서 광고물이겠거니 한다. 그러나 그 순간 눈에 들어온 병원 로고에 심장이 미친듯이 뛰기 시작한다.

캐번디시 씨 귀하
부검 결과: 이저벨 마거릿 캐번디시(사망)

해답을 얻기 위한 시도라도 해봐야 한다고 생각했기에 나는 부검에 동의했다. 산후 진료를 받으러 병원에 갔던 날 닥터 기퍼드는 끝내 원인을 밝히지는 못했지만 부검 결과서를 보내줄 것이라고 했다. 그게 한 달 전이었다. 그후로 이 편지는 우편 체계 어딘가에 처박혀 있었을 것이다.

일단 자리에 앉아 어질어질한 머리로 의학용어를 이해하려고 편지를 두 번이나 읽는다. 결과서는 임신 기간 중 내게 일어난 특이 사항을 간략하게 서술하는 것으로 시작한다. 그리고 병원에서 뭔가가 잘못되었다는 사실을 알아차리기 일주일 전, 내가 요통으로 검사를 받기 위해 산부인과를 찾은 시점이 명시되어 있다. 그들은 몇 가지 검사를 하고 태아의 심장박동 소리를 들어보더니 내게 집에서 뜨거운 물로 목욕을 하라고 했다. 그후로 이저벨의 태동이 꽤 활발했기 때문에 나는 마음을 놓았다. 결과서에는 내 증상과 관련해, 영국국립보건임상연구원NICE의 가이드라인에 따른 치골자궁저 높이 측정을 비롯해 절차를 정확하게 따랐다고 명시되어 있다. 그리고 그후 이저벨의 심장이 멈췄다는 사실을 발견했을 당시의 내 진료 상황에 대한 기록이 첨부되어 있다. 마지막이 부검 결과다. 숫자들은 내게 아무 의미도 없다. 혈소판 수와 다른 혈액검사 수치에 이어 다음과 같은 검사 소견이 나와 있다.

　간: 정상

　누군지 모를 병리학자가 아기의 작디작은 간을 떼어냈을 것이라는 상상만으로도 목구멍이 죄어오는 것 같다. 하지만 그것으로 끝이 아니다.

　신장: 정상
　폐: 정상
　심장: 정상

나는 건너뛰고 곧장 결론 부분을 읽는다.

　이 단계에서 정확한 진단을 내리기는 불가능하지만, 태반혈전증의 징후들이 부분적 태반조기박리를 가리키고 있으며, 이런 증상이 질식으로 인한 사망을 유발한 것으로 보인다.

태반조기박리. 내 아기를 죽인 원인이 아니라 해리 포터에 나오는 마법 주문 같다. 눈물이 차오르자 페이지 아래에 쓰인 닥터 기퍼드의 이름이 물속에 들어 있는 것처럼 희미해 보인다. 차오른 눈물이 오열이 되고 한번 터진 울음은 통곡이 되어 멈출 수가 없다. 내가 받아들이기에는 이 상황이 너무 가혹한데다 결과서에는 생경한 단어투성이다. 사무실에서 책상을 같이 쓰는 테사는 과거에 조산사로 일한 경력이 있다. 아무래도 사무실에 편지를 가지고 가서 그녀에게 설명을 부탁해봐야 할 것 같다.

　테사는 간간이 걱정 섞인 표정으로 나를 살피면서 결과서를 꼼꼼하게 읽는다. 물론 그녀는 내가 사산을 했다는 걸 안다. 스틸 호프에 자원봉사를 하러 오는 여자들 중에는 나와 비슷한 경험이 계기가 되어 이런 활동을 하기로 마음먹은 사람들이 많다.

　"이게 무슨 뜻인지 알겠어요?" 마침내 그녀가 묻는다. 나는 고개를 가로젓는다.

　"음, 태반조기박리란 태반이 파열되었다는 뜻이에요. 쉽게 말해서, 병원에서는 당신이 병원에 오기 전에 태아가 이미 영양분과 산소를 공급받지 못했다고 말하는 거예요."

　"말을 참 어렵게도 했네요." 내가 말한다.

　"그래요. 그러는 데는 무슨 이유가 있을지 몰라요."

　테사의 목소리에 배어 있는 묘한 느낌에 내 시선이 저절로 그녀를 향한다.

　"요통 때문에 병원에 갔을 때 말이에요." 테사가 천천히 말한다.

"정확히 무슨 일이 있었어요?"

"음, 그러니까." 나는 기억을 되짚는다. "병원에서는 내가 과도하게 예민한 것 같다고 했어요. 초산이고 그렇잖아요. 병원에서는 크게 뭐라고 하지 않았어요. 지금은 병원에서 말한 검사들도 잘 기억이……"

"치골자궁저 높이 측정이라는 건 줄자로 배의 크기를 잰다는 뜻의 의학용어예요." 테사가 내 말을 끊는다. "치골자궁저 높이를 산전 진료를 할 때마다 재는 게 NICE 가이드라인이 맞긴 하지만 그런 걸로는 태반박리를 알아낼 수 없어요. 태아 심전도검사도 했어요?"

"심장 모니터 같은 거요? 네, 간호사가 했어요."

"간호사가 결과를 누구에게 보여줬어요?"

나는 애써 기억을 떠올려본다. "아마 닥터 기퍼드에게 전화를 걸어서 결과를 읽어줬던 것 같아요. 어쨌든 수치가 정상이라고 말했어요."

"다른 정밀검사들은요? 정기 초음파진단은? 도플러검사는?" 테사의 목소리에 음울한 기색이 역력하다.

내가 고개를 젓는다. "그 사람들이 집에 가서 따뜻한 물로 목욕을 하라고, 걱정하지 말라고 했어요. 나중에 이저벨의 태동이 느껴져서 그 사람들 말이 맞았다고 생각했죠."

"그 사람들이라니 누구예요?"

"음…… 간호사일걸요."

"그 간호사가 다른 사람에게 말했어요? 간호조산사나? 전공의나?"

"내가 기억하기로는 안 했어요. 테사, 왜 그래요?"

"이 결과서를 읽어본 바로는, 이저벨의 죽음과 관련해서 의료과실이 없었다는 인상을 당신에게 주려고 용의주도하게 단어를 가려가며 쓴 것 같아요." 그녀가 솔직하게 말한다.

내가 할말을 잊고 그녀를 바라본다. "과실이요? 어떻게요?"

"독자생존이 가능한 아기의 죽음은 피할 수 있어야 했다는 입장에서 생각을 해봐요. 그러면 그 죽음을 초래한 원인은 두 가지 중 하나예요. 하나는 출산 당시의 과실이에요. 그런데 이 경우에는 해당사항이 없죠. 사산의 가장 일반적인 두번째 원인은 과중한 업무에 치인 조산사나 수련의가 심전도 결과를 잘못 읽는 거예요. 당신의 경우에는 당직 전공의가 결과를 직접 검토했어야 했어요. 그리고 당신이 호소한 요통을 감안하면—요통은 태반에 발생한 문제를 가리키는 증상일 수도 있어요—도플러검사를 지시했어야 했어요." 도플러검사가 뭔지는 나도 안다. 스틸 호프가 벌이는 캠페인의 목적 중 하나가 출산을 앞둔 임부라면 그 검사를 꼭 받게 하는 것이기 때문이다. 검사 비용은 태아 한 명당 십오 파운드가량이다. 현재는 전공의가 특별히 요청하지 않으면 NHS는 이 검사를 실시하지 않는데, 이 사실이 영국의 사산율이 유럽 국가들 가운데 최악인 이유의 하나다. "내 생각에는 집으로 돌아간 후에 느꼈다는 태동은 아무 문제 없다는 뜻이 아니라 태아가 받은 스트레스였던 것 같아요. 이 병원은 전력이 있어요. 만성적으로 의료진 부족에 시달리고 있는데다 특히 전공의 쪽이 심각해요. 닥터 기퍼드의 이름이 거론된 경우가 한두 번이 아니에요. 기본적으로 그 의사의 업무 부담이 과중해요."

테사의 말이 전혀 이해되지 않는다. 하지만 참 좋은 의사 선생님이 었는데. 이런 생각뿐이다.

"물론 그 의사의 잘못이 아니라는 생각도 들 거예요." 테사가 덧붙인다. "하지만 전공의를 조사하고 그들이 환자를 제대로 살피지 않았다는 사실을 입증해야만, 우리가 그 병원이 의료진을 확충하게 만들 수 있어요."

닥터 기퍼드가 이저벨이 죽었다는 사실을 전할 때, 사산은 대부분 원인이 밝혀지지 않는다고 했던 것이 기억난다. 설마 그때조차 자신과 의료진의 실수를 은폐하기 위해 애쓰던 중이었을까? "이제 나는 어떻게 해야 하죠?"

그녀는 편지를 내게 돌려준다. "진료기록 사본을 모두 보내달라는 요청서를 보내요. 우리가 그 기록을 전문가에게 검토하게 할 거예요. 만약 병원이 의료과실을 은폐하려는 것처럼 보이면 소송을 고려해봐야 해요."

올해의 건축저널상 혁신 부문 수상자는……

발표자가 일부러 뜸을 들이며 봉투를 개봉한다. 멍크퍼드 파트 너십입니다. 발표가 울려퍼진다.

멍크퍼드 파트너십의 직원들이 앉은 우리 테이블에서 환호성이 터진다. 여러 빌딩의 이미지들이 스크린을 스쳐지나간다. 에드워 드가 일어서서 몇몇의 축하인사에 정중하게 감사를 표하며 연단으 로 향한다.

사이먼의 잡지사에서 열던 파티와는 격이 다르네. 이런 생각이 든다.

에드워드는 양손으로 상을 받고는 마이크를 향해 걸어간다. 이 건 찬장에 잘 넣어둬야겠네요. 그가 플렉시 유리로 만든 구 형태의 상패를 미심쩍은 눈초리로 바라보며 말한다. 왁자지껄한 웃음. 저 미니멀리스트가 자신을 소재로 농담을 다 하네! 하지만 다음 순간 그는 진지해진다.

언젠가 좋은 건축가와 위대한 건축가의 차이에 대한 이야기를 들은 적이 있습니다. 좋은 건축가는 모든 유혹에 굴복하지만 위대한 건축가는 굴복하지 않는다고요.

그가 숨을 돌린다. 넓은 시상식장에 정적이 감돈다. 참석자들은 진심으로 다음 말이 궁금한 것 같다.

건축가로서 우리는 미학에, 눈을 즐겁게 해줄 건축물을 만들어내려는 목표에 집착하고 있습니다. 하지만 건축의 진짜 기능은 사람들이 유혹에 저항하도록 돕는 것이라는 사실을 받아들이면 아마도 건축은……

그는 소리 내어 생각을 하듯 머뭇거린다.

아마도 건축은 단순히 건물을 짓는 것이라고만은 할 수 없을 겁니다. 그가 말한다. 우리는 결국 도시계획도 건축의 일부로 받아들였습니다. 도로망과 공항들, 크게 보면 이런 시설들도 마찬가지죠. 그렇다면 기술은 어떨까요? 우리가 돌아다니거나 숨어 있거나 노는 장소인 보이지 않는 도시, 즉 인터넷은요? 우리 삶의 틀, 우리를 이어주는 유대, 우리의 영감, 우리의 더 원초적인 욕망들은요? 이것들도 어떤 의미에서는 구조물이 아닐까요?

그는 다시 숨을 고른 후 말을 잇는다. 오늘 시상식에 참석하기전, 저는 누군가와 이야기를 나눴습니다. 집에 강도가 든 젊은 여성이죠. 그녀의 공간은 침해를 받았습니다. 재산을 도둑맞았고요. 주위 환경에 대한 그녀의 태도는 이 단순하고 비극적인 사실에 퇴색되었습니다. 왜곡되었다고 해도 되겠군요.

그의 시선은 다른 곳을 보고 있지만 나는 식장의 모든 사람들이 그가 누구를 말하는지 아는 것만 같은 느낌이 든다.

건축의 진짜 기능은 그런 일을 불가능하게 만드는 것 아닐까요? 그가 질문을 던진다. 가해자를 처벌하고, 피해자를 치유하고, 미래를 변화시키는 것, 그런 것이 건축의 진짜 기능 아닐까요? 건축가로서 우리는 왜 우리가 지은 건축물의 벽 안에만 머물러야 합니까?

정적이 내려앉는다. 청중은 할말을 잃은 것 같다.

멍크퍼드 파트너십은 부유한 고객들을 상대로 소규모 프로젝트를 맡는 곳으로 알려져 있습니다. 그가 말한다. 하지만 향후 우리의 미래는 사회의 추악함을 피하는 아름다운 안식처를 만드는 것이 아니라 다른 종류의 사회를 구축하는 것에 있다고 생각합니다.

그가 상을 들어올린다. 이런 영예를 주셔서 감사합니다.

점잖은 박수 소리가 들린다. 주위를 둘러보니 사람들은 서로를 쳐다보며 눈을 굴리면서도 미소를 짓고 있다.

나도 그 누구보다 열심히 환호하며 박수를 친다. 왜냐하면 연단에 선 저 남자, 내 연인은 남들이 자신을 비웃든 말든 관심도 없기 때문이다.

그날 저녁 나는 그의 아내에 대해 물어본다.

나는 그와 사랑을 나누는 동안에도 원피스를 입고 있었지만 끝낸 후에는 옷을 벗어 벽 뒤에 있는 작은 붙박이장에 조심스럽게 걸어두고는 목걸이만 한 채 알몸으로, 온기로 채워진 그의 옆으로 미끄러져들어간다.

변호사에게 당신의 가족이 여기에 묻혔다는 이야기를 들었어요. 내가 조심스럽게 말한다.

그걸 어떻게…… 아, 그가 말한다. 토지등기소 도면.

그가 한참을 입을 닫고 있는 것을 보니 내 질문에 대한 대답은 방금 들은 말로 끝인 듯하다.

아내의 생각이었어요. 마침내 그가 말한다. 어디선가 히토바시라*에 대한 글을 읽고 자신이 나보다 먼저 죽으면 그렇게 해달라고 했죠. 우리 소유의 건물 중 한 곳의 문지방 아래에요. 물론 그때는 상상도……

히토바시라?

일본어로 '인간 기둥'이라는 뜻이에요. 집에 행운을 가져다준다고 하죠.

그분에 대해 내가 말하는 게 거북한 건 아니죠?

날 봐요. 그의 말투가 갑자기 진지해져서 나는 고개를 돌려 그의 눈을 본다.

엘리자베스는 그녀로서 완벽했어요. 그가 온화하게 말한다. 하지만 이제 그녀는 과거예요. 그리고 이 관계도 완벽해요. 지금 현재 우리 사이에서 일어나는 것 말이에요. 당신은 완벽해요, 에마. 다시 그녀에 대해 이야기할 필요는 없어요.

다음날 아침 그가 돌아가자 나는 얼른 인터넷에서 그의 아내를 검색해본다. 하지만 하우스키퍼에는 아무 자료도 없다.

그가 말한 일본어가 뭐였지? 히토바시라. 이번에는 그 단어를

---

* 인신공양을 말한다.

찾아본다.

결과에 눈살이 찌푸려진다. 인터넷에 따르면 히토바시라는 죽은 사람을 건물 아래에 묻는 게 아니다. 묻히는 건 산 사람이다.

새 가옥이나 요새를 건축하는 과정에서 인간을 제물로 바치는 풍습은 매우 오래되었다. 전 세계 곳곳의 주춧돌과 들보는 인간의 피를 딛고 서 있다. 이 혐오스러운 풍습은 고작 몇 세기 전 유럽에도 존재했다. 마오리족의 유명한 전통설화에는 타라이아가 새집의 기둥 아래에 자신의 아이를 산 채로 묻었다는 이야기가 전해진다.

나는 다른 글로 건너뛴다.

이런 풍습에서 제물은 짓고 있는 건물의 중요도에 따라 달라진다. 가령 평범한 천막이나 가옥이라면 동물을 바치면 되고 부유한 사람의 집일 경우 노예를 바친다. 그러나 사원이나 교각처럼 신성한 건축물에는 특별한 가치와 중요성을 지닌 제물이 필요하다. 그리고 그 제물은 극심한 고통이나 고역을 겪어야 한다.

순간 에드워드의 의도가 이것이었을지 모른다는 얼토당토않은 의혹이 떠오른다. 그가 자신의 아내와 자식을 제물로 삼았을지 모른다는 의혹이. 하지만 그 순간 좀더 말이 되는 기사가 눈에 들어온다.

이런 관습은 세계 곳곳의 수많은 민속 풍습에 녹아들어 오늘날

까지 살아 있다. 가령, 배가 출항할 때 샴페인 한 병을 싣거나, 문설주 아래에 은조각을 묻는 것, 또는 마천루를 지을 때 마지막에 상록수 가지를 올리는 것이 이에 해당한다. 어느 지역에서는 동물의 심장을 묻고, 헨리 퍼셀*은 웨스트민스터대성당의 '오르간 아래'를 자신의 매장지로 골랐다. 극동을 비롯한 수많은 사회에서 망자를 기리기 위해 지은 건축물에 망자를 표시한다. 이런 풍습은 카네기홀이나 록펠러플라자처럼 저명한 자선가의 이름을 따 건축물을 부르는 것과 크게 다르지 않다.

휴. 나는 침대로 돌아가 그가 남기고 간 흔적을 찾아 베개에 코를 박는다. 그의 체취를, 시트에 그의 형체대로 눌린 자국을 찾는다. 그의 말이 다시 떠오른다. 이 관계는 완벽해요. 나는 얼굴에 미소를 띤 채 잠으로 빠져든다.

---

* 17세기에 활동한 영국의 작곡가.

"현관을 지나 들어오면서 여러분이 겪은 경험은, 즉 밀실공포증이 생길 것만 같은 협소한 복도를 통과해 물 흐르는 듯 이어지는 이 집의 공간으로 들어오는 과정은 압축과 발산이라는 고전적인 건축 장치입니다. 에드워드 멍크퍼드가 설계한 주택들이 겉으로는 혁신적이지만 전통적인 기술을 기반으로 한다는 사실을 잘 보여주는 예죠. 하지만 그 장치에서 더욱 중요한 점은, 사용자가 느끼는 방식에 영향을 미치는 것을 주요 목표로 삼고 있는 건축가로 멍크퍼드를 차별화한다는 것입니다."

가이드가 주방으로 발길을 돌리자 와자지껄한 방문객 여섯 명도 뒤따른다. "이를테면 사용자들은 시각적으로 금욕과 절제를 강조한 이런 식당 구역에서 예전보다 식사량이 줄었다고 합니다."

이사를 오기 전 나는 커밀라로부터 가끔 방문객들에게 원 폴게이트 스트리트를 개방해야 한다는 사실을 들었다. 그때는 그리 까다로운 조건 같지 않았다. 하지만 첫 개방일이 다가올수록 그 사실이 점점 고역으로 느껴졌다. 단순히 집이 공개되는 것이 아니라, 나 자신이 공개된다는 느낌을 떨칠 수 없었기 때문이다. 며칠째 집을 쓸고 닦고 아주 사소한 규칙조차 어기지 않으려고 신경을 썼다.

"건축가들과 고객들은 오랫동안 건축물의 목적이 구현된 건축물을 창조하려고 노력했습니다." 가이드의 설명이 이어진다. "은행이 당당하고 믿음직해 보이는 것은, 그 건물을 의뢰한 사람들이 잠재적인 예금자들에게 자신감을 보여주고 싶었기 때문이기도 합니다. 법정은 법과 질서를 존중하는 정신을 건물에 불어넣으려 하죠. 왕궁은 그곳에 들어온 사람들에게 경외감을 불러일으켜 스스로 몸을 낮추도록 설계되었어요. 그런데 오늘날 일부 건축가들은 기술과 심리학에서 나온 새로운 지식을 활용해 그 이상을 추구하고 있습니다."

가이드는 유행을 과하게 따른 듯한 턱수염을 기른 매우 젊은 남자다. 그런데도 그에게서 권위적인 분위기가 느껴지는 것을 보면 강의를 하는 사람일지도 모르겠다. 하지만 방문객들이 전부 학생처럼 보이는 것은 아니다. 단순히 호기심에서 온 이웃이나 관광객도 섞여 있을 것 같다.

"인지하지 못하셨겠지만, 지금 여러분은 초음파 복합 수프 속에 있습니다. 이런 걸 분위기 강화 파형이라고 하죠. 이 기술은 아직 걸음마 단계이지만 활용 분야는 광범위합니다. 건물 자체가 치유 과정의 일부가 되는 병원이나 치매 환자들의 기억력 회복에 실질적인 도움을 주는 요양원을 상상해보세요. 이 주택에서 구현된 기술 수준이 지금은 초보적인 단계에 머물러 있을지 모르지만 그 야

망만큼은 비범합니다."

그가 몸을 돌려 계단으로 향한다. "발밑을 각별히 조심하시면서 일렬로 저를 따라오세요."

나는 아래층에 남는다. 침실의 조명이 사용자의 이십사 시간 주기 리듬을 어떻게 강화하는지 설명하는 가이드의 목소리가 들린다. 그들이 다시 아래층으로 내려온 후에야 나는 혼자 있을 공간을 찾아 이층으로 올라간다.

그런데 침실로 들어가다가 기겁을 한다. 방문객인 남자가 여전히 남아 있다. 게다가 벽장을 열기까지 했다. 내게 등을 돌리고 서 있지만 내 옷을 살피는 게 뻔히 보인다.

"지금 여기서 뭐하는 거예요?" 내가 따진다.

그가 몸을 돌린다. 관광객일 거라 짐작했던 사람 중 한 명이다. 무테 안경 뒤의 두 눈이 투명하고 차분하다.

"당신이 옷을 어떻게 개는지 보고 있어요." 그의 말투에서 희미하지만 외국 억양이 느껴진다. 덴마크나 노르웨이 출신인 듯하다. 나이는 서른쯤 되어 보이고 밀리터리룩 느낌이 살짝 나는 파카를 입고 있다. 금발에 머리 선이 점점 뒤로 밀려나는 중이다.

"어떻게 감히 이런 짓을!" 노여움이 폭발한다. "여기는 사적인 공간이에요."

"이 집에 사는 사람은 누구도 사생활을 기대할 수 없어요. 그렇게 서명했잖아요, 기억하죠?"

"당신 누구야?" 관광객치고 이 상황에 대해 너무 깊숙한 곳까지 아는 듯하다.

"나도 신청을 했죠." 그가 말한다. "여기에 살아보려고 신청을 했어요. 일곱 번이나. 나라면 이 집에 완벽하게 어울릴 텐데. 하지만 그 사람은 당신을 선택했죠." 그는 다시 벽장으로 돌아서서 자신이 펼친 내 티셔츠를 매장 직원처럼 재빠르고 단정하게 개어놓는다. "에드워드는 당신에게서 뭘 기대한 거죠? 섹스인가요? 여자가 그의 약점이죠." 너무 화가 나 숨조차 쉬어지지 않지만 내 침실에 서 있는 남자가 제정신이 아니라고 생각하니 몸이 말을 듣지 않는다. "그는 수도원이나 종교 공동체에서 영감을 받지만, 여자들이 그런 곳에서 배제되는 건 그럴 만한 이유가 있다는 사실을 잊어버려요." 그는 치마를 집어 단 세 번의 동작으로 갠다. "당신도 떠나야 해요. 다른 사람들처럼. 당신이 떠나면 에드워드에게 훨씬 도움이 될 거예요."

"다른 사람들이라뇨? 지금 무슨 말을 하는 거예요?"

그는 나를 보며 순진무구한 아이 같은 미소를 짓는다. "오, 그 사람이 말 안 했나요? 당신 전에 살았던 사람들 말이에요. 아무도 영원히 남지는 못했어요. 아시다시피, 그게 바로 핵심이죠."

"그 사람 미쳤어요." 내가 말한다. "오싹했어요. 그리고 말하는 투가…… 꼭 당신을 아는 것 같았어요."

에드워드가 한숨을 쉰다. "어떤 면에선 안다고 할 수 있겠죠. 아니면 적어도 그 사람은 그렇게 생각하거나. 그는 내 건물들을 아니까요."

우리는 지금 식당에 있다. 에드워드가 와인을 가져왔다. 잘 모르지만 이탈리아에서 만든 귀한 와인이다. 하지만 나는 여전히 몸이 벌벌 떨리는데다 그게 아니어도 이 집으로 이사한 후로 술은 거의 입에 대지 않았다. "그 사람 누구예요?"

"사무실에서는 그 사람을 내 스토커라고 불러요." 그가 미소를 짓는다. "물론 농담이에요. 실제로 해를 끼치지는 않아요. 이름이 요르겐 뭐라고 하던데. 정신건강에 문제가 있어서 건축 학위를 못 땄어요. 그리고 내가 지은 건물들에 경미하게 집착을 하게 되었죠. 그렇게 드문 현상은 아니에요. 바라간, 코르뷔지에, 포스터, 이 사람들에게는 자신과 특별한 관계가 있다고 믿으면서 이들에게 집착하는 정신이상자들이 있었어요."

"경찰에 신고는 했어요?"

그가 어깨를 으쓱한다. "그게 무슨 의미가 있어요?"

"하지만 에드워드, 이게 무슨 의미인지 모르겠어요? 에마 매슈스가 죽었을 때 그 요르겐이라는 사람이 근처에 없었는지 확인해 본 사람 있어요?"

그는 경계의 눈빛으로 나를 바라본다. "아직도 그 일에 신경쓰고 있는 건 아니죠?"

"그 사건은 바로 이곳에서 일어났어요. 당연히 신경이 쓰이죠."

"그 남자친구라는 사람과 다시 만났어요?" 내가 그 사람과 만나 이야기 나누는 것을 탐탁지 않게 생각하는 듯한 말투다.

나는 고개를 가로젓는다. "그후로는 오지 않았어요."

"다행이네요. 날 믿어요. 요르겐은 누구를 해칠 사람이 아니니까." 그는 와인을 또 한 모금 마시고 내게 키스를 하려고 몸을 숙인다. 그의 입술은 달콤하고 피처럼 붉다.

"에드워드……" 나는 몸을 뒤로 빼며 그를 부른다.

"왜요?"

"에마와 당신은 연인 사이였나요?"

"그 사실로 달라지는 게 있나요?"

"아뇨." 내가 말한다. 물론 진심은 그 반대다.

"우리는 짧게 만났어요." 그는 마침내 말한다. "에마가 죽기 오래전에 우리 관계는 끝났죠."

"그렇다면……" 이걸 어떻게 물어봐야 할지 모르겠다. "그렇다면 우리 관계와 비슷한 관계였나요?"

그는 내게 바짝 다가오더니 양손으로 내 얼굴을 감싸쥐고 나와 시선을 맞춘다. "내 말 잘 들어요, 제인. 에마는 매력적인 사람이었어요." 그가 부드럽게 말한다. "하지만 이제 그녀는 과거예요. 지금 우리 사이에서 일어나는 것, 우리 관계는 완벽해요. 다시 그녀에 대해 이야기할 필요는 없어요."

그의 당부에도 불구하고 내 안의 호기심 한 조각은 충족되지 않은 채 남아 있다.

그가 사랑했던 여자들에 대해 더 많이 알아야만 그를 더 잘 이해하게 된다는 사실을 알기에, 호기심을 선선히 버릴 수 없다.

나는 그가 주위에 둘러 세운 벽 아래로, 나와 그를 멀찌감치 떨어뜨려놓는 기묘한 투명 미로 아래로 굴을 뚫을 것이다.

아침에 그가 가자마자 나는 전에 에마의 침낭에서 주운 명함을 다시 꺼낸다. '캐럴 윤선. 공인 심리치료사.' 명함에는 전화번호뿐 아니라 홈페이지 주소도 있다. 노트북으로 홈페이지를 찾아보려는 순간 침실에 들어온 남자의 말이 불현듯 떠오른다. 이 집에 사는 사람은 누구도 사생활을 기대할 수 없어요. 그렇게 서명했잖아요, 기억하죠?

나는 휴대폰을 들고 응접실에서 가장 후미진 곳으로 간다. 그곳에 가면 보안이 덜 철저한 이웃집의 와이파이 신호가 희미하게나마 잡힌다. 그 정도면 캐럴 윤선의 홈페이지를 열 수 있다. 그녀는 통합 심리치료인가 하는 분야의 학위가 있으며 전문 분야는 외상후 스트레스와 성폭력 상담, 사별로 나와 있다.

나는 그녀에게 당장 전화를 건다.

"여보세요." 어떤 여자가 전화를 받자 내가 말한다. "최근에 사별을 했어요. 그래서 상담을 받아볼까 해서요."

6. 당신과 가까운 사람이 음주운전을 하다 사람을 치었다
  는 사실을 비밀을 전제로 털어놓습니다. 그 일로 그 사
  람은 술을 완전히 끊었습니다. 당신은 이 일을 경찰에
  신고해야 한다고 생각합니까?

  ○ 신고한다
  ○ 신고하지 않는다

에드워드가 모든 재료와 도구를 정확한 위치에 가지런히 배열해놓고 요리를 준비하는 모습을 보고 있으면 수술을 준비하는 외과의를 보는 것 같다. 오늘 그는 아직 숨이 붙어 있고 커다란 집게발이 케이블 타이에 묶인 바닷가재 두 마리를 가져왔다. 내가 도울 일이 없느냐고 물으니 커다란 일본 무인 다이콘을 강판에 갈아달라고 한다.

오늘밤 그는 유쾌하다. 나와 함께 있기 때문이기를 빌어보지만, 그에게 좋은 일이 있다고 한다.

건축저널상 시상식에서 내가 했던 연설 말이에요. 에마. 어떤 사람이 그 연설을 듣고 공모전에 디자인을 내달라고 우리에게 요청했어요.

큰 공모전이에요?

아주요. 우승하면 마을 하나를 설계하게 될 거예요. 내가 이야기했던, 건축물 이상의 의미를 담은 디자인을 실현할 기회죠. 아마 새로운 차원의 공동체가 탄생할 거예요.

이런 집으로 마을 하나를 채운다고요? 나는 삭막한 미니멀리즘이 구현된 원 폴게이트 스트리트를 둘러보며 말한다.

안 될 건 뭐죠?

사람들 대부분이 이런 집에서 살기를 원할 거라니 믿어지지가 않아서요. 내가 대답한다.

나는 그가 올 때마다 미친듯이 집안을 돌아다니며 더러운 옷가지를 벽장에 쑤셔넣고, 반쯤 남긴 음식물을 쓰레기통에 버리고, 신문과 잡지를 소파 쿠션 아래로 밀어넣는다는 말은 속에만 담아둔다.

당신이 이런 집이 가능할 수 있다는 증거잖아요. 그가 말한다. 건축에 의해 바뀐 평범한 사람.

나는 당신 덕분에 바뀐 거예요. 내가 말한다. 아무리 당신이라도 온 마을과 섹스를 할 수는 없을걸요.

그는 바닷가재와 함께 일본 차를 가져왔다. 찻잎이 종이접기 퍼즐 같은 작은 종이 포장지에 싸여 있다. 우지 지역에서 만든 차예요. 그가 알려준다. 이름이 교쿠로*인데 '보석 이슬'이라는 뜻이죠. 내가 차의 이름을 발음하자 그가 몇 번이나 고쳐주더니 결국 넌더리를 내는 시늉을 하며 관둔다.

그러나 내가 아르데코풍 찻주전자를 꺼내왔을 때 그가 보인 반응은 절대 시늉이 아니다.

도대체 그게 뭐예요? 그가 인상을 쓰며 묻는다.

---

* 옥로차.

사이먼한테 받은 생일선물이에요. 마음에 안 들어요?

차는 잘 우러나겠군요.

그는 바닷가재를 손질하는 동안 차를 우린다. 칼을 집어들고 투구를 쓴 것 같은 머리 아래로 날을 밀어넣는다. 잠시 후 그가 머리를 비틀어 뜯자 쩍 갈라지는 소리가 난다. 다리들이 여전히 움찔거리지만 그는 꼬리로 손을 옮겨 양쪽을 베어낸다. 바닷가재의 살이 투명한 연골로 만들어진 통통한 기둥처럼 쉽게 빠져나온다. 그는 몇 번의 손놀림으로 갈색 껍질을 제거하고는 회로 뜨기 전에 꼬리 살을 차가운 물로 헹군다. 레몬즙과 간장을 섞은 후 마지막으로 쌀식초를 더해 찍어 먹을 소스를 만든다. 다 준비하는 데 몇 분밖에 걸리지 않는다.

젓가락으로 먹은 후 다음 단계가 그다음 단계로 이어지며 결국 우리는 침대로 간다. 나는 거의 항상 그보다 먼저 절정에 도달하는데 오늘밤도 예외가 아니다. 이렇게 하기로 계획을 세웠을 거야. 내가 짐작한다. 그러니까 우리의 섹스는 그가 하는 다른 모든 일처럼 용의주도하게 계획된 것이다.

그가 자제력을 잃게 만들 수 있다면 어떤 일이 일어날지, 이토록 엄격한 자기 절제 너머에 어떤 진실이 숨어 있을지 궁금하다. 언젠가는 알아낼 거야. 나는 다짐한다.

잠시 후 내가 선잠에 빠져드는데, 그가 중얼거리는 소리가 들린다. 당신은 이제 내 것이에요, 에마. 알고 있죠, 그렇죠? 내 것이라는 사실을.

음, 나는 잠에 취해 말한다. 당신 거예요.

눈을 떴을 때 그는 내 옆에 없다. 계단 꼭대기에서 보니 그가 식당을 정리하고 있다.

나는 또 배가 고파져 그에게 가려고 발을 뗀다. 계단을 반쯤 내려왔는데, 그가 사이먼의 찻주전자를 집어들고 조심스럽게 남은 차를 싱크대에 버리는 모습이 보인다. 그 직후 와장창 소리가 나더니 박살난 주전자 조각들이 사방으로 튄다.

내가 무슨 소리를 낸 모양인지 그가 고개를 든다. 정말 미안해요, 에마. 그가 차분하게 말한다. 그리고 양손을 들어올린다. 손의 물기부터 닦아야 했는데.

내가 내려가 도와주려고 하자 그가 만류한다. 맨발로는 안 돼요. 발을 베일 거예요.

물론 내가 새 주전자를 사줄게요. 그가 덧붙인다. 마리메코 헤니카 찻주전자가 좋아요. 바우하우스도 상당히 좋죠.

그가 말리건 말건 나는 주방으로 가 쪼그리고 앉아 주전자 파편을 줍는다. 상관없어요. 내가 마침내 입을 연다. 찻주전자일 뿐인걸요.

바로 그거예요. 그가 냉정하게 말한다. 찻주전자일 뿐이죠.

그러자 누군가의 소유라는, 기묘하지만 짜릿한 만족감이 느껴진다. 당신은 내 것이에요.

캐럴 윤선의 진료실은 퀸스파크에 있는 녹음이 우거진 조용한 거리에 있다. 그녀는 문을 열어 나를 본 순간 놀란 듯 묘한 표정을 짓더니 재빨리 평정을 찾고 나를 응접실로 안내한다. 캐럴은 내게 소파에 앉으라고 권하고는 오늘 상담으로 그녀가 나를 도울 수 있는지 알아볼 거라고 말한다. 계속 상담을 받기로 결정하면 매주 같은 시간에 만날 것이다.

"자," 사전 설명이 끝나자 그녀가 본론으로 들어간다. "어떤 문제로 치료를 받아볼 생각을 하셨나요, 제인?"

"몇 가지 문제가 있어요." 내가 대답한다. "전화로 말했다시피 사산이 가장 큰 문제예요."

캐럴이 고개를 끄덕인다. "슬픔의 감정에 대해 털어놓으면 그 상태를 헤치고 나아가, 필요한 감정과 파괴적인 감정을 분리하는 과정을 시작할 방법이 보이죠. 다른 문제도 있나요?"

"네. 선생님이 저와 관계가 있는 사람을 치료하신 적이 있는 것 같아요. 그녀에게 무슨 문제가 있었는지 알고 싶어요."

캐럴 윤선이 단호하게 고개를 젓는다. "내담자에 대해 타인과 이야기를 할 수는 없습니다."

"이 경우에는 다를 거예요. 그녀는 이미 죽었거든요. 에마 매슈스요."

나의 착각이 아니다. 캐럴 윤선은 분명 충격을 받은 눈빛이다. 하지만 그녀는 순식간에 충격에서 회복한다. "그렇더라도 에마와 내가 무슨 이야기를 했는지 말할 수는 없어요. 비밀 엄수에 대한 내담자의 권리는 사망으로 사라지지 않아요."

"제가 그녀와 닮았다는 게 사실인가요?"

캐럴은 잠시 망설이더니 고개를 끄덕인다. "네. 문을 열자마자 그런 생각이 들었어요. 혹시 친척이신가요? 자매? 고인의 명복을 빕니다."

내가 고개를 가로젓는다. "우리는 한 번도 만난 적이 없어요."

그녀가 의아한 표정을 짓는다. "이런 질문을 해도 괜찮을지 모르겠지만, 그럼 어떤 관계가 있다는 거죠?"

"저는 그녀가 살았던 집에 살고 있어요. 그녀가 죽은 집이기도 하죠." 이제 내가 망설일 차례다. "그리고 같은 남자와 사귀고 있고요."

"사이먼 웨이크필드?" 그녀가 천천히 말한다. "그녀의 남자친구와요?"

"아뇨, 그 사람이 꽃다발을 두고 가려고 왔을 때 만난 적은 있지만요. 지금 말하는 사람은 그 집을 설계한 건축가예요."

캐럴이 나를 빤히 바라본다. "내가 상황을 좀 정리해볼게요. 당신은 지금 에마와 마찬가지로 원 폴게이트 스트리트에 살고 있어요. 그리고 에드워드 멍크퍼드의 애인이에요. 에마처럼."

"맞아요." 에드워드는 에마와의 관계에 대해 짧았던 정사처럼 말했지만 나는 그 부분은 굳이 깊이 파고들지 않기로 한다.

"그렇다면 에마와 내가 치료중에 나눈 이야기를 들려줄게요, 제인." 캐럴이 차분하게 말한다.

"방금 그럴 수 없다고 하셨잖아요?" 그녀가 마음을 너무 간단하게 돌렸다는 사실에 적잖이 놀라며 내가 묻는다.

"네. 우리가 내담자의 비밀 엄수라는 직업적 의무를 깨도 되는 특수한 상황이 하나 있어요." 그녀가 잠시 숨을 돌린다. "내담자에게 피해를 주지 않으면서 다른 사람이 해를 입지 않도록 막을 수 있는 상황이에요."

"무슨 말인지 모르겠어요." 내가 말한다. "무슨 해요? 그 다른 사람이란 누구를 말씀하시는 건가요?"

"나는 지금 당신을 말하는 거예요, 제인." 그녀가 말한다. "나는 당신이 지금 위험에 처해 있다고 확신해요."

과거 : **에마**

디언 넬슨이 제 행복을 훔쳐갔습니다. 내가 말한다. 그는 제 삶을 박살냈고 남자를 만날 때마다 제가 두려움에 떨게 만들었습니다. 그 사람으로 인해 저는 제 몸을 수치스럽게 느낍니다.

나는 잠시 숨을 돌리며 물잔의 물을 마신다. 법정은 쥐죽은듯 고요하다. 저 위 판사석에서 여자와 남자로 구성된 두 명의 치안판사가 눈도 깜박이지 않고 나를 보고 있다. 이곳은 매우 덥다. 베이지색 실내에는 창문이 없고 변호사와 검사는 가발 아래로 땀을 삐질삐질 흘리고 있다.

두 개의 가림막이 설치되어 있기 때문에 피고석에서는 내가 보이지 않는다. 그 가림막 뒤 디언 넬슨의 존재가 느껴진다. 하지만 두렵지 않다. 오히려 그 반대다. 저 개자식은 감옥에 가게 될 것이다.

울음이 터져나오지만 목소리를 높인다. 저는 이사를 해야만 했습니다. 그가 다시 돌아올지도 모른다고 생각했기 때문입니다. 나는 계속 증언한다. 저는 플래시백과 기억상실을 겪었고 심리상담사에게 치료를 받기 시작했습니다. 남자친구와의 관계도 끝났습니다.

넬슨의 변호사는 검은 가운 아래에 우아한 정장을 입은 키가 작고 날씬한 여자로, 고개를 들더니 갑자기 생각에 잠긴 표정으로 뭔가를 메모한다.

디언 넬슨이 보석으로 석방될지 모른다는 사실에 어떤 기분이 드느냐고요? 나는 계속한다. 저는 역겹습니다. 칼로 위협을 당한 상태에서 강도를 당하고 가능한 한 가장 수치스러운 방식으로 강간을 당했기 때문에 저는 저자가 무슨 짓을 할 수 있는지 잘 압니다. 그가 자유롭게 거리를 걸어다닐 수 있다는 상상만으로도 무섭습니다. 그가 저 밖 어딘가에 있다는 사실을 아는 것만으로도 겁에 질립니다.

이 마지막 부분은 꼭 집어넣어야 한다고 클라크 경위가 은근히 암시를 주었다. 넬슨의 변호사는 자신의 고객이 내게 접근할 의사가 없다고 주장할 것이 분명하다. 그가 풀려났다는 사실에 내가 위협감을 느끼고 증언을 철회하면 재판이 무산될 위험이 발생한다. 지금 이 순간 법정에서 가장 중요한 사람은 바로 나다.

치안판사들은 여전히 나를 지켜보고 있다. 방청객들은 입도 달싹하지 않는다. 시작하기 전만 해도 긴장이 되었지만 어느새 내가 상황을 통제하고 있다. 나는 더 강해진 기분이다.

디언 넬슨은 저를 단순히 성폭행한 것이 아닙니다. 내가 말한다. 제가 강요받은 행위가 찍힌 영상을 제가 아는 모든 사람에게 전송할지도 모른다는 두려움을 안고 살게 만들었습니다. 위협과 협박이 그가 범죄를 저지르는 방식입니다. 저는 사법체계가 그의 보석

신청을 적절하게 처리해주기를 바랍니다.

브라보. 머릿속에서 작은 목소리가 나를 격려한다.

고맙습니다, 매슈스 씨. 우리는 당신의 의견을 매우 신중하게 고려하겠습니다. 남자 판사가 상냥하게 말한다. 원한다면 증인석에 잠시 앉아 계셔도 됩니다. 그리고 충분히 괜찮아졌다고 생각될 때 가시면 됩니다.

내가 소지품을 챙기는 내내 법정은 고요하다. 넬슨의 변호사는 벌써 자리에서 일어나 판사석으로 갈 기회를 엿보고 있다.

현재 : **제인**

"그게 무슨 말씀이시죠, 위험이라뇨?" 방금 캐럴 윤선에게 들은 말이 너무도 터무니없어 나는 웃음이 나온다. 그런데 정작 그녀는 장담컨대 완전히 진지하다. "에드워드 때문은 아니겠죠."

"에마가 내게 말했어요……" 캐럴은 터부를 깨기 쉽지 않은 듯 인상을 쓰며 입을 다문다. "심리치료사로서, 나는 대부분의 시간을 무의식적인 행동 패턴을 푸는 데 투자해요. 누군가가 '남자들은 다 왜 그럴까요?'라고 물으면 나는 이렇게 대답해요. '왜 당신이 고른 남자는 다 그럴까요?' 프로이트는 스스로 반복강박이라고 이름 붙인 증상에 대해 설명했어요. 매번 똑같은 성적 심리드라마를 반복해서 연기하되, 늘 변함없이 똑같은 역할을 매번 다른 사람에게 맡기는 패턴을 말해요. 무의식적으로 심지어 의식 수준에서도 사람들은 결과를 다시 쓰고 싶어해요. 이전에 잘못되었던 결과를 완벽하게 완성하고 싶은 거예요. 하지만 그들은 새 관계에 과거와 똑같은 결함과 불완전함을 끌어들여서 결국 전과 똑같은 방식으로 그 관계를 파괴해버려요."

"그게 저와 에마와 무슨 상관이 있다는 거죠?" 어렴풋이 답이 떠오르지만 나는 물어본다.

"어느 관계건 거기에는 두 개의 반복강박이 작용하고 있어요. 남자의 것과 여자의 것이죠. 둘의 상호관계는 온화할 수도 있어요. 반면 파괴적일 수도 있죠. 끔찍할 정도로 파괴적일 수도 있어요. 원래부터 낮았던 에마의 자존감은 성폭행을 당한 후 더 낮아졌어요. 성폭행 피해자들이 으레 그러듯, 그녀도 자신을 탓했어요. 물론 부당한 비난이죠. 그녀는 에드워드 멍크퍼드에게서, 어느 수준으로 학대를 받고 싶은 자신의 갈망을 채워줄 수 있는 사람을 보았어요."

"잠깐만요." 나는 충격에 휩싸여 말한다. "에드워드가…… 학대를요? 그 사람을 만나보셨어요?"

캐럴이 고개를 젓는다. "나는 에마를 치료하면서 알게 된 정보를 근거로 이야기하는 거예요. 물론 정보를 얻어내기가 쉽지 않았죠. 그녀는 좀처럼 내게 마음을 열지 않았어요. 낮은 자존감을 보여주는 전형적인 지표죠."

"말도 안 되는 생각이에요." 내가 단호하게 말한다. "나는 에드워드를 잘 알아요. 그는 결코 사람에게 폭력을 휘두르지 않아요."

"학대가 꼭 물리적인 것만을 의미하는 건 아니에요." 캐럴이 차분하게 말한다. "절대적 지배욕구도 학대의 한 가지 유형이죠."

절대적 지배욕구. 그 단어가 내 따귀를 때리는 것 같다. 어떤 식으로 보면 아귀가 맞아떨어지기 때문이다.

"에드워드의 행동은, 에마가 협조를 하는 한 그녀에게는 충분히 타당해 보였을 거예요. 다시 말해서 그가 통제력을 행사하도록 그녀가 허락하는 한 말이죠." 캐럴이 계속 설명한다. "분명 경고 신호로 받아들였어야 했던 것들이 있었어요. 그 집의 기묘한 배치며 사소한 문제조차 그가 그녀를 대신해 결정을 내린 점, 그녀를 그녀의 친구나 가족들과 떨어뜨려놓으려고 한 점. 모두 자기애적 소시오패스의 전형적인 행동이죠. 하지만 진짜 문제는 에마가 그와 헤어지려고 했을 때 시작되었어요."

소시오패스. 나는 전문가들이 이 단어를 일반인과 상당히 동떨어진 의미로 사용한다는 사실을 알고 있다. 그럼에도 불구하고 에마의 남자친구—캐럴의 말에 따르면 사이먼 웨이크필드—와 지난번 마주쳤을 때 그가 한 말이 떠오르는 것은 막을 수 없다. 먼저 그녀의 마음을 독으로 물들이고 그다음엔 목숨을 빼앗았죠……

"지금 내가 한 말이 익숙하지 않나요, 제인?" 그녀가 묻는다.

나는 선뜻 답하지 않는다. "에마는 어떻게 되었나요? 이런 일들을 겪은 후에 말이에요."

"결국 내 도움을 받아, 에드워드 멍크퍼드와의 관계가 얼마나 파괴적으로 변했는지 서서히 깨닫게 되었어요. 그녀는 그와의 관계를 끊으려고 했어요. 하지만 그로 인해 우울증이 찾아왔고 자기 안으로 가라앉았죠. 심지어 피해망상 증세까지 보였어요." 그녀가 숨을 돌린다. "바로 그즈음 에마는 나와 연락을 끊었어요."

"잠깐만요." 문득 의아해진 내가 묻는다. "그럼 에드워드가 에마를 죽였다는 사실은 어떻게 아신 거죠?"

캐럴 윤선이 인상을 찌푸린다. "그가 죽였다는 말은 하지 않았어요, 제인."

"아." 그 말에 마음이 가벼워진다. "그러면 지금 무슨 말을 하시는 건가요?"

"에마의 우울증과 피해망상증, 부정적인 감정, 낮은 자존감, 이 모든 것들이 그 관계로 인해 강화되었어요. 내 생각에 이런 것들이 분명 그 죽음을 유발했을 거예요."

"그러면 에마의 죽음이 자살이라고요?"

"네, 내 전문적인 견해는 그래요. 나는 에마가 극도의 우울증에 시달리던 당시 계단에서 몸을 던졌다고 생각해요."

나는 말없이 생각에 잠긴다.

"에드워드와의 관계에 대해서 들려줘요." 캐럴이 말을 꺼낸다.

"음, 그게 좀 이상해요. 이야기를 들어보면 비슷한 점이 별로 없거든요. 내가 이사를 온 직후 사귀기 시작했어요. 그가 나를 원한다는 점을 명확하게 밝혔죠. 하지만 관습적인 관계를 제안한 건 아니에요. 그의 표현을 빌리면……"

"잠깐만요." 캐럴이 내 말을 끊는다. "뭘 좀 가져올게요."

그녀는 응접실을 나가더니 잠시 후 붉은색 노트를 가지고 돌아온다. "에마와 진행한 상담 내용을 기록해둔 거예요." 그녀는 노트를 팔랑팔랑 넘기며 설명한다. "아까 뭐라고 하셨죠?"

"그의 표현을 빌리면 구애받지……"

"않는 관계에 순수함이 있다." 캐럴이 내 말을 끝낸다.

"네." 나는 그녀를 빤히 바라본다. "정확히 그렇게 말했어요."

그러니까 예전에 만난 여자에게 한 말이 되는 건가.

"에마가 들려준 이야기로 볼 때, 에드워드는 편집증이나 다름없는 극도의 완벽주의자예요. 그렇죠?"

나는 내키지 않지만 고개를 끄덕인다.

"당연한 일이지만, 이전 관계들은 우리가 몇 번을 실연實演한다 해도 완벽해질 수 없어요. 연이은 실패는 부적응 행동을 강화하죠. 다시 말해 시간이 흐르면서 패턴이 두드러지는 거예요. 더 필사적 이 되는 것은 말할 것도 없고요."

"사람은 바뀔 수 없나요?"

"신기하게 에마도 똑같은 질문을 했어요." 캐럴은 잠시 생각에 잠긴다. "때로는 바뀌기도 해요. 하지만 유능한 심리치료사의 도움 을 받는다고 해도 그 과정은 고통스럽고 힘들죠. 그리고 우리가 타 인의 타고난 천성을 바꿀 수 있다고 믿는 건 자아도취예요. 당신이 진실로 바꿀 수 있는 사람은 당신 자신밖에 없어요."

"그렇다면 내가 에마와 같은 위험에 처해 있다고 말씀하시는 건 가요?" 내가 반박한다. "하지만 지금 들려주신 내용으로는 에마와 전혀 비슷하지 않아요."

"그럴지도 몰라요. 하지만 당신은 사산으로 힘들어하고 있다고 했잖아요. 에드워드와 처음 만났을 때, 에마도 당신도 어떤 식으로 든 개인적인 시련을 겪고 있었다는 사실이 놀랍지 않아요? 소시오 패스는 상처로 약해진 사람들에게 매력적으로 보여요."

"에마는 왜 치료를 받지 않게 되었나요?"

애석해하는 표정이 그녀의 얼굴에 스친다. "모르겠어요. 계속 치 료를 받았다면 지금까지 살아 있었을 텐데."

"에마가 당신의 명함을 가지고 있었어요." 내가 말한다. "원 폴 게이트 스트리트의 다락방에서 발견한 그녀의 침낭에 들어 있었어요. 그곳에는 통조림도 몇 개 있었어요. 에마가 그곳에서 잠을 잔 것 같더군요. 아마 당신에게 연락을 할 계획이었을 거예요."

캐럴은 천천히 고개를 끄덕인다. "그건 중요한 사실이군요. 고마워요."

"하지만 나는 당신의 이야기가 전부 옳다고 생각하지 않아요. 에마가 우울증이었다면, 그건 에드워드와의 관계가 끝났기 때문이지, 그가 그녀를 통제했기 때문이 아니에요. 그리고 그녀가 정말 자살을 했다면…… 그건 정말 비극적인 일이기는 하지만, 에드워드의 잘못이 아니에요. 아까도 말씀하셨지만, 우리 모두는 자신의 행동에 책임을 져야 하니까요."

캐럴이 서글픈 미소를 지으며 고개를 젓는다. 그녀가 전에도 비슷한 말을, 그것도 어쩌면 에마에게서 들은 적이 있는 게 아닐까.

문득 부드러운 분위기의 가구와 온갖 잡동사니들, 쿠션과 티슈를 갖춘 이 방도, 심리학이고 어쩌고 하는 진부한 말들도 다 지겹게 느껴진다. 나는 일어선다. "시간 내주셔서 감사해요. 정말 흥미로운 시간이었어요. 하지만 내 딸에 대해서 당신에게 털어놓고 싶진 않네요. 에드워드에 대해서도요. 다시 연락드리는 일은 없을 겁니다."

법정에서 영향진술서를 낭독하면 '특수 조치' 때문에 방청석으로 가서는 안 된다. 그래서 나는 결과를 기다리며 법정 밖에서 서성거리고 있다. 잠시 후 클라크 경위와 윌런 경사가 심상치 않은 표정으로 서둘러 법정에서 나온다. 기소 검사인 브룸 씨도 두 사람과 함께 있다.

에마, 이쪽으로 와보세요. 윌런 경사가 나를 부른다.

왜요? 무슨 일이에요? 세 사람이 나를 데리고 로비의 반대편으로 가자 내가 묻는다. 고개를 돌려 법정의 입구를 보니 마침 넬슨의 변호사가 나오는 중이다. 피부가 거무스름하고 양복을 입은 십대가 그녀와 함께 서 있다. 그가 내 쪽을 바라본다. 그의 눈빛에서 나를 알아보는 기색이 얼핏 스치고 지나간다. 다음 순간 변호사가 무슨 말을 하자 그가 그녀를 돌아본다.

에마, 치안판사들이 보석을 허가했어요. 윌런 경사가 결과를 알려준다. 유감이에요.

뭐라고요? 내가 영문을 몰라 묻는다. 어째서요?

치안판사들이 우리 사건에 문제가 있다고 한 미시즈 필즈—피고 쪽 변호사—의 의견에 동의했어요.

문제라뇨? 그게 무슨 뜻이에요? 내가 묻는다. 방청석 문이 열리더니 사이먼이 나온다. 그가 곧장 나를 향해 걸어온다.

절차상의 문제죠. 이렇게 대답하는 클라크 경위의 표정이 험악하다. 신원확인 때문입니다.

DNA가 없다는, 그런 뜻인가요?

그리고 지문도 없어요. 검사가 말한다.

클라크 경위는 그를 보지도 않는다. 그러므로 이 경우 강간 혐의로는 기소를 하지 않을 겁니다. 혐의는 가택침입이 되었습니다. 당시 당직 경관이 지문 채취를 하지 않기로 결정했죠.

그가 한숨을 쉰다. 그후에라도 넬슨에게 범인식별절차를 진행했어야 했어요. 하지만 당신이 범인이 방한모를 쓰고 있었다고 했기 때문에 그걸 해봐야 별 의미가 없을 것 같았죠. 안타깝게도, 영리한 변호사라면 그 상황을 이용해서 경찰이 성급하게 결론을 내렸다는 인상을 줄 수 있어요.

그게 문제라면 지금이라도 제가 범인식별절차를 진행하면 되잖아요? 내가 말한다.

클라크와 검사가 눈빛을 교환한다. 심리가 열리면 그게 도움이 되겠죠. 검사가 진지하게 대답한다.

이건 아주 중요한 문제예요, 에마. 클라크 경위가 말한다. 에마, 오늘 심리중에 피고를 한 번이라도 봤습니까?

나는 고개를 가로젓는다. 어차피 내가 본 그 사람이 넬슨이었는지 아닌지도 확실히 모른다. 설령 그렇다고 해도 단지 경찰이 그렇게 무능하기 때문에 그를 풀어줘야만 하나?

　그 점을 고려해봐야 할 것 같군요. 검사가 고개를 끄덕이며 말한다.

　에마? 어떻게든 대화에 끼어들려고 틈을 보던 사이먼이 나를 부른다. 에마, 나는 자기가 한 말이 무슨 뜻이었는지 알아.

　무슨 뜻이었다니? 내가 되묻는다.

　결국 우리가 헤어진 건 그 개자식 때문이라는 뜻이었잖아.

　뭐? 아냐. 내가 고개를 흔들며 말한다. 그건 법정이니까 한 말이었어, 사이. 나는 아니야…… 다시 합칠 생각 없어.

　에마. 그 순간 우리 뒤에서 차분하고 권위적인 에드워드의 목소리가 들린다. 나는 살았다며 그를 돌아본다. 잘했어요. 그가 말한다. 정말 훌륭했어요. 그가 나를 품에 안자, 이 행동이 무슨 뜻인지 이해한 사이먼의 표정이 공포로 물든다.

　세상에. 그가 속삭인다. 세상에, 에마. 이럴 수는 없어.

　뭐가 이럴 수 없다는 거야, 사이먼? 내가 도전하듯 묻는다. 내가 누구와 사귈지 선택할 수 없다는 거야?

　경찰들과 검사는 자신들이 난감한 상황에 휘말렸다는 사실을 깨닫고는 고개를 숙이고 슬며시 자리를 뜬다. 언제나처럼 에드워드가 주도권을 쥔다.

　어서 가요. 에드워드가 말한다. 그가 내게 한 팔을 두르고 나를 데리고 간다. 슬쩍 돌아보니 비참함과 분노로 말문이 막힌 사이먼이 우리를 노려보고 있다.

주말, 에드워드는 나를 영국박물관으로 데려왔다. 그곳의 직원
은 보관함을 열어놓고 자리를 피해준다. 조각품은 오랜 세월을 지
나오며 표면이 닳았지만 두 연인이 뒤엉켜 있는 형상은 여전히 알
아볼 수 있다.

"만 천 년 전 유물이에요. 성행위를 묘사한 유물로는 세계에서
가장 오래되었죠." 에드워드가 말한다. "나투프라고 알려진 문명
의 유물인데, 인류 최초로 공동체를 건설한 사람들이에요."

그의 설명에 쉽게 집중할 수 없다. 그가 내게 했던 말을 토씨 하
나 틀리지 않고 에마에게 했다는 사실이 머리에서 떠나지 않는다.
캐럴이 에드워드를 직접 만나지 않았다는 사실을 감안하면, 그녀
가 한 다른 말들은 무시해도 되겠지만 그녀가 보여준 노트라는 물
증은 무시하기 쉽지 않다.

하지만 이런 생각도 든다. 누구에게나 언어의 지름길이라고 해

야 할지, 늘 입버릇처럼 쓰는 익숙한 표현들이 있지 않나. 우리는 늘 똑같은 일화를 다른 사람들에게 들려주고 때로는 이미 들려준 사람에게 똑같은 표현으로 같은 이야기를 하는 경우도 드물지 않다. 다들 자신이 전에 했던 말을 가끔 또 하기도 하지 않는가. 반복강박이니 실연이니 하는 말도 결국은 우리가 습관의 동물이라는 사실을 그럴듯하게 포장한 표현 아닐까?

바로 그때 에드워드가 유물을 내 손에 쥐여주고 나는 온전히 그것에 집중한다. 수천 년을 지나오면서 사람들이 여전히 사랑을 나눴다는 사실이 정말 신기하다는 생각이 든다. 물론 이것은 인류의 역사를 구성하는 몇 가지 상수常數의 하나다. 대를 이어 반복되는 동일한 행위.

잠시 후 나는 에드워드에게 엘긴 마블스*를 보러 가자고 한다. 하지만 그는 내켜하지 않는다. "일반에 공개되는 전시실은 관광객들 천지일 거예요. 그게 아니라도 박물관에서 한 번에 한 가지 유물만 보는 게 내 규칙이에요. 그 이상을 보면 머리에 부담이 되거든요." 그는 우리가 들어왔던 곳으로 되돌아 나가기 시작한다.

캐럴 윤선의 말이 다시 떠오른다. 에드워드의 행동은, 에마가 협조를 하는 한 그녀에게는 충분히 타당해 보였을 거예요. 다시 말해서 그가 통제력을 행사하도록 그녀가 허락하는 한 말이죠.

나는 우뚝 멈춰 선다. "에드워드, 나는 그 조각품이 꼭 보고 싶어요."

---

* 고대 그리스 파르테논신전의 유물. 19세기 초 터키 주재 영국 대사 엘긴이 영국으로 반입해 '엘긴 마블스'라는 이름이 붙었다.

그가 의아한 표정으로 나를 바라본다. "좋아요. 하지만 지금 말고요. 책임자와 약속을 잡아야 해요. 박물관이 폐관한 후에 다시 와서……"

"지금 봐요." 나는 단호하게 말한다. "지금이어야 해요." 유치하고 일부러 괴롭히려는 것처럼 들릴 것이다. 책상에 앉아 있던 직원이 고개를 들더니 인상을 쓴다.

에드워드가 어깨를 으쓱한다. "좋아요."

그는 다른 문을 지나 일반 관람 구역으로 나를 안내한다. 산호초에서 먹이를 먹는 물고기들처럼 관람객들이 전시물 주위에 모여 있다. 에드워드는 주위를 살피지도 않고 곧장 사람들을 뚫고 들어간다.

"이쪽으로 와요." 그가 말한다.

관람실은 클립보드를 들고 프랑스어로 재잘거리는 학생들로 평소보다 훨씬 더 붐빈다. 거기에 오디오가이드를 듣느라 좀비처럼 어기적거리며 돌아다니는 관람객들이며 손을 꼭 잡고 저인망처럼 실내를 몰려다니는 커플들, 유모차를 미는 사람들, 배낭족, 셀카족까지 가세한다. 이런 난장 너머, 금속 난간 뒤에 만신창이가 된 조각들과 유명한 프리즈 장식이 너덜너덜 남아 있는 주춧돌이 있다.

감상은 불가능하다. 전시물을 제대로 감상해보려고 해도 방금 전 몇천 년 된 작은 조각품을 손에 쥐었을 때 느꼈던 마법은 흔적도 없다.

"당신 말이 맞아요." 나는 풀이 죽어 말한다. "여기는 끔찍해요."

그의 얼굴에 미소가 번진다. "저 전시물들은 감상할 여건이 최선일 때조차 별 감흥이 느껴지지 않아요. 소유권을 둘러싼 논쟁이 아니었다면 두 번 보려는 사람은 없을걸요. 원래 저 주추가 있었던 건축물인 파르테논조차 도랑물처럼 칙칙하죠. 파르테논이 그리스 제국의 힘을 상징하기 위해 건축되었다니 아이러니한 일이에요. 그러니 또다른 탐욕스러운 제국이 그곳을 약탈한 건 당연한 일이겠죠. 자, 이제 갈까요?"

우리는 그의 사무실에 들러 가죽 여행가방을 챙긴 후 생선가게로 간다. 에드워드가 스튜를 만들 재료를 미리 그 가게에 주문해놓았다. 그런데 생선장수의 태도가 사과조다. 에드워드의 재료 목록에는 남방대구가 들어 있는데, 그 대신 아귀를 써야만 하는 상황이다. "원래 아귀를 더 비싸게 받는데 이번에는 같은 값으로 드리겠습니다."

에드워드가 고개를 젓는다. "이 조리법에는 남방대구가 필요해요."

"어쩌겠습니까, 손님?" 생선장수가 양손을 펼쳐 보인다. "남방대구를 못 잡으면 우리도 못 파는 거죠."

"지금 그 말은," 에드워드가 또박또박 말한다. "오늘 오전에 빌링스게이트 어시장에 남방대구가 단 한 마리도 없었다는 뜻인가요?"

"터무니없는 가격을 쥐야만 살 수 있었거든요."

"그러면 그 돈을 내지 그랬어요."

생선장수의 얼굴에서 서서히 미소가 사라진다. "아귀가 더 맛있습니다, 손님."

"나는 남방대구를 주문했어요." 에드워드가 말한다. "나를 실망시켰군요. 이곳과 다시는 거래를 하지 않겠습니다." 그는 뒤로 돌아서 그대로 나가버린다. 생선장수는 어깨를 으쓱하더니 손질하던 생선으로 다시 돌아가면서 잊지 않고 내게 신기해하는 표정을 지어 보인다. 내 볼이 화끈 달아오른다.

에드워드는 길에서 기다리고 있다. "가죠." 그가 손을 들어 택시를 잡으며 말한다. 어느새 택시 한 대가 유턴을 해 우리 옆에 선다. 택시 잡기는 에드워드의 특출한 재능 같다. 택시 기사들이 언제나 그를 지켜보고 있는 게 아닌지 궁금할 정도다.

그가 화를 내는 모습은 처음 본다. 그러니 그의 저조한 기분이 얼마나 오래갈지 가늠이 되지 않는다. 하지만 그는 언제 그랬냐는 듯 평온하게 다른 이야기를 꺼낸다.

캐럴이 옳았고 그가 소시오패스라면, 지금 그는 악을 쓰며 생선 장수를 욕하지 않을까? 에드워드에 대한 캐럴의 판단이 틀렸다는 증거가 아직 더 필요하다. 나는 이렇게 결론을 내린다.

그가 나를 바라본다. "지금 내 말을 안 듣고 있는 것 같아요, 제인. 괜찮아요?"

"오, 미안해요. 딴 데 정신이 팔렸어요." 나는 심리치료사와 나눈 이야기를 불쑥불쑥 떠올리지 말자고 다짐한다. 그리고 여행가방을 가리킨다. "어디 가요?"

"그 집에 들어가서 살면 어떨까 생각해봤어요."

잘못 들은 것 같아서 잠시 정신이 멍하다. "들어온다고요?"

"물론 당신이 괜찮다면요."

나는 어안이 벙벙하다. "에드워드……"

"너무 빠른가요?"

"지금까지 한 번도 동거를 해본 적이 없어요."

"지금껏 당신과 맞는 사람을 만나지 못했으니까." 그가 차분하게 말한다. "이해해요. 제인. 어떤 면에서 우리는 많이 닮았다고 생각하니까요. 당신은 내향적이고 자제력이 강한데다 냉담한 면도 있죠. 당신을 사랑하는 여러 이유들 중 하나예요."

"그래요?" 이렇게 말하면서도 내 머릿속은 온통 이런 생각뿐이다. 내가 냉담해? 그런데 에드워드가 지금 그 단어를 입에 올렸나, 사랑을?

"몰랐어요? 우리는 서로에게 완벽해요." 그가 내 손을 만진다. "당신 덕분에 나는 행복해요. 그리고 나도 당신을 행복하게 해줄 수 있을 것 같아요."

"나는 지금 행복해요." 내가 말한다. "에드워드, 나는 당신 덕분에 이미 행복해요." 그리고 그를 보며 미소 짓는다. 왜냐하면 그게 사실이니까.

이번에 집으로 온 에드워드의 손에는 가죽 여행가방과 스튜 재료인 생선이 들려 있다.

비결은 이 루예*에 있어요. 그는 조리대에 재료를 다 꺼내며 말한다. 그런데 사프란을 아끼는 사람들이 너무 많아요.

루예니 사프란이니 뭐가 뭔지 모르겠다. 어디 가요? 내가 가방을 보며 묻는다.

그런 셈이죠. 엄밀히 말하면 어딘가로 왔다고 해야겠죠. 물론 당신이 괜찮다면요.

당신 물건 몇 가지를 여기에 갖다놓으려고요? 내가 놀라서 되묻는다.

---

* 프랑스 프로방스 지방의 음식으로 올리브오일, 마늘, 사프란, 빨간 고추 등으로 만든 소스.

아뇨. 그가 재미있다는 듯 대답한다. 이게 내가 가진 다예요.

그가 소유한 물건들이 다 그렇듯 그 가방도 아름답다. 가죽은 말의 안장처럼 부드럽고 반들반들 윤이 난다. 손잡이 아래에는 '스웨인 애드니, 가방 제조업자, 왕실납품업자'라는 글자와 함께 점잖은 라벨이 돋을새김되어 있다. 나는 가방을 연다. 안쪽에도 모든 물건이 자동차의 엔진처럼 아름답게 자리를 잡고 있다. 나는 그의 물건을 하나씩 읊으며 꺼낸다.

꼼데가르송 셔츠 여섯 벌, 모두 흰색. 덧붙이자면, 훌륭하게 다림질되어 가지런히 개켜져 있음. 메종 샤르베 실크 넥타이 두 개. 맥북에어 한 대. 가죽 장정의 피오렌티나 노트 한 권. 스테인리스 스틸 샤프펜슬 한 자루. 하셀블라드 디지털 카메라 한 대. 면으로 돌돌 만 것의 내용물은, 어디 보자, 일제 식칼 세 자루.

그건 만지지 마요. 그가 주의를 준다. 날이 예리하니까.

나는 칼을 다시 천에 말아 한쪽으로 치워둔다. 세면도구 파우치. 검은색 캐시미어 스웨터 두 벌. 검은색 바지 두 벌. 검은 양말 여덟 켤레. 검은 사각팬티 여덟 벌. 정말 이것뿐이에요?

음, 사무실에도 몇 가지 있어요. 정장 같은 거요.

이것만으로 어떻게 생활을 해요?

뭐가 더 필요하죠? 아직 내 질문에 대답하지 않았어요, 에마.

너무 급작스러워서요. 말은 이렇게 하지만 너무 좋아 속으로 공중제비를 몇 번이나 돌았는지 모른다.

원하면 아무때나 나를 내보낼 수 있어요.

내가 왜 그러고 싶겠어요? 오히려 당신이 나한테 질릴 거예요.

나는 절대 당신에게 질리지 않을 거예요, 에마. 그가 진지하게 말한다. 당신을 보며 마침내 완벽한 여자를 찾았다고 생각하거든요.

왜 그렇게 생각해요? 내가 묻는다.

솔직히 이해가 되지 않는다. 나는 우리가 구애받지 않는 관계인지 뭔지를 맺는 중이라고 생각했는데.

당신은 절대 질문을 하지 않기 때문이에요. 그가 진지하게 말한다. 그는 손질하던 생선으로 돌아간다. 그 칼 좀 줄래요?

에드워드!

그가 한숨을 쉬는 척한다. 오, 좋아요. 당신에게 있는 무언가 때문이에요. 생기 넘치고 생생해서 나마저도 생기 넘치게 만드는 무언가. 당신은 충동적이고 외향적이고 내가 되지 못한 모든 모습을 갖고 있기 때문이에요. 당신은 내가 아는 어느 여자와도 비슷하지 않기 때문이에요. 당신이 살고자 하는 내 욕망에 다시 불을 지폈기 때문이에요. 당신은 내게 필요한 전부이기 때문이에요. 설명은 이 정도면 충분해요?

지금은 충분해요. 대답하는 내 얼굴로 숨길 수 없는 미소가 번진다.

7. 친구가 직접 만든 작품을 당신에게 보여줍니다. 친구는
   자랑스러워하지만 작품은 그렇게 훌륭하지 않습니다.
   당신은

   ○ 친구에게 솔직하고 냉정한 비판을 한다
   ○ 작은 개선 사항을 제안해 친구가 기분좋게 받아들이
     는지 살핀다
   ○ 대화의 주제를 바꾼다
   ○ 애매한 격려의 말을 한다
   ○ 정말 잘 만들었다고 칭찬한다

"당신이 진심으로 원하는 건 사과인 것 같군요." 병원의 조정관이 말한다. 조정관은 중년 여성으로, 회색 모직 카디건 차림이며 태도가 조심스럽고 동정적이다. "제가 제대로 이해했나요, 제인? 당신이 겪은 모든 일을 경영진이 인정한다면 상실로 인한 고통을 끝내는 데 도움이 될까요?"

테이블 맞은편에는 초췌해 보이는 닥터 기퍼드가 앉아 있고 그 옆으로 병원의 원무과장과 변호사가 있다. 조정관인 린다는 자신이 중립임을 강조하려는 듯 테이블의 끝에 앉아 있다. 테사는 내 옆자리다.

나는 방금 들은 그 문장에서, 병원측의 사과를 내 고통에 대해 인정하는 것으로 린다가 축소시켰다는 사실을 희미하게나마 <u>끄</u>집어낸다. 상대에게 '화가 났다면 미안하다'고 말하는 교활한 정치인들 같다.

테사가 여기는 자신에게 맡기라는 듯 내가 섣부르게 행동하지 못하게 내 팔에 손을 올린다. "시인이라면요." 테사는 그 단어를 강조하면서 말문을 연다. "피할 수 있었던 실수가 일어났고 그로 인해 이저벨이 목숨을 잃었다는 사실을 병원이 시인한다면 당연히 받아들일 수 있습니다. 그게 첫번째 단계겠죠."

린다가 한숨을 쉬는데, 직업적인 공감 때문인지 까다로운 사건을 처리하게 되었다는 사실을 깨달았기 때문인지 알 수 없다. "병원의 입장은—내 말에 잘못된 곳이 있다면 바로잡아주세요, 데릭—귀중한 공공 기금을 소송과 변호사 비용보다 환자의 치료에 쓰는 쪽을 선호한다는 것입니다." 린다가 원무과장을 바라보자 그가 동의한다는 듯 고개를 주억거린다.

"네, 그러시겠죠." 테사가 차분하게 대꾸한다. "하지만 처음부터 막달이 된 임부에게 모두 도플러검사를 받게 했다면 오늘 우리가 이렇게 앉아 있지도 않을 거예요. 그러는 대신 누군가가 숫자를 보고 사소하지만 영향력을 미칠 수 있는 통계적으로 중요한 사례에는 차라리 변호사 비용과 보상금을 지불해 무마하는 편이 더 싸게 먹힌다고 계산을 했겠죠. 스틸 호프 같은 조직들 덕분에 그 냉담하고 비인간적인 해결책이 시간과 돈을 너무 잡아먹게 되어서 보상으로 무마하는 사례가 더 늘지 못하게 될 때까지 이런 상황은 멈추지 않을 겁니다."

1라운드는 테사의 승리군. 그런 생각이 든다.

원무과장인 데릭이 말한다. "우리가 기퍼드 씨에게 정직을 내리면, 다시 말해서 우리가 이 건이 공식적으로 SUI가 되도록 조치를 취하면, 닥터 기퍼드의 업무를 임시 대체 직원이 맡아야 할 테고 그러면 더 많은 환자들이 경험 많고 존경받을 만한 전문가의 손길을 받지 못하게 되겠죠."

SUI. '치명적인 의료사고'라는 뜻이다. 나는 천천히 고통스럽게 전문용어에 익숙해지는 중이다. 간헐적 청진. 심전도 모니터. 분만 경과기록. 내가 있었던 분만실과 내가 있어야 했던 제대로 된 분만실의 직원 비율의 차이.

이 회의는 테사가 내 진료기록을 공식적으로 요청한 것과 거의 동시에 온 병원의 요청으로 열렸다. 병원은 내가 무심하기 짝이 없던 부검 결과서에 수긍하고 넘어가는지 지켜보고 있었다. 그 사실―그들이 나를 파리 쫓듯 쫓아내려고 했으며 테사가 아니었다면 그들의 시도가 성공했을 거라는 깨달음―만으로도 나는 이저벨이 죽었을 때만큼 분노가 치솟는다.

"요는," 회의에 함께 오면서 테사는 내게 이렇게 설명했다. "보상으로 결론이 나면, 병원으로선 엄청난 비용을 지불하는 사례가 될지 모른다는 거예요."

"왜죠?" 나는 죽어서는 안 되었던 아기들에 대한 보상금이 얼마인지 안다. 헛웃음이 나올 정도로 형편없는 액수다.

"실제 보상액은 많지 않을지 모르지만 소득 손실분이 있잖아요. 당신은 고소득 봉급자였어요. 만약 이저벨이 그렇게 되지 않았다면 육아 휴가를 받고 그후에 복직을 했겠죠, 그렇죠?"

"아마도요. 하지만……"

"그런데 지금 당신은 최저임금을 받으면서 사산 자선단체에서 일하고 있어요. 당신이 포기한 봉급을 더하면 엄청난 액수일 거예요."

"하지만 그건 내 선택이었어요."

"상황이 달랐다면 하지 않았을 선택이죠. 병원에 쉽게 넘어가지 말아요, 제인. 그들이 당신에게 지불하는 돈이 커질수록 그들은 더 쉽게 변할 수 있어요."

테사는 대단한 사람이다. 감탄이 절로 나온다. 누군가를 안다고 생각하지만 실제로는 그 사람에 대해 알지 못하다니 이상한 일이다. 책상을 같이 쓰는 스틸 호프의 사무실에서 내 눈에 비친 테사는 늘 웃고 사무실 뒷이야기를 잔뜩 알고 있는 활기 넘치고 재미있는 사람이다. 그런데 이 우중충한 회의실에서 그녀는 경험으로 쌓은 여유로움으로 병원 관리자들의 회피를 무력화하는 노련한 전사다.

"지금 그 말씀은," 테사가 말한다. "캐번디시 씨가 계속 이 건을 문제삼는다면 다른 아기들이 목숨을 잃을지도 모른다고 윤리적으로 협박을 하시는 것처럼 들리는군요. 잘 알겠습니다. 하지만 적어도 SUI의 검토 결과가 명확해질 때까지라도, 의료진을 줄일 게 아니라 늘리는 것이 좀더 책임감 있는 입장 아닐까요?"

맞은편 사람들이 냉랭한 표정으로 우리를 바라본다.

마침내 닥터 기퍼드가 말문을 연다. "캐번디시 씨…… 제인. 먼저 따님의 죽음에 애도를 표합니다. 그리고 실수를 저지른 점 사죄드립니다. 상황에 개입할 기회를 놓쳤습니다. 우리가 문제를 더 일찍 찾아냈다고 한들 지금 이저벨이 살아 있을지 장담할 수는 없습니다. 하지만 그 아이가 더 좋은 기회를 누릴 수 있었을 겁니다." 그는 테이블에 시선을 고정한 채 단어를 골라가며 말하다가 마침내 고개를 들고 나와 눈을 맞춘다. 그의 눈은 피로로 벌겋게 충혈되어 있다. "저는 그날 당직 의사였습니다. 제가 모든 책임을 지겠습니다."

이 말을 끝으로 아무도 선뜻 입을 열지 않는다. 원무과장은 이제 우린 망했군, 이라고 말하는 듯 인상을 잔뜩 찌푸린 채 양손을 들어 올린다. 마침내 린다가 조심스럽게 말문을 연다. "음, 우리 모두 이 문제를 심사숙고할 시간이 필요한 것 같습니다. 오늘 나온 좋은 지적들에 대해서도요."

"끔찍한 시간이었어요." 후에 나는 에드워드에게 말한다. "끔찍할 거라 예상은 했지만 그런 식은 아니었어요. 내가 이 건을 계속 문제삼으면 한 남자의 경력이 박살날 거라는 생각이 들지 뭐예요. 내게 일어난 일이 그의 잘못이 아니라는 말은 아니에요. 그래도 나는 그 의사가 정말 좋은 사람 같거든요."

"그가 그렇게 좋은 사람이 아니고, 그래서 의료진이 그를 좀더 두려워했다면 조산사가 그 자리에서 초음파검사 결과를 재확인했을 거예요."

"상냥한 상사라는 이유로 그 사람을 파멸시킬 수는 없어요."

"왜 안 되죠? 그 의사가 그저 그런 사람이라면 그 정도 대가는 치러야죠."

물론 에드워드처럼 완벽한 건축물을 지으려면 어느 정도의 무자비함이 필요하다는 사실은 나도 안다. 언젠가 그가 주방 천장에 화재경보기를 설치하지 않으려고 반년 동안 도시계획국과 싸운 이야기를 해준 적이 있다. 결국 담당 공무원이 신경쇠약에 걸렸고 그 덕에 에드워드는 화재경보기를 설치하지 않고 넘어갈 수 있었다. 나는 그의 이런 면을 깊이 생각하고 싶지 않았던 것 같다.

어느새 캐럴 윤선의 목소리가 들린다. 자기애적 소시오패스의 전형적인 행동……

"테사에 대해 이야기해봐요." 에드워드가 자신의 잔에 와인을 따르며 말한다. 지켜보니 그는 술을 반잔 이상 채우지 않는다. 그는 내게도 술을 권하지만 나는 고개를 젓는다.

"열정적인 사람 같군요." 그녀에 대한 소개를 다 들은 후 그가 말한다.

"정말 그래요. 누구를 상대하건 호락호락하게 넘어가지 않아요. 한편으로 유머감각도 있어요."

"그러면 그녀는 닥터 기퍼드에 대해 어떻게 생각해요?"

"테사는 그가 대본을 외운 거라고 생각해요." 내가 털어놓는다. 도의적 책임과 법적 책임 사이에는 차이가 있어요, 제인. 테사는 나중에 스타벅스에서 라테와 비스킷을 먹으며 이렇게 말했다. 의사 개인의 실수와 조직의 제도적인 실패 사이에도 차이가 있죠. 그 사람들은 이 상황에서 병원의 경영진이 빠져나갈 수만 있다면 무슨 짓이든 할 거예요.

"그러면 당신은 죽은 딸이 이 여자의 개인적 성전聖戰의 일부가 되게 하고 싶은지 마음을 정해야겠군요." 그가 생각에 잠긴 듯 말한다.

나는 깜짝 놀라 그를 바라본다. "내가 이 소송을 관둬야 한다고 생각해요?"

"음, 물론 당신이 결정할 문제예요. 하지만 당신 친구는 어떤 대가를 치르더라도 이 전투를 계속할 작정이겠죠."

나는 생각에 빠져든다. 그의 말대로다. 내가 친구가 된 테사라면 분명 그럴 것이다. 나는 그녀와 함께하는 시간이 즐겁다. 그러나 무엇보다 그녀의 강인함을 존경한다. 당연히 그녀도 나를 친구로 좋아해주기를 바란다. 내가 여기서 손을 떼면 그녀는 나를 향한 호감을 거둬버릴 것이다.

에마를 그녀의 친구나 가족들과 떨어뜨려놓으려고 한 점……

"이 일 때문에 혹시 불편한가요?" 내가 묻는다.

"설마요." 그가 가볍게 대꾸한다. "나는 그저 당신이 행복하면 좋겠어요, 그게 다예요. 그건 그렇고 이 소파를 바꿀까봐요."

"왜요?" 소파는 아름답다. 크림색의 두꺼운 리넨 천으로 마감한, 길고 나지막한 소파다.

"여기서 지내니까 몇 가지 개선할 부분이 눈에 보였어요, 그게 다예요. 이를테면 커틀러리 세트 말이에요. 장 누벨을 고르다니, 그때 무슨 생각이었는지 모르겠어요. 그리고 이 소파 때문에 자꾸 자세가 구부정해지는 것 같아요. 차라리 안락의자 두 개로 바꾸는 편이 더 나을 것 같아요. 르 코르뷔지에의 LC3가 어떨까요? 필리프 스타르크의 고스트 체어도 괜찮을 것 같아요. 이 문제는 좀더 고민을 해봐야겠어요."

에드워드와 함께 산 지 얼마 되지는 않았지만 벌써 변화가 눈에 들어온다. 그와 나의 관계라기보다 나와 원 폴게이트 스트리트의 관계가 변했다. 지금까지는 보이지 않는 관객 앞에서 연기를 하는 느낌이었다면 이제는 아무것도 놓치지 않는 에드워드의 눈을 의식하거나 그 눈이 언제고 따라다닐 것 같은 느낌이다. 한마디로 이 집과 내가 이제는 떼려야 뗄 수 없는 하나의 미장센이 된 것이다. 그가 내 인생을 지켜보고 있기에, 내 인생이 좀더 사려 깊고 아름답게 변한 것 같다. 하지만 바로 그런 이유로 이 집 밖의 세상, 즉 카오스와 추함이 지배하는 세상과 관계를 맺기가 점점 어려워진다. 커틀러리 고르기도 이렇게 힘든데, 병원을 상대로 소송을 할지 말지 어떻게 정하겠는가.

"다른 건요?" 내가 묻는다.

에드워드는 잠시 생각해보더니 대답한다. "욕실용품을 치울 때 좀더 신경쓰도록 해요. 예를 들어 아침에 샴푸를 쓴 채로 뒀더군요."

"알아요. 깜박했어요."

"미안해할 것 없어요. 이렇게 살려면 규율이 필요하죠. 하지만 당신은 이런 삶의 보상은 애써서 받을 가치가 있다는 사실을 이미 깨달은 것 같군요."

과거 : 에마

범인식별절차를 앞두고 나는 겁에 질려 있다. 영화에서처럼 작고 밝은 방안에 일렬로 서 있는 남자들 앞을 천천히 걸어가다가 디언 넬슨과 내가 정면으로 마주보는 모습이 자꾸 떠오른다. 물론 요즘은 그런 식으로 진행하지 않는다.

이것이 바이퍼VIPER라는 겁니다. 클라크 경위가 커피잔 두 개를 자신의 노트북 옆에 내려놓으며 다정하게 가르쳐준다. 비디오식별절차전자기록의 약자인데, 굳이 물어보신다면, 내무부의 누군가가 섹시한 약어*를 쓰면 이게 뭔지 금방 이해할 수 있다고 생각했나봅니다. 쉽게 말해 우리가 용의자를 촬영하면 컴퓨터가 안면인식소프트웨어를 이용해 용의자와 닮은 사람 여덟 명을 데이터베이스에서 찾아냅니다. 이 시스템을 도입하기 전에는 범인식별에 몇 주가

---

* 'viper'에는 '독사' '독사 같은 사람'이라는 뜻이 있다.

걸렸죠. 자, 이제 시작해볼까요?

그는 비닐 파일에서 서류를 몇 장 꺼낸다. 그전에 할 게 있어요. 그가 사과조로 말한다. 당신이 범인을 본 건 범행이 벌어질 당시가 유일하다는 내용의 서류에 서명을 해야 합니다.

물론이죠. 내가 대수롭지 않게 대답한다. 펜 좀 빌려주세요.

그런데 말이죠, 에마. 그가 살짝 불편한 표정을 지으며 말한다. 당신이 보석적부심에서 그를 볼 기회가 없었다고 백 퍼센트 확신한다는 사실이 가장 중요해요.

제가 아는 한 못 봤어요. 이렇게 대답하는데, 아차 싶다. 만약 내가 범인식별 과정에서 넬슨을 지목할 정도로 범행 당시에 본 그의 모습을 기억한다면 다른 곳에서 그를 본 적이 있는지 나 자신은 알고 있다는 뜻 아닌가. 하지만 클라크 경위는 내 실언을 알아차리지 못한 것 같다.

물론 나는 에마를 전적으로 신뢰해요. 하지만 재판 과정에서 이 문제가 불거질 수 있다는 점을 명심해두세요. 변호사가 법정 밖에서 피고와 당신의 눈이 마주쳤다고 주장할 수도 있어요.

그건 말도 안 돼요. 내가 말한다.

게다가 변호사는 당시 넬슨이 그렇게 말했다고 주장하고 있어요. 그 변호사가 마침 고개를 들었는데 당신이 자신의 의뢰인과 15피트도 떨어지지 않은 곳을 지나가고 있었다더군요.

절로 인상이 구겨진다. 그랬던 것 같지 않은데. 내가 말한다.

그래요. 어쨌든 변호사는 그 문제를 파고들고 있어요. 정식으로 이의를 제기하고, 음, 재판에서 증인의 진실성이 문제가 될 거라고 통보를 할 겁니다.

증인의 진실성…… 나는 경위의 말을 따라 한다. 내가 진실을 말하고 있는지를 말씀하시는 건가요?

네, 그렇습니다. 그 변호사가 이 상황을 지난번 기억상실 건에 끼워맞추려고 할 가능성이 있어요. 솔직히 말하죠. 에마. 수단 좋은 변호사가 당신의 진술에서 허점을 찾으려 들면 최악의 경험을 하게 될 수도 있어요. 하지만 그게 변호사의 일이죠. 이 점을 미리 대비해둬야 합니다, 알겠죠? 실제로 일어났던 상황에만 집중하면 별일 없을 겁니다.

서류에 서명을 하고 넬슨을 지목한 후 집으로 걸어 돌아가는데, 가슴이 계속 두근거린다. 재판이 열리면 나는 법정에서 내 진술의 신빙성을 약화시키려는 변호사의 공격을 받을 것이다. 경찰의 패착을 보상해주려다 내가 상황을 더 악화시킨 것 같다는 불길한 느낌이 든다.

나는 골똘히 생각에 잠긴 나머지 BMX 자전거를 탄 아이가 내 옆을 지나가면서 속도를 도보 수준으로 늦췄다는 사실을 처음에는 알아차리지 못한다. 누군가가 옆에 있어서 정신을 차리고 보니 열네 살이나 열다섯 살가량 된 십대 남자아이다. 본능적으로 나는 최대한 담벼락에 몸을 붙이고 그 옆을 지나치려 한다.

아이는 자전거를 타고도 수월하게 연석 위로 올라온다. 내가 뒤돌아서 왔던 길을 돌아가려 하는데 하필 그 아이가 조금 뒤에서 길을 막고 있다. 아이는 앞으로 몸을 숙인다. 아이가 주먹이라도 날릴 것 같아 긴장하지만, 나를 가만히 노려볼 뿐이다.

야, 너. 너는 거짓말쟁이 암캐야. 이렇게 전해달라더라. 누가 보낸 건지 알지?

아이는 연석을 올라올 때처럼 가뿐하게 내려가 유턴을 해 멀어진다. 물론 그전에 잊지 않고 나를 칼로 찌르는 시늉을 한다. 너는 암캐라고! 게다가 한번 더 큰 소리로 욕을 한다.

침실에 웅크리고 앉아 흐느끼고 있는 나를 에드워드가 본다. 그는 내가 울음을 멈추고, 있었던 일을 다 들려줄 때까지 말없이 나를 꼭 안아준다.

그애는 당신을 겁주려고 그랬을 거예요. 내가 이야기를 마치자 그는 말한다. 경찰에 신고했어요?

나는 눈물범벅이 되어 고개를 주억거린다. 집에 돌아오자마자 클라크 경위에게 전화를 걸어 있었던 일을 전했다. 다만 거짓말쟁이라는 욕을 들은 부분은 빼놓았다. 그는 확인을 위해 넬슨의 공범들 사진을 보여주겠다고 했다. 하지만 경찰이 얼굴을 모르는 사람에게 시켰을 것이 분명하다고 했다.

일단은, 에마. 경위가 덧붙였다. 내 개인 전화번호를 알려줄게요. 위협이 느껴지면 문자를 보내요. 내가 신속하게 답장을 하고 당신에게 바로 사람을 보낼게요.

내가 이야기를 하는 동안 에드워드는 가만히 듣고만 있다. 그러면 경찰은 그게 단순히 당신을 위협하려는 시도라고 보는 건가요? 당신이 증언을 포기하면 이런 위협도 중단될 것이라는 뜻인가요?

나는 그를 가만히 바라본다. 당신 말은…… 넬슨이 그냥 빠져나가도록 내버려두라는 거예요?

당신에게 어떻게 하라고 하는 말이 아니에요. 그냥 그런 선택도 있다는 거죠. 만약 이런 고통에서 벗어나고 싶다면요. 그 일을 훌훌 털어버리고 디언 넬슨을 다시는 생각하지 않는 선택도 있어요.

그는 내 머리카락을 살며시 쓰다듬으며 흘러내린 머리 한 가닥을 귀 뒤로 넘겨준다. 먹을 걸 좀 만들게요. 그가 말한다.

나는 빛을 받을 수 있게 몸을 창으로 돌린 채 가만히 앉아 있다.

주위에는 나를 스케치하는 에드워드의 연필이 종이 위를 사각사각 움직이는 소리밖에 들리지 않는다. 그는 총알처럼 묵직한 로트링 샤프펜슬과 항상 들고 다니는 가죽 장정 노트를 준비했다. 스케치는 그가 긴장을 푸는 방법이다. 가끔 내게 자신의 스케치를 보여주기도 하지만 대개는 한숨을 쉬며 그림을 찢어내 식당에 있는 재활용품 쓰레기통에 버린다.

"그 그림은 뭐가 문제예요?" 한번은 이렇게 물어본 적이 있다.

"문제는 없어요. 이런 행동은 좋은 훈련이죠. 마음에 들지만 당장 꼭 필요하지 않으면 미련 없이 버리기. 그리고 그림은 어떤 그림이건 눈에 보이는 곳에 두면 금세 눈에 보이지 않게 되어버려요."

한때는 이런 생활에 대해 그가 하는 말들이 신기하고 조금 우습기까지 했다. 하지만 나는 그를 점점 더 이해해가는 중이다. 게다가 어느 정도는 그의 의견에 동의한다. 전에는 부담스럽게 생각했던 이런 생활방식의 많은 부분이 이제 습관이 되었다. 요즘은 원폴게이트 스트리트에 들어오면 두 번 생각하지 않고 홀에서 신발을 벗는다. 양념은 그가 좋아하는 방식대로, 알파벳순으로 정리한다. 게다가 사용한 후 원래 자리에 되돌려놓아 버릇하면 정리가 전혀 번거롭게 느껴지지 않는다는 것도 알게 되었다. 셔츠와 바지를 갤 때는 이 주제에 대해 책을 몇 권이나 쓴 일본인 전문가의 깔끔한 방식을 따른다. 내가 욕실을 먼저 쓰면 혹시라도 수건이 바닥에 아무렇게나 떨어져 있기라도 할까봐 에드워드가 쉽게 잠이 들지 못한다는 사실을 알게 된 후에는, 샤워 후 항상 수건을 펼쳐놓고 다 마르면 다시 가서 치운다. 컵과 접시도 사용한 다음 바로바로 설거지를 하고 물기를 닦은 후 정리한다. 물건마다 집안에 정해진 자리가 있어서, 적당한 자리가 나지 않는 물건은 뭐든 불필요하다는 뜻이니 무조건 처분한다. 우리의 동거는 능률적이고 평온한 고요함에 도달했다. 다시 말해 그 일을 하는 것만으로도 마음의 안정을 얻을 수 있는 고요한 의식 같은 집안일의 연속이 되었다.

물론 그가 타협을 한 부분도 있다. 이 집에는 책장이 없어서, 하드커버를 침실에 쌓아두는 것 정도는 에드워드도 참아준다. 단 네 귀퉁이가 딱 맞고 비스듬하지 않아야 한다. 옷을 입던 에드워드가 슬슬 기울어지는 책의 탑을 보더니 눈살을 찌푸린다.

"너무 쌓았나요?"

"약간, 그래요."

나는 책만큼은 재활용 쓰레기로 차마 버릴 수가 없다. 하지만 헨던 하이스트리트에 있는 자선 가게라면 손때도 거의 없어 새것이

나 다름없는 이 책들을 기꺼이 받아줄 것이다.

에드워드는 재미로 책을 읽는 경우가 거의 없다. 한번은 이유를 물어보니 눈앞의 페이지에 찍힌 단어들이 대칭이 아닌 것과 관계가 있다고 대답했다.

"농담이에요? 당신 말이 농담인지 아닌지 도무지 모르겠어요."

"아마 십 퍼센트는 농담일걸요."

그는 스케치를 할 때 가끔 말을 하는데 소리 내어 생각을 하는 것에 더 가깝긴 하지만 내게는 그런 시간이 그 무엇보다 소중하다. 그는 억지로 자신의 과거를 말해야 하는 상황을 싫어하지만 대화를 하다가 그런 주제가 나오면 입을 닫아버리지는 않는다. 그의 어머니는 정리정돈을 잘 못하는 무질서한 사람이었다고 한다. 엄밀히 말해 알코올중독도 아니고 처방약에 중독된 것도 아니었다. 다른 아이라면 에드워드와 같은 어린 시절을 보내도 평범하게 자랐겠지만 예민함 혹은 어머니와 정반대 성향으로 인해 그는 다른 삶의 길을 걷게 되었다. 나도 내 부모와 가차없이 높았던 그들의 기준에 대해 들려준다. 더 노력하고, 더 잘하고, 더 많은 상을 타라고 회사 메일로 나를 호통치기만 하고 늘 주변 사람들에게 깊은 인상을 주려고 애쓰던 아버지 이야기도 한다. 그 결과 나를 평생 따라다니게 된 근면하고 성실한 습관들도 들려준다. 우리는 서로를 보완해주는 사람들인 것 같다고 결론을 내렸다. 평균만 되어도 행복해할 파트너로는 만족할 수 없는 사람들이라고.

마침내 그가 스케치를 완성하고 잠시 살펴보더니 찢어내지 않고 다음 페이지를 펼친다.

"오늘 그림은 남겨둘 만한가봐요?"

"당분간은요."

"에드워드……" 내가 그를 부른다.

"왜요?"

"어젯밤 우리가 잠자리에서 했던 것 중에 불편한 게 있어요."

그는 새 스케치의 선을 그으며 눈을 가늘게 뜨고 샤프펜슬 끄트 머리 위로 내 다리를 바라본다. "그때는 당신도 즐기는 것처럼 보 였는데." 그가 마침내 입을 연다.

"그 순간에는 아마도요. 하지만 지나고 나니…… 그런 종류의 변화가 일상이 되는 건 내키지 않아요. 그뿐이에요."

그가 다시 스케치를 시작한다. 샤프펜슬이 거침없이 종이 위를 가로지른다. "당신에게 쾌락을 주는 행위를 왜 거부하죠?"

"사람은 어떤 행위로 손에 넣을 수 있는 쾌락을 순간적으로 탐닉 하면서도 혐오할 수 있어요. 그게 옳지 않게 느껴진다면요. 당신이 라면 누구보다 이런 감정을 이해할 거라고 생각해요."

샤프의 촉이 지진이 없는 평온한 날 지진계의 바늘이 움직이듯 거침없이 부드럽게 앞뒤로 미끄러진다. "좀더 구체적으로 설명해 줘요, 제인."

"거친 행동들."

"계속해요."

"기본적으로 멍이 들 수 있는 행위요. 힘을 주거나 압박하거나 피부에 자국을 남기거나 머리를 잡아당기는 것. 이 이야기가 나왔 으니 말인데, 이건 알아두면 좋겠어요. 나는 정액은 먹고 싶지 않 고 항문섹스는 절대 하지 않아요."

샤프펜슬의 움직임이 멎는다. "내게 규칙을 만들어주는 거예요?"

"그렇게 생각할 수도 있겠네요, 네. 규칙이라기보다 한계라는 말이 더 정확하겠지만요. 물론 이것도 쌍방향이에요." 내가 덧붙인다. "내게 하고 싶은 말이 있다면 편하게 해줘요."

"당신이 정말 대단한 여성이라는 것 말고는 없어요." 그가 다시 스케치를 시작한다. "한쪽 귀가 다른 쪽보다 살짝 더 크지만."

"그 사람은 그런 행위에 동조했나요?"

"누구요?"

"에마." 위험한 주제라는 걸 알지만 어쩔 수 없다.

"동조하다라." 그는 내 말을 따라 한다. "흥미로운 표현이네요. 나는 이전 파트너들에 대해서는 왈가왈부하지 않아요, 알잖아요."

"그렇다면 긍정하는 걸로 알게요."

"당신이 받아들이고 싶은 대로 받아들이면 돼요. 그렇게 바닥을 발로 탁탁 치지만 않으면요."

예술사를 공부하던 시절, 팔림프세스트 수업을 들었다. 중세에는 양피지가 워낙 고가였기 때문에 양피지에 쓴 글이 더이상 필요 없어지면 그 글을 긁어내고 그 위에 새 글을 썼는데, 전에 쓴 글이 새로 쓴 글 아래로 희미하게 보였다. 후에 르네상스 화가들은 새 그림으로 덮어버린 실수나 수정을 일컬어 펜티멘토라고 했는데, 몇 년이, 심지어 몇 세기의 시간이 흐르면서 덧그린 그림의 물감이 얇아지면 원래 그렸던 그림과 새 그림이 동시에 보이게 된다.

나는 이 집─이곳에서의 우리 둘의 관계, 우리와 집의 관계, 우리 관계 자체─이 팔림프세스트나 펜티멘토 같아서 우리가 에마

매슈스 위에 아무리 덧칠을 해도 그녀가 돌아와 살금살금 돌아다
니는 느낌이 든다. 수수께끼 같은 미소를 띤 희미한 형상이 액자의
한구석으로 살금살금 사라지는 것이다.

오, 세상에.

돌바닥에는 유리잔이 떨어져 산산조각이 나 있다. 내 옷들은 갈기갈기 찢겨 있다. 침대에서 끌어내린 시트들은 방 한쪽에 뭉쳐져 있다. 내 허벅지에는 피가 묻어 있다. 어디에서 흘렀는지 모르겠다. 방 한구석에는 깨진 술병과 발에 짓밟힌 음식이 있다.

여기저기 아파서 무슨 일이 있었는지 생각하고 싶지도 않다.

우리는 지진이나 폭발 사고에서 살아남은 생존자처럼 서로를 바라본다. 지금껏 의식이 없다가 막 정신을 차린 사람들처럼.

그의 시선이 내 얼굴을 찾는다. 그는 질겁을 한 것 같다. 그가 말문을 연다. 에마, 난…… 목소리가 그대로 끊어진다. 내가 자제력을 잃었어요. 그가 차분하게 말한다.

괜찮아요, 내가 말한다. 다 괜찮아요. 나는 도망쳤다 잡혀온 말을 달래듯 몇 번이고 말한다.

우리는 침대가 뗏목이고, 난파선 잔해 속에서 상대를 찾아낸 것처럼 기진맥진해 서로를 꽉 움켜잡는다.

당신만 자제력을 잃은 건 아니에요. 내가 덧붙인다.

상황을 이렇게까지 만든 건 아주 사소한 일이었다. 에드워드와 함께 살기 시작한 후로 나는 집을 제대로 치우고 정리하려고 무진 애를 썼다. 하지만 그 노력이 때로는 그가 집에 오기 몇 분 전에 물건을 벽장에 쑤셔넣는 것을 의미할 때도 있었다. 그가 돌아와 서랍을 열었는데, 뭔가로 꽉 차 있는 게 보였다. 그게 뭐였는지 이제 기억도 나지 않는다. 아마 더러운 접시 같은 것들이었겠지. 나는 그것들을 곧장 치우는 대신, 그런 게 뭐가 중요하냐며 그를 침대로 이끌려 했다.

그러자…… 퍽.

그는 분노했다.

그리고 나는 최고의 섹스를 했다.

나는 그의 팔과 가슴 사이의 온기가 깃든 곳으로 기어들어가 좀 전에 그에게 소리쳤던 말을 반복한다.

좋아요, 대디*. 좋아요.

---

* Daddy. 나이 차가 많이 나는 남자와 젊은 여자의 이성관계에서 간혹 사용되는 비속어 호칭.

8. 주위에 지켜보는 사람들이 없어도 일을 제대로 하려고
   노력한다.

   그렇다 ○ ○ ○ ○ ○ 그렇지 않다

"이제 가야 해요."

"이렇게 빨리요?" 에드워드가 이곳에서 산 지 고작 몇 주밖에
되지 않았다. 우리는 함께 지내는 동안 즐거웠다. 나는 마음 깊이
알고 있는 그 사실을 에드워드가 나와 함께 풀었던 평가서의 결과
로도 확인했다. 그의 총점은 오십팔 점이다. 나는 그보다 조금 높
은 육십오 점이지만 처음 결과에 비하면 큰 발전이다.

"현장에 가봐야 해요. 도시계획국에서 까다롭게 나오고 있거든
요. 그 사람들은 우리가 그저 건물을 완성하려는 것도 아니고 사람
들이 내키는 대로 할 집을 만들어주려는 것도 아니라는 사실을 이
해하지 못하는 것 같아요. 이건 시멘트와 벽돌의 문제가 아니에요.
새로운 종류의 공동체를 구축하는 문제죠. 사람들이 권리와 동시
에 책임을 가지는 공동체 말이에요."

현장이란 에드워드의 회사가 콘월에 짓고 있는 에코타운을 말한

다. 에드워드는 자신의 일에 대해 말하는 법이 거의 없지만, 그가 가끔 한 이야기만으로도 뉴 오스텔이 커다란 골칫거리가 되었다는 사실은 짐작되었다. 단순히 프로젝트의 방대한 규모 때문이 아니라 그 과정에서 개발업자들이 그에게 강요하는 임시방편과 꼼수들 때문이다. 에드워드는 논란 덩어리인 개발 계획에 그의 명성이 가져다줄 광채 때문에 그에게 프로젝트를 의뢰했을 거라고 짐작하고 있다. 그리고 부지에 집을 더 많이 욱여넣고 규칙을 무효화하고 그 결과 더 많은 이윤을 올리기 위해 그에게 압력을 가하며 그를 비방하는 PR을 뒤에서 조종하는 장본인들이 바로 그 의뢰인들이라고 의심한다. 언론은 수도원처럼 단순하고 금욕적인 분위기의 주거 공동체 '몽크타운' 계획을 우스갯소리의 소재로 써먹을 정도다.

"내가 면접을 보러 간 날 당신이 그랬잖아요. 이런 생활이 어떤 것인지 사람들에게 설명해야 할 경우도 있다고요. 그런 게 도움이 된다면 나도 기꺼이 해볼게요."

"고마워요. 하지만 내게는 당신의 데이터가 있어요." 그가 서류 몇 장을 집어든다. "그런데, 제인. 하우스키퍼를 보니 당신이 에마 매슈스에 대한 정보를 검색했더군요."

"아. 한두 번 찾아봤을 거예요, 맞아요." 사실 과거를 들쑤시는 작업은 대부분 사무실에서 하고 집에서는 이웃의 와이파이를 사용한다. 하지만 늦은 밤 조심성을 잃고 원 폴게이트 스트리트의 인터넷에서 찾아본 적도 있다. "그게 문제인가요?"

"과거를 들쑤신들 아무 소용 없어요. 과거는 이미 지나갔어요. 그래서 과거인 거죠. 그냥 잊어요, 알겠죠?"

"당신이 원한다면."

"약속해줘요." 그의 음성은 온화하지만 눈빛은 엄하다.

"약속해요."

"고마워요." 그가 내 이마에 입을 맞춘다. "몇 주 걸릴 거예요. 어쩌면 좀더 걸릴지도 모르고요. 다녀오면 꼭 보상을 해줄게요."

나는 사무실에서 '엘리자베스 멍크퍼드'를 검색해 데스크톱 컴
퓨터에 사진을 저장한다. 그의 아내가 나와 꽤 닮았다는 사실이 그
리 놀랍지 않다. 남자들이 특정한 타입을 좋아하는 경우는 드물지
않다. 물론 여자들도 그렇다. 그녀와 내 경우에는, 외모가 아니라
성격이 닮은 것 같다.

사이먼은 일탈이었다. 이제야 알겠다. 내가 정말 끌리는 남자는
에드워드 같은 남자다. 알파맨.

나는 저장해둔 사진들을 요모조모 뜯어본다. 엘리자베스 멍크퍼
드의 머리가 나보다 짧다. 그래서인지 프랑스 남자아이 같은 느낌
이 난다.

나는 화장실에 가 거울 앞에 서서 한 손으로 앞머리를 뒤로 넘기
고 다른 한 손으로 나머지 머리를 뒷덜미 주위로 그러모아 보이지
않게 치워본다. 마음에 든다. 오드리 헵번 같기도 하다. 목걸이도

도드라져 보일 것이다.

에드워드가 이런 스타일을 좋아할지 생각하는 것만으로도 무릎이 후들거린다.

그가 이런 스타일을 싫어하면…… 화를 낸다면…… 적어도 그에게서 반응을 이끌어냈으니 됐다.

그가 정말 화를 내면 어쩌지? 머릿속에서 목소리가 속삭인다.

괜찮아요, 맘대로 하세요, 대디.

머리를 이쪽저쪽으로 돌려본다. 이런 헤어스타일을 하니 목선이 더 섬세하게 보여서 마음에 든다. 에드워드가 한 손으로 내 목을 감쌀 수 있다. 지난밤 생긴 그의 손자국들이 지금까지 남아 있다.

계속 거울을 보고 있는데 어맨다가 들어온다. 내게 미소를 짓지만 피곤하고 침울해 보인다. 나는 얼른 머리를 내린다. 괜찮아? 내가 말을 건다.

안 괜찮아. 그녀가 대답한다. 그리고 얼굴에 물을 끼얹는다. 남편과 같은 회사에 근무하면 말이지, 어맨다는 피곤한 듯 말한다. 모든 게 다 엉망인데, 어디로 도망칠 곳도 없어.

무슨 일이야?

아, 늘 똑같지 뭐. 여자를 만나고 다녔어. 또.

결국 울음이 터지자 그녀는 휴지걸이에서 휴지를 꺼내 눈가를 닦는다.

자기 입으로 실토했어?

들을 필요도 없어. 어맨다가 말한다. 우리가 처음 잤을 때 그 자식은 폴라와 부부 사이였어. 바람을 안 피울 리 없다는 사실을 그때 알았어야 했는데.

그녀는 거울을 보며 지워진 화장을 고친다. 그 사람, 사이먼하고 함께 클럽을 전전했어. 그녀가 말한다. 너는 벌써 알고 있었을 것 같지만. 너희가 헤어진 후로 솔은 독신자의 자유가 부러워서 안달이야. 재미있지 않니. 정말 웃겨, 정작 사이먼은 너와 합치려는 생각밖에 없는데.

그녀가 거울 속의 나와 시선을 맞춘다. 그럴 일은 없는 거지?

나는 고개를 끄덕인다.

안됐네. 사이먼은 너를 여신처럼 떠받드는데.

그게 바로 문제였어. 내가 말한다. 누가 나를 떠받드는 데 질렸어. 적어도 사이먼처럼 질척거리는 남자는 싫어. 솔은 어떻게 할 거야?

그녀는 의기소침해 어깨를 으쓱한다. 어쩌긴 뭘 어쩌겠어. 어쨌든 지금은 아니야. 깊게 사귀는 사람이 있는 것 같지는 않고. 여자가 몇 명 있었다고 해도 다 하룻밤 불장난이었을 거야. 아마도 아직 여자를 꼬실 수 있다고 사이먼에게 으스대고 싶은가봐.

사이먼이 다른 여자들과 자고 다닌다고 생각하자 갑자기 질투심이 솟는다. 하지만 얼른 그런 생각을 떨쳐낸다. 그 사람은 나와 맞지 않았어.

그런데 우리는 언제 에드워드를 만날 수 있어? 그녀가 묻는다. 그 사람이 네가 말한 그대로인지 보고 싶어서 죽겠어.

한동안은 안 돼. 그 사람 내일 출장 가거든. 콘월에서 대단한 프로젝트를 시작했어. 오늘이 우리의 마지막 밤이야.

특별한 계획이라도 있어?

아마도. 내가 대답한다. 그 말은 내가 머리를 자를 거라는 뜻이다.

에드워드가 여기에 없으니 평소와 다른 느낌이 나야 할 것 같다. 하지만 사실은 집이 그의 일부이므로 그가 집에 없을 때조차 그가 곁에 있는 느낌이다.

그래도 요리를 하는 동안 책을 내려놓았다가 다시 집어서 독서를 하며 음식을 먹을 수 있는 건 좋다. 식당 조리대에 과일 그릇을 올려두고 간간이 집어먹는 것도 좋다. 나 자신과 원 폴게이트 스트리트를 매분 매초 새것처럼 유지해야 할 필요에 구애받지 않고, 노브라에 셔츠만 입고 늘어져 있는 것도 좋다.

에드워드는 한번 써보라며 커틀러리 세 벌을 두고 갔다. 렌초 피아노가 디자인한 피아노 98과 안토니오 치테리오가 디자인한 치테리오 98, 루이지 카치아 도미니오니와 카스티글리오니 형제가 디자인한 카치아다. 이 집에서 쓸 물건을 고르는 데 나도 어떤 역할을 하는 것 같아 우쭐한 기분이 들지만 한편으로는 내 판단과 그의 판단이 일치하는지 알아보려는 일종의 테스트일지 모른다는 의심도 든다.

그런데 뭔가가 자꾸 신경을 자극하는 것 같다. 치우지 않고 내버려둔 찻숟가락이나 정확히 네 귀퉁이를 맞추지 않은 책의 탑을 에드워드가 무시하지 못하는 것처럼, 나의 단정하고 성실한 정신이 에마 매슈스의 죽음을 둘러싼 미스터리를 내버려두기를 거부한다.

나는 최선을 다해 호기심을 억누르고 있다. 어쨌든 약속을 했으니까. 하지만 마음속 삐걱거림은 점점 집요해진다. 그리고 그가 내게서 약속을 받아낼 때 간과한 부분이 있다. 이 특별한 미스터리는 우리가 친밀함에, 함께하는 평온한 삶의 완성에 도달하지 못하도록 방해하는 장애물이 될 것이라는 사실이다. 우리 머리 위로 이렇게 무시무시하고 엉망진창인 과거의 그림자가 드리워져 있는 판국에―게다가 나는 피아노의 무게감이 있고 관능적인 곡선이 가장 마음에 드는데―딱 맞는 포크를 고르는 일이 무슨 의미가 있겠는가.

이 집은 내가 진실을 알아내기를 원한다. 나는 그렇게 확신한다. 벽이 말을 할 수 있다면 원 폴게이트 스트리트는 이곳에서 무슨 일이 일어났는지 말해줄 것이다.

내 호기심을 만족시키자. 나는 이렇게 결심한다. 단 은밀하게. 그리고 이 혼령들을 영면에 들게 하면 다시는 깨우지 않을 것이다. 내가 알아낸 사실을 절대 그 사람에게 털어놓지 않을 것이다.

캐럴 윤선이 에드워드를 자기애적 소시오패스라고 묘사했으니, 제일 먼저 할 일은 이 표현의 의미를 알아보는 것일 테다. 심리학 사이트 몇 군데를 찾아보니 소시오패스의 특징은 이렇다.

겉으로는 매력적이다
자신에게 그럴 자격이 있다고 여긴다
병적으로 거짓말을 한다

성별을 불문하고

쉽게 지루해한다
남을 조종하려고 한다
무자비하다
정서적 다양성이 결여되어 있다

자기애적 성격장애를 가진 사람은

자신이 남보다 우월하다고 믿는다
뭐든 최고를 갖겠다고 고집한다
자기중심적이고 자화자찬을 한다
쉽게 사랑에 빠지고 맹목적일 정도로 상대를 떠받들다가 사랑에
빠질 때처럼 쉽게 결점을 찾아낸다

하나도 들어맞는 게 없는 것 같다. 물론 에드워드가 다른 사람들
과 다르긴 하지만 그건 우월감이 아니라 목적의식 때문이다. 그의
자신만만한 태도는 뽐내거나 관심을 끌기 위함이 아니다. 그가 거
짓말만 늘어놓는다고도 생각하지 않는다. 진실함이야말로 그에게

아주, 아주 중요한 덕목이다.

첫번째 목록은 그와 좀 비슷한 듯하지만, 여전히 딱 들어맞는 느낌은 아니다. 에드워드의 내성적인 면을, 다시 말해 쉽게 다가갈 수 없는 모습을 정서적 다양성이 결여된 증거로 볼 수는 있다. 하지만 그가 그런 사람이라고 생각되지는 않는다. 비록 짧은 기간이었지만 그와 살아보니 그보다는 뭐랄까……

적당한 단어를 떠올리기 위해 잠시 집중한다.

그는 폐쇄적이라는 말이 더 적당할 것이다. 과거에 입은 상처 때문에 스스로 장벽을 세운 뒤 자신이 만든 완벽하고 체계적인 세상에 틀어박혀버린 것이다.

어린 시절이 그에게 상처가 됐을까?

아내와 아이의 죽음이?

에마 매슈스의 죽음일 수도 있을까?

아니면 내가 전혀 짐작할 수 없는 어떤 일이 있었던 걸까?

이유가 뭐든 캐럴이 에드워드를 이렇게까지 오해했다는 사실이 의아하다. 역시, 에드워드를 직접 만난 적이 없기 때문일 것이다. 그녀가 판단을 내린 근거는 에마와의 상담이니까.

그렇다면 애초에 에마가 그를 완전히 잘못 봤다는 뜻이 된다. 아니면, 갑자기 드는 생각인데, 심리치료사가 오해하도록 에마가 교묘하게 유도했을지 모른다. 하지만 그녀가 왜 그런 짓을 하겠는가.

이 의문을 풀어줄 수 있는 사람이 한 명 있다. 문득 묘안이 떠오른다. 나는 휴대폰을 꺼내 전화번호를 검색한다.

"햄프스테드 부동산입니다." 커밀라가 대답한다.

"커밀라. 제인 캐번디시예요."

그녀가 나를 떠올리는 동안 전화기에서 침묵이 흐른다. "제인……
아, 네. 별일 없죠?"

"별일 없어요." 내가 대답한다. "다름이 아니라 여기 다락방에서
물건이 몇 가지 나왔는데, 에마 매슈스라는 사람의 물건 같아요.
혹시 이 집에 같이 이사를 왔던 사이먼 웨이크필드라는 남자와 연
락할 방법을 아세요?"

"아," 순간 커밀라의 목소리가 조심스러워진다. "에마의…… 사
고에 대해 알게 되셨군요. 사실 그 사고 후에 우리가 그 집을 넘겨
받았어요. 검시배심 후로 예전 중개인들과 연락은 끊어졌고요. 그
래서 그 이전의 세입자들에 대한 정보는 우리도 없어요."

"예전 중개인은 누구였어요?"

"호워스 앤드 스텁스의 마크 호워스였어요. 그 사람 번호를 문자
로 보내줄게요."

"고마워요." 그러다가 어떤 생각이 떠올라 말을 잇는다. "커밀
라…… 그쪽 중개소가 삼 년 전부터 원 폴게이트 스트리트의 중개
를 담당하게 되었다고 그랬잖아요. 그때부터 여기에 살았던 세입
자는 모두 몇 명이었어요?"

"당신 말고요? 두 명이었어요."

"그런데 집을 둘러보러 간 날 집이 거의 일 년째 비어 있다고 했
잖아요."

"그랬죠. 첫번째 세입자는 간호사였어요. 고작 두 주 살았죠. 두
번째 세입자는 삼 개월을 버텼고요. 어느 날 아침 사무실 문틈으로
한 달치 집세를 밀어넣었더라고요. 그 집에서 하루라도 더 살다가
는 미쳐버릴 거라고 쓴 편지와 함께요."

"두 사람 다 여자였고요?" 내가 천천히 묻는다.

"네. 왜요?"

"그 사람들 반응이 이상하다는 생각은 안 해봤나요?"

"별로요. 그런 집에 뭘 더 기대하겠어요. 하지만 당신은 잘 지낸다니 다행이에요." 그녀는 자신의 말을 내가 부정하도록 유인하려는 것처럼 말을 어정쩡하게 맺는다. 하지만 나는 아무 대꾸도 하지 않는다. "그럼 잘 지내요, 제인."

그가 내키지 않는다는 듯 석조 테이블 위에 스웨인 애드니 가방을 올려놓은 후, 우리는 함께 마지막 아침을 먹는다.

오래 걸리지 않을 거예요. 그가 말한다. 가능하면 하루나 이틀 후에 돌아올 거예요.

그는 텅 비어 있는 투명한 실내를 마지막으로 둘러본다. 당신 생각이 날 거예요. 그가 말한다. 그러더니 나를 가리킨다. 그렇게 입고. 이렇게, 이 집에서 살아야 하는 방식대로 사는.

나는 그의 흰색 꼼데가르송 셔츠와 검은색 사각팬티를 입은 채 토스트를 먹고 있다. 내 입으로 말하긴 그렇지만, 이런 것도 해보니 괜찮다. 미니멀하게 입고 미니멀하게 살기.

당신에게 살짝 집착하게 되었어요, 에마. 그가 불쑥 말한다.

겨우 살짝?

잠시 떨어져 있으면 우리에게 더 좋을 거예요.

왜요? 나한테 집착하고 싶지 않아요?

그의 시선이 내 목덜미로, 더 짧아져 섹스를 할 때는 양손으로 움켜쥐기도 힘들 것 같은 새 헤어스타일로 향한다.

내 집착은 결코 건전하지 않아요. 그가 조용히 말한다.

그가 떠난 후 나는 컴퓨터를 켠다.

수수께끼의 미스터 멍크퍼드를 더 자세하게 알아볼 시간이다.

사실, 지난밤 내 헤어스타일에 그가 반응하는 모습을 보다가 한 가지 계획이 떠올랐다. 내가 이렇게 대단한 생각을 해내다니 믿어지지 않을 정도다.

엘리스 씨? 내가 부른다. 톰 엘리스 씨?

내 목소리에 남자가 내 쪽을 돌아본다. 남자는 양복을 입고 노란색 안전모를 쓰고 있다. 그리고 마음에 들지 않는 듯 인상을 쓰고 있다.

여기는 건설 현장입니다. 그가 말한다. 여기에 들어오시면 안 됩니다.

저는 에마 매슈스라고 해요. 사무실에서 여기 계실 거라고 하더군요. 오래 걸리지 않을 거예요.

무슨 일이죠? 배리, 이따가 다시 얘기해. 그는 이야기를 하고 있던 남자에게 이른다. 배리라는 남자는 고개를 끄덕이고 반쯤 완성된 건물 중 하나로 되돌아간다.

에드워드 멍크퍼드에 대한 거예요.

그가 긴장한다. 그 친구는 왜요?

그의 아내에게 무슨 일이 있었는지 조사하는 중이에요. 내가 말한다. 있잖아요, 똑같은 일이 내게도 일어날 수 있다고 생각하거든요.

마침내 그가 관심을 보인다. 그는 나를 현장 근처에 있는 카페로 안내한다. 형광색 작업복을 입은 현장 인부들이 달걀프라이와 콩을 먹는 구식 싸구려 카페테리아다.

멍크퍼드 파트너십의 창립 멤버 네 명 중 마지막 한 명을 추적하기는 쉽지 않았다. 마침내 멍크퍼드 파트너십의 설립을 알리는 〈건축저널〉의 오래된 기사의 일부를 인터넷에서 찾아냈다. 흐릿한 흑백사진에는 풋풋한 얼굴의 대학 졸업생 네 명이 자신만만하게 앞을 바라보고 있었다. 그 당시에도 에드워드가 자연스레 그들을 이끄는 사람임이 분명해 보였다. 팔짱을 끼고 무표정한 얼굴을 한 그의 한쪽에는 엘리자베스가, 다른 쪽에는 지금보다 더 날씬하고 여전히 머리를 뒤로 묶은 데이비드 틸이 있었다. 톰 엘리스는 사진의 오른쪽에 있었는데, 세 명과 약간 떨어져서 유일하게 카메라를 보며 웃고 있었다.

그는 카운터에서 홍차 두 잔을 가져와 자신의 차에 설탕을 두 스푼 넣는다. 내가 알기로 그 사진을 찍은 지 십 년도 안 되었는데 그동안 외모가 꽤 변한 것 같다. 체구가 더 육중해지고 살집이 붙었고 머리숱도 줄었다.

나는 원래 에드워드 멍크퍼드에 대해서 이야기를 하지 않아요. 그가 말문을 연다. 사실 파트너십의 다른 사람들에 대해서도요.

알아요. 내가 대답한다. 인터넷에서는 특별한 정보를 찾을 수 없었어요. 그래서 엘리스 씨의 사무실로 전화를 드린 거예요. 솔직히 엘리스 씨가 타운 앤드 베일 컨스트럭션 같은 곳에서 일하시다니 의외네요.

톰 엘리스의 회사는 통근자들을 위해 쌍둥이 같은 주택을 짓는 대기업이다.

에드워드에게 교육을 잘 받았나보군요. 그가 심드렁하게 말한다.

그게 무슨 뜻이죠?

타운 앤드 베일은 가족을 꾸리고 싶은 사람들이 구입할 만한 주택을 공급합니다. 우리는 대중교통과 학교, 병원, 펍과 가까운 곳에 집을 짓지요. 그 집에는 아이들이 뛰어놀 수 있는 정원이 있고 난방비를 낮출 수 있도록 단열도 잘되어 있어요. 우리가 짓는 집들이 상을 타지는 못하겠지만 그곳에 사는 사람들은 행복할 겁니다. 그게 뭐가 문제죠?

그러니까 에드워드와는 견해가 달랐던 거군요? 내가 말한다. 그래서 파트너십 사를 떠나신 건가요?

톰 엘리스는 선뜻 대답하지 않더니 고개를 젓는다. 에드워드가 나를 쫓아냈어요. 그가 말한다.

어떻게요?

방법은 수도 없이 많죠. 내 제안에 사사건건 트집 잡기. 내 의견을 우스갯거리로 만들기. 엘리자베스가 살아 있을 때도 끔찍했지만, 안식 휴가에서 돌아와 그의 고삐를 잡아줄 그녀마저 없으니 괴물로 변했어요.

그는 상심에 잠겨 있었으니까요. 내가 말한다.

상심이라. 그가 반복한다. 그렇게 생각할 수도 있겠죠. 그게 에드워드 멍크퍼드가 주위에 퍼트린 가장 큰 신화죠, 아닌가요? 진정한 사랑을 잃고 미니멀리즘을 신봉하게 된 비운의 천재 건축가.

엘리스 씨는 그렇게 생각하지 않으시나요?

그렇지 않다는 걸 아는 거죠.

톰 엘리스는 이야기를 계속할지 말지 망설이는 것처럼 나를 뜯어본다. 에드워드는 우리가 내버려뒀다면 처음부터 황량한 작은 독방 같은 그 집들을 설계했을 거예요. 그가 마침내 입을 연다. 그에게 제동을 건 사람이 엘리자베스였죠. 그녀와 내가 서로 힘을 합치면 그를 어떻게든 막을 수 있었어요. 물론 데이비드 틸도 있었지만, 그 친구는 오로지 공학적인 면에만 관심이 있었죠. 하지만 엘리자베스와 나는…… 우리는 가까웠어요. 사물을 같은 시선으로 바라보았죠. 파트너십 사의 초기 디자인에는 그런 시선이 반영되어 있었어요.

가까웠다니, 무슨 뜻이죠?

꽤 가까웠어요. 그러니까 나는 그녀를 사랑했어요.

톰 엘리스가 나를 힐끔 본다.

당신은 엘리자베스를 꽤 닮았네요. 그 사실은 이미 알고 있겠죠.

내가 고개를 끄덕인다.

엘리자베스에게 내 감정을 말하지는 않았어요. 그가 말한다. 그러다 너무 늦었다 싶었을 때 비로소 털어놓았죠. 같은 직장에서 가깝게 붙어 일을 하니, 그녀의 감정이 나와 같지 않으면 힘들어질 것 같았거든요. 물론 에드워드는 그런 상황에 신경도 쓰지 않았지만요.

에드워드가 그녀를 원했다면 그렇다고 말했을 거예요. 내가 말한다.

그가 엘리자베스를 사랑한 척했다면 그건 오로지 내게서 그녀를 떼어놓기 위해서였어요. 톰 엘리스가 딱 잘라 말한다. 결국 권력과 통제력의 문제였으니까요. 에드워드는 늘 그러죠. 그녀가 자신을 사랑하게 만들어서 그는 자기편을 얻고 나는 잃었어요.

내가 인상을 쓴다. 이게 다 건축물 때문이라는 말이에요? 에드워드가 멍크퍼드 파트너십에서 자기가 원하는 집을 지으려고 엘리자베스와 결혼했다고요?

미친 소리처럼 들리는 거 잘 압니다. 톰 엘리스가 말한다. 하지만 어떤 면에서 에드워드 멍크퍼드는 제정신이 아니에요.

아무도 그렇게 무자비하지 않아요.

그가 허탈하게 웃는다. 당신은 그 반도 몰라요.

하지만 파트너십 사가 처음으로 지은 주택, 원 폴게이트 스트리트는 원래 지금과 꽤 달랐다면서요. 내가 반박한다.

그래요. 하지만 그건 엘리자베스가 임신을 했기 때문이었어요. 임신은 에드워드의 계획에 전혀 들어 있지 않았죠. 갑자기 그녀는 침실 두 개와 정원이 있는 주택을 원하게 되었어요. 뻥 뚫린 실내 대신, 문을 달아 사생활을 보호할 방을 만들고 싶었던 거예요. 두 사람은 그 문제를 놓고 말다툼을 했어요. 세상에, 그 언쟁이 얼마나 무시무시했던지! 엘리자베스와 만나보면 친절하고 사랑스러운 사람이라는 인상을 받겠지만, 그녀는 그녀대로 에드워드만큼 고집이 셌어요. 특별한 여자였죠.

그가 망설인다.

어느 날 밤, 맥스가 태어나기 얼마 전이었을 때, 그녀가 사무실에서 우는 걸 봤어요. 에드워드가 있는 집으로 도저히 못 가겠다고 하더군요. 함께 있으면 행복할 수 없다고요. 그 사람은 아무리 사소한 것도 양보하려고 하지 않아, 그녀가 말했어요.

톰 엘리스의 눈이 보이지 않는 것을 보는 것처럼 내게서 멀어져 간다. 나는 그녀를 안았어요. 그가 말한다. 그리고 입을 맞췄죠. 그녀는 나를 밀어냈어요. 그녀는 부끄러운 짓은 조금도 하지 않았어요. 에드워드의 눈을 속이는 짓 따위는 하지 않았죠. 하지만 마음을 정했다고 하더군요.

그를 떠날지 말지 말인가요?

그가 어깨를 으쓱한다. 다음날 그녀는 내게 지난밤 일은 잊어달라고 했어요. 호르몬 때문인지 정서적으로 불안정했다면서요. 에드워드가 함께 지내기 힘든 사람이기는 해도 결혼생활을 지키기 위해 노력해보겠다고 하더군요. 그녀는 간신히 에드워드를 설득해서 어느 정도 타협을 했을 거예요. 최종 설계안은 정말 훌륭했거든요. 아니, 훌륭한 정도가 아니었어요. 그 집은 눈부셨어요. 그 설계대로라면 가용공간을 완벽하게 활용할 수 있었어요. 그 집으로 건축상을 타지는 못했을 거예요. 파트너십을 세계적인 설계 사무소로 만들어주지도 않았겠죠. 안락하고 공간을 세심하게 계획한 건축물은 결코 그런 영예를 얻지 못해요. 하지만 세 식구는 그 집에서 행복했을 거예요.

그가 숨을 고른다. 그런데 에드워드에겐 다른 계획이 있었어요.

어떤 식으로요?

그녀가 어떻게 죽었는지 알아요? 그가 나직하게 묻는다.

나는 고개를 젓는다.

엘리자베스와 맥스는 주차되어 있던 굴착기가 두 사람 근처에 쌓여 있던 콘크리트블록 더미를 덮치는 바람에 죽었어요. 검시배심에서는 그 블록들이 제대로 적재되지 않아 불안정한 상태였을 거라고 하더군요. 게다가 굴착기가 핸드브레이크를 걸지 않은 채 경사로에 주차되어 있었을지도 모른다고 했고요. 나는 현장의 작업감독과 이야기를 해봤어요. 그 사람은 블록이 안전하게 쌓여 있었고 자신이 금요일 오후에 굴착기를 세워둘 때만 해도 확실하게 주차했다고 말했어요. 사고는 이튿날 일어났죠.

그때 에드워드는 어디에 있었죠?

현장 반대편에서 진척 상황을 점검중이었어요. 어쨌든 검시배심에서는 그렇게 증언했어요.

그러면 그 작업감독은요? 그 사람은 증언을 했나요?

그 사람의 증언은 신뢰를 얻지 못했어요. 현장에서 잠을 자는 노숙자들이 굴착기에 들어갔을 수도 있다고 증언했거든요. 에드워드는 아직도 그 사람을 고용하고 있어요.

그 사람의 이름을 기억하시나요?

와츠 앤드 선스의 존 와츠예요. 가족 기업이죠.

지금 들려주신 이야기를 정리해보죠. 내가 말한다. 엘리스 씨는 에드워드가 겨우 원하는 집을 짓는 데 방해가 된다는 이유로 가족을 죽였다고 믿으시는군요.

나는 톰 엘리스가 미친 것 같고, 그의 생각이 너무나 터무니없어서 믿을 수 없다는 기색을 숨기지 않는다. 하지만 그의 말도 일리가 있다. 에드워드라면 마음먹은 대로 하기 위해 무슨 짓이라도 할 사람이라는 사실을 내가 잘 아니 말이다.

당신은 겨우라고 말하는군요. 그가 단호하게 말한다. 에드워드 멍크퍼드에게 겨우라는 건 없어요. 원하는 것을 자신의 방식으로 손에 넣는 것보다 더 중요한 일은 그에게 없죠. 음, 나는 그가 엘리자베스를 사랑했다는 사실을 의심하지는 않아요. 자기 방식대로 그녀를 사랑했겠죠. 하지만 그가 엘리자베스를 염려하고 애정을 기울였다고 생각하지는 않아요. 내 말이 무슨 뜻인지 당신이 이해한다면요. 성격이 너무 포악해서 배아들이 자궁 속에서 서로 잡아먹는 상어가 있다는 걸 알아요? 그 상어들은 이빨이 나자마자 가장 센 놈이 남을 때까지 서로를 잡아먹어요. 그래서 맨 마지막까지 살아남은 놈이 태어나죠. 에드워드가 바로 그런 상어예요. 그도 어쩔 수가 없는 거예요. 그에게 맞서면 그에게 파괴될 뿐이죠.

이런 이야기를 경찰에도 하셨나요?

톰 엘리스의 눈빛에 두려움이 서린다. 아뇨. 그가 털어놓는다.

왜요?

검시배심 후 에드워드는 사라졌어요. 나중에 그가 일본에 있다는 소식을 들었죠. 그곳에서 건축가로 일하지 않고 이런저런 일을 하며 생계를 유지했어요. 데이비드와 나는 그를 다시는 못 볼 줄 알았어요.

하지만 그가 돌아왔군요. 내가 지적한다.

결국, 그랬죠. 어느 날 그가 아무 일도 없던 것처럼 사무실로 뚜벅뚜벅 걸어들어오더니 이제부터 파트너십 사는 새로운 방향으로 나아갈 거라고 선언하더군요. 영리하게도 그는 시각적 단순함과 신기술을 융합한다는 말로 데이비드를 꼬드기더니 그런 미래에 내가 방해가 된다고 설득했어요. 엘리자베스를 자신과 맞서게 만든 나에 대한 복수였던 거죠.

그러니까 그 사람이 없는 동안, 당신은 회사가 온전히 당신의 것이 될 줄 알고 아무런 분란도 일으키지 않았다는 거네요. 내가 말한다. 그래서 입을 다물었던 거예요.

톰 엘리스는 어깨를 으쓱한다. 그렇게 해석할 수도 있겠네요.

당신이 에드워드의 재능에 무임승차를 하려고 했던 것처럼 들리는데요.

마음대로 생각하세요. 나는 당신이 겁이 난다기에 이런 이야기를 할 마음이 생긴 거예요.

나는 겁이 난다고 한 적 없어요. 그 사람이 어떤 사람인지 궁금할 뿐이죠. 그게 다예요.

세상에. 당신, 그를 사랑하고 있군요, 그렇죠? 톰 엘리스는 나를 쏘아보며 불쾌한 듯 말한다. 그가 어떻게 하는지 모르겠어요, 어떻게 당신 같은 여자들을 매료시키는지. 그가 자신의 아내와 아이를 죽였다는 말을 듣는 순간조차 당신은 혐오감을 드러내지 않는군요. 오히려 그 이야기에 흥분하는 것 같아요. 그가 무슨 대단한 천재라도 되는 양 생각하고 말이죠. 그 사람은 그냥 자궁 속 상어일 뿐이에요.

사이먼 웨이크필드를 찾아내는 일에 꽤 품이 든다. 나는 커밀라 이전에 원 폴게이트 스트리트를 담당했다는 중개인인 마크와 간신히 연락이 되었다. 하지만 그도 에마의 전 남자친구의 연락처는 몰랐다.

"어쨌든 그 사람과 연락이 되면요." 그가 말한다. "내 안부를 전해주세요. 그런 일을 겪었으니 힘들었을 거예요."

"에마의 죽음 말이죠?"

"그것도 그렇고요. 그전에 강도를 당한 일도 있고요."

"강도를 당했어요? 그건 몰랐네요."

"그래서 두 사람이 원 폴게이트 스트리트를 원했던 거예요. 안전 문제 때문에요." 그가 잠시 숨을 돌린다. "하필 안전 때문이라고 하니 아이러니하죠. 하지만 사이먼은 에마를 위해서라면 무슨 일이든 했을 거예요. 그는 그 집에서 사는 걸 별로 좋아하지 않았어요. 하지만 에마가 좋다니까 결정이 난 거나 다름없었죠. 그가 에마에게 폭력을 휘두른 흔적을 본 적이 있는지 경찰이 묻더군요. 나는 절대 그럴 리 없다고 했어요. 사이먼은 그 여자를 흠모했으니까요."

그의 말이 언뜻 이해가 되지 않는다. "잠깐만요. 경찰은 사이먼이 에마를 죽였을지도 모른다고 생각했나요?"

"음, 그렇게 노골적으로 말하지는 않았어요. 에마가 죽은 후에 경찰과 몇 번 연락할 일이 있었거든요. 법의학팀을 집에 들여보내주거나 이래저래 처리할 일들이 있었으니까요. 덕분에 경찰이 꽤 철저하게 조사를 한다는 사실을 알게 되었죠. 담당 형사가 사이먼에 대해 물어봤어요. 사이먼이 폭력을 휘둘렀다고 에마가 신고를 한 적이 있었나봐요." 그가 갑자기 목소리를 낮춘다. "솔직히 말해서 에마는 별로 신뢰가 가지 않는 여자였어요. 내 말이 무슨 뜻인지 아실지 모르겠지만, 모든 게 그녀 중심이었어요. 드라마 주인공이라도 되는 것처럼 구는 구석이 있었죠. 사이먼은 매사에 발언권이 별로 없는 것 같았어요."

마크는 사이먼의 개인 연락처는 몰랐지만 직장은 기억하고 있었다. 직장을 알면 링크드인에서 그의 정보를 찾아볼 수 있다. 그가 일했던 잡지사는 지금 문을 닫았고 다른 프리랜서들처럼 그도 자신의 이력과 자기소개서를 공개해두었다. 그렇게까지 해서 그를 찾아냈지만 선뜻 연락할 생각이 들지 않는다. 그가 원 폴게이트 스트리트의 문 앞에 에마를 추모하는 꽃을 두고 갈 마음이 들 수도 있다고 생각한다. 하지만 방금 마크의 말에 따르면 사이먼은 살인 용의자이기도 했다. 무슨 일이 있었는지 요령껏 알아내려면 어떻게 질문하는 게 좋을까?

조심스럽게 행동하자. 나는 그렇게 다짐한다. 그리고 어떤 식으로든 그에게 압박이나 위협으로 느끼게 하지 말자고 다짐한다. 일단 그가 추모를 위해 둔 꽃을 내가 가져갔으니 보상을 해주겠다는 식으로 그에게 접근해야 할 것 같다.

나는 잠시 만나서 이야기를 나눌 수 있는지 건조하게 묻는 메일을 한 통 보낸다. 몇 분 만에 답장이 도착해 열어보니 헨던에 있는 코스타 커피에서 만나자고 한다.

일찍 도착했는데, 그도 이미 나와 있다. 그의 옷차림은 원 폴게이트 스트리트 앞에서 만났을 때와 크게 다르지 않다. 폴로셔츠에 면바지를 입고 유행하는 신을 신고 있다. 런던의 미디어 분야 종사자들의 유니폼 같은 복장이다. 첫눈에 그는 유쾌하고 서글서글해 보였지만, 막상 내 앞에 앉은 그의 눈빛에는 난처한 상황을 짐작한 듯 복잡한 심경이 드러나 있다.

"마침내 궁금해졌군요." 각자 자기소개를 끝내자마자 그가 불쑥 말한다. "놀랄 일도 아니죠."

"혼란스럽다고 하는 편이 더 정확하겠네요. 내가 이야기를 나눈 사람마다 에마의 죽음에 대해 의견이 다른 것 같아요. 예를 들어 그녀의 심리치료사가 있죠. 그녀는 에마가 우울증 때문에 자살을 했다고 생각해요." 나는 곧장 본론으로 들어가기로 한다. "그리고 당시 에마가 했던 주장 때문에 경찰이 당신을 신문했다는 이야기도 들었어요. 그건 어떻게 된 일이었어요?"

"나도 몰라요. 솔직히 에마가 왜 그런 말을 했는지, 심지어 정말 그런 말을 했는지도 모르겠어요. 나는 결단코 그녀를 때리지 않았어요." 그는 내 눈을 똑바로 바라보며 단어 하나하나를 힘주어 말한다. "나는 에마가 밟은 땅조차 숭배했어요."

그와 만나기 전만 해도 이 남자가 하는 말을 액면 그대로 받아들이지 말고 신중하자고 다짐을 했건만, 어쩐지 그의 말에 믿음이 간다. "그녀에 대해 말해줘요." 내가 부탁한다.

사이먼이 천천히 숨을 뱉는다. "사랑하는 사람에 대해 무슨 말을 할 수 있겠어요? 그녀를 가졌으니 나는 행운아였어요. 언제나 그 사실을 알고 있었죠. 그녀는 사립 여학교를 다녔고 번듯한 대학을 나왔어요. 그리고 아름다웠죠. 정말 아름다웠어요. 그녀는 걸핏하면 모델 에이전시에서 스카우트 제의를 받았어요." 그가 살짝 멋쩍은 표정으로 나를 힐끔 본다. "그런데 당신은 에마와 꽤 닮았네요."

"그런 말 들었어요."

"하지만 당신에게는 없어요. 그녀의……" 그는 인상을 구기며 적당한 표현을 찾는다. 그런 모습에서 그가 점잖고 눈치 있게 행동하려고 애쓰는 기색이 느껴진다. "그녀의 활기랄까요. 사실 그 생기 때문에 그녀에게는 항상 문제가 따라다녔어요. 그녀가 워낙 상냥했기 때문에 남자들은 그녀에게 접근해도 거절당하지 않으리라고 생각했어요. 경찰에게도 말했어요. 혹시라도 내가 물리적으로 위협이 될지 모른다고 에마가 느낀 적이 있다면, 머저리들이 그녀를 내버려두려고 하지 않았을 때였을 거예요. 그런 때면 에마는 내게 눈짓을 했죠. 상황에 개입해서 남자에게 물러나라고 말해달라는 신호였어요."

"그런데 왜 그녀는 당신이 자신을 때렸다고 말했을까요?"

"정말 모르겠어요. 그때 나는 경찰이 나를 떠보는 건 줄 알았어요. 자신들이 아는 사실을 부풀려서 허세를 부리는 수작인 줄 알았죠. 경찰은 내게 사과하고 나를 금방 풀어줬어요. 이 말을 하지 않으면 경찰이 섭섭해하겠죠. 경찰도 울며 겨자 먹기로 그랬던 것 같아요. 살인은 대개 피해자와 가까운 사람들이 저지르잖아요, 그렇죠? 그래서 경찰도 당연히 헤어진 남자친구를 잡은 거겠죠." 그는 잠시 입을 다문다. "엉뚱한 남자친구를 잡았지만요. 나는 경찰에서 조사할 사람은 내가 아니라 에드워드 멍크퍼드라고 계속 주장했어요."

에드워드의 이름을 듣는 순간 머리가 쭈뼛 서는 것 같다. "그건 왜죠?"

"정말 편리하게도 멍크퍼드는 에마가 죽은 후로 런던에 있지 않을 때가 많았죠. 어디 다른 지역에서 큰 프로젝트를 진행했거든요. 하지만 에마를 죽인 사람이 그가 아니라니 절대 인정할 수 없어요."

"에드워드는 왜 에마를 죽이려고 했을까요?"

"그녀가 헤어지려고 했기 때문이죠." 그는 눈빛을 형형하게 빛내며 앞으로 몸을 숙인다. "그녀가 죽기 일주일쯤 전, 끔찍한 실수를 저질렀다는 말을 내게 했어요. 에드워드는 사람을 조종하는 나쁜 자식에다 통제광에 불과하다고 하더군요. 그녀가 말하기를, 사실 그녀가 소지품을 가지는 걸 그가 얼마나 증오했는지 생각하면 정말 아이러니한데, 그가 에마를 장식품처럼 취급한다고 했어요. 그 집을 예쁘게 만들어줄 또하나의 장식품 말이에요. 그는 에마가 스스로 생각을 하거나 독립적인 행동을 하는 걸 못 견뎌했어요."

"하지만 스스로 생각을 한다는 이유만으로 살인을 하는 사람은 없어요."

"에마는 시간이 흐르면서 그 사람이 완전히 변했다고 했어요. 그녀가 끝내자고 하자 그는 미치기 일보직전이 되었죠."

미쳐버린 에드워드를 머릿속으로 그려본다. 하긴 나도 초자연적일 정도로 평온한 그의 감정 밑에서 부글거리는 열정을, 고삐를 단단히 매어놓은 격정을 몇 번이나 감지했다. 이를테면 생선장수에게 화를 낸 일 같은 것. 하지만 그 분노는 금세 사라졌다. 나는 사이먼이 묘사한 상황이 머릿속에 그려지지 않는다.

"그리고 또다른 일도 있어요." 사이먼이 계속 이야기한다. "그가 에마의 죽음을 바랐을 또다른 동기일지 모르는 일이요."

나는 다시 그에게 집중한다. "어서 들려줘요."

"에마는 그가 아내와 아들을 죽였다는 사실을 알아냈어요."

"뭐라고요!" 그의 말에 나는 머리가 멍해진다. "어떻게요?"

"그의 아내가 그에게 맞서기 시작했어요. 원 폴게이트 스트리트의 설계를 바꾸자고 했죠. 또다시 이야기는 저항과 독립심으로 돌아가죠. 무슨 이유인지 몰라도 에드워드 멍크퍼드는 병적으로 이런 일에 잘 대처를 못해요."

"경찰에 그 이야기를 했나요?"

"당연하죠. 하지만 증거 불충분으로 수사를 재개할 방도가 없다더군요. 경찰은 나더러 에마의 검시배심에서 이런 주장을 하지 말라고 했어요. 그랬다가는 명예훼손이 된다고요. 다시 말해서 이 가능성을 무시하기로 한 거죠." 그가 손가락으로 자신의 머리를 쓸어넘긴다. "그후로 내가 직접 이 사건을 파헤쳤어요. 모을 수 있는 증거는 다 끌어모았죠. 하지만 공권력 같은 힘이 없으면 기자 신분으로도 증거를 찾아내기가 쉽지 않아요."

잠깐이지만 사이먼에 대한 동정심이 파도처럼 밀려온다. 황공

할 만한 수준의 여자를 사귄다며 자신의 행운을 의심할 정도로 한 없이 선량하고, 건전하고, 재미없는 청년. 그러다가 예상하지 못한 상황이 연속으로 벌어지고 느닷없이 여자친구는 그와 에드워드 멍 크퍼드를 두고 저울질을 하게 되었다. 도저히 경쟁이 안 되는 상황 이 아닌가. 그가 과거에서 단 한 걸음도 나아가지 못하는 것도 놀 랄 일이 아니다. 그녀의 죽음에 숨겨진 음모나 비밀이 있을 거라고 믿을 수밖에 없는 그의 심경도 전혀 놀랍지 않다.

"에마가 죽지만 않았어도 우리는 재결합했을 거예요." 그가 덧 붙인다. "나는 그랬을 거라 추호도 의심하지 않아요. 우리가 헤어 졌을 때 상황은 아름답지 않았어요. 그때 에마가 내게 무슨 서류에 서명해달라고 했어요. 그 집에 가서 어떻게든 그녀를 되찾으려고 했지만 조금 취했던데다가 그 문제를 제대로 처리하지도 못했죠. 그때도 이미 멍크퍼드를 질투했던 것 같아요. 나는 그녀와 화해를 하려면 할일이 많다는 사실을 깨달았어요. 일단은 그녀에게 그 끔 찍한 집에서 나오라고 설득을 해야 했어요. 마침내 그녀가 동의했 죠, 이론상으로는요. 임대계약에 계약불이행시 벌금을 내야 하는 문제가 있었거든요. 그녀가 그 집을 떠날 수만 있었다면 분명 지금 까지 살아 있을 거예요."

"그 집은 끔찍한 곳이 아니에요. 에마를 잃은 건 유감이지만 그 책임을 원 폴게이트 스트리트에 물을 수는 없어요."

"언젠가는 내가 옳았다고 인정할 날이 올 거예요." 사이먼이 나 를 똑바로 바라본다. "그 사람, 아직 당신에게 수작을 걸지 않았나 요?"

"그게 무슨 말이죠?" 내가 따진다.

"멍크퍼드 말이에요. 조만간 당신한테 집적거릴 거예요. 아직 그러지 않았다면요. 그런 후에 당신도 세뇌할 거예요. 그게 그 사람 수법이거든요."

그때 떠오른 생각—우리가 연인이라는 사실을 내가 인정한다면, 여자들은 다 에드워드에게 넘어간다는 사이먼의 믿음을 그대로 확인해주게 된다—에 이런 질문을 한다. "왜 내가 그의 제안을 받아들일 거라고 생각하죠?"

그가 고개를 끄덕인다. "좋아요. 에마의 죽음에 대해 들려줘서 그 개자식의 마수로부터 한 사람을 구할 수 있다면 그럴 만한 가치가 있을 거예요."

카페는 손님들로 꽉 차 있다. 옆 테이블에 앉은 남자가 소시지와 양파를 넣은 토스트를 먹고 있다. 눅눅한 싸구려 도우의 톡 쏘는 악취와 너무 익힌 양파 냄새가 우리 쪽으로 흘러온다.

"세상에, 저 샌드위치 냄새 지독하네요." 내가 말한다.

사이먼이 인상을 쓴다. "나는 아무 냄새도 안 나는데요. 그나저나 이제 어떻게 할 건가요?"

"혹시 에마가 과장했을 가능성이 있다는 생각은 해보지 않았나요? 에드워드 멍크퍼드에 대해 에마가 당신에게 털어놓은 이상한 불만도 그렇고 당신에 대해 경찰에 한 이상한 신고도 아귀가 맞지 않는 것 같아요." 나는 잠시 망설인다. "내가 이야기해본 어떤 사람은 에마가 사람들의 관심을 즐겼다고 했어요. 없는 일까지 꾸며내면서요."

그가 고개를 가로젓는다. "에마가 자신을 특별하다고 느끼고 싶어한 건 사실이에요. 하지만 그녀는 정말 특별했어요. 그래서 그녀가 원 폴게이트 스트리트를 좋아했을 거예요. 단순히 안전 문제 때문이 아니라 그곳이 다른 곳과 달랐기 때문에요. 하지만 그녀를 말을 지어내는 사람으로 생각하다니…… 그건 절대 아니에요." 그의 말투에서 짜증이 느껴진다.

"알았어요." 내가 말한다. "내 말은 그냥 잊어요."

"여기 좀 앉아도 될까요?" 서브마린 샌드위치*를 든 여자가 우리 옆의 빈 의자를 가리킨다. 사이먼은 어쩔 수 없이 고개를 끄덕인다. 그는 에마에 대한 이야기라면 하루종일이라도 할 것 같다. 여자가 빈 의자에 앉자마자 튀긴 버섯의 역한 냄새가 훅하고 풍긴다. 물에 젖은 개 혹은 더러운 침구 냄새 같다.

"여기 음식은 정말 형편없네요." 내가 목소리를 낮춰 말한다. "이런 걸 다들 어떻게 먹는지 모르겠어요."

내 말에 사이먼이 짜증스러운 표정을 짓는다. "좀더 부자 동네에서 약속을 잡을 걸 그랬네요. 그쪽이 더 당신 취향에 맞았겠어요."

"그런 게 아니에요." 나는 사이먼 웨이크필드가 쉽게 발끈하는 구석이 있다는 사실을 잘 기억해둔다. "평소에는 코스타에 자주 와요. 오늘 따라 음식 냄새가 유난히 강해서 그래요."

"나는 아무렇지도 않아요."

욕지기가 치밀어오르자 나는 어떻게든 신선한 공기를 마시고 싶어 얼른 일어난다. "음, 이렇게 만나줘서 고마워요, 사이먼."

그도 일어선다. "뭘요. 여기 제 명함이에요. 혹시 뭔가 알아내면 연락주시겠어요? 그쪽 번호도 알려주세요. 만약의 경우라는 게 있

---

* 속에 다양한 재료를 넣은 대형 샌드위치.

으니까."

"만약의 경우라뇨?"

"내가 마침내 에드워드 멍크퍼드가 살인자라는 증거를 손에 넣었을 경우죠." 그가 차분하게 말한다. "그렇게만 되면 알려드리고 싶어요."

원 폴게이트 스트리트로 돌아온 후 나는 욕실로 들어가 거울 앞에서 옷을 벗는다. 가슴을 만져보니 부풀어올랐고 통증이 느껴진다. 젖꼭지가 눈에 띄게 짙어졌고 유륜 주위로 소름처럼 작은 돌기들이 살짝 솟아 있다.

월경은 일주일이나 남았기 때문에 검사도 믿을 수 없다. 하지만 그런 건 필요 없다. 냄새에 유난히 예민해진 점과 메스꺼움, 색이 짙어진 젖꼭지, 언젠가 조산사가 몽고메리 결절이라고 가르쳐준 작은 돌기들…… 지난번 임신을 했을 때 내 몸에 일어난 변화와 정확히 일치한다.

9. 일이 계획대로 진행되지 않으면 화가 난다.

그렇다 ○ ○ ○ ○ ○ 그렇지 않다

오랜만에 얼굴 보네요, 에마. 캐럴이 말한다.

네, 그동안 바빴어요. 나는 그녀의 소파 위로 다리를 올리며 말한다.

지난번 만났을 때, 얼마 전 사이먼에게 같이 살던 집에서 나가달라고 했다고 말했죠. 그리고 우리는 성적 트라우마의 생존자들이 때로는 큰 변화를 회복 과정의 일부로 생각하기도 한다는 이야기를 나눴고요. 그런 변화들이 당신에게 어떻게 작용했나요?

물론 이 질문은 사이먼에 대한 생각을 바꾸었나요, 라는 뜻이다. 그녀가 자신의 직업은 판단을 내리거나 우리의 상담을 특정한 결론으로 유도하는 것이 아니라고 장담하면서도, 종종 정반대로 행동한다는 걸 나는 알고 있다.

음, 내가 말한다. 새로 만나는 사람이 있어요.

잠시 이어지는 침묵. 그 관계는 잘되어가요?

그 집, 원 폴게이트 스트리트를 설계한 남자와 사귀는 중이에요. 솔직히 그 사람은 사이먼과 헤어진 후 만난 상쾌한 공기 같아요.

캐럴이 눈썹을 올린다. 왜 그렇다고 생각해요?

사이먼은 애죠. 하지만 에드워드는 남자예요.

그렇다면 사이먼과 겪었던 성적인 문제를 하나도 겪지 않았나요?

내가 미소를 짓는다. 꼭 그런 건 아니에요.

잠시 숨을 고른 후 내가 덧붙인다. 오늘 이야기를 나눠보고 싶은 게 있어요. 좀 특이한 주제라서요.

이야기해봐요. 그녀가 말한다.

나도 모르게 우물쭈물했는지 그녀가 이렇게 덧붙인다. 당신이 무슨 주제를 꺼내건 내가 못 들어본 건 없을 거예요, 에마.

아무래도 정신적으로 압도당한 게 아닌가 하는 생각이 들어요. 내가 말한다.

그렇군요. 그녀가 조심스럽게 반응한다. 그리고 그런 상황에서 흥분을 느끼고요?

아마도요, 네.

한편으로는 마음이 불편하고요?

요즘 든 생각인데…… 이상해요. 그런 일을 겪고 나면 정반대로 느껴야 정상 아닌가요?

음, 우선 말해두고 싶은 건, 이래야 한다거나 이러면 안 된다거나 하는 건 없어요. 캐럴이 이야기를 시작한다. 그리고 사실 그런 상황이 그렇게 드문 것도 아니에요. 일반인들을 대상으로 한 조사에서 여성의 삼분의 일가량이 권력 전이가 개입된 판타지를 자주 꿈꾼다고 하니까요.

거기에 육체적인 면도 있어요. 캐럴이 덧붙인다. 때로 흥분 전이라고 부르는 것이요. 성적인 상황에서 솟아난 아드레날린을 한번 경험하면 사람의 뇌는 무의식적으로 그때의 감각을 더 추구하게 되죠. 요는, 수치스럽게 생각할 일이 전혀 아니라는 거예요. 실제 생활에서도 그런 상황을 즐긴다는 뜻이 아니에요. 결코 그렇지 않죠.

나는 수치스럽지 않아요. 내가 밝힌다. 그리고 실제 생활에서도 즐기고 있어요.

캐럴이 눈을 깜박인다. 그런 환상을 실행에 옮겼다는 건가요?

나는 고개를 끄덕인다.

에드워드와?

다시 끄덕인다.

그 부분을 내게 이야기하고 싶은가요?

캐럴은 무비판적으로 이야기를 듣는다지만, 내 고백에 너무 불편한 기색을 드러내니 이야기를 살짝 윤색해서 그녀를 조금 골려주고 싶다.

재미있게도 말이죠, 내가 단언하듯 말한다. 어째서인지 그를 화나게 할수록 내가 더 강해지는 것 같아요.

오늘은 평소보다 더 적극적이네요, 에마. 당신의 선택에 더 확신을 하고 있고요. 내가 묻고 싶은 건, 이것이 지금 현재 당신에게 건강한 선택이냐는 거예요.

나는 잠시 생각하는 척한다. 아마도요.

캐럴이 표현을 골라가며 신중하게 질문했을 때는 이런 대답을 기대하지 않은 게 분명하다.

무언가를 실험할 때는 어떤 파트너를 선택할지가 무척 중요해요. 캐럴이 말한다.

나는 그걸 실험이라고 부르지 않아요. 내가 바로잡는다. 오히려 발견에 더 가깝죠.

그 발견이 그렇게 대단하다면, 에마. 그녀가 조용하게 묻는다. 왜 나를 찾아왔어요?

좋은 질문이에요, 하고 나는 생각한다.

지난번 성범죄의 생존자들이 때로는 그릇되게 자신을 탓한다는 이야기를 나눴잖아요. 캐럴이 덧붙인다. 자신은 벌을 받을 만하다고 느낀다거나 자신의 인생이 타인에 비해 가치가 없다고 느낀다는 이야기요. 그런 상황이 당신에게 어느 정도 벌어지고 있는 게 아닌가 하는 의문이 드네요.

캐럴이 너무나 진지하게 이야기를 하는 바람에, 나는 한순간 허물어질 뻔한다.

내가 강간을 당한 적이 없다면요? 내가 되묻는다. 그게 다 내 판타지라면요?

그녀가 인상을 쓴다. 무슨 말을 하는지 모르겠어요, 에마.

아무것도 아니에요. 그건 그렇고 내가 누군가에 대해 어떤 사실을 알아냈다고 쳐요. 그 사람이 저지른 범죄요. 내가 그 이야기를 선생님에게 하면 경찰에 신고하실 건가요?

그 범죄가 아직 신고되지 않았다거나 신고는 되었지만 당신이 찾아낸 증거가 수사에 영향을 미칠 수 있다면 상황이 복잡해지겠죠. 그녀가 말한다. 알다시피 심리치료사는 비밀 엄수를 포함해서 지켜야 할 직업적인 윤리수칙이 있어요. 하지만 동시에 법을 준수해야 하죠. 이 두 가지 상황이 충돌한다면 법을 우선순위에 둬요.

나는 입을 다물고 캐럴의 말뜻을 곰곰이 생각해본다.

무슨 문제예요, 에마? 그녀가 부드러운 어조로 물어본다.

아무것도 아니에요. 나는 미소를 지으며 대답한다.

지역 보건의 진료실에서 한 피검사로 임신을 확인했다. 이 사실
은 아직 미아와 베스, 테사밖에 모른다. 미아의 첫번째 질문은 이
렇다. "계획한 거야?"

내가 고개를 가로젓는다. "그날 밤 에드워드가 조금…… 부주
의했어."

"미스터 컨트롤이 부주의? 걱정을 해야 할지, 그 사람도 결국은
사람이라는 사실에 안심을 해야 할지 모르겠다."

"딱 한 번이었어. 사실 나중에 그 일에 대해 이야기를 하기도 했
고." 이렇게 말하면 미아는 피임을 하지 않은 것에 대한 이야기라
고 생각할 것이다. 나는 더 자세한 말은 하지 않는다.

"그 사람은 알아?"

"아직 몰라." 사실 에드워드가 이 일을 어떻게 생각할지 가늠이
되지 않는다.

미아가 미리 확인한다. "내가 잘못 알고 있으면 바로잡아줘. 규칙에 '아이 금지' 조항도 있지 않니?"

"그 집의 규칙이라면 그렇지. 하지만 이건 상황이 다르잖아."

"그럴까?" 미아가 한쪽 눈썹을 치켜세운다. "남자들이 뜻밖의 임신을 얼마나 좋아하는지 우리가 모르니?"

나는 아무 대꾸도 않는다.

"그러면 너는?" 미아가 다시 묻는다. "네 마음은 어때, 제이?"

"무서워." 나는 솔직히 말한다. "겁이 나." 아무리 감정의 폭풍―불신에서 기쁨, 불안, 환희, 경이, 이저벨을 생각하면 다시 시작되는 비통함, 행복까지―이 휘몰아쳐도 모두 잠잠해지고 나면 내 곁에 남는 감정은 절대적인 공포뿐이다. "나는 그 일을 또 이겨낼 자신이 없어. 이번에도 무슨 문제가 생긴다면. 그…… 슬픔을, 나는 견디지 못할 거야. 그 슬픔이 나를 산산조각내버릴 거야."

"다음 아기도 건강에 문제가 있을지 모른다고 겁낼 이유는 없다고 그때 병원에서 그랬잖아." 미아가 지적한다.

"어차피 지난번에도 이유 같은 건 없었어. 그런데도 일어났잖아."

"그래도 너는 그 아이를 낳을 생각이지, 그렇지?"

이 세상에서 이 질문을 내게 할 수 있는 사람은 거의 없는데다 질문을 한다 한들 내가 솔직하게 대답해줄 사람은 더욱 없다. 내 일부는 낳지 마, 라고 속삭이고 있다. 그렇게 어둡고 고독했던 곳에서 간신히 빛으로 돌아왔잖아. 왜 그 주사위를 또 굴리려는 거야? 그 목소리는 원 폴게이트 스트리트를 둘러보며 왜 이 모든 것을 위태롭게 만들지?라고 되묻는 목소리이기도 하다.

하지만 내 마음에는 스스로의 비겁함 때문에 건강한 태아를 낙태할 생각이 발붙일 수 없는 또다른 일부도 있다. 죽은 아기를 품에 안고, 아기의 완벽한 얼굴을 내려다보며 모성애와 다름없는 희열을 맛보았던 바로 그 부분이기도 하다.

"그래, 이 아기를 낳을 거야." 내가 말한다. "이 아기를 꼭 낳을 거야. 에드워드의 아기를. 그 사람은 처음엔 내 생각을 반기지 않겠지, 나도 알아. 그래도 언젠가는 그 사람이 이 상황에 익숙해지기를 바라."

에드워드로부터 아무 연락을 받지 못한 지 두 주가 지나자 나는 그에게 셀카 사진을 보낸다.

나 문신했어요, 대디. 마음에 들어요?

답신이 즉각 도착한다. 당신 무슨 짓을 한 거야?

대디에게 허락부터 받아야 한다는 건 알아요. 하지만 내가 정말, 정말 나쁜 짓을 하면 어떻게 되는지 궁금했어요……

사실 내가 새긴 문신은 작고 꽤 귀여운데다 평범하게 입으면 보이지도 않는다. 누가 봐도 갈매기 날개인 그림이 오른쪽 엉덩이가 부풀어오르는 부위 바로 위쪽에 새겨져 있다. 하지만 나는 에드워드가 이런 것들을 얼마나 혐오하는지 안다.

추신, 꽤 아파요.

몇 분 후 답신이 온다.

이제 더 아프게 될 거야. 오늘밤. 내가 런던에 돌아갈 거니까. 화가 몹시 난 채로.

지금껏 그가 내게 보낸 것 가운데 가장 긴 문자다. 답신을 보내는데 절로 미소가 지어진다. 그럼 준비를 해둬야겠네요.

나는 샤워를 하고 몸을 정성껏 닦은 후 향이 날듯 말듯 향수를 내 피부에 톡톡 두드린다. 원피스를 입고 진주 목걸이를 하지만 발은 맨발이다. 이미 내 피부는 따끔거리고 있다. 쾌락을 기다리는 느낌은 달콤하지만 초조한 흥분도 섞여 있다. 내가 그를 너무 밀어붙인 걸까? 그가 내게 하려는 일을 감당할 수 있을까?

나는 소파에 자리를 잡는다. 마침내 현관의 인기척을 감지해 하우스키퍼가 삐삐거리더니 그의 출입을 허가하는 핑 소리가 난다. 그가 험악한 얼굴로 성큼성큼 다가온다.

어서 보여줘. 그가 으르렁거리듯 말한다.

내가 몸을 돌리자마자 그가 한 손으로 내 양 손목을 움켜쥐더니 소파 위로 몸을 구부리게 하고 다른 손으로 잡아 찢어내듯 원피스를 벗긴다.

그가 얼어붙는다. 이게 무슨……

주체할 수 없는 웃음이 터진다.

그가 분을 참지 못하고 내 손목을 흔든다. 지금 이게 무슨 장난질이야?

사진은 어맨다였어요. 내가 헐떡이며 대답한다. 남편과 헤어진 기념으로 문신을 했거든요. 내가 문신가게에 같이 가줬어요.

그럼 다른 사람의 엉덩이 사진을 내게 보낸 거야? 그가 느릿느릿 말한다.

나는 연신 터져나오는 웃음 때문에 고개만 끄덕인다.

오늘 저녁에 여기 오려고 시장과 지역도시계획위원회와 잡힌 저녁을 취소했어. 그가 다시 으르렁거린다.

음, 어떤 게 더 재미있을까요? 나는 내 엉덩이를 유혹하듯 흔들며 말한다.

그는 내 손목을 놓아주지 않는다. 당신 때문에 미치도록 화가나. 그는 감탄스럽다는 듯 말한다. 당신은 일부러 내 화를 돋웠어. 지금부터 당신이 받을 벌은 전부 당신이 자초한 거야.

그의 손아귀에서 손을 빼려고 해보지만 어림도 없다.

집에 잘 돌아오셨어요. 대디. 나는 행복에 겨워 한숨을 쉰다.

한참 후, 그가 떠나기 전 나는 그에게 편지 한 장을 내민다.

지금 읽지 말아요. 내가 말한다. 혼자 있을 때 읽어봐요. 도시계획회의가 지루해지면 편지 생각을 해요. 답장을 할 필요는 없어요. 다만 당신에게 나를 설명하고 싶었어요.

첫번째 산부인과 검진일. 내 맞은편의 보기 흉한 NHS 책상에는 닥터 기퍼드가 앉아 있다.

며칠 전 나는, 걱정을 할 특별한 이유는 없지만 내 의료 이력으로 볼 때 이번 임신은 자동적으로 고위험군으로 분류된다며 전문가—닥터 기퍼드—가 나를 담당할 것이라는 컴퓨터 자동발송 메일을 받았다.

누군가가 자신들의 실수를 깨달았는지, 메일이 도착한 당일 내가 다른 의사에게 진료를 받고 싶다고 해도 이해한다는 전화를 받았다. 어차피 닥터 기퍼드도 나를 맡지 않겠다고 했을 것이라고 짐작이 되었다.

임신을 하면 사고가 흐려진다고 한다. 지금까지 내 경험으로는 오히려 그 반대다. 아니면 어떤 유의 결정은 더 쉽게 내리게 되는 것일지도 모른다. 마침내 나는 어떻게 해야 옳은지 알게 되었다.

"따지고 보면," 내가 그에게 말한다. "선생님 실수도 아니었던 일 때문에 관두실 필요는 없다고 생각해요. 선생님 후임으로 누가 와도 여전히 과로에 시달릴 거라는 사실을 우리는 알잖아요."

닥터 기퍼드가 조심스럽게 고개를 끄덕인다.

"그래서 제 제안은 이래요. 우리가 함께 병원에 압력을 가하면 어떨까요. 나는 병원에 이저벨의 죽음이 공식적인 SUI가 되는 것을 원치 않지만, 병원도 직원의 수를 늘리고 도플러검사를 더 많이 하겠다고 확답을 해주면 좋겠다는 편지를 쓸게요. 이 요구가 선생님이 사표를 내지 않는 조건이기도 하다고 병원에 직접 말씀해주시면 병원은 협상을 해볼 기회라고 생각할 거예요. 어떻게 생각하세요?"

물론 테사는 내 생각을 반기지 않았다. 그녀는 공식적인 조사를 시작해 거대한 변화를 이끌어내기를 바란다. 하지만 내 의사는 확고했고 결국 그녀도 내 결정을 존중하기로 했다.

"제인이 원래 이런 사람이에요?" 테사는 유감스럽다는 듯 미아에게 물었다.

"이저벨을 갖기 전에는 그랬죠." 미아가 나를 보고 웃으며 대답했다. "내가 아는 누구보다 체계적이고, 완고하고, 아무리 사소한 사항이라도 빠뜨리지 않고 철저히 처리했어요. 마침내 그 제인이 돌아왔네요."

처음에는 닥터 기퍼드도 선뜻 납득하지 않는다. "자원이 부족할 때는……" 그가 조심스러운 말투로 운을 뗀다.

"자원이 부족할 때는 그 무엇보다 자신의 자리를 싸워서 지켜내는 게 중요해요." 나는 그의 말을 자른다. "더 많은 검사를 하고 더 많은 의사가 일하는 것이 고가의 신약 암치료제보다 더 많은 목숨을 구할 거라는 사실을 선생님도 저도 알고 있잖아요. 나는 지금 선생님 의료팀이 목소리를 더 크게 낼 수 있도록 도우려는 거예요."

그가 고개를 끄덕인다. "고맙습니다."

"자, 저를 검사해주세요." 내가 말한다. "이왕 선생님이 저를 담당하게 되었으니 그 상황을 최대한 이용하는 게 좋겠죠."

진료는 철저하게 진행된다. 이저벨을 가졌을 때 이 시기에 받던 검사보다 훨씬 더 철저하다. 닥터 기퍼드와 나 사이의 일 때문에 내가 특별한 대우를 받는다는 사실을 알지만, 상관없다. 나는 더이상 스스로를 평범한 사람들의 일원이라고 생각하지 않는다.

태아의 크기와 위치는 정상이다. 자궁암 여부를 검사하기 위해 자궁경부세포진검사를 하고 성병 여부를 확인하기 위해 조직샘플도 채취한다. 물론 성병은 걱정하지 않는다. 광적으로 청결을 중시하는 에드워드가 성병에 감염되고도 치료받지 않았을 확률은 제로일 테니 말이다. 혈압도 정상이다. 모든 검사 결과는 정상이다. 닥터 기퍼드는 다행이라고 한다.

"저는 테스트 점수는 언제나 좋았죠." 내가 농담을 한다.

진료실에 누워서 검사를 받는 동안, 나는 닥터 기퍼드에게 이저벨을 어떻게 출산하고 싶었는지 들려준다. 딥티크 향초를 밝히고 음악을 틀어놓고 수중분만을 하고 싶었다고 말이다. 그는 의학적 견지에서 그런 출산을 이번에도 하지 못할 이유는 없다고 말한다. 다음으로 우리는 보조제에 대해 이야기한다. 엽산은 꼭 먹어야 한다며, 닥터 기퍼드는 팔백 마이크로그램을 먹으라고 한다. 비타민 D의 섭취는 바람직하다. 비타민 A가 들어 있을지 모르는 종합비타민은 피하되, 비타민 C와 칼슘, 철분 섭취는 고려해보아야 한다.

물론 나는 이 보조제들을 전부 먹을 것이다. 나는 아무리 사소한 것이라 할지라도 도움이 된다면, 가이드라인을 무시하거나 어떤 조치를 취하지 않고 내버려두는 사람이 아니다. 집으로 돌아가는 길에, 실수로 비타민 A가 든 약을 사지 않도록 두 번이나 확인하며 필요한 약을 구입한다. 집에서 코트를 벗어 걸자마자 보조제 외에 식생활에 어떤 변화를 줘야 하는지 알아보려고 곧장 노트북으로 간다.

제인, 다음 문항에 1점부터 5점까지 점수를 평가해주세요. 전적으로 동의하면 5점을, 절대 동의하지 않으면 1점을 주세요.
평가를 완성할 때까지 주택의 편의시설 일부가 작동하지 않습니다.

나는 그대로 굳는다. 에드워드가 출장을 간 후로 평가가 더 잦아진 것 같다. 마치 내가 어떻게 지내는지 확인하려는 것처럼. 그가 이곳에서 멀리 떨어진 현장의 사무실에 있어도, 내가 여전히 평온하고 차분하고 규칙을 칼같이 지키는 삶을 사는지 확인하겠다는 것처럼.

그보다 더 중요한 깨달음은, 인터넷이 불통이 아니었다면 나는 아무 생각 없이 하우스키퍼에 '임신중에 좋은 식생활'을 검색해볼 뻔했다는 사실이다. 이제부터는 항상 이웃집 와이파이를 사용해야 한다는 사실을 명심해야 한다. 적어도 에드워드에게 털어놓기 전까지는.

그리고 에마에게 무슨 일이 있었는지 알아내기 전까지도 그래야 한다고 나는 다짐한다. 그 두 가지—에드워드에게 내 비밀을 밝히는 것과 그의 비밀을 알아내는 것—는 이제 연결되어 있는데다 내게는 그 무엇보다 시급한 문제이기 때문이다. 내 아기를 위해 나는 진실을 알아야만 한다.

과거 : 에마

클라크 경위가 또 할 이야기가 있는지 경찰서에 출두해달라고 연락을 해왔다. 법집행 속도가 확실히 빨라진 것 같다. 그도 그럴 것이 나를 콧구멍만한 자신의 사무실이 아니라 조명을 환하게 밝힌 커다란 회의실로 안내했기 때문이다. 회의실에는 테이블의 한쪽 면에 배치된 다섯 자리에 사람들이 앉아 있다. 그중 한 명은 제복 차림으로 꽤 직급이 높은 것 같다. 그 옆으로 검은색 정장을 입은 자그마한 여자가 앉아 있다. 다음으로 보석적부심에서 만난 존 브룸 검사가 있다. 내 담당 형사인 윌런 경사는 자신은 이 상황에서 실질적인 역할을 할 정도로 높은 사람이 아니라는 사실을 드러내려는 듯 다른 사람들에게서 조금 떨어진 곳에 앉아 있다.

여태까지 사근사근하게 굴던 클라크 경위는 내게 작은 여자 맞은편에 앉으라고 한 후 자신은 윌런 경사의 건너편에 앉는다. 내 앞에는 물병과 유리잔이 있지만, 비스킷도 커피도 없다. 오늘은 가필드 머그잔도 없다.

와주셔서 고맙습니다, 에마. 여자가 말한다. 나는 특별검사인 퍼트리샤 섐턴입니다. 이분은 피터 로버트슨 총경님이십니다.

거물들이시네요. 안녕하세요. 나는 그들을 향해 손을 흔들며 인사를 한다. 에마예요.

퍼트리샤 섐턴이 예의바르게 미소를 지으며 용건을 밝힌다. 우리가 여기 모인 건, 당신이 디언 넬슨에게 제기한 성폭행과 가중처벌 대상 주택침입절도 혐의에 대해 그가 어떤 해명을 했는지 이야기를 해보기 위해서입니다. 여러분도 아시다시피, 요즘은 사건을 불필요하게 법정으로 가져가는 일을 방지하기 위해 심리 전 기소인과 변호인이 정보를 공유하도록 되어 있습니다.

나는 처음 듣는 소리지만 일단 고개를 끄덕인다.

디언 넬슨은 신원식별에 착오가 있다고 주장하고 있습니다. 그녀가 이야기를 계속한다. 앞에 놓인 서류철에서 서류를 한 장 꺼내더니 독서용 안경을 쓴다. 그리고 내게서 무슨 반응을 기다리듯 안경 위로 나를 본다.

저는 보석적부심에서 그 사람을 보지 못했습니다. 내가 재빨리 대답한다.

당신이 그를 봤다고 한 목격자가 몇 사람이나 됩니다. 하지만 이건 오늘 우리가 이 자리에서 논의할 문제가 아닙니다.

그 말을 들어도 왠지 전혀 마음이 가벼워지지 않는다. 그녀의 어조와 입을 다문 채 나를 빤히 바라보는 다른 참석자들에게서 느껴지는 분위기 탓인지 불안이 몰려온다. 분위기가 어느새 무거워졌다. 공격적으로 느껴질 정도다.

디언 넬슨이 당신에게 구강성교를 받으면서 그 장면을 찍은 사람이 자신일 수 없다는 사실을 증명하는 의학적 증거—사적인 의학적 증거—를 제출했습니다. 섑턴이 말한다. 증거는 설득력이 있습니다. 솔직히 반박이 불가능한 증거라고 말해야 할 것 같군요.

머리가 어질어질하더니 어느새 메스꺼움이 올라온다. 이해가 안 되는데요. 내가 말한다.

법적인 견지에서 보면, 변호인이 무죄 선고를 받기 위해 필요한 것은 그것으로 충분합니다. 그녀는 내가 아무 말도 하지 않은 것처럼 계속 발언을 한다. 그리고 서류를 몇 장 더 집어든다. 하지만 변호인측은 그 이상을 준비했습니다. 이것들은 플로우 워터 서플라이에서 근무하는 당신의 직장 동료들이 작성한 선서진술서입니다. 우리가 당면한 문제와 가장 관련이 있는 것은 솔 액소이의 진술서인데, 그는 여기서 최근에 당신과 가진 성행위에 대해 언급했습니다. 그의 증언에 따르면, 성행위 과정에서 당신의 요청으로 두 사람은 클라크 경위가 당신의 휴대폰에서 찾은 것과 내용이 일치하는 영상을 촬영했습니다.

쥐구멍에라도 숨고 싶다, 는 표현이 있다. 당신이 지금껏 했던 거짓말들이 느닷없이 당신의 귀 주위로 쏟아져내릴 때, 당신의 세상이 무너져내릴 때의 심정은 어떤 말로도 설명할 수 없다. 괴롭고 끔찍한 침묵이 길게 이어진다. 차오르는 눈물에 눈이 따끔거린다. 하지만 나는 애써 눈물을 참는다. 눈물을 보이면 퍼트리샤 섑턴은 동정심을 노린 수작이라고 여길 것이다.

나는 간신히 말한다. 그렇다면 경찰이 찾아낸 다른 휴대폰들은요? 디언 넬슨이 전에도 강도를 저질렀다고 했잖아요. 그런 놈이 결백할 리 없어요.

이번에 대답하는 사람은 로버트슨 총경이다. 강도 행위와 하드 코어 포르노 영상을 보는 것 사이에 관련성이 있다고 여겨져왔습니다. 그가 말한다. 강도들이 노골적인 내용의 DVD를 다량으로 모아 놓는 경우가 자주 있었기 때문이죠. 그런데 그 강도들이 다른 사람들의 집에서 찾아낸 포르노 동영상을 모아놓았을 뿐이라는 사실을 누군가가 깨달았습니다. 넬슨의 경우 그 대상은 휴대폰이었죠. 그는 성적 이미지가 있는 휴대폰을 모았습니다. 그게 다입니다.

퍼트리샤 섑턴은 안경을 벗어서 접는다. 디언 넬슨이 당신에게 구강성교를 강요했습니까, 에마?

기나긴 침묵이 이어진다. 아뇨. 나는 속삭이듯 대답한다.

왜 경찰에게는 그가 강요했다고 증언했습니까?

당신들이 사이먼 앞에서 물었으니까요! 나는 그만 폭발한다. 필사적으로 그들에게 이해해달라고, 나도 잘못했지만 그들도 똑같이 잘못했다는 점을 참작해달라고 열변을 토하지만 자기연민과 분노의 눈물이 흘러내리는 것을 막을 수 없다. 나는 월런 경사와 클라크 경위를 가리킨다. 저 사람들이 동영상을 발견했는데 넬슨이 내게 강요한 것처럼 보인다고 했어요. 내가 말한다. 저 사람들이 내게 얼굴도 칼도 안 보인다고 했다고요. 그런 상황에서 내가 어쩌겠어요? 사이먼에게 다른 남자와 관계를 가졌다고 말해요?

당신은 강도가 당신을 칼로 위협해 성폭행했다고 고발했습니다. 그 장면을 촬영한 외설적인 영상을 가족과 친구들에게 전송할 것이라고 위협했다고도 했습니다. 그리고 이 주장에 반론이 나올 때까지 기만을 멈추지 않았어요. 심지어 법정에서 피해자의견진술서를 낭독하기까지 했습니다.

클라크 경위가 내게 그러라고 시켰어요. 내가 말한다. 나는 물러나려고 했지만 그렇게 하도록 놔두지 않았다고요. 어쨌든 넬슨은 당해도 싸요. 도둑놈이잖아요. 내 물건을 훔쳐갔어요.

비참하게 쏟아낸 치사한 말들이 허공에 걸려 있다. 나는 클라크 경위의 얼굴을 슬쩍 본다. 그의 얼굴에는 온갖 감정이 뒤섞여 있다. 멸시. 동정. 그리고 분노. 나에게 보기 좋게 속아넘어간 데 대한 분노이자 나를 보호해주려던 그의 욕망을 내가 거짓말에 거짓말에 또 거짓말을 쌓아올려 악용한 것에 대한 분노다.

또다시 끔찍한 정적이 내려앉는다. 퍼트리샤 섑턴이 로버트슨 총경을 힐끔 본다. 변호사가 있습니까, 에마 씨? 그가 이렇게 말하는 것을 보니 그 눈빛은 미리 정해놓은 신호 같다.

내가 고개를 젓는다. 사이먼이 집에서 나갔을 때 계약변경서를 작성한 변호사가 떠오르기는 하지만 이 상황에서 그가 큰 도움이 될 것 같지는 않다.

에마 씨, 이제 당신은 체포될 겁니다. 그 말은 후에 우리가 당신에게 공식적으로 이 문제를 물을 때, 국선변호인을 부를 수 있다는 뜻입니다.

나는 그를 빤히 바라본다. 그게 무슨 뜻이죠?

우리는 성폭력 사건을 매우 심각하게 다룹니다. 그 말은 성폭행을 당했다고 주장하는 여성이 모두 진실을 말한다고 전제한다는 뜻입니다. 반대로 우리는 허위 성폭행 신고에 대해서도 똑같이 심각하게 대처합니다. 오늘 이 자리에서 들은 증언을 바탕으로, 우리는 공권력을 허비하고 법집행을 방해하려 한 혐의로 당신을 체포하기에 충분한 증거를 확보했습니다.

나를 체포할 거라고요? 나는 믿기지 않아 되묻는다. 넬슨은요? 그 인간은 범죄자예요.

우리는 디언 넬슨에 대한 기소를 취하할 수밖에 없습니다. 이번에는 퍼트리샤가 대답한다. 전부 다요. 이제 당신의 증언은 더이상 신뢰할 수 없습니다.

하지만 내 물건을 훔쳤잖아요. 아무도 그 사실을 부인하지는 않아요, 안 그래요?

그렇지 않습니다. 이번에는 로버트슨 총경이 답한다. 디언 넬슨은 펍에서 만난 남자에게 그 휴대폰들을 샀다고 주장하고 있습니다. 우리가 그 주장을 믿지 않을 수는 있지만 증거만 놓고 볼 때 그와 당신을 연결할 근거는 어디에도 없습니다.

설마 그 말을……

에마 매슈스 씨, 당신을 1967년 형사법률법 5조 2항에 반해 법집행을 방해하고 공권력을 허비하게 한 혐의로 체포합니다. 당신은 묵비권을 행사할 수 있습니다. 하지만 이후 재판에서 당신의 답변이 필요한 질문에 묵비권을 행사한다면 당신의 변호에 불리하게 작용할 수 있습니다. 당신이 하는 말은 증거로 사용될 수 있습니다. 알겠습니까?

나는 아무 말도 할 수 없다.

에마 씨, 대답을 해주셔야 합니다. 당신에게 제기된 혐의를 제대로 이해했습니까?

네. 나는 기어들어가는 목소리로 대답한다.

그후로 줄곧 거울 속 세상으로 들어선 듯 멍하다. 갑자기 나는 더이상 피해자가 아니고, 배려와 동정 어린 대우를 받지도, 커피를 대접받지도 않는다. 어느새 나는 경찰서의 다른 구역에 와 있다. 이곳은 머리 위 전구가 금속 케이스 안에 들어가 있고 바닥에서는 토사물과 표백제 때문에 악취가 난다. 유치장 근무 경찰관은 바닥이 더높은 단 위에 놓인 책상 뒤에서 나를 내려다보며 내 권리를 설명해준다. 나는 주머니에 든 것을 모두 비운다. 경찰관이 내게 〈유치장실무규정집〉 한 부를 건네며 저녁 시간까지 있게 되면 따뜻한 식사가 제공될 거라고 알려준다. 경찰이 내 구두를 가져가고 나를 유치장까지 데려간다. 그곳은 벽 한쪽에 침대가 설치되어 있고 맞은편에는 작은 선반이 있다. 벽은 흰색이고 바닥은 회색이며 회부연 빛이 천장에서 사방으로 퍼져나간다. 에드워드가 이곳에 있다면 꽤집처럼 느낄 것 같다. 하지만 그가 정말로 이곳에 올 리 없다. 이곳은 음울하고 악취가 나고 불편하고 싸구려다.

국선변호인을 기다린 지 세 시간이 되어간다. 어느 정도 시간이흐르니 유치장 근무 경찰관이 내게 기소용 신상 기록서를 한 부 가져다준다. 이 서류를 쓰고 나니 위층에서 들었던 것보다 상황이 더절망적으로 느껴진다.

나는 회의실을 나오는 순간 본 클라크 경위의 표정을 떠올리지않으려 애쓰는 중이다. 그의 얼굴에 분노는 씻은 듯 사라지고 혐오만 남아 있었다. 그는 나를 믿었는데 나는 그에게 실망만 안겼다.

마침내 머리에 젤을 바르고 넥타이를 커다란 윈저 매듭으로 맨통통한 젊은 남자가 나타난다. 그는 문가에 서서 한 팔에 서류를 가득 안은 채 다른 팔로 나와 악수를 한다.

어, 그레이엄 키팅이라고 합니다. 그가 자기소개를 한다. 변호인 접견실이 다 차버렸어요. 그러니 여기서 이야기를 해야 합니다.

우리는 데면데면한 수줍음 많은 대학생들처럼 딱딱한 침대에 나란히 앉는다. 변호사가 무슨 일이 있었는지 말해달라고 한다. 이야기를 하는 내 귀에도 터무니없는 소리로 들린다.

이제 나는 어떻게 되죠? 이야기를 끝내자마자 묻는다.

경찰이 공권력 낭비와 법집행 방해 죄목 중 어느 쪽에 더 치중을 하느냐에 달렸어요. 그가 대답한다. 전자고 유죄라면 사회봉사명령이나 집행유예를 받을 수 있어요. 후자라면…… 흠, 판사가 선고할 수 있는 형량에 제한이 없어요. 최대가 종신형이죠. 물론 그건 극단적인 사례에 해당됩니다. 그래도 미리 경고해두는데, 이런 종류의 범죄는 판사가 대단히 심각하게 받아들이는 경향이 있어요.

다시 울음이 터진다. 그레이엄이 서류가방을 뒤지더니 여행용 휴지를 찾아준다. 그의 몸짓에서 나는 캐럴이 떠오르고, 그녀의 이미지는 내가 안고 있는 또다른 문제를 불러낸다.

경찰이 내 심리치료사를 신문하지는 않겠죠? 내가 묻는다.

심리치료사라니 무슨 말입니까?

강도를 당한 후 심리치료사에게 상담을 받기 시작했어요. 그 치료사를 경찰이 소개해줬고요.

그래서 그 심리치료사에게 사실을 털어놓았나요?

아뇨. 내가 풀이 죽은 채 대답한다.

알겠습니다. 그는 이렇게 대답하지만 당황한 기색이 역력하다. 음, 우리가 정신 상태를 밝히지 않는 한 그들이 심리치료사를 개입

시킬 이유는 없어요.

그가 잠시 침묵한다. 그렇다면 우리가 어떤 식으로 변호를 할지 어느 정도 계획이 서네요. 아니 처벌 경감이라고 해야 할까요. 그러니까 당신은 이미 무슨 일이 일어났는지 경찰에게 다 증언을 했잖아요. 하지만 이유는 밝히지 않았어요.

그게 무슨 말이죠?

라쏘RASSOs, 즉 강간과 심각한 성범죄Rape and Serious Sexual Offenses에서 가장 중요한 것은 전후맥락이에요. 그리고 이 기소가 강간 혐의에서 비롯되었기 때문에 이 사건도 라쏘의 규정에 의거해서 처리될 겁니다. 나는 압박감이나 위협을 느껴서 혐의를 제기하거나 기각하는 여성들을 몇 차례 변호했어요. 그런 식으로 가는 게 효과가 있겠네요.

그렇다면…… 나는 말을 시작했다가 입을 다문다. 그러니까 내가 거짓말을 할 정도로 누군가를 두려워했다는 뜻인가요?

정확히는 아니에요. 하지만 그런 주장으로 형량을 대폭 줄일 수 있어요.

하지만 나는 정말 두려웠는걸요. 내가 말한다. 사이먼에게 말하기가 두려웠어요. 그 사람은 가끔 폭력적으로 변하거든요.

좋아요. 그레이엄이 대꾸한다. 그가 대놓고 자, 이제 모든 준비는 끝났군요, 라고 말하지는 않았지만, 노란색 메모 패드를 열며 기록할 준비를 하는 그의 몸짓은 그렇게 말하고 있다. 그 사람은 어떤 폭력을 행사했나요?

현재 : **제인**

"클라크 경위님?"

갈색 바람막이를 입고 반 파인트 맥주잔을 들고 있는 사람이 고개를 든다. "네, 그렇습니다. 이제 더이상 경위는 아니지만요. 그냥 민간인입니다. 제임스라고 부르세요." 그가 일어서서 나와 악수를 한다. 그의 발치에 과일과 채소가 가득 든 장바구니가 있다. 그는 바를 가리킨다. "한잔 사드릴까요?"

"제 음료는 제가 살게요. 이렇게 만나주셔서 감사합니다."

"뭘요, 괜찮습니다. 어차피 수요일은 장을 보려고 시내로 나오거든요."

나는 진저에일을 사서 그에게 돌아간다. 요즘은 사람을 찾아내는 일이 얼마나 쉬운지 감탄이 나온다. 스코틀랜드야드에 건 전화한 통으로 클라크 경위가 은퇴했다는 사실을 알게 되었다. 그로 인해 내 계획에 차질이 빚어지는 듯했지만 검색 엔진—물론 하우스

332

키퍼가 아니라—에 '은퇴 경찰 찾는 법'이라고 치자 국립은퇴경찰 관협회 사이트가 떴다. 그 사이트에 연락 신청 양식이 있었고 나는 신청서를 작성해 보냈다. 답변은 그날 바로 도착했다. 그들은 회원들의 신상정보를 알려주지는 못했지만 대신 내 요청을 전달해주었다.

맞은편 남자는 은퇴를 할 연배로 보이지 않는다. 그가 내 생각을 읽은 듯 이렇게 말한다. "나는 이십오 년간 경찰에 몸담았습니다. 그 기간이면 연금을 받을 정도는 되죠. 하지만 아직 완전히 은퇴한 건 아닙니다. 전직 경찰인 친구와 함께 보안장치를 설치하는 작은 사업체를 운영하고 있어요. 크게 스트레스를 받을 일도 없고 수입은 짭짤하죠. 에마 매슈스에 대해서 이야기를 하고 싶으시다고요. 제가 제대로 이해했나요?"

나는 고개를 끄덕인다. "괜찮으시다면요."

"친척이신가요?"

그도 우리가 닮았다는 사실을 알아차린 것 같다. "아니에요. 저는 현재 원 폴게이트 스트리트에 살고 있어요."

"흠." 얼핏 보기에 제임스 클라크는 사람 좋은 평범한 중년 남자로, 노동자 계급에서 자수성가해 골프장 근처 포르투갈풍의 작은 주택을 소유하고 있을 법한 사람으로 보인다. 하지만 다시 보니 그의 눈빛은 예리하고 자신감이 넘친다. "정확히 알고 싶으신 게 뭐죠?"

"에마가 헤어진 남자친구인 사이먼에 대해 무슨 신고를 했다고 알고 있어요. 그 일이 있고 얼마 지나지 않아 그녀는 죽었죠. 누가 혹은 무엇이 그녀를 죽게 했는지를 놓고 말이 다 달랐어요. 우울증이라느니 사이먼이라느니 심지어 그가 당시 사귀던 남자라고도 하고요." 혹시라도 클라크가 에드워드에 대한 내 관심을 알아차릴까 봐 일부러 이름은 대지 않는다. "저는 진상을 밝혀줄 실마리를 찾고 있어요. 그곳에 사니까 호기심을 억누르기가 쉽지 않네요."

"에마 매슈스는 저를 감쪽같이 속였어요." 클라크 경위의 말투가 날카롭다. "형사로 근무하면서 그런 일을 당한 적이 별로 없었어요. 솔직히 말해서 거의 없었죠. 그런데 그때 나는, 강도가 성행위 장면을 전화로 찍어 전화기에 연락처가 저장된 지인들에게 전부 전송할 거라고 협박했기 때문에 너무 무서워서 고통스러웠던 성폭행 피해를 신고할 수 없었다고 그럴싸하게 둘러댄 젊은 여자에게 걸려든 겁니다. 나는 그 여자를 위해 뭐라도 해주고 싶었어요. 게다가 당시 우리는 상부로부터 강간범의 유죄 판결율을 높이라는 압력을 받고 있었어요. 나는 확보한 증거로 상사를 기쁘게 해주고, 피해자의 억울함을 풀어주고, 덩달아 디언 넬슨이라는 쓰레기를 오랫동안 철창 안에 처박아둘 수 있겠다 싶었어요. 일석삼조였죠. 그런데 그것들이 실제로는 세 가지 불운이었던 겁니다. 결국 어느 하나 제 뜻대로 되지 않았어요. 그녀는 처음부터 우리에게 거짓말만 늘어놓았거든요."

"에마가 거짓말에 능했나요?"

"어쩌면 내가 어리석은 중년 남자에 불과했던 건지도 모르죠." 그가 유감스럽다는 듯 어깨를 으쓱한다. "그 일이 있기 일 년 전에 내 딸 수가 세상을 떠났어요. 그런데 내 딸 또래의 이 아가씨를 만난 거예요…… 내가 너무 쉽게 믿었어요. 후에 진행된 경찰의 내사는 그렇게 결론을 내렸어요. 은퇴를 앞둔 형사가 젊고 예쁜 피해자를 만났고, 그 상황에서 형사로서의 판단력이 흐려졌다는 거죠. 완전히 틀린 말은 아니었어요. 아무튼 조기 퇴직을 제안받았을 때 받아들이기로 결심할 정도의 진실은 있었죠."

그가 맥주를 길게 들이켠다. 나는 진저에일을 조금 마신다. 이 청량음료가 나는 임신했어요, 라고 소리치는 것 같은데, 정작 경위는 눈치를 챘는지 못 챘는지 티를 내지 않는다. "지금 생각해보면 의심해봐야 했던 지점들이 분명히 있었어요 그녀는 강도가 방한모를 쓰고 있었다고 증언을 해놓고도, 정작 신원식별 과정에서 너무 자신만만하게 넬슨을 지목했거든요. 전 남자친구에 대한 신고도……" 그가 어깨를 으쓱한다.

"지금은 그 이야기를 믿지 않으시는군요?"

"우리는 그때도 믿지 않았어요. 변호사가 그녀를 빼내려고 그런 방법을 쓴 거죠. '저는 무서웠어요. 그러므로 제가 한 말의 책임을 질 수 없습니다.' 이런 수작이 먹힌 겁니다. 게다가 검사는 공개재판에서 그녀 때문에 우리가 웃음거리가 된 상황을 떠벌릴 생각이 없었죠. 에마는 공권력 낭비에 대한 공식 경고를 받아야 했지만 말 그대로 경고일 뿐이었어요."

"그렇지만 에마가 죽은 후 사이먼 웨이크필드를 체포하셨잖아요."

"그랬죠. 그건 솔직히 눈 가리고 아웅한 거예요. 경찰이 그 사건을 제대로 조사하지 않았을 가능성이 느닷없이 대두되었죠. 젊은 여자가 강간을 당했다고 주장한 후 자작극이라고 인정했지만, 남자친구가 폭력을 휘두르는 이중인격자라고 주장을 했어요. 그 직후 그녀가 숨진 채 발견됐고요. 헤어진 남자친구가 그녀를 죽인 것이 사실이라면 우리는 큰일나는 거죠. 설령 자살로 밝혀져도 경찰이 그녀의 신고에 진지하게 대응하지 않은 것처럼 보이기 십상이고요, 그렇지 않습니까? 타살이건 자살이건 누구라도 체포하는 모습을 대외적으로 보이는 편이 나았던 겁니다."

"그래서 경찰은 그 사건을 대충 처리했다는 건가요?"

"오해하지는 마세요. 높은 분들이 체포를 원했기 때문에 체포한 건 맞지만 우리는 제대로 신문을 했어요. 하지만 사이먼 웨이크필드가 에마의 죽음에 관련되었다는 증거는 전혀 나오지 않았어요. 그의 유일한 실수라면 애초에 그 여자와 사귄 거죠. 그렇다고 그 사람을 비난할 수도 없고요. 아까도 말했다시피 그 청년보다 더 나이가 많고 현명한 사람도 그런 매력적인 여자에게 홀딱 반했으니까요." 그가 인상을 쓴다. "한 가지 특이했던 점을 이야기해드리죠. 사람들은 대부분 경찰에게 거짓말을 들키면 바로 백기를 듭니다. 그런데 에마의 반응은 새로운 거짓말을 하는 거였어요. 물론 변호사가 그렇게 시켰을 수도 있지만, 그렇다 해도 일반적인 반응은 아니죠."

"경위님은 그녀가 어떻게 죽었다고 생각하세요?"

"두 가지 가능성이 있죠. 하나는 자살이에요. 우울증 때문이었을까요?" 그가 고개를 가로젓는다. "그건 아닌 것 같아요. 오히려 지금까지 반복해온 거짓말에 발목이 잡혔을 거예요."

"그러면 다른 하나는요?"

"가장 신빙성이 있는 가능성이죠."

내가 인상을 찌푸리며 되묻는다. "그게 뭔데요?"

"그녀를 살해한 사람이 디언 넬슨일 가능성은 고려하지 않으시는 것 같군요."

그건 사실이다. 에드워드와 사이먼에게만 신경을 쓰다보니 다른 사람일 가능성은 떠오르지도 않았다.

"넬슨은, 내가 알기로는 지금도 마찬가지겠지만 아주 질이 나쁜 놈이었어요." 그는 계속한다. "열두 살 때 이미 폭행으로 유죄 판결을 받은 전적이 있어요. 에마의 자작극 때문에 유죄를 선고받기 직전까지 갔으니 복수를 하고 싶었을 거예요." 그는 잠시 숨을 돌린다. "실제로 에마도 그렇게 말했죠. 넬슨이 자신에게 여러 번 협박을 했다고 우리에게 신고를 했거든요."

"그 협박 건들을 조사하셨나요?"

"기록을 남겼죠."

"같은 거 아닌가요?"

"에마는 공권력 낭비 죄목으로 체포된 전력이 있었어요. 그런 일이 있었는데, 그녀가 신고를 한다고 해서 경찰이 우선적으로 대응할 리가 있겠습니까? 처음부터 경찰이 디언을 강간으로 기소한 건 너무 성급해 보였어요. 게다가 그의 변호사가 인종차별까지 들먹이는 통에 확실한 증거 없이 그를 조사할 방도가 없었어요."

나는 잠시 생각에 잠긴다. "그 동영상에 대해 이야기해주세요. 에마의 휴대폰에 있었다는 거요. 어떻게 단순한 성행위를 강간으로 오인하셨나요?"

"영상 속 분위기가 인정사정없었거든요." 그가 딱 잘라 대답한다. "아마 내가 구식인 거겠죠. 어떻게 사람들이 그런 짓거리를 즐기는지 도저히 모르겠어요. 내가 경찰생활을 이십오 년 동안 하면서 배운 게 한 가지 있다면요, 타인의 성생활은 결코 이해할 수 없다는 겁니다. 요즘 젊은이들은 인터넷으로 폭력적이고 지저분한 포르노를 보는 게 익숙하니 자신의 휴대폰에 그런 영상을 저장해 두는 게 재미있다고 생각하나봅니다. 남자들은 여자를 물건 취급하고 여자는 거기에 장단을 맞춰요. 왜 그러는 겁니까? 정말이지 어처구니가 없어요. 그런데 에마가 바로 그런 젊은이였던 겁니다. 그리고 상대는 남자친구의 절친한 친구였어요."

"누구였어요?"

"솔 액소이라고 에마의 직장 동료였어요. 넬슨의 변호사가 탐정을 고용해서 그 남자를 찾아냈고 진술서를 쓰도록 설득했죠. 물론 액소이는 어떤 법도 위반한 적이 없어요. 이 무슨 아수라장인지."

"하지만 디언 넬슨이 정말 살인자라면," 나는 클라크의 가설을 여전히 곱씹으며 말문을 연다. "그 집에는 어떻게 들어갔을까요?"

"그건 나도 모르죠." 클라크는 자신이 비운 잔을 내려놓는다. "버스가 십 분 후면 출발해요. 가봐야겠군요."

"원 폴게이트 스트리트는 최신 보안 설비를 갖추고 있어요. 에마가 그 집을 마음에 들어한 이유 중 하나였죠."

"최신이라고요?" 클라크가 코웃음을 친다. "십 년 전에는 그랬을지도 모르죠. 요즘은 인터넷과 연결된 보안 설비는 안전하다고 생각하지 않아요. 해킹에 너무 취약하거든요."

문득 에드워드가 했던 말이 떠오른다. 시신이 발견됐을 때 샤워기가 켜져 있었어요. 분명 젖은 발로 계단을 뛰어내려갔겠죠.

"그런데 샤워기는 왜 켜져 있었나요?" 내가 묻는다.

클라크가 멍한 표정을 짓는다. "뭐라고요?"

"샤워기요. 팔찌를 인식해서 작동해요." 나는 그에게 손목에 차고 있는 팔찌를 보여준다. "사람이 샤워실로 들어가면 이 팔찌로 인식해서 개인 설정에 따라 물을 조절해요. 사람이 샤워실에서 나오면 알아서 다시 멈추죠."

그가 어깨를 으쓱한다. "그렇다면 그렇겠죠."

"원 폴게이트 스트리트의 다른 데이터는 어땠나요? 인터폰 영상 같은 거요. 그것도 확인해보셨나요?"

그가 고개를 젓는다. "에마는 사망 후 사십팔 시간이 지나서 발견됐어요. 하드드라이브의 데이터는 말끔하게 지워졌더군요. 보안 시스템 중에는 그렇게 설정된 것이 많습니다. 디스크 공간을 확보하기 위해서죠. 안타까운 일이에요. 하지만 어쩌겠습니까."

"분명 그 집과 관련되어 무슨 일이 벌어졌어요. 그 일이 그녀의 죽음과 관계있을 거예요."

"그럴지도요. 하지만 이제는 그 미스터리를 절대 풀 수 없을 것 같군요." 그는 일어서서 장바구니로 손을 뻗는다. 나도 일어선다. 그와 악수를 하려고 손을 내미는데, 놀랍게도 그가 몸을 숙이고 내 볼에 입을 맞추는 것이 아닌가. 그의 옷에서 살짝 맥주 냄새가 난다. "만나서 반가웠어요, 제인. 그리고 행운을 빌어요. 솔직히 우리가 찾아내지 못한 사실을 당신이 알아내리라 생각하지 않아요. 하지만 혹시라도 뭔가 알게 되면 내게도 꼭 알려줘요. 에마에게 무슨 일이 있었는지, 지금도 마음이 편치 않답니다. 그런 사건은 흔치 않아요."

원 폴게이트 스트리트가 평온하고 아늑한 안식처처럼 느껴진 때
도 있었다. 하지만 지금은 아니다. 이 집이 내 숨통을 조이는 사악
한 존재처럼 느껴진다. 내게 잔뜩 화가 난 것 같다.

하지만 이런 느낌은 내 감정을 텅 빈 벽에 투영한 결과일 뿐이
다. 내게 화가 난 쪽은 이 집이 아니라 사람들이다.

이런 생각은 어느새 에드워드에게로 흘러가고 내가 그에게 준
편지 때문에 공포가 밀려온다. 어쩌자고 그런 짓을 했을까? 나는
곧바로 그에게 문자를 보낸다. 제발 편지를 읽지 말아요. 그냥 버려
요. 다른 사람들은 그런 문자를 받으면 백이면 백 당장 읽겠지만,
에드워드는 그런 사람들과 다르다.

그가 편지를 읽지 않는다 해도 조만간 그에게 사이먼과 솔과 넬
슨과 경찰에 대해 털어놓아야 한다는 사실은 변함이 없다. 그리고
내가 그에게 거짓말을 했다고 인정하지 않은 채 진실을 털어놓을

방법이 없다. 이런 생각을 하는 것만으로도 울고 싶어진다.

엄마의 목소리가, 어릴 때 내 거짓말이 들통날 때마다 엄마가 하던 말이 떠오른다.

거짓말쟁이들은 울면 안 돼.

소방서에 걸핏하면 전화를 걸어서 진짜 불이 났을 때는 아무도 믿어주지 않았던 마틸다라는 어린 소녀에 대한, 엄마가 늘 암송하던 시도 있었다.

마틸다가 "불이야!"라고 외칠 때마다
사람들은 "거짓말쟁이 꼬마로구나!"라고 대답했어요.
그래서 마틸다의 아주머니가 돌아왔을 때는
마틸다도 집도 활활 불타버렸어요.

정작 나는 엄마에게 복수를 했다. 열네 살이 되자 나는 모든 음식을 끊었다. 의사들이 거식증이라고 진단했지만, 실은 섭식장애가 아니었다. 나는 단지 엄마보다 내 의지력이 더 강하다는 사실을 증명하려고 했던 것뿐이다. 이내 온 가족이 나의 식이나 나의 체중, 나의 칼로리 섭취, 내가 하루를 잘 보냈는지 아닌지, 나의 생리가 끊겼는지 아닌지, 혹시라도 현기증이 났는지, 연한 솜털이 양팔과 두 볼에 솟아났는지 미친듯이 걱정하기 시작했다. 식사 시간은 내게 한입이라도 더 먹이려고 부모님이 어르고, 달래고, 선물을 안겨주느라 한없이 길어졌다. 내가 좋아하는 음식이 뭔지 알면 그 음식을 먹을 것이라는 짐작에 희한하기 짝이 없는 식단도 짜게 했다. 그래서 한 주 내내 얇게 저며 튀긴 사과를 뿌린 아보카도 수프만 먹은 적도 있다. 어떨 때는 배와 물냉이 샐러드를 하루에 세 번씩 먹었다. 아빠는 원래 자식에게 살가운 사람이 아니었지만 거식증이 시작된 후로는 내가 아빠의 우선순위가 되었다. 나는 이런저런 개인병원에서 진료를 받았고, 그때마다 낮은 자존감과 뭔가를 이루고 성취감을 느끼는 이야기를 했다. 하지만 나는 이미 이루고 있었다. 먹지 않은 것 말이다. 나는 생기는 없지만 천사처럼 미소 짓는 법을 깨쳤고 의사들의 생각이 옳으며 지금부터라도 스스로에 대해 좀더 긍정적인 생각을 하도록 정말 노력하고 애쓰겠다는 말을 아무렇지도 않게 하게 되었다.

그러던 어느 날, 호락호락하지 않은 여자 심리치료사를 만났고 그녀가 내 눈을 똑바로 보면서 내가 사람을 얼마나 잘 조종하는지 알고 있다고, 얼른 음식을 먹지 않으면 너무 늦을 거라고 경고했다. 그후 나는 더이상 음식을 거부하지 않게 되었다. 거식증은 사람의 뇌가 작동하는 방식을 확실하게 바꾼다. 특정한 사고 패턴에 익숙해져서, 전혀 생각지도 못한 순간 그 패턴이 불쑥 등장한다. 거식증을 너무 오래 끌어안고 있으면 남은 평생 그 패턴에 휘둘리게 된다. 내가 눈살을 찌푸리면 바람의 방향이 바뀐다는 허무맹랑한 생각을 품고 살게 되는 것이다.

나는 거식증 시늉은 관뒀지만 살은 찌우지 않았다. 사람들이 그런 걸 좋아한다는 사실을 깨달았다. 특히 남자들은 이런 나를 보면 보호 본능을 느꼈다. 그들은 눈앞의 여자가 강철 같은 의지력의 소유자인 줄 꿈에도 모른 채 바람이 불면 날아갈 거라고 생각했다.

하지만 때로, 지금처럼 상황이 걷잡을 수 없어지면, 음식을 먹지 않을 때 느꼈던 감미로운 만족감이 떠오른다. 그때는 내 운명이 내 손안에 있다고 느낄 수 있었기에.

지금은 그 유혹에 간신히 저항하는 중이다. 하지만 지금까지 일어난 일을 생각할 때마다 뱃속이 텅 빈 병적인 느낌이 찾아온다. 이것들은 당신의 직장 동료들이 작성한 선서진술서입니다. 몇 명이나 진술서를 썼을까? 솔 말고 또 누가 썼을까? 이제 와서 그런 건 중요하지 않다. 소문은 회사에 파다하게 퍼질 것이다.

그리고 어맨다도, 내 가장 친한 친구 중 한 명도 자신의 남편이 나와 섹스를 했다는 사실을 알게 될 것이다.

나는 인사부에 메일을 보내 병가를 냈다. 앞으로 어떻게 할지 마음을 정할 때까지 회사에 얼굴을 내밀지 말아야 한다.

바쁘게 몸을 놀리기 위해 정성 들여 집을 청소한다. 별생각 없이 현관문을 열어둔 채 쓰레기를 처리한다. 바로 그때 내 뒤에서 들린 바스락 소리에 휙 돌아서고 나는 심장이 튀어나올 만큼 놀란다.

아기 원숭이처럼 눈을 커다랗게 뜬, 작고 앙상한 얼굴이 나를 바라보고 있다. 새끼 고양이다. 아주 작은 샴고양이. 고양이는 나를 보더니 이제부터 내가 제 주인을 찾아줘야 할 책임이 있다고 말하는 것처럼 기대하는 표정으로 돌바닥에 다소곳이 앉는다.

너는 누구니? 내가 묻는다. 고양이가 야옹 운다. 고양이는 내가 자신을 안아들어도 상관하지 않는다. 뼈와 가죽에 스웨이드처럼 부드러운 털이 뒤덮여 있다. 고양이는 내 팔에 안긴 순간 가르랑거린다.

널 어떻게 하면 좋니? 내가 혼잣말을 한다.

나는 고양이를 품에 안고 집집마다 찾아다닌다. 이 동네에는 주택대출금이나 집세를 내기 위해 부부가 맞벌이를 해야 하는 가구가 많아서 벨을 눌러도 대부분 대답이 없다. 그런데 3번지의 벨을 누르자 붉은 곱슬머리에 주근깨가 난 여자가 밀가루가 잔뜩 묻은 손을 앞치마에 닦으며 나온다. 그녀 뒤로 주방과 붉은 머리의 아이들이 보인다. 남자애와 여자애로, 아이들도 앞치마를 하고 있다.

안녕하세요. 그녀가 인사한다. 그러더니 그녀의 시선이 내 품에서 애교스럽게 가르랑거리는 고양이에게로 향한다. 어머나, 정말 예쁘네요. 그녀가 말한다.

어느 집 고양이인지 아주머니도 모르시는군요? 내가 묻는다. 이 고양이가 저희 집으로 들어왔어요.

그녀가 고개를 젓는다. 이 주위에 고양이를 키우는 집이 있다는 말은 못 들었어요. 집이 어디예요?

1번지요. 내가 옆을 가리키며 대답한다.

총통의 벙커요? 그녀가 못마땅해하는 티를 내며 말한다. 누가 사는 것 같더라니. 참, 나는 매기 에번스예요. 들어오실래요? 다른 엄마들에게 전화를 돌려볼게요.

아이들은 어느새 내 주위로 몰려와 새끼 고양이를 만지게 해달라고 조르고 있다. 아이들의 엄마는 먼저 손부터 씻으라고 한다. 그녀가 이웃에 전화를 돌리는 동안 나는 기다린다. 안전모를 쓴 작업 인부 세 사람이 지하실에서 주방으로 올라와 빈 머그잔들을 예의바르게 싱크대에 내려놓는다. 이 난장판에 오신 걸 환영합니다. 매기 에번스는 전화를 끊고 오면서 이렇게 말하지만, 이곳은 전혀 난장판으로 보이지 않는다. 두 아이들도 인부들도 믿을 수 없을 만큼 예의가 바르다.

소득이 전혀 없네요. 그녀가 덧붙인다. 클로이, 팀, 너희들 고양이를 발견했다는 벽보를 만들어볼래?

아이들이 열렬히 반응한다. 클로이는 주인이 나타나지 않으면 자신들이 키워도 되는지 묻는다. 매기는 새끼 고양이는 금방 자라서 커다란 고양이가 되고, 그러면 언젠가는 헥터를 잡아먹어버릴 거라고 딱 잘라 말한다. 헥터가 누구인지 나는 끝내 알아내지 못한다. 아이들이 벽보를 그리는 동안 매기는 차를 타주며 원 폴게이트 스트리트에 이사 온 지 얼마나 되었는지 묻는다.

우리는 처음부터 그 집을 짓는 걸 좋아하지 않았어요. 매기가 비밀을 털어놓듯 말한다. 이 거리와는 어울리지 않잖아요. 게다가 건축가가 어찌나 무례하던지. 이웃에서 걱정하는 사항들을 그 사람에게 알리려고 주민회의가 열렸거든요. 그런데 그 사람은 입도 뻥긋하지 않고 멀뚱히 서 있기만 하지 뭐예요. 그러다 쌩하고 가버리더니 끝내 설계를 전혀 변경하지 않았더라고요. 단 하나도 말이죠! 그 집에 사는 건 지옥 같을 거예요.

사실 꽤 괜찮아요. 내가 말한다.

그 집에서 결국 못 버티고 나간 예전 세입자를 만난 적이 있어요. 그 여자는 간신히 몇 주를 버텼죠. 그 집이 자신을 싫어하는 것 같다나요. 게다가 지켜야 할 괴상한 규칙들이 있다면서요?

몇 가지 있어요. 다 합리적인 규칙들이에요. 내가 말한다.

그래도 나는 그런 집에서는 못 살아요. 티미! 그녀가 소리쳐 부른다. 그림 그릴 때 그 자기 접시는 쓰지 말랬잖아. 그나저나 뭐하시는 분이세요? 그녀가 내게 말한다.

마케팅 관련 일을 해요. 오늘은 병가를 냈고요.

어머나. 그녀가 말한다. 그러고는 당황한 표정으로 나를 힐끔힐끔 살핀다. 확실히 내가 그렇게 아파 보이지는 않을 것이다. 그러더니 그녀는 걱정스러운 표정으로 아이들을 힐끔 본다.

걱정 마세요. 전염되는 건 아니니까. 나는 얼른 목소리를 낮춘다. 지금 화학요법을 받는 중이거든요. 치료중에는 기력이 없어요. 그뿐이에요.

내 말을 듣자마자 그녀는 걱정스러운 눈빛을 하고 나를 바라본다. 어머나, 어떻게 해요……

그러지 마세요. 저는 정말 괜찮아요. 팔팔하답니다. 내가 힘차게 말한다.

당신의 고양이인가요?라고 적힌 벽보 한 묶음과 고양이를 받아들고 그 집에서 나올 즈음, 나와 매기 에번스 사이에는 확고한 우정이 싹텄다.

원 폴게이트 스트리트로 돌아오니 고양이는 점점 대담해져서 집 안을 탐색하며 호랑이처럼 계단을 풀쩍풀쩍 뛰어올라 침실로 향한다. 고양이를 찾아보니 녀석은 내 침대에 드러누워 한 다리를 공중으로 쭉 뻗은 채 잠들어 있다.

회사를 어떻게 해야 할지 비로소 결심이 선다. 나는 휴대폰을 꺼내 대표번호로 전화를 건다.

플로우 워터 서플라이입니다. 무엇을 도와드릴까요? 누군가가 전화를 받는다.

인사부의 헬렌 씨와 통화를 할 수 있을까요?

수화기 반대편에서 잠시 침묵이 흐르더니 이내 인사부 부장이 전화를 받는다. 전화 바꿨습니다.

헬렌, 저 에마예요. 에마 매슈스요. 솔 액소이를 정식으로 고발하려 합니다.

클라크 경위를 추적하는 일이 식은 죽 먹기였다면, 솔 액소이의 이메일 주소를 찾아내는 일은 그보다 더 손쉬웠다. 그의 이름과 '플로우 워터 서플라이'를 구글에 치자, 삼 년 전 그가 퇴사를 했다고 뜬다. 이제 그는 피지에 있는 휴화산의 지하에서 생수를 뽑아내는—번드르르한 홈페이지에 그렇게 나와 있다—생수회사 '볼케이노'의 창업자이자 CEO다. 사진 속 솔은 피부는 구릿빛으로 태우고 머리는 밀어버린 미남으로, 치아는 눈처럼 희고 한쪽 귀에 다이아몬드 피어싱을 하고 있다. 나는 그에게 표준적인 메일 작성법에 의거해 메일 한 통을 써서 보낸다. 친애하는 솔 씨. 난데없이 이런 메일을 받고 놀라지 않으셨기를 바랍니다. 저는 제가 지금 살고 있는 원폴게이트 스트리트의 이전 세입자에 대해 조사를 하고 있습니다……

현대를 사는 우리는 모두 연결되어 있다. 사이버공간으로 메일을 전송하는데 문득 이런 생각이 든다. 모든 사람과 모든 것이 이어져 있다고. 그런데 이 조사를 시작한 이래 처음으로 퇴짜를 맞는다. 답장은 신속하게 왔지만 대답은 거절한다는 내용이다.

메일 감사합니다. 저는 에마 매슈스에 대해 어떤 이야기도 하지 않습니다. 그 누구와도요. 솔 드림.

나는 다시 시도한다. 실은 내일 저녁에 귀하의 회사 근처에서 볼일이 있습니다. 잠시 한잔할 수 있을까요?

나는 내 메신저 주소를 첨부한다. 솔 액소이에 대해 조금이나마 알아낸 정보로 판단하건대, 그는 분명 페이스북에서 나를 찾아볼 것이다. 잘난 척하는 것 같지만, 내 사진을 보면 한잔할 기회를 뿌리치지는 못할 것이다.

두번째 답장은 처음보다 더 긍정적이다. 좋습니다. 삼십 분가량 시간을 낼 수 있습니다. 더턴 스트리트에 있는 지브라 바에서 여덟시에 만나죠.

나는 약속 시간보다 일찍 도착해 라임소다를 주문한다. 이제 가슴이 더 커지고 화장실도 전보다 더 자주 간다. 그게 아니면 내가 임신했다는 사실을 알아차리기는 쉽지 않을 것이다. 미아는 내가 요즘 유난히 좋아 보인다고 말하기는 한다. 얼굴에서 빛이 나. 그녀는 이렇게 말한다. 하지만 아침마다 입덧에 시달리는 나는 전혀 실감을 못하겠다.

솔 액소이의 첫인상은 액세서리다. 귀의 피어싱은 물론이고 목에 건 가느다란 금목걸이가 맨 위 단추를 푼 셔츠 사이로 보인다. 정장 재킷의 소매 밖으로 나온 셔츠 끝에는 커프스가 시선을 끌고 왼손에는 값비싸 보이는 시계가, 오른손에는 인장 반지가 버티고 있다. 그는 내가 벌써 음료수를 마시고 있는데다 청량음료라는 사실에 기분이 상한 듯 보인다. 그는 내게 샴페인을 강권하다가 안 되겠다 싶은지 자신의 술만 주문한다.

언뜻 봐도 솔은 사이먼 웨이크필드와 더이상 다를 수 없을 만큼 다르다. 그를 보자마자 그런 생각이 든다. 그리고 에드워드 멍크 퍼드는 이 두 사람과 완전히 딴판이다. 에마가 세 남자와 모두 관계를 가졌다는 사실이 믿기지 않을 정도다. 사이먼이 상대를 즐겁게 해주려고 애쓰는 성격이면서도 예민하고 불안정하다면, 에드워드는 차분하고 언제나 자신만만하고, 솔은 강압적이고 야단스럽고 유난스럽다. 자신의 말에 억지로라도 동의를 끌어내고 싶은지 말을 끝낼 때마다 공격적으로 "예?"라고 되묻는 말버릇도 있다.

"이렇게 시간 내주셔서 감사해요." 나는 예의상 이런저런 이야기를 나눈 후 본론으로 들어간다. "에마를 전혀 모른다는 사실을 감안하면 제 행동이 이상하게 보일 줄 알아요. 그런데 아무도 에마를 제대로 아는 사람이 없는 것 같아서요. 지금까지 이야기를 나눈 사람마다 에마를 다르게 묘사하더군요."

그가 어깨를 으쓱한다. "나는 그런 이야기나 하려고 나온 게 아닌데요, 예? 아직도 그 여자 이야기는 할 수가 없어요."

"그건 왜죠?"

"그 여자가 거짓말쟁이니까요." 그가 왈칵 울분을 토한다. "나는 그 여자 때문에 직장에서 쫓겨났어요. 물론 그 자리가 아쉽지는 않아요. 형편없는 자리였으니까. 하지만 나에 대해 거짓말을 했고 나는 당하고 가만히 있는 사람이 아니거든요."

"에마가 무슨 짓을 했나요?"

"내가 자기한테 술을 먹여서 섹스를 강요했다고 인사부에 고발했더군요. 같이 자주면 마케팅 부서로 옮기도록 도와주겠다고 제 안을 했다고 했죠. 그녀가 거절했는데, 내가 그 거절을 받아들이지 못했다는 거예요. 하필 그때 나는 마케팅 책임자한테 그녀를 잘 좀 봐달라고 이야기를 했어요. 하지만 그건 우리가 자기 전이었어요, 잔 후가 아니라. 그런데도 이런 사정이 밝혀지기도 전에 울면서 강간을 당했다고 신고를 해버린 거예요, 예? 마침 회사 여직원들 몇 명이 나랑 관계된 사정을 서로 알게 되어서 나한테 앙심을 품은데다가 내 아내—전 아내죠—도 나한테 누명을 씌울 기회를 엿보고 있었거든요. 결국 나는 볼장 다 봤죠. 그런데 결국 그 일이 나한테 최고의 전화위복이 되었어요. 물론 마누라는 그때는 이렇게 될 줄 몰랐겠지만."

"그러면 당신과 에마는…… 도대체 뭐였어요? 불장난? 불륜?" 바에는 소금을 입힌 땅콩이 가득 든 그릇이 있는데, 그가 말하는 내내 그 땅콩이 먹고 싶어 견딜 수가 없다. 결국 땅콩 그릇을 멀찍이 민다.

"섹스 두 번 한 게 다예요. 회사에서 연수를 갔다가 호텔에서 하룻밤을 보냈어요. 공짜 술이 들어가서 자제력을 잃었죠."그가 얼굴을 찡그린다. "이봐요. 나도 내가 잘했다는 건 아니에요. 사이먼은 내 친구예요. 적어도 일이 이렇게 되기 전에는 그랬죠. 그런데 내가 원래 거절을 잘 못하는데다 먼저 꼬리를 친 건 그 여자라고요, 믿어줘요. 사실 재미는 다 봤고 이제 끝낼 때라고 마음을 먹었을 때도 그 여자는 계속 만나고 싶어했어요. 내가 보기에 그 여자는 위험한 관계를 좋아했어요. 우리가 사이먼 몰래 만난다는 사실을 좋아했거든요. 어맨다의 뒤통수를 친다는 것도 좋아했고요. 내 생각을 물어본다면, 결국 나는 사이먼을 그 여자한테서 구해준 셈이었어요. 본인은 절대 그런 식으로 생각하지 않겠지만."

"사이먼과 아직도 연락하세요?"

그는 고개를 젓는다. "몇 년째 연락도 안 해요."

"이런 걸 물어봐도 될지…… 에마의 휴대폰에 있던 영상을 본 사람이 꽤 거칠더라고 하더군요."

그는 당황한 척도 하지 않는다. "예. 그 여자가 그런 걸 좋아했거든요, 오죽하겠어요? 기본적으로 여자들이 다 그렇잖아요." 그가 내 눈을 똑바로 응시한다. "나는 자신이 무엇을 원하는지 아는 여자들이 좋아요."

소름이 끼쳤지만 감정을 드러내지 않으려고 애쓴다. "그런데 그 영상은 왜 찍었어요?"

"그냥 바보짓을 한 거죠. 다들 하잖아요, 예? 그 여자가 나중에 삭제할 거라고 했는데, 그냥 뒀겠죠. 그게 에마니까. 그 여자는 자신이 그런 것, 그러니까 남이 봤다가는 자신의 빌어먹을 인생과 내 인생을 박살낼 만한 것을 가지고 있다는 사실을 만끽했을 거예요. 한줌도 안 되는 자신의 권력을 즐긴 거죠. 내가 확실하게 확인을 했으면 좋았겠죠. 하지만 그때 나는 이미 마음이 떴거든요."

"그녀가 다른 일에 대해서도 거짓말을 하는 걸 눈치채셨나요? 사람들이 그녀에 대해 이런 이야기를 하더라고요. 그녀가 항상 진실을 말한 건 아니었다고."

"진실만 말하는 사람이 어디 있겠어요, 예?" 그는 이제 긴장이 풀린 듯 뒤로 기댄다. "사실 그 여자가 가끔 말도 안 되는 이야기를 할 때 이상하다는 생각이 얼핏 들기는 했어요. 사이먼 말이 그 여자가 모델이 될 뻔했다는 거예요. 어느 톱 에이전시에서 계약을 하자고 사정을 했는데 에마가 자기는 모델 일이 맞지 않는 것 같다고 했다나요. 예, 어련하겠어요. 생수회사에서 개인비서 경력을 쌓으려고 모델 제의를 걸어찼겠죠. 나한테는 예전에 지역 사진작가가 길에서 접근을 해왔는데, 어쩐지 변태 같아서 아무것도 안 했다고 하더군요. 그때 그런 생각이 들었어요. 어느 쪽이 실제로 벌어진 일일까? 어쨌든 그 여자는 실제보다 약간 과장을 하거나 한발 더 나아가 아예 판타지 세상을 만드는 경향이 종종 있었어요."

"그런데 말이죠." 그가 덧붙인다. "내가 소매상들과 이야기하는 걸 들어보면, 내가 벌써 백만 파운드 단위로 매출을 올리는 중이라고 생각하게 될 거예요. 그렇게 될 때까지 그런 척하라, 이거 아니겠어요?" 그가 샴페인잔을 비운다. "이봐요. 그 여자 이야기는 이제 그만합시다. 술 한 병 시키고 당신에 대해 이야기를 해보죠. 당신 눈이 정말 아름답다는 이야기 못 들었어요?"

"고마워요." 나는 이렇게 말하며 의자에서 미끄러져나온다. "지금 가봐야 할 데가 있어요. 어쨌든 이렇게 만나줘서 정말 고마워요."

"뭐라고요?" 그는 충격을 받은 척한다. "벌써 가려고요? 만날 사람이 누구예요? 남자친구? 우리 이제 막 시작했잖아요. 이봐요, 다시 앉아봐요. 칵테일 한 잔씩 합시다. 예?"

"됐어요. 나는 정말……"

"최소한 그 정도는 할 수 있잖아요. 당신 때문에 일부러 시간을 냈으니 이제 나한테 빚진 겁니다. 제대로 마시자고요." 그는 미소를 짓고 있지만 눈빛에는 무자비함과 절박함마저 엿보인다. 그는 여자들을 정복하는 것으로 점점 희미해져가는 자존감을 강화해보려는 늙어가는 바람둥이인 것이다.

"정말 안 돼요." 나는 단호하게 다시 말한다. 내가 그 바에서 나올 즈음, 그는 이미 바를 둘러보며 또다른 정복 대상을 물색하고 있다.

알코올의존증 환자들에게는 마침내 완전히 바닥을 치는 순간이 있다고들 한다. 아무도 당신에게 그만둘 때라고 이야기할 수 없고, 아무도 당신을 설득할 수 없다. 바닥까지 스스로 가야만 한다. 그 래서 상황을 있는 그대로 인정하면, 그때, 비로소 그때, 당신에게 반전의 기회가 찾아온다.

나는 바닥까지 떨어졌다. 솔에게 누명을 씌운 일은 기껏해야 임 시방편일 뿐이다. 어딜 봐도 그는 그렇게 당해도 싸다. 어맨다의 눈을 속이고 사무실의 여직원들에게 차례로 치근덕거린 게 하루이 틀이 아니었다. 그가 어떤 인간인지 모르는 사람이 없고 누군가가 그를 멈춰줘야 할 때다. 하지만 다른 한편으로는, 그에게 나를 취 하게 만들라고 한 사람도 나였고, 그가 한 짓을 하게 만든 것도 다 름 아닌 나였다는 사실을 직시하지 않으면 안 된다. 애정에 굶주린 데다 끊임없이 나를 숭배하며 짜증을 돋우는 사이먼과 지내다보니, 나와 이기적이고 단순한 섹스를 하고 싶어하는 사람이 있다는 것만으로도 기분전환이 되었다. 하지만 그렇다고 해서 내가 어리석은 짓을 했다는 사실은 바뀌지 않는다.

나는 변해야 한다. 상황을 명료하게 보는 사람이 되어야 한다. 피해자가 아니라.

언젠가 캐럴이 그랬다. 우리가 바꿀 수 있는 사람은 자기 자신밖에 없고 자기 자신을 바꾸는 일조차 믿을 수 없을 만큼 힘든데도, 우리는 정작 남을 바꾸기 위해 가진 에너지를 모두 투자한다고. 이제야 그 말이 무슨 뜻인지 알겠다. 나는 이 엿같은 일들이 벌어지게 한 사람과는 다른 사람이 될 각오가 선 것 같다.

캐럴의 전화번호가 찍힌 명함을 찾아 연락을 해볼 생각이다. 그런데 명함이 어디 있는지 모르겠다. 원 폴게이트 스트리트에서 어떻게 물건이 없어질 수 있는지 도저히 알 수 없지만 이런 일이 자꾸 일어나는 것 같다. 세탁물도, 욕실에 있었다고 맹세라도 할 수 있는 향수병도 전부 사라졌다. 이제 사라진 물건을 찾으러 다닐 힘도 없다.

하지만 새끼 고양이는 내버려둘 수 없다. 아이들이 만든 벽보를 붙여봤지만 고양이—이제 수컷인 건 확인했다—를 찾는 전화는 한 통도 없다. 고양이는 자신이 이곳의 주인이라도 되는 듯 원 폴게이트 스트리트를 탐색하며 돌아다닌다. 고양이의 이름을 지어줘야 한다. 〈티파니에서 아침을〉에 나오는 길 잃은 고양이 이름을 따서 그냥 '캣'으로 부르려고 했는데, 더 좋은 생각이 떠오른다. 여기서 나는 캣 같은 존재죠, 이름 없는 슬롭*이에요. 우리는 아무에게도 속하지 않고 아무도 우리에게 속하지 않아요.

356

슬롭이 좋겠다. 나는 모퉁이 가게에 가 고양이 먹이와 다른 용품들을 구입한다.

돌아와보니 집밖에 누가 와 있다. 자전거를 탄 소년이다. 슬롭을 찾으러 온 것 같다. 그런데 다시 보니 이 아이는 보석적부심이 있던 날 내게 욕을 퍼붓고 사라졌던 그 소년이다.

그는 나를 보고 씩 웃으며 자전거 핸들에 걸어놓은 양동이를 집어든다. 아니, 그냥 양동이가 아니다. 그것은 페인트통이고 뚜껑이 열려 있다. 소년은 자전거를 탄 채 두 발을 땅에 딛더니 통에 든 내용물을 나를 피해 곧장 집으로, 새것과 같은 연한 석조 벽으로 던지듯 흩뿌린다. 거인에게 난 상처처럼 원 폴게이트 스트리트의 전면에 시뻘건 홈 같은 얼룩이 생긴다. 페인트통은 땅에 떨어져 붉은 페인트를 뚝뚝 흘리며 굴러간다.

이년아, 이제 네가 어디에 사는지도 다 알아. 소년은 내 얼굴에 대고 고함을 지른 후 페달을 밟아 멀어진다.

나는 떨리는 손으로 간신히 휴대폰을 꺼내 클라크 경위가 준 번호를 찾는다. 여보세요, 저 에마예요. 내가 재빨리 말한다. 또 무슨 일이 벌어지면 전화하라고 하셨잖아요. 일이 벌어졌어요. 그애가 집에 온통 붉은 페인트를……

에마 매슈스 씨, 그가 대답한다. 방에 있는 다른 사람들이 들으라고 내 이름을 일부러 부른 것 같다. 왜 이 번호로 전화를 하셨습니까?

저한테 알려주셨잖아요, 잊으셨어요? 다시 위협을 받으면 전화

---

* slob. '게으름뱅이'라는 뜻.

를 하라고……

이건 제 개인번호입니다. 신고를 하고 싶으면 경찰서 접수계로 전화를 거세요. 번호를 알려드리죠. 펜이 있으십니까?

나를 보호해주겠다고 하셨잖아요. 내가 천천히 말한다.

상황이 변했습니다, 명백하게도. 전화를 걸어야 할 번호를 문자로 보내드리죠. 그가 말한다. 그러더니 전화가 뚝 끊어진다.

개자식. 내가 씩씩거리며 말한다. 그리고 다시 흐느낀다. 무기력과 수치심의 눈물이 흐른다. 나는 집으로 다가가 거대한 붉은 얼룩을 바라본다. 이걸 어떻게 지울 수 있을지 감도 못 잡겠다. 이건 이제 에드워드에게 말을 해야 한다는 사실을 의미한다.

10. 새로 사귄 친구가 과거에 절도로 감옥에 갔었다고 털어놓습니다. 오래전 일이고 친구는 그후로 새 삶을 살고 있습니다. 당신은

○ 그 사실은 이제 신경쓸 필요 없다. 누구나 두번째 기회를 가질 자격이 있다
○ 과거를 밝힌 그 친구의 솔직함을 높이 산다
○ 당신도 과거의 실수를 털어놓는다
○ 그 친구가 그런 상황에 처했다는 사실을 안됐다고 여긴다
○ 우정을 쌓고 싶은 부류의 사람이 아니라고 마음을 정한다

솔 액소이와 만난 후 지하철을 타고 집으로 돌아가는데 택시를 탈 형편이면 얼마나 좋을까 하는 생각이 든다. 지저분하고, 승객들로 미어터지고, 하루를 마감할 무렵 땀과 더러움에 전 사람들의 몸에서 나는 냄새도 점점 참기 힘들다. 아무도 내게 자리를 양보해주지 않는다. 어차피 기대하지도 않았다. 하지만 배가 팔 개월은 되어 보이는 여자가 아기가 타고 있어요 배지를 달고 킹스크로스역에서 타자 누군가가 자리를 양보한다. 그녀가 끙 소리를 내며 자리에 앉는다. 몇 달 후면 나도 저 모습이 되겠지. 이런 생각이 든다.

그래도 원 폴게이트 스트리트는 여전히 나의 안식처이자 고치다. 나는 에드워드에게 임신 소식을 계속 알리지 못하는 것이, 미아의 말이 옳고 그에게 버림받을 것이라는 두려움 때문이라는 사실을 깨달았다. 에드워드가 내 뱃속의 아이가 자신의 아이라는 사실을 알면 달라질 거라고. 그의 소중한 규칙들보다 우리 관계가 더 깊어질 거라고, 베이비 모니터와 유모차, 육아실의 벽지와 안전매트 같은 온갖 육아용품도 참아줄 거라고 스스로를 다독인다. 나는 인터넷에서 발달지표*를 확인해보았다. 나와 에드워드가 A형 성격으로 규율을 중시한다는 점을 감안하면, 우리 아이는 백일까지 밤새 푹 자고, 돌이 되기 전에 걷고, 십팔 개월이면 배변훈련을 끝낼 수 있을 것이다. 확실히 이 정도면 작은 카오스를 견디기에 그리 긴 시간도 아니지 않은가?

하지만 그가 어떤 반응을 보일지 도저히 자신할 수 없어서 아직은 전화를 걸 수가 없다.

그리고 집안이 아무리 평온하다 해도 여전히 내게는 마주해야 할 나만의 공포가 있다. 이저벨은 태어난 순간 울지도 움직이지도 않았다. 이 아기는—신이시여, 제발—다를 것이다. 나는 몇 번이고 그 순간을 머릿속에 그려본다. 기다림, 난생처음 들이쉬는 숨, 가냘프지만 힘차게 내뱉는 울음소리. 나는 어떤 기분을 느낄까? 승리감? 아니면 좀더 복잡한 기분? 가끔 정신을 차리면 마음속으로 이저벨에게 용서를 구하고 있다. 약속해, 엄마는 너를 잊지 않을 거야. 아무도 네 자리를 차지할 수 없다고 약속해. 너는 언제까지나 나의 첫아이란다, 내 사랑, 내 소중한 딸. 너를 위해 언제나 슬퍼할 거야. 하지만 곧 또다른 사랑이 생길 것이다. 그렇게 되더라도 내 안에 영원히 마르지 않는 사랑의 샘이 있어서 이저벨을 향한 내 감정이 무뎌지지 않을 수 있을까?

나는 눈앞의 문제에 집중하기로 한다. 에드워드 말이다. 그에게

---

* 아이가 일정한 나이에 도달하면 하는 행동.

임신 사실을 전해야 한다고 생각하면 할수록 작은 목소리가 내 아이의 아버지인 이 남자에 대해 내가 아무것도 모른다는 사실을 일깨워준다. 내가 아는 것이라고는 그가 뛰어난 사람이라는 사실뿐이고, 이는 곧 그가 특이하고 강박적인 사람이라는 말의 다른 표현에 불과하다. 나는 여전히 그와 에마 사이에 무슨 일이 있었는지조차 모른다. 그가 그녀의 죽음에 도덕적이건 뭐건 책임이 있는지, 아니면 사이먼과 캐럴이 둘 다 다른 방식으로 그녀의 죽음을 오해하고 있는지조차 모르겠다.

나는 요즘 그 어느 때보다 체계적이고 능률적이다. 세 가지 형광색 포스트잇을 사서 주방의 벽 하나를 거대한 마인드맵으로 만들고 있다. 한쪽에는 '사고'라고 쓴 포스트잇을 붙이고 그 옆으로 '자살' '살해-사이먼 웨이크필드' '살해-디언 넬슨' '살해-미지의 인물' 순으로 포스트잇을 붙인다. 마지막으로 내키지는 않지만 '살해-에드워드 멍크퍼드' 포스트잇을 더한다. 각각의 포스트잇 아래로 그 가설을 뒷받침하는 증거를 쓴 포스트잇을 붙인다. 증거가 없는 곳은 물음표를 써붙인다.

다행스럽게도 에드워드의 이름 아래로 붙어 있는 포스트잇은 단 두 장이다. 사이먼도 다른 사람들에 비하면 얼마 되지 않지만, 솔과 이야기를 나눈 지금은 '가장 친한 친구와 섹스를 한 것에 대한 복수???'라고 쓴 포스트잇을 붙이지 않을 수 없다.

잠시 생각을 한 후 나는 한 줄을 더 붙인다. '살해-클라크 경위.' 그가 아무리 경찰이었다지만 동기가 없지는 않기 때문이다. 그는 에마에게 농락당한 대가로 직장을 잃었다. 물론 에드워드의 짓이 아니라고 믿는 것만큼 클라크 경위의 소행이라고도 생각하지 않는다. 다만 그도 분명히 에마에게 약간은 반했으므로, 어떤 가능성도 성급하게 배제하고 싶지 않을 뿐이다.

클라크 경위에 대해 생각하다보니 경찰이 에드워드의 스토커에 대해 알고 있는지 물어본다는 걸 깜박했다는 사실이 떠오른다. 요르겐 아무개 말이다. 나는 포스트잇을 또 붙인다. '살해 – 에드워드의 스토커.' 이렇게 가설은 모두 여덟 개가 된다.

벽을 노려보고 있으니 이것들로는 어떤 결론도 내릴 수 없다는 생각이 든다. 클라크 경위의 말처럼, 가설을 세우는 것과 확실한 증거를 찾아내는 것은 별개의 문제다. 내가 이곳에 모아둔 것은 결국 추정 목록이다. 검시관이 사인 불명 판결을 내린 것도 무리가 아니다.

화려한 색상의 포스트잇들이 원 폴게이트 스트리트의 깨끗한 벽에 걸린 현란한 현대미술작품처럼 보인다. 나는 한숨을 쉬며 포스트잇을 몽땅 떼서 쓰레기통에 버린다.

재활용 쓰레기통이 가득차서 쓰레기를 버리러 나간다. 원 폴게이트 스트리트의 건물 옆쪽에 자리한 커다란 재활용 쓰레기통들은 바로 옆 3번지 집과 경계에 있다. 쓰레기통을 뒤집으니 버린 순서와 반대로 쓰레기가 쏟아진다. 가장 최근에 버린 것에서 시작해 점점 더 오래된 쓰레기가 쏟아져내린다. 어제 먹은 음식 포장지와 지난주 일요일판 〈타임스〉, 전주에 다 쓴 샴푸통이 보인다. 그리고 스케치가 있다.

나는 그 스케치를 집어든다. 그가 출장을 떠나기 전에 나를 그린 것인데, 잘 그렸지만 간직할 생각은 들지 않는다고 했던 스케치였다. 그림을 보니 그는 나를 한 번이 아니라 두 번 그렸나보다. 제대로 그린 그림에서 나는 머리를 오른쪽으로 돌리고 있다. 디테일이 아주 잘 살아 있어서 팽팽하게 당겨진 목의 근육과 아치 형태의 쇄골의 묘사가 생생하다. 그런데 그 그림 위에 덧그린 것인지 아니면 먼저 그린 것인지, 들쭉날쭉하고 대담한 선 몇 개로만 그려졌으며 에너지와 폭력성이 놀랄 정도로 표출된 두번째 그림이 있다. 그림 속 나는 머리를 다른 쪽으로 돌리고 있고 소리를 지르는지 입을 벌리고 있다. 반대 방향을 향한 두 개의 머리로 인해 보는 이의 마음을 휘젓는 동적 효과가 생생하다.

어느 쪽이 펜티멘토고 어느 쪽이 완성작일까? 에드워드는 왜 이 그림에 문제가 없다고 했을까? 내가 이 이중의 이미지를 보는 게 싫은 특별한 이유가 있었을까?

"안녕하세요?"

나는 펄쩍 뛰어오를 정도로 놀란다. 마흔 정도 되어 보이는 붉은 곱슬머리 여자가 쓰레기통을 비우며 3번지 집과의 경계선 바로 너머에 서 있다. "죄송합니다. 갑자기 말을 거셔서 놀랐어요." 내가 말한다. "안녕하세요."

그녀는 원 폴게이트 스트리트를 가리킨다. "가장 최근 세입자군요, 그렇죠? 나는 매기예요."

나는 울타리 위로 손을 내밀어 악수한다. "제인 캐번디시예요."

"솔직히," 그녀가 말을 잇는다. "나도 그쪽 때문에 기겁했어요. 첫눈에 다른 아가씨인 줄 알았거든요. 그 불쌍한 아가씨 있잖아요."

그 순간 모골이 송연해진다. "에마를 아셨나요?"

"이야기를 나눈 정도예요. 사랑스러운 사람이었죠. 마음씨도 고왔고요. 한번은 주인 잃은 새끼 고양이를 데리고 우리집에 와서 이야기를 나눈 적이 있어요."

"그게 언제였어요?"

매기가 미간을 찌푸린다. "고작 몇 주 전이었어요. 그 일이 있기…… 알죠?"

매기 에번스…… 이제 기억난다. 에마가 죽은 후, 이웃들이 원 폴게이트 스트리트를 얼마나 싫어했는지 기록한 서류에 그녀의 증언이 나와 있었다.

"정말 마음이 아팠어요." 매기가 계속 말한다. "에마는 암치료 때문에 쉰다고 했어요. 그녀가 그렇게 발견됐을 때 암과 무슨 관계가 있지 않을까 싶더라고요. 화학요법이 듣지 않아서 목숨을 끊은 게 아닌가 하고요. 그녀는 내게 비밀로 털어놓았지만 경찰에 그 이야기를 하는 게 시민의 의무라는 생각이 들었어요. 그런데 경찰이 부검을 했는데 암이 발견되지 않았다는 거예요. 그 지독한 병을 이겨냈는데도 결국은 죽어버리다니 얼마나 끔찍한 운명이냐고 생각한 기억이 나요."

"그러셨군요." 나는 생각에 잠겨 대꾸한다. 암이라고? 에마의 또다른 거짓말이 분명하다. 그런데 왜 그런 거짓말을 한 걸까?

"있잖아요," 그녀가 다시 말한다. "내가 집주인에게 들키지 않게 그 고양이를 잘 숨겨두라고 이야기를 했어요. 저런 집을 지은 사람이니 어떤 사람일지……" 그녀는 그렇게 말끝을 흐리고 싶어하는 듯했지만, 잠깐 이상 길어지는 침묵은 그녀에게 무리인지 어느새 자신이 가장 좋아하는 주제인 원 폴게이트 스트리트에 대한 이야기로 돌아간다. 말은 그렇게 해도 매기는 악명이 자자한 이 건물의 옆집에 산다는 사실을 분명 즐기고 있다. "어머, 이제 가봐야겠

어요." 마침내 그녀가 이렇게 말한다. "가서 애들에게 차를 타줘야
하거든요."

나는 엄마가 된다는 것의 저런 면을 내가 어떻게 감당해낼지 궁
금하다. 내 인생은 잠시 미뤄둔 채 아이들에게 차를 타주고 이웃과
가십을 주고받는 것. 더 나쁜 일도 있겠지.

나는 손에 쥔 스케치를 다시 본다. 예술사를 공부하던 시절 배웠
던 또다른 지식이 머릿속에 떠오른다. 머리가 둘 달린 신, 야누스.
기만의 신.

두번째 이미지도 나일까? 아니면 혹시…… 문득 떠오른 생각인
데, 에마 매슈스일까? 만약 그렇다면 에드워드는 왜 그녀에게 이렇
게 화가 났을까?

나는 매기가 집으로 들어갈 때까지 기다렸다가 층층이 쌓인 재
활용품 쓰레기를 뒤져 방금 전에 버린 포스트잇을 다시 꺼낸다. 그
것들은 서로 덕지덕지 들러붙어서 밝은 녹색과 붉은색과 노란색
종이로 만든 밀푀유 같다. 나는 그것들을 집으로 가지고 들어간다.
아직은 이것들을 버릴 때가 아니다.

과거 : 에마

나는 출근을 가능한 한 뒤로 미루고 있다. 하지만 금요일이 되자 어떻게든 회사에 나가야 한다는 사실을 더는 외면할 수 없다. 나는 슬롭이 먹을 사료와 화장실을 준비해놓고 출근을 한다.

사무실에 도착하니 내 책상으로 가는 내내 사람들의 시선이 내 뒤를 좇는다. 내게 말을 거는 사람은 브라이언뿐이다.

오, 에마, 그가 말한다. 몸은 좀 어때? 다행이네. 열시에 월례결산회의가 있으니까 들어와.

그의 태도를 보니 아무도 그에게 이야기를 해주지 않은 것 같다. 하지만 여직원들은 다른 문제다. 아무도 나와 눈을 맞추지 않는다. 내가 주위를 둘러볼 때마다 모니터를 향해 고개를 푹 숙인다.

바로 그때 내 쪽으로 성큼성큼 다가오는 어맨다가 눈에 들어온다. 나는 서둘러 일어나 화장실로 향한다. 조만간 그녀와 한바탕 붙어야 한다는 걸 알지만 모두가 눈에 불을 켜고 지켜볼 이곳보다 더 내밀한 곳에서 해치우는 편이 낫다. 내가 아슬아슬하게 먼저 화장실로 들어왔다. 문이 채 닫히지도 않았는데 그녀가 힘껏 문을 밀어젖히는 바람에 작은 고무 스토퍼가 튀어오른다.

너 뭐야? 그녀가 소리친다.

어맨다, 내가 말한다. 진정해.

개소리하지 마. 그녀가 소리친다. 미안하니 어쩌니 헛소리는 다 집어치워. 너는 내 친구이면서 내 남편이랑 잤어. 내 남편의 거시기를 빨아대는 영상을 네 휴대폰에 저장해두기까지 했지. 그래놓고 감히 무슨 배짱으로 그 사람을 고발하는 거야? 입만 열면 거짓말만 하는 년.

그녀가 내 얼굴을 향해 삿대질을 해서 순간 나를 때리려는 건가 싶다.

그리고 사이먼, 그녀는 계속한다. 너는 사이먼에게 거짓말을 했어. 내게 거짓말을 했고 경찰에도 거짓말을……

솔에 대해서는 거짓말을 하지 않았어. 내가 말한다.

오, 내 남편이 천사는 아니지만 너 같은 년들이 그 사람에게 들이댈 때는……

나는 솔에게 강간당했어. 내가 얼른 말한다.

어맨다는 할말을 잃는다. 뭐라고? 그녀가 묻는다.

믿기 어려울 거야. 내가 다급하게 말한다. 하지만 이번만큼은 거짓말이 아니라고 맹세해. 물론 내 잘못도 있다는 걸 알아. 솔이 내게 술을 잔뜩 마시게 했어. 나는 너무 취해서 몸을 가눌 수도 없었지. 그 사람에게 그럴 여지를 주지 말았어야 했어. 그 사람이 왜 그러는지 알았지만 무슨 짓까지 할지는 미처 깨닫지 못했어. 솔이 내

술에 약을 탔을지도 몰라. 그러더니 내 방까지 데려다주겠다는 거야. 그리고 그다음 기억이 그가 억지로 내게 그걸 시키는 거였어. 싫다고 말하려고 했지만 내 말을 들으려고 하지⋯⋯

어맨다가 나를 노려본다. 거짓말이야. 그녀가 말한다.

아니야. 지금까지 거짓말을 했어. 그건 인정해. 하지만 이번만큼은 아니야, 맹세해.

그 사람이 그랬을 리 없어. 어맨다가 말한다. 바람을 피우기는 했지만 강간을 할 사람은 아니야.

하지만 그녀의 목소리에서 더이상 아까와 같은 확신이 느껴지지 않는다.

솔은 그게 강간이었다고 생각하지도 않는 것 같았어. 내가 말한다. 그후로도 계속 그날 끝내줬다고 했어. 그래서 너무 당황스럽고, 혹시 내가 제대로 기억하고 있는지 자신이 없어졌어. 그런데 그때 솔이 내게 영상을 보냈어. 그가 찍는 줄도 몰랐어. 내가 그만큼 정신이 없었던 거야. 그 영상을 보는 게 얼마나 즐거운지 모르겠다고 솔이 그랬어. 그 말이 꼭 자기가 맘만 먹으면 언제든 사이먼에게 알리겠다는 말처럼 들리더라. 뭘 어째야 할지 몰랐어. 완전히 공포에 질렸어.

왜 다른 사람에게 말 안 했어? 어맨다가 미심쩍은 투로 말한다.

누구에게 말을 하겠니? 너는 그때 행복해 보였어. 네 결혼을 깨뜨리는 사람이 되고 싶지 않았어. 그리고 사이먼이 솔을 얼마나 숭배하는지 알잖아. 자신의 가장 친한 친구가 여자친구에게 그런 짓을 했다는 사실을 감당할 수 있을지는 고사하고 내 말을 믿어줄지조차 확신이 서지 않았어.

그렇지만 너는 영상을 지우지 않았어. 왜 그런 거야?

증거니까. 내가 대답한다. 경찰서에 신고를 하러 갈 용기를 끌어모으는 중이었어. 아니면 하다못해 인사부에라도 가려고. 하지만 영상을 가지고 있을수록 용기를 내기가 더 어려웠어. 영상을 보고 있으면 나조차도 상황이 모호해 보이더라. 그리고 다른 사람이 그걸 본다고 생각하면 수치스러웠어. 다 내 잘못인 것 같았거든. 그러다가 경찰이 내 휴대폰에서 그 영상을 찾아냈고 사이먼 앞에서 디언 넬슨이라고 멋대로 말해버리는 바람에 일이 꼬인 거야.

세상에. 어맨다는 여전히 못 믿겠다는 투다. 말도 안 돼. 네가 다 지어낸 이야기지, 에마.

아니야. 맹세하는데, 절대 지어낸 게 아니야.

내가 덧붙인다. 솔은 개자식이야, 어맨다. 너도 실은 알고 있을 거야. 다른 여자들이 있었다는 걸 너도 알잖아. 사무실 여직원에, 클럽에서 만난 여자들에, 손댈 수 있으면 누구든. 네가 내 편을 들어주면 그 자식은 대가를 치르게 될 거야. 죗값을 전부 치르게 하지는 못하더라도 적어도 백수로 만들 수는 있어.

경찰은 어떻게 할 거야? 그녀가 묻는다. 이제 슬슬 나를 믿기 시작한 모양이다.

경찰은 확실한 범죄 증거가 없으면 개입하지 않을 거야. 이 일로 솔은 회사에서 잘리기만 할 거야. 감옥에 가는 게 아니라. 그 자식이 너한테 한 짓을 생각하면 그 정도는 해야 공평하지 않니?

마침내 어맨다가 고개를 끄덕인다. 내가 알기로 그 자식이 같이 잔 여자가 이 회사에만 두 명이야. 그녀가 말한다. 회계부의 미셸과 마케팅부의 리오나. 인사부에 그 명단을 넘기겠어.

고마워. 내가 말한다.

사이먼에게 조금이라도 이야기해봤어?

나는 고개를 젓는다.

이야기를 해야지.

사이먼…… 친절하고, 나를 흠모하고, 믿을 수 있는 사이먼을 떠올리자 이해할 수 없는 일이 일어난다. 더이상 사이먼이 경멸스럽게 느껴지지 않는다. 예전의 나는 솔이 이기적이고 나대기만 하는 개자식인데도 사이먼이 그와 친구 사이라는 사실도, 솔이 얼마나 잘났는지 사이먼이 쉬지 않고 떠들어대는 꼴도 보기 싫어 죽을 지경이었다. 하지만 이제 더이상은 아니다. 이제 내 마음속 한 부분은 용서를 받으면 얼마나 기분이 좋은지 기억한다.

놀랍게도 나는 어느새 펑펑 울고 있다. 휴지걸이에서 뽑은 휴지로 눈물을 닦는다.

나는 돌아갈 수 없어. 내가 말한다. 사이먼과는 끝났어. 한번 틀어져버린 일은 다시는 바로잡을 수 없다.

현재 : **제인**

"젤을 바를 건데, 차가울 수 있어요." 초음파검사 담당자가 친절하게 말한다. 잠시 후 K-Y젤리를 케첩 짜듯 푹 짜는 소리가 나더니 검사 기구로 젤을 내 배에 펴바르는 느낌이 난다. 그 느낌에 이저벨을 임신하고 처음으로 검사를 받던 기억이 떠오른다. 그날 하루종일 옷 아래 숨겨둔 기억처럼 피부가 끈적거렸던 느낌이며, 고사리처럼 말려 있는 태아를 흐릿하게 보여준 초음파 사진이 돌돌 말려 내 가방에 들어 있던 모습이.

나는 느닷없이 몰려온 감정에 휩쓸려 깊이 숨을 들이쉰다.

"긴장 푸세요." 오해를 한 검사자가 중얼거리듯 말한다. 그녀는 검사 기구를 내 배에 대고 지그시 누르고 이쪽저쪽으로 기울인다. "저기 있네요."

고개를 들어 모니터를 본다. 시커먼 영상에서 윤곽이 나타나자 나는 숨을 헉 들이쉰다. 그녀가 내 반응에 미소를 짓는다. "자녀분이 몇이세요?" 그녀가 친근하게 묻는다.

평소 그런 질문을 받은 사람보다 내가 더 머뭇거린 모양인지 그녀가 내 기록을 힐끔 본다. "죄송해요." 그녀가 조용히 덧붙인다. "사산을 하셨군요."

나는 고개를 끄덕인다. 달리 할말이 떠오르지 않는다.

"아기의 성별이 궁금하세요?" 그녀가 덧붙인다.

"네."

"아들이에요."

아들이에요. 이 짧은 문장에 담긴 단순한 확신과 이번에는 다 잘 될 것이라는 기대감이 서로 충돌하듯 기쁨과 슬픔의 감정과 합세해 나를 압도하자 상반된 감정이 담긴 눈물이 터진다.

"여기, 이걸 쓰세요." 그녀는 젤을 닦으려고 비치해두는 티슈 박스를 내게 건넨다. 그녀가 작업을 끝내는 동안 나는 코를 푼다. 잠시 후 검사자가 말한다. "담당 선생님에게 잠시 들러달라고 연락할 거예요."

"왜요? 무슨 문제가 있나요?"

"담당 선생님이 검사 결과를 설명해드리는 편이 좋을 것 같아서요." 그녀가 나를 안심시키듯 말한다. 잠시 후 그녀는 검사실을 나간다. 나는 크게 걱정하지 않는다. 아마도 내가 원칙적으로 고위험군 환자이기 때문에 이러는 것이리라. 이저벨의 문제가 임신 마지막 주에 접어들어서 일어난 점을 감안하면 벌써부터 무슨 문제가 있으리라 생각할 이유는 없다.

문이 열리고 닥터 기퍼드의 얼굴이 보이기까지 영원과 같은 시간이 흐른 느낌이다. "안녕하세요, 제인."

"안녕하세요." 이제 나는 오랜 친구처럼 그에게 인사한다.

"제인, 우리가 이 검사를 임신 십이 주에 하는 가장 큰 이유 중 하나를 설명해드릴게요. 좀더 일반적인, 치명적인 이상 증세 몇 가지에 대한 징후를 확인하기 위해서예요."

오, 안 돼. 나는 마음으로 절규한다. 또 잃을 수는……

"초음파검사로 정확한 증상을 볼 수는 없지만 위험이 커질 수 있는 부분에 주목하게 도와줍니다. 제인의 경우, 태반과 탯줄에 별 문제가 없는지 주의해서 지켜보고 있습니다. 이 두 부분은 다 정상으로 보여서 말씀드리는 저도 기쁘군요."

나는 마음속으로 이 말만 붙들 뿐이다. 하느님, 감사합니다. 하느님, 감사합니다.

"그리고 우리는 후경부투명대라는 것도 측정을 합니다. 태아의 목덜미에서 체액이 든 공간의 두께를 측정하는 거죠. 제인의 경우 검사 결과 다운증후군의 위험이 살짝 높은 것으로 나타났습니다. 대개는 백오십 명 중 한 명 이상을 고위험군으로 분류합니다. 제인의 경우, 현재 백 명 중의 한 명가량입니다. 그 말은 이런 위험이 있는 임신부 백 명 가운데 한 명이 다운증후군 아기를 출산한다는 뜻입니다. 이해가 되십니까?"

"네." 나는 대답한다. 물론 잘 이해하고 있다. 즉, 그가 하는 말을 내 머리로 따라갈 수 있다는 말이다. 나는 숫자를 잘 다룬다. 내가 제대로 처리하지 못하는 것은 지금의 내 감정이다. 나를 압도하는 수많은 감정들이 몰려와 서로서로 상쇄되고 마지막으로 맑아진 머릿속에는 무감각만이 남는다.

내 계획들이, 그토록 꼼꼼하게 세워놓은 계획들이 무너져내렸다……

"결과를 확실하게 확인하려면 자궁에 바늘을 넣어 체액을 뽑아내는 검사를 하는 수밖에 없습니다." 닥터 기퍼드의 말이 이어진다. "안타깝게도 이 검사로 유산이 일어날 수 있는 위험이 적게나마 존재합니다."

"얼마나 적은데요?"

"백 명 중 한 명 정도죠." 그는 이런 아이러니를 이해할 만큼 내가 영리하다는 사실을 안다고 알리려는 것처럼 안쓰러운 미소를 짓는다. 그 검사로 내가 유산을 할 위험도는, 검사를 받지 않아도 내 아기가 다운증후군일 위험도와 일치한다.

"바늘을 자궁에 넣지 않고도 상당히 정확한 결과를 얻을 수 있는 새로운 검사법도 있습니다." 그가 덧붙인다. "당신의 혈액에 들어 있는 아기의 DNA 단편을 측정하는 겁니다. 아쉽게도 현재로서 이 검사는 NHS 기금에서 비용을 지원받을 수 없습니다."

나는 그의 말뜻을 단박에 이해한다. "내가 개인적으로 검사를 받아야 한다는 말씀이신가요?"

그가 고개를 끄덕인다. "비용은 사백 파운드 정도 듭니다."

"그 검사를 받겠어요." 내가 얼른 대답한다. 어떻게든 비용을 마련할 방법을 찾아낼 것이다.

"지금 전문의에게 소개를 해드리겠습니다. 그리고 읽어보시면 좋을 자료도 드리죠. 요즘은 다운증후군을 안고 태어난 많은 아이들이 수명도 더 길어지고 비교적 평범한 삶을 삽니다. 하지만 보장은 할 수 없습니다. 부모가 스스로 결정을 내려야 합니다."

그가 말한 결정이란 낙태를 말하는 것이라는 깨달음이 뒤따른다.

병원을 나서는데 여전히 멍하다. 나는 아기를 낳을 것이다. 작은 남자 아기를. 엄마가 될 또다른 기회다.

아닐 수도 있고.

장애를 안고 태어난 아기를 내가 감당할 수 있을까? 나는 어떤 환상도 없다. 다운증후군인 아이는 환상이 아니다. 그래, 과거에 비해 잘살 수 있는 가능성이 커졌다고 해도 여전히 그 아이들은 더 많은 보살핌과, 도움, 헌신, 사랑, 지지가 필요하다. 길을 가다가 장애아를 데리고 가는 엄마들을 마주칠 때 보면 그녀들은 한없이 인내하고 피곤에 찌든 모습이었다. 나는 참으로 대단한 엄마들이라고 생각하곤 했다. 내가 그런 엄마들 가운데 한 명이 될 수 있을까?

원 폴게이트 스트리트에 돌아오고 나서야 에드워드에게 더이상 임신 사실을 숨길 수 없다는 데 생각이 미친다. 그에게 아버지가 될 것이라고 알릴 기회를 보는 것과 이런 사실을 숨기는 것은 별개의 문제다. 병원에서 받은 자료는 어느 것이나 이 문제를 파트너와 잘 의논해야 한다고 강조하고 있다.

하지만 나는 어쩔 수 없이 제일 먼저 인터넷에서 '다운증후군'을 검색해본다. 잠시 후 나는 금방이라도 토할 것 같은 상태가 된다.

……다운증후군으로 알려져 있는 21번 삼체성은 갑상선 이상과 수면장애, 소화관 합병증, 시력 이상, 심장 결함, 척추와 두부 불안정, 근긴장저하, 학습장애 등과 관계가 있다……

……배회를 줄이기 위해 할 수 있는 안전 방지책으로 무엇이 있

을까? 집안의 방마다 튼튼한 열쇠를 설치하라. 실외 문에는 '정지' 표지판을 걸어두라. 마당을 전부 에워싸는 울타리를 설치할지 생각해보라……

……근긴장저하증이 있는 아동에게 배변훈련을 시키게 되면 얼마나 힘든지 몰라요! 우리집도 삼 년 내내 사고의 연속이었지만 기쁘게도 마침내 목표에 도달했어요……

……우리는 딸이 왜 자꾸 요구르트를 흘리는지 직접 볼 수 있도록 거울 앞에서 요구르트를 먹었다. 그런 방법이 효과가 있었다! 물론 손과 눈의 협응작용은 여전히 쉽지 않다……

그리고 더 큰 죄의식에 시달리면서 결국 구글에서 '다운증후군 + 낙태'를 검색한다.

영국에서 출산 전에 다운증후군 진단을 받는 커플 가운데 구십이 퍼센트가 낙태를 선택한다. 낙태법에 의거해 다운증후군이 있는 태아의 낙태는 출산 전까지 합법이다.

……배우자와 나는 딸이 평생토록 고통을 받게 하느니, 차라리 우리가 낙태로 인한 죄의식과 슬픔을 모두 짊어지는 편이 낫겠다고 생각했다……

맙소사, 맙소사, 맙소사.

이저벨은 지금쯤 밤새 깨지 않고 잘 것이다. 이저벨은 지금쯤 앉아 있을 수 있게 되고 물건을 집어 입으로 가져갈 것이다. 기어다니고 어쩌면 걸음마를 시작했을지도 모른다. 이저벨은 엄마를 닮아서 영리하고 운동신경이 뛰어나고 목적의식이 뚜렷한 아이로 자랄 것이다. 이렇게 될 수도 있었지만 대신 나는 지금 마음의 짐을 질지 말지……

나는 생각을 멈춘다. 이런 생각은 이 문제를 고민하는 올바른 방식이 아니다. 닥터 기퍼드는 내일 당장 검사 센터에서 내가 검사를 받도록 예약을 잡아주었다. 검사 결과는 이틀 안에 전화로 통보해줄 거라고 그가 장담했다. 그동안 나는 이 문제에 골몰하지 않도록 노력해야 한다. 어쨌든 아무 문제가 없을 확률이 훨씬 크다. 수천 명이나 되는 임신부가 이런 두려움을 안고 있지만 결국 두려움에 불과했다는 사실을 알게 되지 않는가.

나는 미아에게 전화를 걸어 족히 몇 시간은 될 것 같은 시간 동안 펑펑 운다.

과거 : 에마

나는 기차에 몸을 실은 채 그에게 무슨 말을 해야 할지 고민하고 있다. 발전소며 들판이 획획 지나간다. 교외 베드타운과 정거장이 다가왔다가 멀어진다.

무슨 말을 준비하건 그 말은 적절하지 않은 것 같다. 머릿속으로 연습을 하면 할수록 자꾸 윤색을 한다는 걸 나도 안다. 그가 들어주리라는 희망과 진심을 담아 말을 하는 편이 더 나으리라.

나는 기차에서 내려 택시를 기다리면서 비로소 그에게 문자를 보낸다. 당신을 만나러 가고 있어요. 우리 이야기 좀 해요.

택시 기사는 내가 말한 목적지가 존재한다는 사실조차 믿으려 들지 않지만—아가씨, 거기는 아무것도 없어요. 제일 가까운 민가가 오 마일쯤 떨어진 트레게리에 있을걸요—택시가 농로를 돌아가자 진창 한가운데에 작업용 가건물과 화학화장실들이 서 있는 건설 현장이 나타난다. 우리 주위로는 너른 들판과 숲밖에 없지만 골짜기 건너 멀리 있는 도로로 트럭들이 지나다니는 모습을 보니 언젠가 뉴타운이 어떤 모습일지 눈에 보이는 듯하다.

에드워드가 걱정으로 안색이 흙빛이 된 채 숙소에서 나온다. 에마, 그가 부른다. 무슨 일이에요? 여기는 무슨 일이에요?

나는 심호흡을 한다. 당신에게 설명해야 할 일이 있어요. 내가 말한다. 이야기가 복잡해요. 그래서 당신과 직접 만나서 이야기해야만 했어요.

가건물마다 측량과 제도를 하는 사람들이 잔뜩 있어서 우리는 근처 숲으로 간다. 나는 그에게 어맨다에게 들려줬던 이야기를 한다. 사이먼의 친구가 내게 약을 먹이고 억지로 섹스를 하게 했고, 그가 나를 협박하기 위해 그 장면을 찍은 영상을 내게 보냈고, 경찰이 그 영상의 남자를 디언 넬슨으로 착각했고, 내가 공권력 낭비로 정식 경고를 받았지만 나는 아무것도 잘못한 게 없다고 했다. 그는 주의깊게 듣고 있지만 그의 표정에서 아무것도 읽어낼 수 없다.

마침내 그가 입을 열어, 아주 차분하게, 우리 사이는 끝났다고 말한다.

지금 내가 그에게 털어놓은 이야기가 참이든 거짓이든, 나는 과거에 그에게 거짓말을 했다.

그는 우리 관계가 완벽한 동안에만 사귀기로 동의했다는 사실을 내게 상기시킨다.

그는 이런 관계는 건축물과 같아서 토대를 올바르게 닦지 않으면 결국에는 무너진다고 한다. 그는 우리 관계가 위선 위에 서 있는 줄도 모르고 우리 관계의 바탕이 정직이라고 생각했다.

그는 이 모든 것—그는 몸짓으로 들판을 가리킨다—이 집에서 디언 넬슨에게 습격을 당했다고 그에게 털어놓은 내 말에서 비롯되었다고 말한다. 그리고 이 도시마저 거짓말 위에 지어지고 있다고 말한다. 그는 사람들이 서로 보살피고, 존중하고, 돕는 공동체를 설계하려고 했다. 그런 공동체는 신뢰를 바탕으로 할 때에만 제대로 기능할 수 있다. 하지만 이곳은 그에게 이제 더럽혀진 곳이다.

그가 작별을 고한다. 아무런 감정이 없는 텅 빈 목소리로.

하지만 나는 그가 나를 사랑한다는 걸 안다. 그는 우리의 게임이 필요하고 그 게임이 그의 내면 깊이 자리잡은 굶주림을 채워줄 것이라는 사실도 안다.

내가 잘못했어요. 나는 필사적으로 말한다. 하지만 당신이 한 짓을 생각해봐요. 그건 훨씬 더 나쁘지 않았나요?

그가 인상을 쓴다. 무슨 뜻이죠?

당신은 아내를 죽였잖아요. 내가 말한다. 그리고 아들도. 당신은 자신의 건물을 두고 타협하고 싶지 않아서 두 사람을 죽였어요.

그가 나를 노려본다. 그는 내 말을 부정한다.

톰 엘리스와 이야기를 했어요. 나는 밀어붙인다.

그가 나를 무시하는 듯한 몸짓을 한다. 그 남자는 질투심에 찌든 보기 흉한 실패자일 뿐이에요.

모르겠어요? 내가 계속 말한다. 나는 상관없어요. 당신이 무슨 짓을 했든 얼마나 나쁜 사람이든 나는 상관하지 않아요. 에드워드, 우리는 서로에게 속해 있어요. 우리 둘 다 그 사실을 알잖아요. 이제 나는 당신의 최악의 비밀을 알고 당신은 나의 비밀을 알아요. 이거야말로 당신이 늘 원했던 것 아닌가요? 우리가 서로 숨김없이 모든 것을 털어놓는 상태?

그의 망설임이 느껴진다. 그가 마음속으로 결정을 저울질하는 게 느껴진다. 우리가 가진 것을 잃고 싶어하지 않는 마음이 느껴진다.

당신 정말 미쳤군요, 에마. 그가 마침내 말한다. 당신은 환상을 꾸며내고 있어요. 그런 일은 없었어요. 당장 런던으로 돌아가요.

이제 와서 캐럴 윤선을 다시 만나러 가는 데는 몇 가지 이유가
있다.

"첫째," 나는 그녀에게 이유를 설명한다. "선생님과 사이먼이,
에마가 에드워드 멍크퍼드에게 품은 두려움을 털어놓은 유일한 사
람들 같아요. 거기다 그녀가 적어도 한 가지 건에 대해서 심리치료
사인 선생님에게까지 감쪽같이 거짓말을 한 증거가 있어요. 둘째,
선생님은 에마가 이야기를 털어놓은 유일한 심리학 전공자예요.
그러니까 선생님이라면 그녀의 성격을 밝힐 실마리를 던져주실 수
있지 않을까 기대하고 있어요."

나는 당장은 세번째 이유까지 밝히지 않는다.

그녀가 인상을 찌푸린다. "무슨 거짓말을 했죠?"

나는 그동안 알게 된 사실—솔에 대한 이야기와 에마가 술에 취
해 그와 구강성교를 하게 된 사정—을 들려준다.

"만약 에마가 디언 넬슨에게 강간을 당했다고 거짓말을 했다는 설을 선생님이 인정한다면," 내가 말한다. "에드워드에 대해 거짓말을 했을 수 있다는 가정에도 동의하시겠어요?"

그녀는 잠시 생각에 잠긴다. "사람들은 때로 자신의 심리치료사에게도 거짓말을 해요. 부인하고 싶어서, 혹은 단순히 당혹감 때문에 그런 행동을 하죠. 하지만 당신의 말이 옳다면 에마는 거짓말을 하나만 하지 않았어요. 그녀는 완전한 공상의 세계, 다시 말해 대체현실을 구축했죠."

"그 말씀은?"

"음, 엄밀히 말해서 이쪽은 내 전공이 아니에요. 이런 종류의 병리적인 거짓말을 임상용어로는 환상허언증이라고 해요. 이 증상은 낮은 자존감과 관심욕구, 자신을 더 보기 좋게 포장해 드러내고 싶은 마음 깊은 곳의 욕망과 관련이 있죠."

"강간을 당했다는 이야기는 결코 보기 좋지 않은데요."

"그렇죠. 하지만 그런 일을 당한 사람을 특별하게 만들어주죠. 허언증 환자의 경우 남성은 자신이 왕족이라거나 과거 특수부대 출신이라고 주장하는 경향이 있어요. 여성은 중병이나 참혹한 재난의 생존자인 척하는 경우가 많아요. 이 년 전에 추문을 일으킨 사건이 있었어요. 한 여자가 911테러에서 살아남았다고 주장했는데 그 사연이 너무 설득력이 있어서 생존자들의 지원 그룹까지 운영하게 됐어요. 그런데 후에 911테러 당시 그녀가 뉴욕에 있지도 않았다는 사실이 밝혀졌죠." 캐럴이 잠시 생각에 잠긴다. "그러고 보니 묘하게도, 에마가 한번은 지금까지 한 이야기가 전부 내가 지어낸 것이라면 어떻게 하겠느냐라는 식으로 말한 적이 있어요. 고백을 한다는 생각을 장난감처럼 가지고 노는 것 같았어요."

"자신의 거짓말이 다 들통나자 자살을 했을 수도 있을까요?"

"그런 가능성도 있어요. 새로운 서사를 구축하고 그 안에서 자신을 피해자—적어도 자신의 눈에는요—로 윤색할 수 없게 되자 자기애적 굴욕에 빠졌을 수도 있죠. 쉽게 말해서 너무나 수치스러운 나머지 현실과 마주하느니 차라리 죽음을 택했을 수도 있다는 뜻이에요."

"그 경우," 내가 말한다. "에드워드는 관계가 없겠군요."

"음, 아마도요." 그녀의 대답이 조심스럽다.

"왜 아마도죠?"

"나는 사실을 편리하게 가설에 끼워맞출 목적으로 에마를 환상허언증으로 진단할 수 없어요. 그녀가 완벽하게 논리적인 거짓말을 한 후 그 거짓말을 덮기 위해 다시 거짓말을 했고 같은 이유로 또 거짓말을 했다는 가설도 똑같이 가능하거든요. 같은 가정을 에드워드 멍크퍼드에게도 적용할 수 있어요. 그래요, 당신이 내게 들려준 이야기를 근거로 보면 진짜 자기도취자는 그 사람이 아니라 에마인 것 같아요. 하지만 그가 극단적인 통제자라는 점은 의심의 여지가 없어요. 통제자가 자신의 통제를 벗어난 사람과 맞서면 어떤 일이 벌어질까요? 그 조합은 폭발적일 거예요."

"에마에게 화를 낼 이유가 에드워드보다 훨씬 더 확실한 사람들이 있었어요." 내가 지적한다. "디언 넬슨은 간신히 감옥행을 면했죠. 솔 액소이는 직장을 잃었고요. 클라크 경위는 조기 퇴직을 받아들일 수밖에 없었어요."

"그럴지도 몰라요." 캐럴이 말한다. 하지만 여전히 완전히 확신하는 것 같지는 않다. "지금 생각해보니, 에마가 내게 거짓말을 했을 만한 이유가 하나 더 있어요."

"그게 뭔데요?"

"나를 일종의 공명판으로 이용했을지 몰라요. 지어낸 이야기를 다른 사람에게 들려주기 전에, 말하자면 드레스 리허설을 한 셈이죠."

"누구에게요?" 물론 그 사람이 누구였을지 짐작이 간다. "에마가 에드워드에 대한 그 이야기를 들려준 유일한 사람은 사이먼이었어요."

"진심으로 에드워드와 함께하고 싶었다면 왜 그런 짓을 하겠어요?"

"왜냐하면 에드워드가 그녀를 거부했기 때문이죠." 불현듯 만족감이 파도처럼 밀려온다. 에드워드에 대해 이해할 수 없는 비난을 한 에마의 진짜 동기가 무엇인지 비로소 알아냈다는 후련함 때문만이 아니라, 마침내 내가 에마를 따라잡아 그녀가 요리조리 방향을 꼬고 바꾸더라도 바짝 뒤에 붙어 있을 것이라는 예감 때문이다. "그게 말이 되는 유일한 대답이죠. 사이먼은 에마에게 남은 전부였어요. 그래서 실제로는 에드워드에게 버림을 받았지만 사이먼에게 에드워드와의 관계를 끊은 사람이 자신이라고 말했어요. 화장실을 써도 될까요?"

캐럴은 놀란 것 같지만 내게 화장실을 알려준다.

"오늘 선생님을 찾아온 이유가 한 가지 더 있어요." 화장실을 다녀온 후 내가 말한다. "가장 중요한 이유죠. 저 임신했어요. 에드워드의 아이예요."

캐럴은 놀란 표정으로 나를 빤히 바라본다.

"그런데 아기가 어쩌면…… 물론 가능성이 아주 희박하지만요…… 다운증후군일지도 몰라요." 내가 덧붙인다. "검사 결과를 기다리고 있어요."

그녀는 이내 평정심을 회복한다. "그래서 지금 심정이 어때요, 제인?"

"당황스러워요." 내가 인정한다. "한편으로는 아기가 생겨서 기뻐요. 동시에 무섭고요. 또 한편으로는 에드워드에게 언제 어떻게 이 이야기를 해야 할지 모르겠어요."

"그럼, 방금 이야기한 문제들부터 풀어나가보죠. 임신을 했을 때 그냥 기쁘기만 하던가요? 아니면 이저벨에 대한 슬픔이 다시 찾아왔나요?"

"둘 다요. 다시 아이를 갖게 되니…… 마무리를 짓는 것 같아요. 결국 그 아이를 두고 떠나는 것처럼요."

"태어날 아기가 당신의 마음속에서 이저벨을 대신할까봐 걱정스러운 거군요." 그녀의 음성이 부드러워진다. "그리고 이저벨이 살아 있는 곳은 오로지 당신의 마음속이기 때문에 당신이 아이의 목숨을 다시 빼앗는 기분이 들 거예요."

나는 그녀를 바라본다. "네. 말씀하신 대로예요." 캐럴이 실력 있는 심리치료사라는 사실을 이제 알겠다.

"지난번 우리가 만났을 때, 반복강박에 대해 이야기를 했죠. 사람들이 과거에 갇혀서 똑같은 심리극을 반복해 연기하는 태도 말이에요. 하지만 우리에게는 그런 악순환에서 빠져나와 앞으로 나아갈 수 있는 기회도 주어져요." 캐럴이 미소를 짓는다. "사람들은 백지 같은 상태를 자꾸 말해요. 하지만 진짜 백지는 새것밖에 없어요. 나머지 종이는 예전에 무슨 내용을 썼건 그로 인해 이미 회색이 되었어요. 어쩌면 이번이 새로운 백지를 마련할 당신의 기회일 거예요, 제인."

"내가 이 아이를 이저벨만큼 사랑하지 않을까봐 걱정스러워요." 내가 털어놓는다.

"이해할 수 있어요. 우리 눈에 죽은 이는, 도달할 수 없을 정도로 완벽하게 보일 수 있어요. 살아 있는 사람이 절대 도달할 수 없는 이상이죠. 이 상황에서 앞으로 나아가기는 쉽지 않아요. 하지만 할 수 있어요."

나는 그녀의 말을 곰곰이 생각한다. 이 말은 내게만 해당되는 게 아니다. 나는 문득 깨닫는다. 이건 에드워드도 마찬가지다. 엘리자베스는 에드워드의 이저벨이었다. 그가 결코 자유로워질 수 없는, 먼저 떠나간 완벽한 사람 말이다.

임신과 다운증후군, 무섭고 고통스러운 낙태에 대해서 캐럴과 이야기를 하다보니 한 시간이 훌쩍 가버린다. 그리고 이야기를 끝낼 즈음 나는 어떻게 해야 할지 결심이 선다.

검사 결과가 양성이면 나는 낙태를 할 것이다. 쉽지도 간단하지도 않은 결정이다. 게다가 나는 남은 평생 죄의식을 짊어질 것이지만 그렇더라도 할 것이다.

그리고 낙태를 한다면 에드워드에게 말하지 않을 것이다. 그는 내가 임신했었다는 사실조차 알지 못할 것이다. 이런 나를 두고 겁쟁이라고 할 사람도 있겠지만, 더는 이 세상에 존재하지 않는 아기에 대해 그에게 말하는 것이 무슨 의미가 있는지 나는 잘 모르겠다.

만약 검사 결과가 음성이고 아기가 정상이라면—닥터 기퍼드와 캐럴이 입이 닳도록 지적했다시피, 여전히 검사 결과가 정상일 확률이 압도적이다—나는 당장 콘월로 내려가 에드워드에게 아빠가 될 거라고 직접 전할 것이다.

캐럴에게 막 작별인사를 하는데, 휴대폰이 울린다.

"제인 캐번디시 씨인가요?"

"네, 그런데요."

"저는 태아 검사 센터의 캐런 파워스입니다."

간신히 대답을 하기는 하지만 머릿속은 이미 뒤죽박죽이다.

"cfDNA 검사 결과가 나와서 전화를 드렸습니다." 그녀가 말한다. "잠시 통화할 시간이 되실까요?"

나는 이미 자리에서 일어났지만 다시 앉는다. "네, 괜찮아요. 말씀하세요."

"사시는 곳의 주소를 정확히 말씀해주시겠습니까?"

나는 초조하게 신상정보를 미리 밝힌다. 캐럴은 어디서 걸려온 전화인지 금방 짐작하고 숨죽인 채 앉아 있다.

"이런 소식을 전하게 되어 매우 기쁩니다……" 캐런 파워스의 첫마디에 나는 심장이 두근거리기 시작한다. 좋은 소식이야. 희소식이라고.

내가 또 울음을 터트리자 그녀가 결과를 다시 읽어준다. 검사 결과는 음성이다. 양수검사로만 진단 결과를 보장할 수 있지만, cfDNA도 정확도가 백 퍼센트에 육박한다. 내 아기가 건강하지 않으리라고 걱정할 이유는 없다. 나는 본래 궤도로 돌아왔다. 이제 에드워드에게 이 소식을 알리지 않으면 안 된다.

누군가의 죽음을 겪은 후 찾아오는 감정이 이런 느낌일까. 나는 모든 감각이 사라진 채 먹먹할 뿐이다. 단지 에드워드를 잃었기 때문만이 아니다. 그가 나를 떼어낸 차갑고 가차없는 방식 때문이기도 하다. 어느 주에 나는 완벽한 그의 여자였지만 그다음주 모든 것이 끝장났다. 눈 깜짝할 사이에 흠모에서 경멸의 대상으로 전락했다. 내 일부는 여전히 그가 내게 얼마나 빠졌는지 인정하기를 거부하고 있다고, 언제든지 전화를 걸어 자신이 끔찍한 실수를 저질렀다고 고백하리라 생각한다. 그러나 다음 순간 에드워드는 사이먼이 아니라는 사실을 기억해낸다. 나는 순수하고 새것 같은 벽을, 한 치도 양보하지 않는 원 폴게이트 스트리트의 표면을 바라본다. 그러자 이 집 구석구석에 스며들어 있는 그의 의지력과 냉혹함이 눈에 보이는 것 같다.

나는 먹지 않는다. 음식을 끊자 기분이 나아진다. 배고픔은 나를 환영하는 오랜 친구 같고 현기증은 그를 잃은 고통에 대한 마취제 같다.

나는 슬롭을 와락 움켜쥐고 휴지이자, 곰인형이자, 이불처럼 녀석에게 코를 박는다. 나의 갑작스러운 손길에 기분이 상한 슬롭은 몸부림을 쳐 내 손에서 빠져나가더니 이층으로 가버린다. 녀석의 부드러운 털의 온기가 그리울 때면 침대에서 슬롭을 찾으면 된다.

슬롭이 시야에서 사라져 걱정으로 미칠 것만 같다. 청소부가 도구를 넣어두는 벽장문이 살짝 열려 있다. 역시 녀석은 나를 피해서 컴컴한 곳으로 들어가 광택제 깡통 위에 몸을 말고 있다.

밤에 샤워를 하는데 갑자기 불이 꺼지고 온수가 냉수로 바뀐다. 고작 몇 초 동안이지만 공포와 불안으로 비명이 나올 만큼 긴 시간이다. 처음에는 슬롭이 벽장 안의 케이블을 물어뜯었을지도 모른다는 생각이 얼핏 든다. 그러나 다음 순간 이 집이 스스로 이러는 것 같다는 생각이 든다. 에드워드가 그랬듯 원 폴게이트 스트리트도 제 주인의 불쾌함을 드러내며 내게 차갑게 돌변한 것이다.

다시 뜨거운 물이 나온다. 정전이나 순간적인 문제였을 뿐이다. 화를 낼 일은 아무것도 없다.

나는 샤워실의 매끄러운 벽에 머리를 기댄다. 뜨거운 눈물이 물에 섞여 배수구로 흘러들어간다.

캐럴과의 상담을 마치고 돌아오는 길은 힘이 넘치고 행복하기 이를 데 없다. 나는 어려운 고비를 막 넘겼다. 앞으로도 평탄하지는 않겠지만 적어도 미래가 명료하게 보인다.

나는 원 폴게이트 스트리트로 들어서서 그대로 얼어붙는다. 계단 옆에 스웨인 애드니 가죽 여행가방이 있다.

"에드워드?" 내가 망설이듯 그를 부른다.

그는 식당에서 벽 전체에 덕지덕지 붙어 있는 포스트잇 마인드맵을 노려보고 있다. 그리고 그 가운데에는 내가 재활용 쓰레기통에서 찾은 나와 에마의 스케치가 붙어 있다.

그가 나를 돌아보는데, 그의 눈빛에서 얼음처럼 차가운 분노가 느껴져 나는 움찔한다. "내가 설명할게요." 나는 재빨리 말한다. "상황을 정리할 필요가······"

"살해-에드워드 멍크퍼드." 그가 차분하게 말한다. "내가 유일한 용의자가 아니라니 다행이네요, 제인."

"당신이 범인이 아니라는 건 알아요. 방금 에마의 심리치료사를 만나고 오는 길이에요. 에마는 심리치료사에게 거짓말을 했고 이 제야 그 이유를 알아낸 것 같아요. 그리고 에마가 왜 자살을 했는 지도 알 것 같아요." 나는 잠시 망설인다. "그녀는 당신을 벌주기 위해 그랬어요. 자신과 관계를 끝낸 당신을 불행하게 만들기 위한 마지막 극적인 몸짓이었죠. 당신이 지금까지 겪은 일을 생각해보 면 그녀가 성공한 것 같군요."

"나는 에마를 사랑했어요." 너무나 단호해 되돌릴 길 없는 말이 허공으로 폭발한다. "하지만 그녀는 내게 거짓말을 했어요. 나는 거짓 없는 사랑을 할 수 있을 것 같았어요. 당신과 말이에요. 당신 이 작성한 신청서 기억해요? 진실함과 정직과 신뢰에 대해서 당신 이 뭐라고 했는지? 그 대답을 보고 이번에는 될 것 같다고, 이번에 는 잘될 것 같다고 생각했어요. 하지만 나는 결코 에마를 사랑했던 식으로 당신을 사랑하지 않았어요."

나는 충격을 받은 채 그를 바라본다.

"여기 왜 왔어요?" 내가 간신히 말한다. 이곳에 온 이유가 이 상 황과 상관없다는 걸 알지만 그가 방금 한 말의 의미를 이해할 시간 을 벌어야 한다.

"변호사들을 만나러 런던에 와야 했어요. 뉴 오스텔에 첫번째 입 주자들이 들어왔는데, 쉽게 적응을 못하고 있죠. 그들은 자신들이 힘을 합치면 내게 규칙을 바꾸게 할 수 있을 줄 아나봐요. 그래서 나는 퇴거 명령을 선물할 생각이에요. 그들 모두에게." 그가 어깨 를 으쓱한다. "같이 먹으려고 저녁거리를 가져왔어요."

조리대에는 에드워드가 좋아하는 구식 식료품점의 종이 가방 여섯 개가 놓여 있다.

"당신이 와서 다행이에요." 내가 멍하니 말한다. "할 이야기가 있어요."

"그런 것 같군요." 그의 시선이 다시 마인드맵으로 돌아간다.

"에드워드, 나 임신했어요." 나는 방금 나를 사랑하지 않는다고 말한 남자에게 이 사실을 무덤덤하게 전한다. 최악의 악몽에서도 이런 식이 되리라고 상상해본 적은 없다. "당신도 알 권리가 있어요."

"그래요." 그가 마침내 말문을 연다. "그 사실을 내게 얼마나 숨긴 거죠?"

거짓말을 하고 싶지만, 그런 식으로 꽁무니를 빼고 싶지 않다. "막 십이 주가 넘었어요."

"낳을 건가요?"

"병원에서는 아이가 다운증후군일지 모른다고 했어요." 이 말에 에드워드는 손으로 얼굴을 훑어내린다. "그런데 검사 결과 아니래요. 그래요. 나는 낳을 거예요. 남자 아기예요. 나는 내 아들을 낳을 거예요. 당신이 선택한 일이 아니라는 걸 알아요. 아무튼 이렇게 되었어요."

그는 고통스러운 듯 잠시 눈을 감는다.

"방금 당신의 말을 고려해보건대, 당신은 현실적인 의미로 절대 이 아이의 아버지가 될 생각이 없군요." 내가 계속 말한다. "괜찮아요. 당신에게 아무것도 원하지 않아요, 에드워드. 아직도 에마를 사랑하고 있다고 말한 이상……"

"당신은 이해 못해요." 그가 내 말을 끊는다. "그 사랑은 병이나 다름없었어요. 그녀와 함께 있었던 매분 매초 나는 나 자신을 증오했어요."

그의 말에 뭐라고 해야 할지 모르겠다. "오늘 만난 심리치료사는…… 그녀는 우리가 이야기에 갇혀서 지나간 인간관계를 재연하려 한다고 했어요. 나는 당신이 아직도 에마의 이야기에 갇혀 있는 것 같아요. 나는 당신이 그 이야기에서 빠져나오도록 도울 수 없어요. 하지만 당신과 함께 그 이야기에 갇혀 있지도 않을 거예요."

그는 고개를 들어 벽을, 자신이 창조한 완벽한 불모의 벽을 바라본다. 그는 그 벽에서 힘을 끌어내는 것 같다. 그가 일어선다.

"잘 있어요, 제인." 그가 작별인사를 건넨다. 그리고 스웨인 애드니 가방을 들고 떠난다.

11. 당신은 인간관계에서 발생하는 문제 중 무엇이 가장
    두렵습니까?

    ○ 지겨워지는 것
    ○ 당신이 더 잘할 수 있었다는 사실을 깨닫는 것
    ○ 마음이 멀어지는 것
    ○ 파트너가 당신에게 의존하는 것
    ○ 기만당하는 것

과거 : **에마**

가끔은 점점 줄어들어 이대로 사라질 수 있을 것 같은 느낌이 든다. 가끔은 내가 유령처럼 순수하고 완벽하게 느껴진다. 배고픔, 두통, 현기증…… 이것들이 내게는 유일한 현실이다.

음식을 먹지 않고도 잘 버틴다는 것은, 내게 여전히 힘이 있다는 증거다. 때로는 마음이 약해져서 빵 한 덩어리나 콜슬로 한 통을 허겁지겁 해치우지만 먹고 나면 곧바로 손가락을 목까지 쑤셔넣고 다 토해버린다. 나는 다시 시작할 수 있다. 칼로리를 싹 지워 백지 상태로 만들 수 있다.

나는 요즘 잠을 자지 않는다. 지난번 섭식장애가 심했던 때에도 그랬다. 하지만 이번이 더 심하다. 밤중에 문득 잠이 깨면 집안의 전기가 꺼졌다 켜지기를 반복한다거나 누군가가 돌아다니는 인기척이 느껴진다. 그러면 다시 잠들 수가 없다.

나는 캐럴을 찾아가 에드워드가 사악하고 약자를 괴롭히는 병적인 자기중심주의자라고 말한다. 그가 나를 비인간적으로 대하고 나를 조종하고 내게 집착한다고, 그래서 내가 그를 떠났다고 말한다. 그녀에게 떠들어댄 말이 사실이라고 아무리 생각하고 싶어도 그를 향한 갈망이 내 몸 구석구석 세포 하나하나까지 스며들어 있다.

캐럴을 만나고 집에 돌아왔는데, 정원에 떨어져 있는 넝마 같기도 하고 누가 버린 장난감 같기도 한 뭔가가 시선을 끈다. 내 머리가 상황을 파악하기까지 시간이 조금 걸린다. 다음 순간 나는 밖으로 나가 티 하나 없는 자갈돌 위를 달려간다.

슬롭. 몸통 앞쪽은 앞발 위에 엎드려 있고 뒤쪽은 옆으로 누워 있다. 슬롭이 죽었다. 왼쪽 옆구리가 터져서 흘러나온 피에 털이 뒤엉켜 있다. 고양이는 집에서 이곳까지 힘들게 몸을 끌고 나와 쓰러진 것 같다. 나는 주위를 둘러본다. 슬롭이 죽은 상황을 알려줄 만한 것이 없다. 차에 치였나? 짓밟힌 후 울타리 너머로 던져졌나? 이 집을 싫어하는 사람이 쳐놓은 덫에 걸려 벽돌로 맞은 걸까?

불쌍한 것. 나는 쪼그리고 앉아 상처가 없는 반대쪽 옆구리를 쓰다듬으며 중얼거린다. 눈물이 보드라운 털 위로 떨어져내려도 슬롭은 이제 아무 반응 없이 꼼짝도 않는다. 가엾고도 가여운 것. 슬롭에게 하는 말이지만 실은 내게 하는 말이다.

그때, 집으로 퍼부은 페인트만 아니라 이 일도 내게 보내는 메시지라는 생각이 뇌리를 스친다. 다음은 너야. 누가 이런 짓을 하는지는 몰라도 내가 두려움에 떨고 이 세상에서 사라지기를 원한다. 그리고 나는 그런 행동을 멈추게 할 방법도 없이 온전히 혼자다.

사이먼을 빼면. 나는 아직도 사이먼에게 기댈 수 있다. 그 외에 이제 내 곁엔 아무도 없다.

결국 나는 여기, 돌고 돌아 원점이다. 불러오는 배와 허전한 옆자리. 미아는 그럴 줄 알았어, 라는 말은 절대 하지 않는다. 하지만 그렇게 생각한다는 걸 나는 안다.

이 집을 돌보기 위해 내가 신경써야 할 마지막 조각이 남아 있다. 에드워드는 내가 에마에 대해 무슨 사실을 알아냈건 상관없을지 몰라도 사이먼은 알 자격이 있다. 혹시 그가 난폭해질지 몰라서 미아에게 그와 만나는 자리에 함께 있어달라고 부탁을 해둔다.

그는 와인과 두툼한 푸른색 폴더를 가지고 약속 시간에 맞춰 도착한다. "그 일이 있은 후 이 집에 들어온 건 처음이에요." 그는 원 폴게이트 스트리트의 내부를 쏘아보며 입을 연다. "한 번도 이 집을 좋아하지 않았어요. 에마에게는 마음에 든다고 했지만, 이 집에서 살고 싶어한 사람은 그녀였어요. 최신 기술이니 하는 것도 처음에 봤을 때처럼 그리 대단하지 않았죠. 자꾸 고장이 나더라고요."

"그래요?" 나는 놀란다. "나는 지금까지 아무 문제 없었어요."

그는 폴더를 조리대 위에 내려놓는다. "이걸 가져왔어요. 에드워드 멍크퍼드에 대해서 조사한 자료 사본이에요."

"고마워요. 하지만 이제 이런 건 필요 없어요."

그가 인상을 쓴다. "에마의 죽음의 진상을 알고 싶어하는 줄 알았는데요."

"사이먼······" 미아와 눈을 맞추자 그녀는 눈치 빠르게 와인을 따기 위해 주방으로 간다. "에마는 에드워드에 대해 거짓말을 했어요. 그녀의 죽음을 둘러싼 정황을 확실히 알 수 없는 것만큼이나 그런 거짓말을 한 이유도 잘 모르겠지만요. 하지만 에마가 당신에게 들려준 이야기는 전부 엉터리가 분명해요." 나는 잠시 숨을 돌린다. "에마는 그것 말고도 더 큰 거짓말을 하다가 들통이 났어요. 경찰이 그녀의 휴대폰에서 발견한 영상의 남자는 강도가 아니었어요. 그 사람은 솔 액소이었어요."

"나도 알아요." 사이먼이 분통을 터트린다. "그건 에마의 죽음과 아무 상관도 없는 일이에요."

그가 어떻게 알았는지 순간 알아차리지 못한다. "오, 어맨다가 얘기했군요."

그가 고개를 가로젓는다. "에마가 말해줬어요. 에드워드와 헤어진 후에 내게 다 고백했죠."

"어쩌다 그렇게 되었는지도 다요?"

"네. 솔이 그녀에게 약을 먹여서 강제로 하게 했어요." 그는 내 표정을 살핀다. "왜 그래요? 지금껏 탐정 놀이를 하고 다녔으면서 그것도 몰랐어요?"

"내가 솔과 이야기를 해봤어요." 나는 차분하게 말한다. "그는 에마가 먼저 제안했다고 하더군요."

사이먼이 조롱하듯 콧방귀를 뀐다. "그 자식은 그랬겠죠, 어련하겠어. 나도 한때는 술을 좋아했죠. 하지만 그가 한 짓을 에마에게 듣기 전에도 나는 그에게 다른 모습이 있다는 걸 알았어요. 엠과 내가 헤어진 후로 우리는 종종 술을 마시러 다녔어요. 그는 어맨다에게는 내게 곁에 있어줄 사람이 필요하다고 했지만 놀고 싶을 때 나가서 여자를 만날 핑계가 필요했을 뿐이에요. 그 자식이 쓰는 수법은 늘 똑같았죠. '술을 먹여서 몸을 가누지 못하게 해.' 이게 그 자식의 입버릇이었어요. '그걸 하려면 여자들이 필요하지만 꼭 서 있는 여자일 필요는 없잖아.'"

나도 모르게 충격적인 표정을 지었는지 그가 고개를 끄덕인다. "대단한 소리죠, 안 그래요? 그 당시에도 어떻게 술 두 잔으로 여자들을 그 정도로 취하게 만드는지 의아했어요. 그는 여자들에게 샴페인을 사주면서 법석을 떨었어요. 통 크게 보이는 효과도 있지만, 샴페인 거품이 약의 맛을 가려주기도 한다는 걸 어디서 읽었어요."

나는 그를 가만히 바라본다. 내게 샴페인잔을 억지로 밀어붙이던 솔이 떠오른다. 그때도 그가 기분 나쁜 사람이라고 생각했지만, 그러면서도 나는 그의 말을 액면 그대로 받아들였다.

모든 것이 명확해졌다고 생각하자마자 다시 모든 상황이 빙글빙글 돌기 시작한다. 솔이 에마에게 그 일을 억지로 시킨 거라면 그녀는 허언증 환자가 아니라는 말이 된다. 그녀는 분명히 거짓말을 했다. 그것도 여러 번. 하지만 그녀가 들려준 이야기의 핵심은 거짓이 아니었다. 그녀는 내가 짐작할 수 있을 만한 몇 가지 이유로 등장하는 배우들의 이름을 이리저리 바꿔 달았을 뿐이다.

내 생각을 읽기라도 한 듯 사이먼이 말한다. "에마는 나를 보호하려고 했어요. 그녀에게 그런 짓을 한 사람이 내 가장 친한 친구라는 사실을 알게 되면 내가 감당하지 못할 거라고 생각한 거죠. 하지만 강도가 들기 전부터도 우리 사이는 틀어지고 있었어요. 에마는 아무 이유 없이 내게 화를 버럭 내기도 하고 내가 그녀에게 잘해주려고 할 때마다 자리를 떠버렸죠. 그리고 섭식장애도 되돌아왔어요. 그녀는 이 문제에 대해서 말하고 싶어하지 않았지만 그후로 섭식장애는 사라지지 않았어요."

"여기에서 에마와 이야기를 했어요?"

그가 고개를 끄덕인다. "말했잖아요. 에마는 자신이 얼마나 멍청한 실수를 했는지 깨닫고 상황을 바로잡고 싶어했어요. 그때 에마는 상태가 정말 좋지 않았어요. 새끼 고양이가 한 마리 있었어요. 그녀가 거둔 주인 없는 고양이. 누가 그 고양이를 죽였어요."

"에마가 고양이를 키웠어요?" 내가 되묻는다. "여기서요? 원 폴게이트 스트리트에서요?" 매기 에번스가 주인 없는 고양이 이야기를 하기는 했지만 에마가 키울 생각이었다고는 하지 않았다.

"그래요. 그건 왜요?"

왜냐하면 그건 규칙 위반이니까요. 나는 속으로 대답한다. 반려동물 금지. 그리고 아이도.

사이먼이 폴더를 펼쳐서 서류 한 장을 꺼낸다. "변호사가 에마에게 준 서류예요. 이 도면을 보면 멍크퍼드가 자신의 아내와 아들을 여기, 바로 이 집 밑에 묻었어요. 보세요." 그가 내게 보여준다. 그곳에는 X 표시와 자필 기록이 있다. 엘리자베스 멍크퍼드와 맥시밀리언 멍크퍼드의 마지막 안식처. "정말 소름 끼치지 않아요?"

"너는 요행히 잘 피했네." 미아가 불쑥 끼어든다. 그녀는 어느새 우리 주위로 돌아와 귀를 쫑긋 세우고 있었다. 그 말에 사이먼이 호기심 어린 눈빛으로 나를 바라보지만 나는 입을 다물기로 한다.

"에마는 여기에 두 사람을 묻은 건 미신 같은 거라고 생각했어요." 그는 계속 설명한다. "희생 제물 같은 거죠. 당시에는 그 이야기를 진지하게 생각하지 않았어요. 하지만 에마가 죽은 후 그자의 다른 건축물도 조사하기 시작했어요. 역시 에마의 말이 옳았어요. 멍크퍼드 파트너십에서 설계한 건물이 완공을 앞둘 즈음이면 꼭 의심스러운 정황에서 사람이 죽어요."

그는 스크랩한 신문 기사들을 내가 볼 수 있도록 테이블에 늘어놓는다. 기사마다 건물과 사망자가 나온 장소가 표시된 지도가 딸려 있다. 스코틀랜드에서는, 에드워드 멍크퍼드가 인버네스 근처에 지은 주택에서 1마일가량 떨어진 곳에서 어느 젊은 여자가 뺑소니차에 치여 죽었다. 메노르카섬에서는 에드워드가 설계한 비치하우스로부터 2마일 떨어진 곳에서 부모와 있던 아이가 납치되었다. 브루게에서는, 그가 설계한 예배당에서 몇백 미터 떨어진 철교에서 어떤 여자가 몸을 던졌다. 하이브 건물의 마무리 작업중에는 견습 전기기사가 계단에서 숨진 채 발견되었다.

"하지만 에드워드가 이 사람들의 죽음에 책임이 있다고 증명할 수 있는 건 아무것도 없잖아요." 내가 부드럽게 말한다. "매년 일어나는 사망 사고와 실종 사건은 몇천 건이나 돼요. 그 가운데 몇 건이 이 건물들의 반경 몇 마일 내에서 벌어졌다고 해도 그 사실은 아무 의미도 없어요. 당신은 있지도 않은 패턴과 연관성을 찾아내고 있어요."

"아니면 실제로 연관성이 있는데, 당신이 보려고 하지 않는 거겠죠." 사이먼의 표정이 어두워진다.

"사이먼, 이걸로 증명할 수 있는 건, 당신이 에마를 그만큼 사랑했다는 사실뿐이에요. 그리고 그건 존경할 만해요. 하지만 그게 당신의 판단을 흐리고……"

"나는 에마를 두 번이나 빼앗겼어요." 그가 내 말을 끊는다. "첫번째는 그녀가 가장 상처받기 쉬워진 시기에 에드워드 멍크퍼드가 우리 사이에 억지로 끼어들었어요. 그리고 두번째는 그녀가 살해당했을 때죠. 내가 에마를 가지지 못하게 하려고 그랬을 거라고 확신해요. 나는 그녀를 위해서 정의를 원해요. 그리고 그 정의를 손에 넣을 때까지 멈추지 않을 거예요."

잠시 후 사이먼은 가고 미아는 남아 그가 사온 와인을 마신다. "괜찮은 남자 같네." 그녀가 한마디한다.

"그리고 강박적이지."

"그 여자를 사랑했잖아. 사랑했던 여자에게 무슨 일이 있었는지 알기 전에는 떠나보낼 수 없을 거야. 가히 영웅적이잖아, 안 그래?"

에마를 사랑했던 남자들이 다 그렇지. 이런 생각이 든다. 에마가 그런 문제들을 가지고 있는데도 남자들은 그녀에게 집착했다. 내게도 나를 그렇게 생각해줄 사람이 생길까?

"그렇게 사랑을 받아도 결국 소용이 없었네." 미아가 덧붙인다. "이건 내 생각이지만, 그 미치광이 건축가보다 저 남자 같은 사람을 만나는 게 훨씬 더 좋을 거야."

"내가 사이먼과?" 내가 코웃음을 친다. "절대 그럴 리 없어."

"그 사람은 성실하고 의지할 수 있고 한눈을 팔지도 않아. 사귀지도 않고 결점부터 보지 마."

나는 아무 대꾸도 하지 않는다. 미아가 아무리 속내를 떠봐도, 에드워드에 대한 내 감정은 아직 너무 복잡해서 한두 문장으로 일목요연하게 표현할 수 없다. 그의 차가운 분노를 떠올릴 때면 그를 속이고 에마의 죽음의 진상을 조사한 내 자신에 대한 부끄러움이 희미하게 몰려온다. 하지만 그도 에마로부터 자유로워질 방법을 찾는다면 나와 함께 상황을 더 명료하게 바라볼 수 있지 않을까?

나는 말도 안 되는 생각이라며 그 생각을 머릿속에서 몰아내기 위해 고개를 가로젓는다. 희망사항일 뿐이야.

그럼 잘 있어, 엠. 그가 말한다.

잘 가, 사이. 나도 인사를 한다.

사이먼은 방금 자신의 입으로 인사를 했으면서도 원 폴게이트 스트리트의 현관에서 좀처럼 발길을 돌리지 않는다. 이렇게 이야기를 나눠서 정말 기뻐. 그가 말한다.

나도 그래. 내가 대답한다. 그리고 그 말은 진심이다. 내가 그에게 말하지 않은 이야기들이 수없이 많다. 내 머릿속에 봉인해둔 것들이 너무 많다. 아마 우리가 사귈 때 이야기를 더 많이 나눴다면 헤어지지 않았을지도 모르겠다. 그때는 내 마음 일부가 늘 사이먼을 차버리거나 밀어내고 싶어했지만, 이제 더이상 그런 느낌이 들지 않는다. 이제 나를 이래저래 재단하지 않는 사람이 고마울 따름이다.

자기가 원하면 여기 있을게. 그가 차분하게 제안한다. 그편이 좀

더 안전하게 느껴진다면. 디언이든 누구든 나타나면 내가 다 처리할 수 있어.

자기가 그럴 수 있다는 걸 나도 알아. 내가 말한다. 하지만 솔직히 그럴 필요 없어. 이 집은 요새처럼 지어졌으니까. 그리고 한 번에 하나씩 하자, 응?

알았어. 그가 대답한 후 몸을 기울여 형식적으로 살짝 내 볼에 입을 맞춘다. 그러더니 나를 꼭 안아준다. 포옹이 좋다.

그가 가자 집은 다시 조용해진다. 나는 뭐든 챙겨 먹기로 그와 약속을 했다. 그래서 달걀을 삶으려고 냄비를 꺼내 물을 받고 레인지 위로 손을 흔든다.

아무 일도 일어나지 않는다.

다시 손을 흔든다. 결과는 똑같다. 동작 센서 제어장치 같은 것이 있나 싶어 조리대 아래를 살펴본다. 하지만 그런 것은 없다.

사이먼이라면 어떻게 고칠 수 있을지 알 것이다. 그에게 전화를 걸기 위해 휴대폰으로 손을 뻗으려 한다. 그러다가 그대로 멈춘다. 내가 이런 난장판에 휘말리고 만 건 얼마간은 내 문제를 해결하기 위해 남자들에게 의지하는 나약한 여자로 살았기 때문이기도 하다.

냉장고에 사과 두 알이 있어서 대신 사과 한 알을 집는다. 막 사과를 베어무는데 가스 냄새가 난다. 레인지에 불이 켜지지 않았지만 가스가 나오는 부분은 확실하게 작동하고 있고 언제 폭발할지 모를 가스를 집안으로 마구 뿜어내고 있다. 나는 어떻게든 가스를 끄기 위해 조리대 위로 양팔을 미친듯이 흔든다. 갑자기 딸깍 소리가 나더니 푸른색과 노란색 화염이 훅 솟아올라 내 팔을 에워싼다. 사과가 내 손에서 떨어진다. 일순 충격에 사로잡힌다. 아직 아프지는 않지만 곧 통증이 몰려올 것이다. 재빨리 냉수 수도꼭지 아래로 팔을 댄다. 물이 나오지 않는다. 나는 얼른 이층 욕실로 올라간다. 다행히도 그곳은 물이 나온다. 화상을 입은 피부를 차가운 물로 식힌다. 몇 분이고 쏟아지는 차가운 물에 팔을 대고 있다가 상태를 살펴본다. 피부가 쓰라리고 벌겋게 되었지만 물집은 잡히지 않았다.

이것은 나의 상상이 아니다. 상상일 리 없다. 사이먼이 이야기를 하려고 찾아온 일이 이 집은 싫었나보다. 그리고 이것이 집이 내게 벌을 주는 방식이다.

이곳은 요새야. 나는 사이먼에게 말했다. 하지만 이 집이 나를 보호하지 않기로 정하면 나는 어떻게 해야 하나? 내가 정말 안전하기는 한 걸까?

갑자기 공포가 몰려온다.

나는 청소부의 벽장으로 들어가 문을 꼭 닫는다. 필요하면 이곳에서 바리케이드를 칠 수도 있다. 대걸레와 빗자루로 문을 받쳐놓으면 열리지 않을 것이다. 밖에서는 내가 이곳에 있는지도 모를 것이다. 이곳은 비좁고 각종 청소도구와 세제 깡통들이 가득하다. 하지만 나는 안전한 장소가 필요하고, 이곳이 그런 장소가 될 것이다.

12. 이가 잘 맞물려 굴러가는 사회에서 규칙을 깨는 사람
   에게는 응분의 결과가 있어야 한다.

   그렇다 ○ ○ ○ ○ ○ 그렇지 않다

현재 : **제인**

반쯤 잠이 든 채 침대에 누워 있는데, 느껴진다. 자신감이 없어 머뭇거리며 문을 톡톡 두드리는 것 같다. 뱃속에서 몸을 살짝 퍼덕이는 것 이상의 느낌은 아니다. 나는 이저벨을 가진 경험으로 그것이라는 걸 알아차린다. 태동. 이 얼마나 아름답고 엄청난 이름인가.

나는 가만히 누워 조금 전의 느낌을 음미하면서 더 이어질지 모르는 발길질을 기다린다. 발길질이 몇 차례 더 이어지더니 공중제비를 하는지 아이가 구르는 느낌이 난다. 모성애와 경이감이 내게 밀려온다. 너무 감격스러워 울음이 터진다. 어떻게 이 아이를 낙태할 생각을 했을까? 돌이켜보면 낙태 생각을 낙태해서 다행이다. 나는 흐르는 눈물 사이로 내 말장난에 미소를 짓는다.

완전히 잠이 깨버린 나는 다리를 침대 아래로 내린 채 점점 변해가는 몸을 내려다본다. 낯선 사람이 뜬금없이 알은체하는 단계는 아니지만—사무실에서 찾은 표를 보니 지금 내 아기는 아보카

도만하다―알몸이 되면 내가 임신을 했다는 사실을 모를 수 없다. 가슴이 커져서 처졌고 배도 펑퍼짐하게 부풀었다.

욕실로 걸어가는데, 아직 그렇게 걸을 필요가 없는데도 살짝 뒤뚱거리는 내가 우습다. 엄마가 되는 과정을 기억한 근육이 몸에 잘 맞는 코트처럼 내 몸을 에워싸고 있는 것이다. 샤워 장치에 문제가 있는지 온수가 갑자기 냉수로 바뀌지만 오히려 냉수가 기운을 북돋운다. 내가 몸안에 다른 사람을 품고 있어서 이 집이 나를 인식하는 데 문제가 생긴 것인지 멍하게 생각한다. 물론 기술이 그런 식으로 작동할 리는 없겠지. 어차피 나는 기술도 잘 모른다.

수건으로 물기를 닦는데 갑자기 속이 메스껍다. 나는 얼른 변기에 앉는다. 차분하게 숨을 쉬면 메스꺼움이 가실 줄 알았는데, 오히려 두 배나 심해진다. 어찌해볼 겨를도 없이 그대로 몸을 숙이고 샤워부스를 향해 얼굴을 돌린다. 수도를 틀어 토사물을 씻어내린다.

샤워부스의 유리에 물이 점점 튀어 자국이 생겼다. 나는 무릎을 꿇고 얼룩을 닦는다. 유리벽의 아래쪽을 따라 난 홈 부분을 말끔히 닦으려고 쪼그리고 앉아 얼굴이 바닥에 닿을 정도로 몸을 기울이는데, 바닥에서 뭔가가 반짝한다. 너무 안쪽으로 들어가 있어서 내 손가락이 닿지 않아 면봉을 가져와 조심스럽게 살살 끄집어낸다.

꺼내고 보니 작은 돌이나 볼베어링 같다. 그런데 다시 보니 그 물체를 관통하는 작은 구멍이 보인다. 진주다. 아주 작고 보기 드물게 연한 크림색이다. 내 목걸이에서 떨어진 것이 틀림없다.

얼른 침실로 돌아가 상자에 든 진주 목걸이를 꺼내 확인한다. 욕실에서 주운 진주알은 확실히 내 목걸이의 진주알과 똑같이 생겼다. 하지만 목걸이는 끊어지지 않았다.

줄이 멀쩡한데 거기에 꿰여 있던 진주가 어떻게 빠져나왔는지 도무지 모르겠다. 말이 안 되는 상황이다. 논리 퍼즐이나 수수께끼처럼.

스틸 호프 사무실 맞은편에 보석가게가 있다. 그곳으로 가져가 문의를 해봐야겠다.

과거 : 에마

나는 멍크퍼드 파트너십에 이메일을 보내 이 집의 문제에 대한 불만사항을 알린다. 답변이 없다. 중개인인 마크에게 전화를 걸어보지만 그는 기술적인 문제는 멍크퍼드 파트너십에 직접 이야기하라고 한다. 나는 결국 수화기 저편에 있는 그에게 소리를 지르고 만다. 괜히 내가 상황만 악화시킨 것 같다. 나는 에드워드에게 문자를 보내기까지 한다. 물론 그에게서 답은 오지 않는다.

온갖 문제에 더해 조명도 뭔가 달라진 것이 분명하다. 우리가 이사를 왔을 때 마크는 추가로 조명을 더 밝혀서 겨울철 우울증을 막는다고 했다. 만약 그렇다면 반대로도 할 수 있을까? 나는 야간에 잠을 제대로 자지 못하는 것은 물론이고 기진맥진해 아침에 일어나면 눈이 뻑뻑하고 따갑다.

사이먼이 전화를 걸어 몇 번이나 오겠다고 한다. 그러라고 말해버리면 편할 것이다. 나는 생각해보겠다고 한다. 그는 감정을 숨기려고 하지만 그의 목소리에서 기뻐하는 기색이 느껴진다. 착하고, 안전하고, 믿을 수 있는 사이먼. 몰아치는 태풍 속에서 몸을 쉴 나의 항구.

그때 에드워드 멍크퍼드의 문자가 도착한다.

"아주 빼어난 진주네요." 보석상이 엄지와 검지로 진주알을 살 살 굴리면서 접안렌즈로 살피며 감탄한다. "이 진주가 제가 생각하 는 게 맞는다면 몹시 희귀한 종류이기도 하죠."

나는 조개 모양 케이스에서 목걸이를 꺼낸다. "이 목걸이에서 빠 진 알일까요?"

그는 케이스를 받아 케이스에 찍힌 일본어를 보며 알겠다는 듯 고개를 끄덕인다. "고키치 미키모토. 이런 진주는 흔히 보기 어렵 습니다." 그는 목걸이를 들어 조명에 비춰보더니 떨어져 있던 진주 알과 비교한다. "그렇군요. 완벽하게 일치합니다. 제 짐작대로 이 것들은 케시 진주입니다."

"'케시 진주'요? 그게 뭐죠?"

"해수 케시가 가장 희귀한 진주인데, 특히 이 진주알처럼 거의 원형에 가까운 것들은 더 말할 필요가 없죠. 이 진주는 진주가 하나 이상 생긴, 다시 말해서 쌍둥이 진주가 생긴 조개에서 채취합니다. 진주에 핵이 없기 때문에 이렇게 독특한 광채를 발하죠. 아까 말씀드렸다시피, 극도로 희귀합니다. 제 생각에는 과거에 이 목걸이가 끊어져서 진주가 떨어져나온 것 같습니다. 주인이 목걸이를 다시 꿰기는 했지만 한 알을 놓친 거겠죠."

"그렇군요." 적어도 보석상의 말은 이해가 된다. 하지만 그 말의 함의, 에드워드가 예전에 다른 사람에게 선물했던 목걸이를 내게 선물했다는 사실을 받아들이기까지 좀더 시간이 걸릴 것 같다.

나는 가게에서 나오면서 휴대폰을 꺼낸다.

"사이먼," 그가 전화를 받자마자 내가 말한다. "혹시 에드워드 멍크퍼드가 에마에게 목걸이를 선물했는지 알아요? 만약 그랬다면 그 목걸이가 끊어진 적이 있나요?"

당장 당신을 만나야 해요. 에드워드.

나는 답장을 받기도 전에 내 답장을 뭐라고 보낼지 고민한다. 아직도 나한테 화났어요, 대디?

답변이 금방 도착한다. 당신이 잘못한 딱 그만큼.

좋아요. 그러니까 당신이 나를 되찾고 싶다는 뜻인가요?

오늘밤에 만나.

그러면 최고로 착하게 구는 편이 좋겠네요. 나는 벌써부터 다리가 후들거린다.

저녁 일곱시. 목걸이를 하고 있어. 목걸이만.

알았어요.

준비를 하고, 기대하고, 견뎌야 할 두 시간. 나는 옷을 벗고 준비를 시작한다.

"아직도 모르겠어요?" 사이먼이 다급하게 말한다. "이거야말로 에마가 죽었을 때 그곳에 그자가 있었다는 증거라고요."

우리는 지금 스틸 호프 근처, 내가 에드워드 멍크퍼드에게 처음으로 유혹을 받은 커피숍에 있다. 지금 이 순간 외에 아무것에도 얽매이지 않는 두 사람. 이 얼마나 끔찍한 거짓말인가. 그가 이 말을 했을 당시엔 그도 진심이었을 것이다. 에마와의 관계에서 마음에 들지 않는 부분은 지워버리고 마음에 드는 부분만 재현할 수 있으리라 생각하면서. 하지만 캐럴이 지적한 것처럼, 똑같은 이야기를 하면서 완전히 다른 결말을 기대할 수는 없다.

사이먼이 계속 이야기를 하고 있다. "미안해요." 내가 말한다. "무슨 이야기를 하던 중이죠?"

"에마는 오직 그 남자를 위해서만 그 목걸이를 했어요. 내가 그 목걸이를 싫어한다는 걸 알았다는 말이에요. 그날 에마는 나와 만날 예정이었어요. 구체적으로 약속을 잡지는 않았지만. 그런데 갑자기 에마가 취소를 했어요. 몸이 좋지 않다면서요. 그때도 멍크퍼드를 만나려는 거구나 감이 왔죠."

내 얼굴이 일그러진다. "그 모든 이야기를 진주알 하나로 끼워맞출 수는 없어요. 그 주장은 아무것도 증명하지 못해요."

"잘 생각해봐요." 사이먼은 좀처럼 고집을 꺾지 않는다. "멍크퍼드가 그 목걸이를 어떻게 당신에게 줬겠어요? 목걸이가 끊어졌을 때 그곳에 그가 있었던 게 분명해요. 바닥에 흩어진 진주알을 그냥 두고 가면 자살이나 사고가 아니라 몸싸움이 있었던 것처럼 보인다는 데 생각이 미쳤겠죠. 그래서 진주를 모두 모아서 그 자리를 뜬 거예요. 당신이 찾은 한 알만 빼고 전부 말이에요."

"하지만 에마는 욕실에서 죽은 게 아니잖아요." 내가 반박한다. "에마가 발견된 곳은 계단을 다 내려온 지점이었어요."

"욕실에서 계단까지 몇 걸음 되지도 않아요. 그러니 손쉽게 욕실에서 끌고 나와 아래로 밀었겠죠."

나는 과도한 상상력에 기인한 사이먼의 주장이 처음에는 도저히 믿어지지 않지만, 진주를 증거물로 볼 수 있다는 말은 인정하지 않을 수 없다. "좋아요. 제임스 클라크에게 연락할게요. 수요일마다 런던으로 나온다고 했어요. 당신도 함께 만나는 편이 좋겠어요. 그분이 당신의 가설을 어떻게 무력화하는지 직접 들어봐요."

"제인…… 혹시 내가 원 폴게이트 스트리트에서 며칠 지내면 어때요?" 내가 놀란 표정을 지었는지 그가 덧붙인다. "에마에게 같이 지내자고 말을 해봤어요. 그녀는 그걸 원하지 않았고 나도 밀어붙이지 않았죠. 그때 내가 더 강하게 나가지 않았던 게 지금까지 후

회스러워요. 내가 거기 있었다면……" 그는 말을 끝맺지 못한다.

"고마워요, 사이먼. 하지만 우리는 에마가 살해되었는지조차 확실히 모르잖아요."

"사소한 증거마저 모두 멍크퍼드가 그녀를 죽였다고 말하고 있어요. 당신도 나름의 이유가 있으니 그 사실을 인정하려 들지 않는 거겠죠. 그 이유가 뭔지 나나 당신이나 잘 알고요." 그의 시선이 불룩한 내 배로 향한다. 볼이 화끈 달아오른다.

"당신은 그가 유죄이기를 원하는 감정적인 이유가 있어요." 나도 맞받아친다. "그리고 솔직히 말해두는데, 나와 에드워드가 잠깐 사귀기는 했지만, 그게 다예요. 우리는 더이상 사귀지 않아요."

그가 미소를 짓는다. 살짝 서글퍼 보이는 미소를. "물론 그렇겠죠. 당신은 가장 중요한 규칙을 깼으니까요. 그 고양이에게 무슨 일이 벌어졌는지 잘 기억해요."

과거 : **에마**

나는 눈썹을 뽑아 정리를 하고 제모도 마쳤다. 마침내 진주 목걸이를 목에 거니 목걸이가 연인의 손처럼 내 목을 팽팽하게 감싼다. 가슴이 두근거린다. 파도처럼 밀려오는 기대감이 나를 덮친다.

그가 도착하려면 아직 한 시간이 남았다. 나는 커다란 잔에 와인을 따라 단숨에 거의 다 들이켠다. 그리고 목걸이를 한 채 욕실로 향한다.

아래층에서 무슨 소리가 난다. 무슨 소리인지 정확히 모르겠지만 신발 밑창이 끽끽거리는 소리 같다. 나는 우뚝 멈춰 선다.

누구 있어요? 거기 누구예요?

아무 대답도 없다. 나는 수건을 집어들고 계단으로 나간다. 에드워드?

주위가 조용하다. 뭔가를 알고 있는 듯한 농밀한 정적이다. 목덜미의 털이 쭈뼛 서는 것 같다. 거기 누구 있어요? 내가 다시 말한다.

발끝으로 살금살금 계단을 반쯤 내려간다. 그곳에서는 아래층이 구석구석까지 다 보인다. 아무도 보이지 않는다.

침입자들이 계단의 돌판에 몸을 숨긴 채 내 발 바로 아래에 있는 게 아니라면. 나는 몸을 돌려 계단을 하나 내려가 틈새로 바닥 아래를 살펴본다.

아무도 없다.

바로 그때 코웃음을 치는 듯한 소리가 들린다. 이번에는 내 위에서 들린 것 같다. 소리가 나는 쪽으로 몸을 돌린 순간 인간의 청력으로 들릴까 말까 한 주파수의 고음이 윙윙 울리기 시작한다. 소리는 모기가 날아오듯 점점 커진다. 양손으로 귀를 틀어막아보지만 소리가 두개골을 곧장 뚫고 들어온다.

천장의 전구들이 펑 소리를 내더니 유리가 터져 바닥에 쨍그랑 떨어진다. 소리가 뚝 그친다. 이 집의 시스템에 결함이 발생한 것 같다. 거실에 둔 노트북이 저절로 재부팅된다. 조명이 천천히 어두워져 완전히 꺼졌다가 다시 밝아진다. 하우스키퍼의 홈페이지가 노트북 화면에 뜬다. 집이 저절로 리셋한 것 같다.

무슨 문제인지 모르겠지만 이제 다 끝났다. 그리고 이 집에는 아무도 없다. 나는 샤워를 하기 위해 돌계단을 타닥타닥 올라간다.

"음, 이거 대단하군요." 제임스 클라크가 목걸이와 떨어져나온 진주알을 번갈아 보며 말한다. "정말 훌륭해요."

"이게 무슨 의미인지 모르겠어요." 내가 말한다. 사이먼이 나를 힐끔 보자 내가 덧붙인다. "다시 말해서 우리는 의견이 달라요. 사이먼은 이 진주알이 에드워드가 에마를 죽인 증거일 수 있다고 생각해요. 나는 어느 쪽이든 이 진주알이 무슨 상관인가 싶고요."

"이 진주알이 이 사건과 어떤 관계가 있는지 말씀을 드리죠." 은퇴한 경찰이 사려 깊게 대답한다. "디언 넬슨은 범인이 아니라는 말이 됩니다. 목걸이가 바닥에 떨어져 있었다면 설령 끊어졌다고 해도 그 녀석은 그대로 가지 않았을 겁니다. 진주를 훔쳤겠죠. 하지만 그 경우엔 멍크퍼드 씨가 진주알을 다시 꿰어서 당신에게 선물할 수가 없어요. 이렇게 내 가설은 폐기해야겠군요."

"지난번 우리가 만났을 때," 사이먼이 끼어든다. "검시배심이 끝난 후, 경위님은 멍크퍼드에게 알리바이가 있다고 하셨죠."

"그랬죠. 알리바이 비슷한 거였어요. 솔직히 말하자면, 그 무렵 당신은 사건을 그냥 흘려보내기 힘들어하는 것 같더군요. 경찰은 반년에 걸친 수사를 매듭지은 마당에, 상심에 찬 전 남자친구가 검시관의 결정을 뒤엎으려고 하는 일만은 원치 않았어요. 그러니 속내야 어떻건 내가 그 알리바이를 꽤 확신하는 것처럼 들렸을 수도 있었겠네요. 멍크퍼드 씨는 에마가 사망한 시각 콘월 현장에 있었다고 증언을 했죠. 그날 오전에 그는 호텔에서 목격되었고 이른 저녁에 다시 모습을 드러냈습니다. 그가 그사이에 런던에 돌아온 증거가 없었기 때문에 우리는 그의 말을 믿을 수밖에 없었어요."

사이먼이 그를 노려본다. "하지만 그자 짓일 수도 있다는 말씀이군요."

"그 일을 할 수 있었던 사람을 꼽자면 백만 명은 될 거예요." 클라크가 차분하게 말한다. "우리는 그런 식으로 수사를 하지 않아요. 우리는 누군가가 범행을 저지른 증거를 찾죠."

"멍크퍼드는 미쳤어요." 사이먼이 열변을 토한다. "세상에, 그자가 지은 집들을 보세요. 그자는 미치광이 완벽주의자예요. 성미에 맞지 않는 게 있으면 절대 그냥 두지 않아요. 그걸 다 부수고 다시 시작하죠. 표현은 좀 다르지만 그 사람이 에마에게 이런 이야기를 한 적이 있어요. '이 관계는 절대적으로 완벽한 동안에만 유지할 수 있다'고요. 어떤 머저리가 그런 말을 하겠어요?"

클라크는 인내심을 갖고 아마추어 심리학과 경찰의 수사는 완전히 별개라고 사이먼에게 설명한다. 하지만 내 귀에는 그 설명이 거의 들어오지 않는다.

에드워드가 내게도 똑같을 말을 했다는 사실이 떠오른다. 이 관계는 완벽해요…… 가장 완벽한 관계들은 일주일도 못 가 끝난 적도 있고…… 관계가 영원히 가지 않으리라는 사실을 알고 있으면 그 사람의 진가가 더 잘 보이거든요.

그때 아기가 발을 뻗어 내 배를, 배꼽 바로 위를 찬다. 나는 몸서리를 친다. 우리 혹시 위험한 거니?

"제인?"

두 사람이 호기심에 찬 표정으로 나를 보고 있다. 내게 무슨 질문을 한 것 같다. "뭐라고요?"

제임스 클라크가 목걸이를 집어든다. "우리가 볼 수 있게 이 목걸이를 해줄 수 있어요?"

목 뒤의 걸쇠를 보지 않고 채우기가 쉽지 않아 사이먼이 벌떡 일어나 도와준다. 나는 머리를 모아서 옆으로 치워 그가 목걸이를 쉽게 채우게 한다. 그의 손이 내 몸에 닿을 때 손놀림이 더 어설퍼진다. 나는—놀랍게도—그가 내게 끌리기 때문일지 모른다고 생각한다.

마침내 목걸이를 목에 걸자 클라크가 주의깊게 살펴본다. "잠깐만 괜찮을까요?" 그가 예의바르게 물어본다. 내가 고개를 끄덕이자 그가 손가락 하나를 목걸이와 내 피부 사이로 집어넣으려 한다. 하지만 그럴 틈이 없다.

"흠." 그가 의자 등받이에 기대며 말한다. "음, 솔직히 불에 기름을 붓는 짓은 하고 싶지 않아요. 하지만 관련이 있을지도 모르는 사실이 있어요."

"그게 뭐죠?" 사이먼이 열을 올린다.

"에마가 발견되었을 때 현장에 처음 출동한 경관이 목 주위에서 희미한 자국을 본 것 같다고 했어요. 경관은 그 사실을 기록해뒀지만 법의학자가 도착했을 즈음에는 흔적이 사라지고 없었죠. 살짝 긁힌 자국만 두 개가 남아 있었어요, 바로 여기요." 그는 목걸이 아래로 손가락을 집어넣으려고 했던 지점을 가리킨다. "아무것도 아니었어요. 그녀의 목숨을 앗아갈 만한 자국은 아니었으니까요. 그리고 다른 상처의 정도를 봤을 때 그녀가 추락하면서 버둥거리다가 난 자국이라고 결론을 내렸습니다."

"하지만 실제로는 그곳에서 목걸이를 잡아챈 사람이 있었던 거군요." 사이먼이 대뜸 말한다.

"음, 그건 당신의 추측일 뿐이죠." 클라크가 말한다.

"다른 가능성이 있어요." 나도 모르게 말이 튀어나온다.

"네?" 클라크가 되묻는다.

"에드워드……" 얼굴이 화끈 달아오른다. "그와 에마가 거친 섹스를 좋아했다고 생각할 만한 이유가 있어요."

사이먼이 나를 뚫어져라 바라본다. 클라크는 고개만 끄덕인다. "그렇죠."

"그래서 만약 그날 에드워드가 그녀와 함께 있었다면…… 물론 나는 여전히 이런 가정을 받아들일 필요는 못 느끼겠어요…… 목걸이가 끊어진 건 그냥 사고였을지도 몰라요."

"그럴지도 모르죠. 어쨌든 이제 와서 우리가 답을 알 수는 없겠죠." 클라크가 말한다.

그때 문득 다른 생각이 스친다. "지난번에 만났을 때, 에마가 죽기 직전 누가 집에 들어왔는지 알 길이 전혀 없다고 하셨잖아요."

"그렇습니다. 그런데 그게 왜요?"

"좀 이상한 것 같아서요. 그게 다예요. 그 집은 데이터를 수집해서 저장하게 설정되어 있어요. 그게 그 시스템의 핵심이거든요."

"그렇다면 그놈들의 사무실을 압수 수색할 수 있잖아요." 사이먼이 끼어든다. "컴퓨터를 몽땅 압수해서 뭐가 들어 있는지 확인하면 돼요."

그러자 클라크가 경고를 하듯 손을 든다. "진정해요. 나는 이제 아무것도 못해요. 은퇴했다고요. 그리고 당신이 말한 수사를 하려면 비용이 수만 파운드는 들 겁니다. 이렇게 오래된 사건에 영장을 발부해줄 리 만무하고요. 주장을 뒷받침할 어지간히 확실한 증거가 없다면 어림도 없어요."

사이먼이 주먹으로 테이블을 내리친다. "아무 희망이 없다는 건가요?"

"두 분에게 드릴 수 있는 조언은, 그냥 다 잊으라는 겁니다." 클라크가 부드러운 어조로 타이른다. 그러더니 나를 보며 말한다. "그리고 제인, 당신은 어서 이사 갈 집을 찾아보세요. 자물쇠가 튼튼하고 보안 설비가 확실한 곳으로 말입니다. 만약을 대비해서요."

나는 샤워기 아래로 들어간다. 순간 아무 일도 일어나지 않는다. 그러더니 이내 커다란 샤워기에서 빗물처럼 물이 쏟아져내린다. 나는 반색을 하며 고개를 들어 물을 맞는다.

모든 일이 잘되어가고 있다.

나는 그가 내 몸을 구석구석 탐색하고 싶도록 꼼꼼하게 비누칠을 하며 공들여 몸을 씻는다. 바로 그때 아무 전조도 없이 물줄기가 줄어들더니 온수가 냉수로 바뀐다. 나는 비명을 지르며 뒤로 물러난다.

에마. 바로 뒤에서 누가 나를 부른다.

나는 몸을 홱 돌린다. 여기서 뭐하는 거야? 내가 말한다. 나는 수건걸이에 걸린 수건을 집어 몸에 두른다. 그리고 어떻게 들어온 거야?

"예산은 어느 정도예요?" 커밀라는 겉으로는 무표정하지만 분명 속으로는 내가 미쳤다고 생각하고 있다. "원 폴게이트 스트리트에 사시는 동안 부동산 시장이 미쳐버렸어요. 주택 공급은 충분치 않죠. 거기에 런던의 부동산을 안전한 현금도피처로 보고 외국 투자자들은 몰려오죠. 이제 침실 두 개짜리 집을 얻으려면 두 배는 줘야 해요." 그녀가 부동산 중개소의 창문에 붙은 광고를 가리킨다. "한번 보세요."

원 폴게이트 스트리트로 돌아가는 길에 나는 제임스 클라크의 충고를 받아들여 이사 갈 집을 찾아보기로 마음먹었다. 그런데 이제는 충고를 듣지 말 걸 그랬다는 생각이 들 정도다. "넓은 방 하나짜리도 괜찮아요. 어쨌든 당분간은."

"그런데 제인은 그런 집을 얻을 예산조차 안 되는 거잖아요. 수상가옥을 생각하는 게 아니라면."

"곧 아기가 태어날 거예요. 아기는 금방 걸음마를 뗄 테고요. 그러니 수상가옥은 어림도 없어요." 내가 망설인다. "에드워드 같은 집주인이 또 있지 않아요? 집을 구하는 사람들에게 싸게 임대하는?"

커밀라가 고개를 젓는다. "에드워드 멍크퍼드와의 계약은 특별해요."

"어쨌든 내가 집세를 내는 동안에는 나를 내보낼 수 없잖아요. 그리고 집이 구해지기 전에는 나가지 않을 거예요." 내 말을 듣고 커밀라가 지은 표정에 나는 그대로 멈춘다. "왜 그래요?"

"당신이 서명한 계약서에 명시된 규칙은 이백 개가 넘어요." 그녀가 내게 상기시킨다. "그중 하나라도 어긴 게 없어야 할 텐데. 안 그러면 계약 위반이 되잖아요."

갑자기 까닭 모를 분노가 치밀어오른다. "그 규칙은 엿이나 먹으라고 해요. 에드워드 멍크퍼드도." 너무 화가 난 나머지 발소리를 쿵쿵 내며 걷는다. 엄마 호랑이의 호르몬이 치솟는다.

하지만 말만 이럴 뿐 이 건으로 에드워드와 싸울 수 없다는 사실은 누구보다 내가 잘 안다. 사이먼과 제임스 클라크, 두 사람과 이야기를 나눈 후로 나는 원 폴게이트 스트리트에 대해 전에는 한 번도 느끼지 않았던 감정에 서서히 물들어간다. 나는 이제 이 집이 무섭다.

비밀번호를 지우지 않았어. 그가 말한다.

그가 나를 향해 한 걸음 다가온다. 그의 눈이 빨갛고 광기마저 엿보인다. 그는 울고 있다.

마크에게는 이사를 나가면서 지웠다고 했어. 그가 말한다. 하지만 지우지 않았지. 그런 다음에 그걸로 여기 시스템을 해킹했어. 간단했어. 어린애라도 할 수 있을 거야.

오. 내가 소리를 낸다. 달리 무슨 말을 해야 할지 모르겠다.

나는 위층에서 지냈어. 그가 말한다. 다락에서. 가끔 자기가 잠들면 들어와서 거기서 자. 자기 곁에 있을 수 있게.

그는 갑자기 내 목을 가리킨다. 그 모습에 나는 겁이 나 한 걸음 물러선다. 그게 그 자식이 준 목걸이지, 그렇지? 에드워드.

그래. 사이먼, 자기는 가야 해. 지금 나는 기다리는 사람이 있어.

알아. 사이먼이 못 보던 휴대폰을 꺼낸다. 에드워드 멍크퍼드.

자기가 기다리는 사람은 그 자식이 아니야. 내가 문자를 보냈거든.

뭐라고? 혼란스러워진 내가 되묻는다.

지난주 어느 날 밤에 자기 휴대폰을 꺼내서 그 자식 이름에 적힌 연락처에 이 전화번호를 입력했어. 그가 뻐기듯 대답한다. 그리고 그 자식이 보내는 것처럼 자기에게 문자를 보냈어. 물론 그 문자들은 다 삭제했지. 그리고 이 전화는 선불폰이야. 그래서 추적할 수 없어.

도대체…… 왜?

왜냐고? 그가 되묻는다. 왜냐고? 나도 그 질문을 끊임없이 해, 엠. 왜 멍크퍼드일까? 왜 솔일까? 왜 그놈들 중 누구든 상관없을까? 그놈들 중 누구도 나처럼 자기를 사랑하지 않는데. 그리고 당신은 내게 사랑을 되돌려줬어. 그랬다는 걸 나는 알아. 우리는 행복했어.

아니야, 아니라고. 사이먼. 내가 그 어느 때보다 단호하게 말한다. 어차피 우리의 행복은 오래가지 못했을 거야. 나는 자기에게 어울리지 않아. 자기는 상냥하고 착한 사람이 필요해. 나 같은 사람이 아니라.

그런 말 마, 엠. 그의 두 볼을 따라 눈물이 흘러내린다. 그러지 마. 그가 반복한다. 나는 자기를 보내지 않을 거야.

나는 어떻게든 주도권을 잡아보려고 한다. 자기는 가야 해, 사이먼. 지금 당장. 안 그러면 경찰을 부를 거야.

그가 고개를 젓는다. 그럴 수 없어, 엠. 그럴 수 없다고.

그럴 수 없다니 뭘?

보낼 수 없어. 그가 속삭인다. 자기가 내가 아닌 그 자식들을 원하도록 내버려둘 수 없어.

그가 기묘하고 필사적인 표정으로 나를 바라본다. 그가 지금 뭔가 끔찍한 짓을 하려고 마음을 다잡는 중이라는 생각이 퍼뜩 든다. 나는 그의 옆을 지나쳐 황급히 도망치려고 한다. 그가 내 손목을 낚아채지만 그의 손이 내 팔찌를 움켜쥐는 바람에 팔찌가 끊어지면서 나는 풀려난다. 하지만 그가 내 앞을 막아서며 내 목을, 그 목걸이를 움켜쥐려고 한다. 다음 순간 뚝 하는 소리와 함께 진주알들이 우박처럼 욕실 바닥으로 우수수 떨어진다. 그는 한 팔로 내 목을 감싸 나를 확 당기더니 수영장의 인명구조원처럼 욕실에서 나를 끌어낸다. 나는 공포로 몸이 뻣뻣해져 그대로 끌려나가는 것 외에 아무 저항도 못한다.

사이먼. 나는 필사적으로 말을 걸어보지만 그의 팔이 내 목을 너무 꽉 감싸고 있다. 어느새 우리는 계단의 꼭대기에 와 있다. 그가 나를 확 돌려 텅 빈 공동을 마주보게 한다. 사랑해, 엠. 그가 내 귓가에 속삭인다. 자기를 사랑해. 하지만 그의 사랑은 증오를 의미하기라도 하는 듯, 그의 고백에는 불같은 분노가 담겨 있다. 그리고 그가 내게 키스를 하면서 나를 확 밀치는 순간, 그가 진심으로 자신의 뜻을 이루려고 한다는 사실을, 내가 죽어 없어지기를 바란다는 사실을 깨닫는다. 계단을 굴러떨어지는데, 머리가 돌에 부딪혀 금이 가고 계단을 한 칸 한 칸 내려가면서 추락 속도에 가속이 붙자 공포와 통증이 온몸 구석구석을 두드린다. 계단을 반쯤 굴러떨어졌을 즈음 옆으로 추락하며 안도감과 공포가 뒤섞인 감정을 느끼는 순간, 내 머리가 연한 크림색 바닥에 부딪혀 박살난다.

사이먼에게 전화를 건다.

"나는 원래 잘 모르는 사람에게 저녁을 같이 먹자고 청하지 않아요." 내가 그에게 말한다. "하지만 지난번 제안이 진심이었다면 같이 와서 저녁 들지 않을래요?"

"물론이죠. 내가 뭘 가져가면 좋을까요?"

"음. 지금 집에 와인이 한 병도 없어요. 나는 마시지 않을 거지만 당신이 마시고 싶을지 모르겠네요. 스테이크를 할 거예요. 당신이 가는 형편없는 슈퍼마켓에서 산 게 아니에요. 시내의 고급 정육점에서 산 고기라고요. 미리 경고하는데, 늦게 오면 당신 몫까지 다 먹어버릴 거예요. 요즘 내 식욕이 어마어마하거든요."

"알았어요." 그가 재미있다는 듯 대답한다. "일곱시까지 갈게요. 그리고 이번에는 멍크퍼드가 내 여자친구를 죽였다는 이야기는 꺼내지 않을게요, 알았죠?"

"고마워요." 그렇지 않아도 나는 오늘 저녁만큼은 에마와 에드 워드에 대해 이야기하지 말자고 할 작정이었다. 이미 충분히 겁을 먹었으니까. 하지만 그 말을 요령 있게 할 방법이 떠오르지 않았다. 사이먼은 매우 사려 깊은 사람이라는 사실을 요즘 깨닫고 있다. 미아의 말이 떠오른다. 이건 내 생각이지만, 그 미치광이 건축가보다 저 남자 같은 사람을 만나는 게 훨씬 더 좋을 거야.

나는 그 생각을 얼른 머릿속에서 지운다. 내가 지금처럼 뚱뚱하지도 않고 다른 남자의 아이를 가지지 않았더라도, 말도 안 되는 생각이다.

두 시간 후 그에게 문을 열어주는데, 그가 가져온 와인병과 꽃다발이 눈에 들어온다. "당신 거예요." 그는 꽃다발을 내밀며 말한다. "처음 만났을 때 당신에게 무례하게 굴었던 일이 늘 마음에 걸렸어요. 그 꽃이 누구의 것인지 모르는 게 당신 잘못도 아닌데." 그는 내 볼에 입을 맞춘다. 입술은 있어야 할 시간보다 조금 더 오래 내 볼에 머문다. 그는 지금 내게 끌리고 있어. 이제 확실히 알겠다. 하지만 내가 그에게 매력을 느낄 일은 없을 것이다. 미아가 뭐라고 하건.

"정말 아름다워요." 나는 장미 다발을 싱크대로 가져가며 말한다. "물에 담가놓아야겠어요."

"그럼 내가 와인을 딸게요. 피노 그리지오예요. 에마가 가장 좋아하던 거죠. 정말 안 마실 거예요? 내가 인터넷에서 찾아봤어요. 임신 십오 주 정도에는 술을 조금 마시는 건 괜찮다고들 하더라고요."

"이따가 마시고 싶으면 마실게요. 일단 당신부터 마셔요." 나는
장미를 화병에 꽂아 테이블에 올려놓는다.

"엠, 와인따개 어디에 뒀어?" 그가 소리친다.

"선반에 있어요. 오른쪽 선반." 나는 뒤늦게 놀라 되묻는다. "지
금 나를 엠이라고 불렀나요?"

"제가요?" 그가 웃음을 터트린다. "미안해요. 여기서 당신과 함
께 와인을 따는 일이 너무 익숙하게 느껴졌어요. 아, 그러니까 당신
이 아니라 에마와요. 다시는 그러지 않을게요. 약속해요. 자, 이 잔
들은 어디에 두면 될까요?"

과거: **에마**

원 폴게이트 스트리트에서 어떤 남자건, 남자에게 대접할 스테
이크를 굽고 있으니 기분이 묘하다. 에드워드는 내게 요리를 할 기
회를 넘기지 않았다. 그는 어떤 일에서건 자신이 주도권을 쥐어야
했기에, 앞치마를 두르고 만들 요리에 꼭 맞는 팬과 오일, 양념을
고르는 동안 토스카나나 도쿄에서 스테이크를 굽는 방식에 대한
이야기를 들려주었다. 하지만 사이먼은 나를 지켜보며 이야기—
부동산 시장과 집세가 싼 집을 구할 수 있는 곳, 그가 현재 세 들어
살고 있는 집—를 하는 것으로 만족할 뿐이다. "이 집을 떠나서 가
장 좋았던 점의 하나는 빌어먹을 규칙을 더이상 걱정하지 않아도
된다는 거였어요." 내가 식사를 하기 전 자동적으로 팬을 닦아서
치워버리자 그가 이런 이야기를 꺼낸다. "조금만 지나면 이런 식으
로 살았다는 사실이 믿어지지 않을 거예요."

"흠." 내가 대꾸한다. 조만간 나는 온갖 육아용품에 둘러싸일 것

이다. 하지만 나의 일부는 원 폴게이트 스트리트의 금욕적이고 엄격한 아름다움을 언제까지고 그리워할 것이다.

와인을 몇 모금 마시지만 더이상 와인에 끌리지 않는다. "아기는 잘 크고 있어요?" 그가 이렇게 묻자 나는 나도 모르게 다운증후군일지도 모르는 두려움을 털어놓고 그 이야기는 다시 이저벨로 이어진다. 나는 기어이 울음을 터트리며 스테이크를 다 먹지도 못한다. "힘들었겠어요." 내가 울음을 그치자 그가 조용하게 위로한다. "끔찍한 시간을 보냈군요."

나는 어깨를 으쓱하며 눈물을 닦는다. "문제없는 사람이 어디 있겠어요, 안 그래요? 이게 다 호르몬 때문이에요. 호르몬 때문에 요즘은 걸핏하면 눈물이 나요."

"나는 에마와 가족을 이루고 싶었어요." 그가 잠시 말문을 닫는다. "그녀에게 프러포즈를 할 작정이었죠. 아무에게도 이 이야기는 하지 않았어요. 우습죠, 내가 마침내 정착하자는 결심을 하게 된 건 이 집으로 이사를 왔기 때문이에요. 나는 에마가 힘든 시기를 버티고 있다는 걸 알았지만 그게 강도 사건 때문인 줄로만 알았죠."

"왜 하지 않았어요? 프러포즈 말이에요."

"아……" 그가 어깨를 으쓱한다. "가장 근사한 프러포즈를 하고 싶었거든요. 왜, 여자친구가 가장 좋아하는 노래를 불러주려고 플래시몹을 하거나 폭죽 같은 걸로 하늘에 나와 결혼해줄래 같은 문장을 쓰는 이야기 있잖아요. 나는 아이디어를 짜볼 작정이었어요. 그녀의 혼을 쏙 빼놓을 만한 걸로요. 그런데 난데없이 그녀가 우리 사이를 끝내버린 거죠."

개인적으로 나는 그런 과한 프러포즈 영상을 볼 때마다 어색하고 소름이 돋았지만 지금은 솔직한 생각을 털어놓을 때가 아닌 것 같다. "좋은 사람을 만날 거예요, 사이먼. 분명 그럴 거예요."

"그럴까요?" 그가 내게 의미심장한 눈빛을 보낸다. "사실 만나는 사람과 진심으로 교감하고 있다고 느끼는 경우가 거의 없어요."

아무래도 이 말은 지금 꼭 해야 할 것 같다. "사이먼…… 이런 말을 한다고 주제넘는다고 생각하지 말아주면 좋겠어요. 하지만 지금 우리가 허심탄회하게 이야기를 하고 있으니까 이 점을 명확하게 해두고 싶어요. 당신이 좋아요. 하지만 지금은 누구를 사귈 생각이 없어요. 내 문제로도 버겁거든요."

"물론이죠." 그가 곧바로 대답한다. "한 번도 생각해보지 않았어요…… 하지만 우리는 좋은 관계인 거죠, 그렇죠? 친구로서요."

"그래요." 나는 그의 눈치 빠른 대답에 고마움을 느낀다는 사실을 알리려고 미소를 짓는다.

"물론 에드워드 멍크퍼드가 손만 한번 튕겨도 당분간 누굴 사귀지 않겠다는 당신의 마음이 바뀌겠지만요." 그가 덧붙인다.

나는 인상을 찌푸린다. "그런 일은 절대 없을 거예요."

"농담이에요. 사실, 요즘 만나는 여자가 있어요. 그녀는 파리에 살아요. 그녀를 더 자주 만날 수 있게 아예 파리로 가면 어떨까 생각중이에요."

이후 우리의 대화는 유쾌하고 편안한 주제로 넘어간다. 이런 게 그리웠다는 생각이 든다. 에드워드의 위압적인 존재와 너무나 다른, 교양 있게 주거니 받거니 나누는 유쾌한 대화 말이다.

나중에 그가 말한다. "혹시 오늘밤 내가 여기서 지내면 좋겠어요, 제인? 당연히 소파에서요. 그편이 더 안전하게 느껴진다면……"

"정말 고마워요. 하지만 우리는 괜찮을 거예요." 나는 내 배를 톡톡 두드린다. "나와 내 아기요."

"그래요. 그럼 다음 기회에."

13. 내 목표와 결과 사이에 차이가 많이 날 때가 자주 있다.

그렇다 ○ ○ ○ ○ ○ 그렇지 않다

아침에 눈을 뜨니 온몸이 피곤하고 나른하다. 아마 지난 저녁에 마신 소량의 와인 때문이라는 생각이 든다. 요즘은 통 술을 마시지 않았던 것이다. 입덧이 내 뱃속을 움켜쥐는 것 같아 변기로 급히 간다. 샤워를 하고 싶은 마음이 간절한데 하우스키퍼는 하필 지금 수도와 전기를 모두 꺼버린다.

제인, 다음 문항에 1점부터 5점까지 점수를 평가해주세요. 전적으로 동의하면 5점을, 절대 동의하지 않으면 1점을 주세요.
평가를 완성할 때까지 주택의 편의시설 일부가 작동하지 않습니다.

"젠장." 나는 지긋지긋하다는 듯 말한다. 당장은 이걸 할 기운도 없다. 하지만 샤워를 꼭 해야 한다.

나는 질문지의 첫번째 항목으로 눈을 돌린다.

내 아이들이 학교에서 좋은 성적을 거두지 못하면 나는 나쁜 부모로 몰릴 것이다.
그렇다 ○ ○ ○ ○ ○ 그렇지 않다

나는 '약간 그렇다'에 체크를 하려다가 뚝 멈춘다. 분명히 지난 평가에는 양육에 관한 질문은 없었다.
이 질문들은 무작위인가? 아니면 뭔가 다른 것이 있나? 하우스키퍼에 이런 식으로 미묘하게 비꼬는 질문들이 입력되어 있을까?
설문지를 죽죽 풀어나가는데, 뭔가가 의식을 비집고 들어온다. 내가 남과 다르다고 느끼고 있다. 이 질문들에 답을 하는 것만으로도 이 집에서 사는 것은 선택받은 소수를 위한 특혜라는 사실을 떠올리게 된다. 이곳을 떠날 때 느낄 슬픔은 이저벨을 잃었을 때와……
나는 아연실색해 그대로 생각을 멈춘다. 아무리 한순간이지만 어떻게 이런 생각을 할 수 있을까?
나는 이 집을 공개하던 날, 강사가 인솔해온 학생들에게 했던 말을 기억한다. 인지하지 못하셨겠지만, 지금 여러분은 초음파 복합 수프 속에 있습니다. 이런 걸 분위기 강화 파형이라고 하죠.
하우스키퍼가 제시한 질문들은 원 폴게이트 스트리트가 작동하는 방식의 일부인가?
나는 이웃의 와이파이를 연결해 방금 답변을 쓴 질문들 몇 개를 구글에서 검색한다. 순식간에 결과가 뜬다. 〈임상심리학저널〉이라는 별로 유명하지 않을 것 같은 의학 잡지에 실린 논문이다.

　'완벽주의 평가 툴'에 들어가 있는 질문들은, 개인적 완벽주의를
비롯해 타인에 대한 높은 기준, 인정욕구, 계획성(강박적인 정리
정돈과 조직), 되새김(강박적인 생각에 몰두), 강박행동 등 다양한
타입의 부적응적 과도한 완벽주의를 측정한다. 한편 도덕적 강직
성……

나는 전문용어들을 따라잡으려고 애쓰면서 대충 건너뛴다. 읽다
보니 설문지의 질문들은 원래 심리학자들이 건전하지 않은 병리적
완벽주의를 진단해 치료하는 방법으로 고안된 것 같다. 문득 이곳
에서 일어나는 일도 바로 그런 것이 아닐까 하는 의문이 뇌리를 스
치고 지나간다. 그러니까 이 집이 나의 수면 패턴과 체중 등을 체
크하는 것처럼 심리적 건강 상태도 관찰하고 있는 것은 아닐까.
　다음 순간 다른 해석이 떠오른다.
　에드워드는 설문지의 결과로 세입자의 완벽주의를 치료하는 게
아니라 더 강화하려는 것이다. 그는 우리의 환경이나 이 집에서 살
아가는 방식만이 아니라 내면의 생각과 감정까지 통제하려 든다.
　이 관계는 절대적으로 완벽한 동안에만 유지할 수 있어요……
　몸서리가 쳐진다. 설마 에마의 운명을 끝낸 것도 이 심리검사에
서 나온 형편없는 점수였을까?
　나는 어떻게 대답을 하면 하우스키퍼가 내게 가장 완벽한 점수
를 줄지 머리를 굴려가며 설문에 답변한다. 설문지를 끝내자 노트
북이 재부팅된다. 전기도 들어온다.

나는 마침내 샤워를 하러 갈 수 있다는 생각에 안도감을 느끼며
일어난다. 하지만 계단을 올라가는데 다시 기계적 결함이 발생한
다. 전기가 들어왔다 나갔다 한다. 노트북은 부팅이 되다가 그대로
멈춘다. 모든 것이 일순 정지 상태가 된다. 바로 그때……

아래층을 멍하니 둘러보는데, 노트북 화면에 뭔가가 뜬다. 마치
영화 같다. 이 상황이 영화가 아니라는 점만 빼면.

나는 영문을 몰라 다시 내려가 화면을 자세히 본다. 화면에 뜬
영상의 사람은 바로 나다. 이곳에 있는 나를 실시간으로 보여주는
영상이다. 화면에 가까이 다가가자 화면 속의 나는 멀어진다.

카메라가 내 뒤에 있다.

나는 노트북을 집어들고 돌아선다. 그러자 화면에는 내 뒤통수
대신 내 얼굴이 뜬다. 내 앞의 벽을 죽 훑는데, 어느 순간 렌즈를
정면으로 바라보는 내가 뜬다.

하지만 그곳에는 아무것도 없다. 이 크림색 벽에 바늘구멍만한
미세한 구멍이 뚫려 있으리라.

나는 노트북을 내려놓고 내 이미지가 뜬 창을 닫는다. 그 뒤로
또다른 창이 열려 있다. 그 뒤에도, 또 그 뒤에도. 모두 원 폴게이
트 스트리트의 다른 지점을 보여준다. 나는 창을 하나씩 닫는다.
물론 그전에 카메라의 위치를 확인하는 것을 잊지 않는다. 어느 창
은 다른 각도로 석조 테이블을 보여준다. 다른 창에는 현관이 떠
있다. 그다음 창은 욕실……

욕실이라고? 칸막이가 될 만한 벽이 없는 것이나 다름없는 이 집
에서 샤워실은 완전히 노출되어 있다. 이것들이 전부 원 폴게이트
스트리트의 센서들이라면, 또 누가 센서에 접근 가능할까?

마우스를 다시 클릭한다. 마지막 카메라는 내 침대 바로 위에 설치되어 있다.

욕지기가 치밀어오른다. 이 집에서 사는 내내 관찰을 당하는 느낌이 들었는데…… 그것은 내가 실제로 관찰당하는 중이었기 때문이다.

그리고 단지 침대만이 아니다. 에드워드가 나를 안아 주방의 조리대 위에 내려놓았을 때 우리는 모든 카메라에 완전히 노출되어 있었다.

나는 치솟는 혐오감에 진저리를 친다. 다음 순간 느닷없이 호르몬이 폭포처럼 분비되며 그 혐오감이 분노로 바뀐다.

에드워드의 짓이었다. 그가 원 폴게이트 스트리트의 구석구석에 이 카메라들을 설치했다. 왜? 관음증적인 기벽이 있나? 아니면 내 인생의 매 순간을 모두 소유할 또다른 수단으로? 내가 알기로 이런 행위는 심지어 법에 저촉된다. 최근에 이런 짓을 한 사람이 감옥에 가지 않았나?

하지만 에드워드라면 이렇게 쉽게 발각될 정도로 세부적인 사항을 허술하게 처리했을 리 없다는 생각이 든다. 나는 지난 이메일을 뒤져 마침내 원 폴게이트 스트리트의 계약서를 첨부해 보낸 커밀라의 메일을 찾아낸다. 깨알같이 적혀 있는 조항들 사이에 내가 찾는 조항이 파묻혀 있다.

……사진과 동영상이 포함되며, 그에 국한되지 않고……

뭔가가 퍼뜩 떠오른다. 에드워드가 이 집을 설계했지만, 기술 담당은 그의 파트너인 데이비드 틸이었다. 에드워드를 하이테크 시대의 관음증 환자로 다시 그리기는 쉽지 않지만, 틸이라면 다르다.

나는 분노가 스르르 사라지지 않도록 꽉 움켜쥔다. 방으로 가 외출복으로 갈아입는다.

사전 약속 따위는 신경쓰지 않는다. 나는 하이브의 일층에 도착해 멍크퍼드 파트너십의 직원들이 라테를 들고 엘리베이터 중 하나에 모여설 때까지 가만히 기다리다가 그들을 따라 엘리베이터에 탄다. 십사층에 도착하자 그들을 따라 엘리베이터에서 내린다.

"에드워드는 지금 없습니다." 접수대에 앉아 있는 흠 잡을 데 없는 갈색 머리 직원이 놀란 마음을 진정시키자마자 대답한다.

"내가 만나고 싶은 사람은 데이비드 틸이에요."

내 말에 그녀는 더 놀라는 것 같다. "데이비드가 시간이 되는지 알아보겠습니다." 그녀는 아이패드에 있는 내선번호를 검색한다. 그 모습을 보니 틸을 찾아오는 손님은 많지 않은 것 같다.

나는 데이비드 틸을 향해 언성을 높인 채 수시로 욕설을 곁들여 한참 항의를 한다. 나는 숨이 차올라 헉헉거리지만 그는 차분하게 내 말이 끝나기를 기다린다. 문득 내가 처음 이 사무실에 왔을 때 에드워드가 고객의 분노를 고스란히 받으며 불만을 듣고 있던 모습이 떠오른다.

"이것 참 터무니없군요." 마침내 내가 말을 마치자 그는 대뜸 이렇게 말한다. "고객님의 상태가 지금 이런 과민반응을 초래한 것 같네요."

그가 아무리 머리를 굴려도 이보다 더 내 화를 돋울 수는 없을 것이다. "첫째, 내 상태는 질병이 아니에요, 머저리 같기는. 둘째, 감히 나를 가르치려 들지 말아요. 내가 본 게 뭔지 나도 아니까. 당신은 지금까지 나를 염탐해왔고 그걸 부정하지 못하겠죠. 그게 빌어먹을 계약 조건에 명시되어 있기까지 하니까요."

그는 고개를 가로젓는다. "우리는 고객들에게 디스클레이머*에 서명을 요청합니다. 물론 그건 우리의 책임을 면제하죠. 카메라에 찍힌 데이터에 접근할 수 있는 건 자동안면인식소프트웨어뿐입니다. 그 집이 고객님의 동작을 추적할 수 있도록요. 기능은 그게 다입니다."

"그러면 샤워기는?" 내가 따진다. "온수가 나왔다 냉수가 나왔다 사람 기겁하게 만드는 건요? 설마 그것도 안면인식과 관계가 있다는 말은 못하겠죠?"

그가 인상을 찌푸린다. "샤워기에 무슨 문제가 있는지는 몰랐습니다."

---

* 어떤 상황에 대해 책임을 지지 않는다는 고지.

"그리고 정말 중요한 문제는 따로 있어요. 에마가 죽었을 때 그 카메라들은 뭘 하고 있었죠? 무슨 일이 있었는지 카메라에 다 찍혔을 텐데요."

그가 우물쭈물한다. "그날 앞열의 데이터가 오프라인이었어요. 기술적 결함이었죠. 하필 타이밍이 좋지 않았을 뿐이에요."

"나보고 지금 그 말을 믿으라고……" 내가 막 말문을 여는데 에드워드가 문을 힘껏 밀어서 활짝 열어젖히며 성큼성큼 들어온다.

"지금 여기서 뭐하는 거예요?" 에드워드가 내게 묻는다. 이렇게 화가 난 모습은 처음 본다.

"저분이 매슈스라는 여자에 대해서 원 폴게이트 스트리트의 데이터를 원하는데." 틸이 대답한다.

에드워드의 얼굴이 분노로 벌게진다. "이건 너무 지나치잖아요. 당장 나가요, 내 말 알겠어요?" 순간 그 말이 이 사무실에서 나가라는 건지 원 폴게이트 스트리트에서 나가라는 건지 모르겠다. "곧 벌금통지서를 보낼 거예요. 앞으로 닷새 시한을 줄 테니 그 집에서 나가요."

"그럴 수는 없어요."

"당신은 적어도 제한 조항을 여섯 가지나 위반하고 있어요. 우리가 당신을 내보낼 수 있다는 사실을 곧 알게 될 거예요."

"에드워드…… 뭘 두려워하는 거죠? 뭘 감추려는 거예요?"

"나는 아무것도 두려워하지 않아요. 당신이 내 의사를 끊임없이 무시하는 상황에 화가 난 거예요. 솔직히 지금 누구보다 에마 매슈스에게 집착하는 당신이 정작 내게 그런 비난을 하다니 우습네요. 왜 그냥 내버려두지 않는 거죠? 왜 그렇게 신경을 쓰는 거예요?"

"당신은 내게 그 목걸이를 줬어요." 나도 똑같이 화를 내며 소리 친다. "당신이 결백하다면 왜 그녀의 목걸이를 수선해서 내게 준 거죠?"

그는 나를 미친 사람 보듯 바라본다. "내가 당신들에게 비슷한 목걸이를 선물한 건, 그 진주의 색깔이 마음에 들었기 때문이에요. 그게 다예요."

"당신이 에마를 죽였나요, 에드워드?" 나도 모르게 불쑥 질문을 하고 만다. "당신이 한 짓이라고밖에 생각할 수 없어요."

"어쩌다가 이런 말도 안 되는 생각을 하게 된 거죠?" 그는 어이 가 없다는 투로 묻는다. "도대체 누가 그런 말도 안 되는 생각을 당 신 머릿속에 주입한 거예요?"

"나는 답을 원해요." 나는 최대한 차분하게 이야기를 하려고 하 지만 목소리가 계속 떨린다.

"그 답을 들을 일은 없을 거예요. 당장 여기서 나가요."

틸은 아무 말이 없다. 내가 그곳을 떠나려고 일어서자 분노에 찬 에드워드의 시선이 내 배에 꽂힌다.

나는 원 폴게이트 스트리트로 돌아가는 것 외에 달리 갈 곳이 없다. 하지만 무섭고 혼란스러운 마음으로 집으로 들어선 나는 다음 라운드에서 다시 싸우기 위해 링으로 되돌아온 피투성이 전사가 된 기분이다.

관찰당하는 느낌은 이제 어딜 가나 내 의식에 들러붙어 있다. 그들에게 놀아나고 있다는 느낌도 마찬가지다. 집안의 소소한 기능들이 무작위로 고장이 난다. 전기 소켓들이 번갈아 작동을 하다 만다. 불빛이 밝아지다가 어두워진다. 하우스키퍼의 검색창에 '침실 하나짜리 집'을 치면 자신의 파트너를 속이는 여자들에 대한 사이트가 뜬다. 사운드 시스템을 켜면 저절로 쇼팽의 〈장송행진곡〉이 흘러나온다. 보안장치가 켜져서 기겁을 하기도 한다.

"이런 유치한 짓 좀 그만해!" 나는 천장에 대고 고함을 친다.

돌아오는 건 나를 비웃는 듯한 텅 빈 실내의 정적뿐이다.

나는 휴대폰을 집어든다.

"사이먼." 그가 전화를 받자마자 나는 용건을 꺼낸다. "그때 한 제안이 아직도 유효하다면 오늘 저녁에 들러주면 좋겠어요."

"제인, 무슨 일이에요?" 그가 걱정스러운 목소리로 묻는다. "겁을 먹은 목소리잖아요."

"정확히 말해서 겁을 먹은 건 아니에요." 거짓말이다. "이 집 때문에 조금 놀랐어요. 걱정할 일은 없어요. 하지만 그래도 당신을 보면 마음이 편해질 것 같아요."

"최대한 빨리 왔어요." 사이먼이 문가에 가방을 던지며 말한다.

"이게 프리랜서의 장점이죠. 스타벅스에서 일하는 것만큼 간단
하게 여기에서도 일할 수 있어요." 그는 내 얼굴을 보더니 멈춰 선
다. "제인, 당신 정말 괜찮은 거 맞아요? 안색이 너무 안 좋아요."

"사이먼…… 당신에게 사과하고 싶어요. 지금까지 내내 에드워
드가 에마를 죽였다고 말했는데도 내가 그 이야기를 무시한 것 말
이에요. 그런데 이제는 나도 생각이 바뀌어서……" 내 생각을 입
으로 선뜻 내뱉을 수 없어 망설인다. "당신이 옳을지도 모른다는
생각이 들기 시작했어요."

"사과하지 않아도 돼요, 제인. 하지만 왜 생각을 바꾸게 되었는
지 말해줄 수 있어요?"

나는 그에게 집안에 설치된 카메라들이며 틸과 한바탕 한 이야
기를 들려준다. "마음에 담아둔 말들을 다 쏟아내고 왜 에마에게

췄던 목걸이를 내게 선물했느냐고 에드워드에게 따졌어요."

사이먼이 일순 긴장하며 나를 빤히 본다. "그 말에 어떻게 반응하던가요?"

"목걸이가 두 개였다고 하더군요."

"그걸 증명할 수는 있대요?"

"그러는 척도 하지 않았어요. 그냥 그렇게 말하고 끝이었어요." 나는 하는 수 없다는 듯 어깨를 으쓱해 보인다. "닷새 안에 이사 갈 집을 찾아야 해요."

"괜찮으면 나랑 같이 지내도 돼요."

"고마워요. 하지만 당신에게는 지금까지 충분히 부담을 줬어요."

"그래도 우리는 계속 친구인 거죠, 그렇죠, 제인? 여기서 나간다고 해도 나에 대해서 전부 잊는다는 뜻은 아니죠?"

"물론 아니죠." 나는 그의 절박한 태도에 조금 당혹감을 느끼며 대답한다. "그건 그렇고 지금은 도덕적 딜레마에 빠져 있어요." 나는 테이블로 가자고 몸짓을 한다. 그곳에 올려둔 조개 모양 케이스에 내 목걸이가 들어 있다. "목걸이에 대한 설명을 듣고는 가격이 얼마나 하는지 한번 알아봤어요. 가격이 삼천 파운드나 해요."

그가 눈썹을 치켜세운다. "그렇다면 이사를 갈 때 보증금을 두둑하게 넣어둘 수 있겠네요."

"그래요. 하지만 아무래도 이 목걸이는 에드워드에게 돌려줘야 할 것 같아요."

"왜요? 그가 당신에게 귀중품을 선물하기로 한 거면 그건 그 사람 문제죠."

"그렇기는 해요. 하지만……" 나는 내 생각을 표현할 말을 고민

460

한다. "이 목걸이가 고가의 물건이기 때문에 좋아하는 거라는 인상을 주고 싶지 않아요. 그런데 나는 당장 돈이 꼭 필요한 게 문제죠." 그리고 에드워드가 지금보다 더 나를 경멸하게 만들고 싶지 않아요. 이렇게 생각했지만 차마 말하지는 못한다.

"설령 갈등을 하고 있다는 이야기라고 해도 덕분에 당신에 대해 많은 걸 알게 됐네요, 제인. 다른 사람들은 잠시도 고민하지 않을 거예요." 사이먼이 미소를 짓는다. 방금 전 내가 에드워드와 목걸이에 대한 이야기를 꺼낸 직후 그에게서 느껴진 긴장감은 흔적도 없이 사라졌다. 왜 그렇게 긴장했을까? 내가 무슨 이야기를 할 거라고 생각한 거지?

바로 그때 어떤 생각이 떠오른다. 생각의 단초지만 뚜렷하게 형태를 갖추고 있다.

사이먼의 말이 맞고 내 목걸이가 에드워드가 예전에 에마에게 선물했던 것이라면, 세 줄 중 하나는 진주가 한 알 적어야 한다. 하지만 언뜻 봐서는 줄마다 꿰여 있는 진주의 개수가 동일하다.

나는 제일 윗줄을 손끝으로 훑으며 재빨리 진주를 센다. 모두 스물네 개다.

두번째 줄도 스물네 개다.

세번째 줄도 마찬가지다.

에드워드가 한 말은 사실이었다. 그가 내게 선물한 목걸이는 에마에게 줬던 것이 아니었다. 에드워드가 에마를 죽인 후 흩어진 진주를 모두 주웠지만 한 알을 빠트렸다는 사이먼의 시나리오는 애초에 일어난 적도 없었다.

범인이 사이먼이 아니라면.

한 가지 생각이 흐릿하게 떠올라 서서히 형태를 갖춰간다. 지금까지 사이먼이 말한 일이 실제로 일어났다면 어떨까…… 그런데 당사자가 에드워드가 아니라 사이먼이라면?

아무 증거도 없잖아. 나는 속으로 말한다.

하지만 사이먼이 이곳에서 밤을 보낼 거라는 생각이 갑자기 불길하게 느껴진다.

갑자기 뭔가가 불쑥 떠오른다. 사이먼이 집에 온 후 원 폴게이트 스트리트에서 기술적 문제가 전혀 일어나지 않았다. 수도꼭지의 물도 잘 나오고, 레인지의 불도 잘 켜지고, 하우스키퍼조차 잠금해제된 상태 그대로다. 이건 무슨 조화일까?

그가 이 모든 말썽을 일으킨 게 아니라면 뭘까?

내가 틸에게 이 집의 문제를 따질 때 틸은 수치스러운 표정을 지었다. 동시에 영문을 몰라 어리둥절해하는 것처럼도 보였다. 그리고 무슨 문제에 대해서 뭐라고 했는데.

누군가가 원 폴게이트 스트리트의 시스템에 접근했다는 사실을 그가 깨달았기 때문에 그렇게 당황한 거라면?

혹시 지금까지 내가 이 모든 상황을 오해한 거라면?

14. 나는 속마음을 겉으로 드러내지 않으려고 애쓴다.

그렇다 ○ ○ ○ ○ ○ 그렇지 않다

"제인? 괜찮아요?" 사이먼이 나를 유심히 지켜보고 있다.

"네." 나는 머릿속 생각을 몰아내고 그에게 살짝 미소를 짓는다. "이렇게 와줘서 정말 고마워요. 소지품을 챙겨올 필요는 없었지만요. 친구 미아가 방금 문자를 보냈어요. 오늘밤에 같이 있어주겠대요."

"미아는 애들이 있지 않나요? 그리고 남편은요?" 그는 배려하는 듯한 말투다.

"네, 하지만……"

"거봐요. 남편과 애들은 친구분이 필요해요. 내가 여기 있잖아요. 게다가 이러고 있으니 꼭 옛날로 돌아간 것 같아요."

"옛날? 무슨 뜻이죠?" 내가 당황해 묻는다.

그가 몸짓을 한다. "당신과 나 말이에요. 여기, 이렇게 함께 있는 것."

"그건 옛날이 아니잖아요, 사이먼."

그의 미소는 흔들리지 않는다. "하지만 크게 다르지 않아요. 어쨌든 내게는."

"사이먼……" 나는 어떻게 말해야 할지 모르겠다. "나는 에마가 아니에요. 나는 그녀와 달라요."

"물론 아니죠. 당신은 우선 그녀보다 훨씬 나은 사람이에요."

나는 테이블에 놓여 있던 휴대폰을 집어든다.

"지금 뭐하는 거예요?" 그가 묻는다.

"목걸이를 위층에 다시 가져다놓으려고요." 거짓말을 한다.

"내가 할게요." 그가 손을 뻗으며 말한다. "당신은 홑몸이 아니잖아요. 쉬는 게 좋아요."

"아직 그 정도는 아니에요." 바로 그때 한 가지 사실을 깨닫는다. 임신 십오 주 정도에는 술을 조금 마시는 건 괜찮다고들 하더라고요. 사이먼이 나의 임신 주 수를 어떻게 안 거지?

나는 그를 지나쳐 간다. 그는 여전히 손을 내밀고 있지만 나는 무시한다.

"계단 조심해요!" 그가 나를 지켜보며 소리친다. 나는 손짓으로 그 말을 알아들었다는 시늉을 하며 일부러 천천히 올라간다.

홀을 제외하고 원 폴게이트 스트리트에서 유일하게 문이 달린 곳이 바로 청소부의 벽장이다. 나는 그 안으로 들어가 빗자루와 밀대로 문을 고정한다.

일단 미아에게 전화를 걸어본다. 전화가 걸리지 않는다.

"젠장," 내가 큰 소리를 낸다. "젠장, 미치겠네."

에드워드 멍크퍼드. 전화가 걸리지 않는다.

999.*

전화가 걸리지 않는다.

휴대폰의 액정을 보니 신호가 잡히지 않는다. 나는 힘겹게 천장 쪽 공간으로 몸을 올려 손을 뻗을 수 있는 한 높이 뻗는다. 그렇게 했는데도 신호가 잡히지 않는다.

"제인?" 아래층에서 나를 부르는 사이먼의 목소리가 들린다. "제인, 괜찮아요?"

"사이먼, 돌아가줘요." 내가 소리친다. "오늘은 몸이 좋지 않아요."

"그거 큰일이네요. 의사를 부를게요."

"그러지 말아요. 그냥 쉬면 괜찮아질 거예요."

계단을 오르는 중인지 그의 목소리가 점점 크게 들린다. "제인? 어디 있어요? 욕실에 있어요?"

나는 대답하지 않는다.

"똑똑…… 없네, 욕실은 아니네. 지금 숨바꼭질하는 건가?"

그가 벽장의 문을 밖에서 억지로 밀자 문에서 삐걱 소리가 난다.

"찾았다!" 그의 목소리가 즐거워 보인다. "자, 어서 나와, 자기."

---

* 영국의 긴급 전화번호.

"나가지 않을 거예요." 내가 문에 대고 말한다.

"이건 멍청한 짓이야. 거기 있으면 자기에게 말을 할 수가 없잖 아."

"사이먼, 어서 가요. 아니면 경찰을 부를 거예요."

"어떻게 부르려고? 휴대폰 신호를 막아버리는 기계가 내게 있는 데. 와이파이도 물론."

나는 대답하지 않는다. 상황이 생각보다 훨씬 더 심각하다는 사 실이 서서히 실감난다. 이 모든 일이 그의 계획이었다.

"나는 그저 자기와 함께 있고 싶을 뿐이야." 그가 말을 잇는다. "하지만 여전히 자기는 나보다 멍크퍼드가 더 좋지, 그렇지?"

"멍크퍼드가 지금 이 일과 무슨 관계가 있다는 거예요?"

"자기는 그 자식에게 과분해. 에마가 과분했던 것처럼. 하지만 좋은 남자들은 좋은 여자들을 얻지 못해, 그렇지? 그들은 멍크퍼드

468

같은 머저리 때문에 그 여자들을 잃지."

"사이먼, 지금 신호가 잡혀요. 경찰에 전화를 걸 거예요." 나는 휴대폰을 들고 다급하게 소리친다. "경찰인가요. 여기는 헨던의 원 폴게이트 스트리트예요. 집안에 나를 위협하는 남자가 있어요."

"엄밀히 말해서 사실이 아니잖아, 베이비. 나는 아무도 위협하지 않았어."

"네, 오 분은 버틸 수 있어요. 하지만 서둘러주세요."

"깜박 속을 뻔했네. 자기는 거짓말을 잘하는구나, 제인. 지금까지 만났던 다른 여자들처럼." 그가 느닷없이 문을 쾅쾅 걷어차서 나는 움찔 놀란다. 대걸레와 빗자루가 휘어지지만 튕겨나오지는 않는다. 공포로 머리가 어지럽다.

"나는 신경쓰지 마, 제인." 그가 숨을 헐떡이며 말한다. "나는 하루종일 시간이 많으니까." 그가 다시 아래층으로 내려가는 소리가 들린다. 한참이 흘러간다. 베이컨 굽는 냄새가 풍겨온다. 어처구니 없게도 그 냄새에 군침이 돈다.

나는 뭐든 쓸 만한 물건이 없는지 벽장 안을 두리번거리며 찾는다. 벽을 따라 이어진 원 폴게이트 스트리트의 혈관이자 동맥들인 케이블 선이 눈에 들어온다. 나는 아무거나 되는대로 선을 잡아당긴다. 효과가 있었는지 그가 다시 올라오는 발소리가 들린다.

"아주 영리해, 제인. 하지만 살짝 성가시기도 해. 어서 나와. 먹을 걸 만들어뒀으니까."

"사이먼, 어서 가. 모르겠어? 당신은 가야 해. 진심으로 하는 말이야."

"화가 나면 말하는 투가 꼭 에마 같다니까." 밖에서 나이프가 접시를 읽는 소리가 들린다. 그가 벽장의 문 앞에 주저앉아 자신이 요리한 음식을 먹고 있는 모습이 상상된다. "에마에게 더 자주 안 된다고 말할 걸 그랬어. 좀더 강압적으로 나갔으면 좋았을 텐데. 나는 그게 늘 문제라니까. 너무 이성적이야. 너무 착하지." 병에서 코르크 마개를 뽑는 소리가 들린다. "나는 자기도 착한 줄 알았어. 그래서 이번에는 다를 줄 알았지. 그런데 아니었어."

"데이비드 틸." 내가 소리를 지른다. "에드워드. 도와줘요."

나는 목이 아프고 목소리가 쉴 정도로 소리를 지른다.

"그 자식들은 자기 목소리를 못 들어." 마침내 사이먼이 말한다.

"들을 수 있어." 내가 받아친다. "지금 이걸 다 보고 있거든."

"그렇게 생각했어? 아닐걸. 그건 나였거든. 자기를 보면 에마 생각이 많이 나, 알지? 나는 오래전부터 자기와 사랑에 빠졌어."

"그건 사랑이 아니야." 나는 겁에 질려 소리친다. "사랑은 절대 한 방향으로만 향하지 않아."

"사랑은 언제나 한 방향이야, 제인." 그의 목소리가 서글프다.

나는 냉정을 되찾으려 한다. "당신이 나를 사랑한다면 내가 행복하기를 바랄 거야. 겁에 질린 채 이런 곳에 갇혀 있는 게 아니라."

"나는 자기가 행복하기를 원해. 내 곁에서. 하지만 설령 내가 자기를 가질 수 없다고 해도 그 머저리가 자기를 가지게 내버려두지는 않을 거야."

"말했잖아. 나는 그 사람과 끝났어."

"에마도 그렇게 말했지." 그가 피곤한 듯한 목소리로 대꾸한다. "그래서 내가 그녀를 시험해봤어. 단순한 테스트였지. 그랬더니 그 자식과 합치고 싶어하지 뭐야. 내가 아니라. 그 자식과. 나는 이렇게 되기를 바라지 않았어, 제인. 나는 자기가 나를 사랑해주기를 원했어. 하지만 이건 차선이야."

그가 가져온 가방을 여는 지퍼 소리가 들린다. 뒤이어 액체가 출 렁거리는 소리도 들린다. 벽장 문 아래로 검은 얼룩이 스며든다. 라이터 오일 냄새가 훅 끼친다.

"사이먼!" 내가 소리를 지른다. "미쳤어!"

"도저히 그럴 수 없어, 엠." 금방이라도 울음을 터트리려는 듯 그의 목소리가 꽉 막히고 잠긴 것 같다. "도저히 떠나보낼 수가 없어."

"제발, 사이먼. 아기를 생각해. 당신이 나를 증오한다고 해도 이 아기는 무슨 죄야."

"오, 생각하고말고. 개새끼의 새끼. 자기 보지에 들어간 그 자식 의 좆. 그 새끼의 자식이야. 절대로 살려둘 수 없지." 다시 기름 냄 새가 훅 풍긴다. "이 집을 불태워버릴 거야. 그 자식이 정말 싫어할 거야, 그렇지? 자기가 나오지 않으면 자기는 물론 그 아기까지 태 워버리는 수밖에 없어. 내가 그런 짓을 하게 만들지 마, 제인."

여기 있는 청소용품은 모두 인화성일 것이다. 나는 세제를 하나 씩 천장 아래 공간으로 던진다. 그런 후에 나도 그 위로 기어올라 가서 휴대폰을 확인해본다. 여전히 신호가 전혀 잡히지 않는다.

"제인." 사이먼이 문을 향해 소리친다. "마지막 기회야. 어서 나 와서 착하게 굴어. 나를 사랑하는 척해, 잠시 동안만이라도. 그냥 그런 척만 해. 내 요구는 그게 다야."

나는 휴대폰을 손전등처럼 들고 앞으로 조금씩 기어간다. 그곳 은 사방에 목재 대들보와 트러스*가 있다. 일단 불길이 여기까지 올라오면 저지할 방도가 없다. 그게 아니어도 주택 화재에서 사람의 목숨을 앗아가는 것은 연기라는 사실이 떠오른다.

바로 그때 발에 푹신한 것이 걸린다. 낡은 침낭이다. 퍼뜩 드는 생각이 있다. 이곳에서 잔 사람은 에마가 아니었다. 사이먼이었다. 그는 에마의 물건과 그녀의 심리치료사의 명함까지 가지고 있었다. 그도 심리치료사의 도움을 받아볼 생각이었을까? 만약 제때 도움을 받았더라면.

"제인?" 그가 다시 소리친다. "제인?"

그때 일전에 이곳에 올려둔 내 여행가방이 보인다. 몸을 숙여 이저벨의 기억상자를 꺼낸다. 그리고 떨리는 손으로 아이의 물건을 만진다. 아이를 감쌌던 강보며 자그마한 두 발과 두 손의 석고본을.

이저벨이 이 세상에 남긴 모든 것.

내가 너희를 실망시켰구나. 너희 둘을.

양손을 배에 올린 채 무릎으로 풀썩 쓰러지자 하염없이 눈물이 흐른다.

---

* 지붕이나 교량을 떠받치는 구조물.

15. 당신의 아이가 바다에서 조난을 당했습니다. 아이를
구조하러 가는 길에 당신은 딸이 열 명의 다른 아이들
과 함께 재난을 당했다는 사실을 깨닫습니다. 당신은
당장 딸을 구할 수도 있습니다. 아니면 모두 다 구할
구조인력을 데려올 수도 있지만, 그 경우 시간이 걸립
니다. 당신은 어떻게 하겠습니까?

○ 당신의 아이를 구조한다
○ 다른 열 명을 구조한다

내가 얼마나 오랫동안 울고 있었는지 가늠조차 되지 않는다. 울음을 그쳤지만 화재 냄새는 아직 나지 않는다. 라이터 오일의 매캐한 악취뿐이다.

나는 저 아래 어딘가에 있을 사이먼을 떠올리며 그도 안됐다고 생각한다. 애절하게 매달리던 불쌍한 사이먼.

그러나 이내 마음을 바꾼다. 안 돼.

나는 무계획적이고 나약하기만 했던 에마 매슈스가 아니다. 나는 한 아이를 묻었고 다른 아이를 뱃속에 품고 있는 엄마다.

여기 다락방에서 몸을 숨기고 수동적으로 감상에 젖어 슬픔을 곱씹는 건 너무 쉽다. 포기하고 드러누워 연기가 들보 사이로 스멀스멀 새어들어와 나를 감싸고 목숨을 앗아가기를 기다리기만 하는 건 너무 편하다.

하지만 나는 그렇게 하지 않을 것이다.

알 수 없는 원초적 본능에 이끌려 벌떡 일어선다. 다락에서 벽장으로 내려갈 때 나도 모르게 몸을 웅크린다. 나는 벽장 문을 고정해둔 대걸레와 빗자루를 조용히 치운다.

목걸이는 여전히 내 주머니에 들어 있다. 나는 그것을 꺼내 줄을 잡아 뜯어 진주알이 흩어지지 않게 내 손에 받는다.

살며시 조심스럽게 문을 연다.

원 폴게이트 스트리트는 원래의 모습을 알아볼 수 없다. 벽마다 낙서가 가득하다. 베개와 쿠션이 몽땅 갈가리 찢겨 있다. 그릇은 죄다 바닥에 박살이 나 있다. 피처럼 보이는 것이 통유리 창문에 발라져 있다. 라이터 오일만이 아니라 레인지에서 가스 냄새도 난다.

어디에 있었는지 계단 발치에서 사이먼이 나타난다. "제인, 정말 기뻐."

"나는 당신을 위해서 에마가 될 수 있어." 세세한 것까지 계획을 짜지는 않았지만 지금 이 순간 무슨 말을 해야 하는지 똑똑히 알 것 같다. 내 입에서는 아무런 망설임이나 떨림 없이 말들이 쏟아져 나온다. "에마. 착한 에마, 당신이 사랑했던 사람. 나는 당신을 위해서 에마가 될 거야. 그러니 나를 나가게 해줘. 그럴 거지?"

그는 말없이 나를 빤히 올려다본다.

나는 에마라면 어떻게 말했을지, 그녀의 목소리의 리듬이 어땠을지 필사적으로 상상해본다. "와우." 나는 주위를 둘러보며 감탄하는 척한다. "이곳을 완전히 박살내버렸구나, 베이비? 이렇게까지 하다니 나를 정말 사랑하나봐, 사이. 당신에게 이렇게 열정적인 면이 있는 줄 몰랐어."

그의 눈에서 의혹과 뭔지 모를 다른 감정이 뒤엉켜 싸우고 있다.

행복감? 애정? 나는 한 손을 내 배 위에 올린다.

"사이면, 자기가 알아야 할 일이 있어. 자기는 곧 아빠가 될 거야. 근사하지 않아?"

그가 움찔한다. 개새끼의 새끼. "가서 같이 누워, 사이." 재빨리 권해보지만 내가 너무 서둘렀다는 생각이 든다. "몇 분이면 돼. 내가 자기 등을 어루만지고 자기도 내 등을 어루만져주는 거야. 근사하지 않아? 꼭 안고 누워 있으면 좋을 거야."

"좋아." 그가 내 말을 따라 하며 계단을 올라온다. 그의 목소리는 갈망으로 탁해져 있다. "그래."

"샤워를 할 거야?"

그가 고개를 끄덕이는 순간 눈빛이 강렬해진다. "자기도."

"그럼 가운을 가져올게."

나는 나를 뒤따르는 그의 시선을 느끼며 욕실로 향한다. 돌로 된 벽장을 열어 옷걸이에 걸린 욕실가운을 꺼낸다.

그때 물소리가 난다. 그가 샤워기를 튼 것이 분명하다. 그런데 돌아서자 그는 여전히 나를 바라보며 그 자리에 서 있다.

"나는 할 수가 없어, 엠." 그가 느닷없이 말한다.

순간 그에게는 이 역할극이 진심이라는 생각이 든다. "못하겠다니 뭘, 베이비?"

"자기를 잃을 수 없어. 자기가 내가 아닌 그 자식들을 원하도록 내버려둘 수 없어." 그는 마치 노래 가사를 읊듯 묘한 어조로 말한다. 그의 머릿속에서 너무나 오랫동안 울려 원래 무슨 의미였건 지금은 아무런 의미도 없는 노래 가사처럼.

"하지만 나는 정말 자기를 원하는걸, 베이비. 다른 누구도 아닌

자기를. 어서 와. 내가 보여줄게."

 그가 느닷없이 흐느끼며 얼굴을 양손에 파묻고 오열하자 나는 그 기회를 놓치지 않고 그를 지나쳐 계단으로, 에마가 목숨을 잃은 그 무서운 계단으로 발걸음을 옮긴다. 계단이 시작되는 지점에 거의 다다른 순간 무거운 배 때문에 몸이 기우뚱하지만 한 손을 벽에 대고 간신히 균형을 잡는다. 내 맨발이 익숙한 느낌의 돌바닥을 확실히 딛고 선다. 그 순간 사이먼이 분노에 휩싸여 괴성을 지르며 나를 향해 달려든다. 그가 내 머리채 속으로 손을 집어넣어 나를 홱 잡아당긴다. 나는 손에 가득 쥐고 있던 진주를 그의 머리를 향해 던진다. 그는 꿈쩍도 하지 않는다. 하지만 그가 다음 발을 내딛는 순간 치명적인 볼베어링 같은 진주알을 밟더니 스케이트를 타듯 두 발이 사방으로 미끄러지며 미친듯이 두 팔을 허우적거린다. 놀라움과 충격이 그의 얼굴에 스치고, 그가 추락한다. 아무것도 없는 공동으로 떨어져내린다. 몸통부터 바닥에 부딪히나 싶더니 뒤이어 두개골이 깨지는 역겨운 소리가 들린다. 진주알이 폭포처럼 계단으로 쏟아져 옆으로 굴러떨어지고, 사지를 뻗은 채 뒤틀린 그의 몸 주위로 통통 튀어오른다. 그때까지 그는 숨이 붙어 있다. 고뇌에 찬 그의 두 눈이 위를 바라보며 가기 싫은 듯 나를 찾고 있다. 다음 순간 뒤통수에서 피가 흘러나오고 눈에서 생기가 빠져나간다.

발신음이 들리는지 전화를 걸어보지만 아직도 사이먼의 기계가 작동중인 것 같다. 이웃집으로 가서 구급차를 불러야 한다. 하지만 서두를 필요는 없다. 그의 눈은 떠져 있지만 움직임이 없고 그의 머리 주위로 후광처럼 피가 흘러나와 있다.

나는 배를 보호하듯 한 손으로 감싸고 조심스럽게 계단을 내려가 아직도 위험천만하게 거실 바닥에 흩어져 있는 진주알들을 피해 거실을 빙 두른다. 그렇게 거실의 커다란 유리창에 도착한다. 거의 무의식적으로 나는 멈춰 서서 소매로 시뻘건 낙서를 닦는다. 낙서는 쉽게 지워지고 창 너머의 컴컴한 어둠에 내 얼굴이 비쳐 보인다.

이것들은 다 지울 수 있을 거야. 이 난장판도 이 표면적인 무질서도. 피와, 숨이 끊어진 사이먼도 조만간 이곳에서 치워질 것이다. 이 집은 다시 새것처럼 말끔해질 것이다. 작은 부스러기 하나 발붙일 곳 없는 살아 있는 유기체처럼 원 폴게이트 스트리트는 스스로 치유될 것이다.

나는 스스로도 놀랄 정도로 차분하고 평화롭다. 까만 유리에 비친 내 모습을 보고 있으니 비로소 이 집이 나를 인정했다는 생각이 든다. 우리 둘은 가능성으로 충만하다, 서로 다른 방식으로.

16. 철도 신호수는 외진 교차로에 있는 전철기를 바꾸는 업무를 담당합니다. 어느 날 철도 신호수가 규정을 위반하고 아들을 직장에 데려옵니다. 물론 아들에게 선로 근처에는 가면 안 된다고 엄하게 일러두었습니다. 얼마 후 기차가 다가오는 것을 보고 전철기를 바꾸려는데, 불러도 소리가 들리지 않을 만큼 멀리 떨어진 선로에서 노는 아들이 보입니다. 전철기를 바꾸지 않으면 기차가 충돌해 다수의 사상자가 나올지도 모릅니다. 하지만 전철기를 바꾸면 아들이 기차에 치여 죽을 것입니다. 당신이 신호수라면 어떻게 하겠습니까?

○ 전철기를 바꾼다
○ 전철기를 바꾸지 않는다

딥티크 향초를 켜놓고 아이패드에서 흘러나오는 잭 존슨의 노래를 들으며 수중분만으로 아이를 낳는 경험은 끝내 내 것이 되지 못한다. 대신 나는 정기 초음파검사를 받다 아이의 뱃속에서 작은 폐색이 발견되는 바람에 제왕절개수술을 하게 되었다. 천만다행으로 아기가 태어나자마자 바로 수술을 받으면 치료가 가능했지만, 저울의 추는 자연분만에서 제왕절개 쪽으로 기울었다.

닥터 기퍼드는 수술의 예상 결과에 대해 상세하게 설명을 해주었고 나는 몇 가지 검사를 더 받은 후 모두 동의를 한다. 제왕절개수술 후 나는 달콤하고도 씁쓸한 경이로움이 흘러넘치는 몇 분 동안 토비를 꼭 안고 있다가 의료진에게 아기를 넘겨준다. 그 몇 분 동안 토비를 내 가슴에 올려놓으니 아기는 단단한 잇몸으로 내 젖꼭지를 빨기 시작하고, 내가 그 감촉을 느끼자 깊숙이 빨아올리는 감각이 나의 중심에 있는 섬세한 자궁을 자극하나 싶더니, 이내 가슴이 얼얼한 환희의 사출반사*가 뒤따른다. 사랑이 내게서 뿜어져 나와 아기에게 흘러들어가자, 아기가 행복에 겨워 푸른 눈으로 활짝 웃는다. 아기가 이렇게 예쁘게 미소를 짓네. 조산사는 진짜 미소가 아니라 방귀를 뀌거나 무작위로 입술이 파르르 떨리는 증상일 뿐이라고 한다. 하지만 나는 그녀가 틀렸다는 것을 안다.

에드워드는 수술 다음날 우리 모자를 만나러 온다. 임신 기간 마지막 삼 개월 동안 나는 그를 꽤 자주 만났다. 사이먼의 죽음에 따른 온갖 법적인 절차를 처리해야 한다는 이유도 있었지만, 사이먼이 얼마나 위험한지 미처 알아차리지 못했다는 사실을 인정할 만큼 에드워드가 염치를 아는 사람이기 때문이기도 했다. 우리는 장기간 공동 부모**로 함께하고 있다. 때가 충분히 무르익으면, 어쩌면 그 이상의 관계가 될 수 있을지 모른다. 에드워드도 이 가능성을 더이상 배제하지 않을 거라고 나는 종종 생각한다.

그가 도착했을 때 나는 여전히 잠에 취해 있어서 간호사가 먼저 내 상태를 확인한다. 물론 나는 그를 들여보내달라고 한다. 어서 우리 아들을 보여주고 싶다.

"여기 있어요. 여기 토비예요." 나는 도무지 얼굴에서 웃음기를 거둘 수 없다. 한편으로 불안하다. 최근까지도 에드워드에게 늘 판단을 받고, 그의 허락을 구하곤 했던 습관이 쉽게 사라지지 않는다.

---

* 아기가 젖을 빨면 그 자극이 엄마의 뇌에 전해져 옥시토신이 분비되고, 이 호르몬으로 젖이 나오는 반응.

** 이혼 후에도 공동으로 자녀를 양육하는 부모.

그는 토비를 두 팔로 번쩍 안아들고 동그랗고 유쾌한 얼굴을 살펴본다. "당신은 언제 알았어요?" 그가 조용히 묻는다.

"토비가 다운증후군이라는 거요? 폐색을 발견한 직후에 알았어요. 십이지장폐쇄증이 있는 태아의 삼분의 일 가까이가 다운증후군이라고 하더군요." 구십구 퍼센트가 넘는 정확도를 자랑하는 cfDNA 테스트도 결국 틀리고 말았다. 하지만 처음 그 사실을 확인하고 찾아온 충격과 슬픔이 지나가자 내 마음의 한 부분은 검사 결과가 틀려서 다행이라고 반겼다. 다운증후군이라는 사실을 알았다면 분명 낙태를 했을 것이다. 그러나 지금 이렇게 토비를 보고 있으면, 아몬드처럼 생긴 눈이며 뭉툭한 코, 마음씨 좋은 활처럼 생긴 입을 보고 있으면, 어떻게 이 생명이 그대로 꺼지기를 바랄 수 있었나 싶을 뿐이다.

물론 걱정이 없을 리 없다. 하지만 다운증후군인 아이들은 하나하나 다 다르며 우리는 운이 좋았던 것 같다. 토비는 다른 아기들만큼 팔팔하다. 젖을 빨 때 보면 입의 협응작용도 괜찮아 보인다. 음식을 삼키는 데도 문제가 없고 심장이나 신장 질환도 없다. 뭉툭하기는 해도 그 코에서 에드워드의 코가 보이고, 아몬드처럼 생겼어도 내 눈과 퍽 닮았다.

토비는 아름다운 아기다.

"제인," 에드워드의 목소리가 차분하지 않다. "이런 이야기를 하기 적당한 때가 결코 아니라는 거 알지만, 아이를 포기해야 해요. 이런 아기들을 입양하는 사람들이 있어요. 그런 삶을 살기로 선택한 사람들이죠. 당신 같은 사람이 아니라."

"그럴 수는 없어요." 내가 말한다. "에드워드, 그냥 그렇게 할 수가 없어요."

아주 잠깐이지만 그의 눈동자 깊은 곳에서 한순간 분노가 번득인다. 그리고 또다른 감정도 얼핏 드러난 것 같다. 아주 희미한 두려움의 빛이다.

"우리는 다시 시도해볼 수 있어요." 그는 내가 아무 말도 하지 않은 것처럼 계속 말한다. "당신과 나, 백지 상태에서. 이번에는 잘되게 할 수 있어요. 우리가 할 수 있다는 걸 나는 알아요."

"당신이 에마에 대해 좀더 솔직했다면 우리는 벌써 잘됐을 거예요." 내가 말한다.

그는 날카로운 눈빛으로 나를 바라본다. 내가 이렇게 된 게 다 모성애 때문인지 의아해하는 속마음이 뻔히 들여다보인다. 그는 모성애가 나를 변화시켜 내가 전보다 더 주관이 뚜렷한 사람이 된 것인지 의아해하고 있다.

"나 자신도 제대로 이해하지 못했는데, 어떻게 당신에게 제대로 말할 수 있었겠어요." 그가 마침내 말문을 연다. "나는 강박적인 사람이에요. 그리고 그녀는 나를 자극하기를 즐겼죠. 그녀는 내가 자제력을 잃게 만들면 자신이 흥분한다는 사실을 깨달았어요. 그런 나를 내가 혐오하건 말건. 결국 나는 그녀에게서 벗어났지만 힘들었어요. 정말 힘들었죠." 그는 잠시 망설인다. "그녀가 한번은 편지를 한 통 줬어요. 직접 자신을 설명하고 싶다고 했죠. 후에 편지를 읽지 말라고 하더군요. 하지만 그때는 이미 읽은 후였어요."

"아직도 가지고 있어요?"

"그래요. 읽고 싶어요?"

"아뇨." 나는 단호하다. 그리고 잠에 빠진 토비의 얼굴을 내려다본다. "지금부터 우리가 생각해야 할 건 미래잖아요."

그러자 에드워드는 이렇게 말한다. "그럼 그걸 고려해볼 건가요? 이 아이를 포기하는 일을 생각해보겠어요? 나는 다시 아버지가 될 수 있을 것 같아요, 제인. 이제야말로 준비가 된 것 같아요. 하지만 이번에는 우리가 원하는 아이를 갖도록 해요. 충분히 계획된 아기를 말이에요."

마침내 에드워드에게 진실을 말해야 할 때가 된 것 같다.

나는 당신을 만나기 전부터, 부동산 중개인에게 당신이 정한 규칙에 대해 이야기를 들었을 때부터, 이미 알고 있었어요. 어떤 여자들은, 아마도 대부분의 여자들이겠죠, 사랑받고 존중받기를 원해요. 그들은 다정하고 상냥한 남자를 원해요. 사랑과 애정이 담긴 말을 속삭여주는 남자를 원하죠. 나도 그런 여자가 되어서 그런 남자를 사랑하고 싶었지만 그렇게 될 수 없어요.

내가 당신의 도면에 커피를 쏟은 순간, 나는 확신했어요. 말로는 도저히 설명할 수 없는 뭔가가 일어났어요. 당신은 엄격하고 강력했지만 나를 용서해주었어요. 사이먼도 용서를 할 수 있지만 그것은 강인함이 아니라 나약함에서 비롯된 것이에요. 그 순간 나는 당신의 것이 되었어요.

나는 흠모의 대상이 되고 싶지 않아요. 나는 통제를 받고 싶어요. 나는 괴물 같은 남자를 원해요. 다른 남자들이 아무리 증오하고 시기해도 신경도 쓰지 않는 남자. 돌로 만들어진 남자.

지금껏 그런 남자를 찾았다고 생각한 적이 한두 번 있었어요. 그럴 때면 나는 그 사람에게서 절대 스스로 떨어질 수 없었어요. 그 남자들이 나를 이용하고 버리면 나는 그걸 그들이 스스로 주장하는 그런 사람이라는 증거로 받아들였어요.

그런 남자 가운데 한 명이 솔이었어요. 처음에는 그가 혐오스러웠죠. 거만하고 꼴 보기 싫은 머저리였어요. 그는 이미 어맨다와 결혼한 상태였기 때문에, 그가 치근거려도 별 의미가 없을 거라고 생각했어요. 그래서 나도 그에게 장단을 맞췄고 그게 나의 실수였어요. 그는 내게 술을 마시게 했어요. 그가 무슨 짓을 하는지 알았지만 어느 선에서 멈출 거라고 생각했어요. 하지만 그는 그러지 않았어요. 아마 나도 멈추지 않았던 것 같아요. 마치 다른 사람에게 벌어지는 일 같았어요. 이상하게 들릴 줄은 알지만, 그때는 내가 프레드 아스테어와 춤을 추는 오드리 헵번처럼 느껴졌어요. 하지만 회사 연수 날, 직급 높은 관리자가 술 취한 비서에게 지저분한 구강성교를 하게 했을 때 상황은 변했어요. 그리고 그가 하는 짓이나 그의 태도가 마음에 들지 않는다는 생각이 들었을 때는 너무 늦었어요. 그를 멈추게 하려면 할수록 그의 행동은 더 거칠어졌어요.

그후로 나는 스스로가 증오스러웠어요. 솔이 나를 그런 상황에 빠뜨린 게 다 내 잘못 같았어요. 그리고 사이먼이 증오스러웠어요. 나는 절대 사이먼이 생각하는 사람이 아닌데, 그는 내게서 제일 좋은 점만 봤으니까요. 진실을 털어놓기보다 모두에게 거짓말을 하는 편이 훨씬 더 쉬웠어요.

그런데 당신에게서 나는 강인하면서도 상냥한, 다시 말해 솔이면서도 사이먼인 사람을 마침내 발견했어요. 당신에게 비밀이 있다는 사실을 알고 나는 기뻤어요. 우리가 서로에게 솔직해질 수 있다고 생각했어요. 마침내 우리가 각자의 과거가 남긴 잡동사니들로부터 벗어날 수 있다고 생각했어요. 우리의 소지품이 아니라 머릿속에 넣어두고 다니는 것들 말이에요. 이 사실을 윈 폴게이트 스트리트에 살면서 깨닫게 되었어요. 성에 찰 때까지 주변을 반들반들 광을 내고 텅 비울 수는 있어요. 하지만 내면이 잡동사니로 뒤죽박죽이라면 그런 건 중요하지 않아요. 사실 우리는 그걸 찾고 있는 게 아닐까요? 우리 머릿속의 난장판을 보살펴줄 사람 말이에요.

17. 진실을 털어놓고 예측할 수 없는 결과를 맞이하느니
    거짓말을 하고 상황을 통제하는 편이 더 낫다.

    그렇다 ○ ○ ○ ○ ○ 그렇지 않다

"이 아이는 계획된 아이예요." 내가 말한다.

에드워드가 눈살을 찌푸린다. "지금 농담하는 거예요?"

"아마 십 퍼센트 정도는 농담일 거예요." 그의 긴장이 스르르 풀어질 즈음, 내가 덧붙인다. "말하자면, 내가 계획한 거죠. 당신이 아니라."

나는 토비를 내 품에 더 꼭 끌어안는다. "그날 사무실에서 당신을 처음 봤을 때 알았어요. 당신이 내 아이의 아버지가 될지도 모른다는 사실을. 당신은 잘생기고 지적이고 창의적이고 진취적이죠…… 당신은 내가 찾아내고 싶었던 최고의 후보였어요."

"내게 거짓말을 했어요?" 그는 믿을 수 없다는 듯 되묻는다.

"꼭 그런 건 아니에요. 미리 설명하지 않았던 것들이 몇 가지 있었어요. 그뿐이에요." 적어도 신청서의 가장 첫번째 질문, 그러니까 내 인생에 없어서는 안 될 것들을 목록으로 작성하는 항목에 답할 때만큼은 거짓이 아니었다. 사람이 자신의 우주의 중심을 잃어버리면, 그 우주를 다시 완전하게 만들 수 있는 것은 단 한 가지뿐이다.

원 폴게이트 스트리트가 아니었다면 절대 이런 짓은 할 수 없었을 것이다. 계획의 재고와 자기 회의, 양심의 가책…… 평범한 세상에서였다면 나는 이런 것들로 마비되었을 것이다. 하지만 타협하지 않는 삭막한 공간에서 내 결심은 점점 단단해지고 무르익어 갔다. 원 폴게이트 스트리트가 내 계획에 결탁했고 내가 어떤 결심을 하건 거기에는 순수한 상실감이 내포되어 있었다.

"뭔가가 벌어지고 있다는 건 알고 있었어요." 에드워드의 얼굴에서 핏기가 사라졌다. "하우스키퍼가 …… 이상 현상이랄지 논리적으로 말이 안 되는 데이터가 나타났죠. 나는 그게 당신이 에마의 죽음에 집착하기 때문이라고 생각했어요. 비밀을 지키려는 당신의 터무니없는 노력……"

"나는 에마에게 아무 관심도 없었어요, 개인적으로는. 다만 당신이 우리의 아이에게 위험 요인이 될 수 있을지 확인해야만 했어요." 아이러니하게도 그 의문은 사이먼의 죽음으로 완전히 풀렸다. 그의 푸른색 폴더에서 나는 원 폴게이트 스트리트를 지을 당시 작업감독이었던 존 와츠의 이름을 찾았다. 에마는 에드워드의 예전 동업자인 톰 엘리스로부터 그의 이름을 들었다. 하지만 그녀다운 혼란스러운 사고 속에서 단서의 끈을 제대로 따라가지 못했다. 작업감독은 내가 이미 어렴풋이 확신하고 있던 내용을 다시 확인해주었다. 즉, 에드워드의 아내와 아들의 죽음은 비극적인 사고였다.

"나는 당신이 안됐다고 생각하지 않아요, 에드워드." 내가 덧붙인다. "당신은 원하는 것을 한 치의 어긋남도 없이 손에 넣었어요. 짧고, 강렬하고, 완벽한 정사. 그런 조건으로 여자와 자는 남자라면 그에 따른 결과가 있을지도 모른다는 사실을 명심해야죠."

내가 한 행동이 받아들여질까? 아니면 하다못해 이해받을 수 있을까?

어느 여자가, 그런 상황에서 자신이라면 그러지 않았을 거라고 장담할 수 있을까.

나는 사이먼에게도 아무런 죄의식을 느끼지 않는다. 이저벨의 기억상자의 뚜껑을 닫는 순간, 할 수만 있다면 그를 죽일 수도 있다는 사실을 깨달았다. 경찰이 현장에 도착했을 때, 나는 흩어진 진주를 모두 주웠고, 그곳에 그의 비극적이고 불행한 죽음에 내가 어떤 식으로든 관여했다고 짐작할 만한 증거는 아무것도 없었다.

"오, 제인." 에드워드가 그의 머리를 흔든다. "제인. 당신은 얼마나…… 대단한 사람인지. 지금까지 나는 내가 당신을 조종한다고 생각했는데, 당신이야말로 나를 조종하고 있었군요. 당신에게 어떤 목적이 있다는 사실을 알아차렸어야 했는데."

"나를 용서할 수 있어요?"

그가 선뜻 대답하지 않아 내 질문은 그대로 허공에 머문다. 잠시 후 놀랍게도 그가 고개를 끄덕인다.

"어느 누가 아이를 잃은 슬픔을 나보다 더 잘 알겠어요?" 그가 차분하게 말한다. "얼마나 파괴적이고 뒤틀린 행동을 해야 그 상처에 무감각해진 시늉이라도 할 수 있을까요? 어쩌면 우리는 지금껏 알고 있었던 것보다 훨씬 더 닮았나봐요."

그는 한참 자신의 생각에 골몰해 말을 잇지 않는다.

"맥스와 엘리자베스가 죽은 후 나는 한동안 폐인이었어요. 죄책감과 슬픔과 나를 향한 증오로 견딜 수가 없었죠." 마침내 그가 말한다. "나로부터 도망치기 위해 일본으로 갔어요. 하지만 소용없었어요. 결국 돌아왔더니 이번에는 톰 엘리스가 원 폴게이트 스트리트를 완성해 자신의 소유로 만들려고 하고 있더군요. 나는 엘리자베스와 내가 함께 설계했던 내 가족의 집이 그런 식으로 존재하는 모습을 도저히 두고 볼 수 없었어요. 그래서 설계도를 모두 폐기하고 새로 시작했죠. 솔직히 어떤 종류의 집을 완성할지 관심도 없었어요. 나는 영묘처럼 생명이라고는 없는 공허한 것을 만들었어요. 왜냐하면 그 당시 내가 바로 그런 상태였기 때문이에요. 하지만 그 광기 속에서 의도치 않게 비범한 것이 창조되었다는 사실을 후에 깨달았어요. 그곳에 사는 사람에게 희생을 요구하지만 그 희생을 천 배로 되돌려주는 집이죠. 물론 그들 중에는 에마처럼 파괴되어 버리는 사람도 있어요. 하지만 당신처럼 그 집으로 인해 더 강인해지는 사람도 있죠."

그는 나를 강렬한 눈빛으로 바라본다. "모르겠어요, 제인? 당신은 그 집을 가질 자격이 있다는 사실을 보여줬어요. 원 폴게이트 스트리트의 주인으로 손색이 없을 만큼 자제력이 뛰어나고 가차없다는 사실을 말이에요. 그래서 내가 한 가지 제안을 하려고 해요."

그의 시선은 한순간도 내 시선을 떠나지 않는다. "당신이 이 아이를 포기하고 입양을 보낸다면…… 그 집을 주겠어요. 원하는 대로 할 수 있는 당신의 집이 되는 거예요. 하지만 결정을 미루면 미룰수록 마음을 정하기 더 어려워질 거예요. 정말 원하는 게 뭐죠? 완벽함을 누릴 기회? 아니면 평생 이…… 이……" 그는 말없이 몸짓으로 토비를 가리킨다. "아이 때문에 허덕이기? 당신이 늘 누리고 싶었던 미래, 제인? 아니면 이런 현실?"

18.

    ○ 아기를 포기한다

    ○ 아기를 포기하지 않는다

"내가 제안을 받아들이면 우리는 다시 아이를 가질 건가요?"

"내 말을 믿어도 돼요." 그는 나의 망설임을 놓치지 않고 압박한다. "이건 우리에게 올바른 결정은 아닐 거예요, 제인. 하지만 토비에게는 좋은 일이 되겠죠. 이런 아이는 아버지 없이 자라는 것보다지금 입양되는 편이 더 나을 거예요."

"이 아이는 아버지가 있어요."

"내 말이 무슨 뜻인지 알잖아요. 아이를 있는 그대로 받아들일수 있는 부모가 필요해요. 아이를 볼 때마다 살 수 있었던 다른 아이를 떠올리며 슬픔에 잠기는 아버지가 아니라."

"맞아요." 내가 조용히 말한다. "토비는 그런 아버지가 필요해요."

원 폴게이트 스트리트를 떠올린다. 그러자 내가 그곳에서 느끼는 소속감과 평온함이 함께 떠오른다. 그리고 토비에게로 시선을돌려 앞으로 올 미래를 생각해본다. 장애가 있는 아이를 키우며 그 아이가 받아야 하는 치료를 받기 위해 사회체계와 싸우는 싱글맘. 혼란과 어수선함, 타협이 뒤섞인 삶.

아니면 더 훌륭하고 더 아름다운 뭔가를 손에 넣기 위해 다시 노력할 수 있는 기회.

또다른 이저벨을 위해.

토비의 어깨에 아이가 토한 우유가 묻어 있다. 나는 정성스럽게 오물을 치운다.

자. 흔적이 말끔히 사라졌다.

마침내 마음을 정할 수 있다.

나는 에드워드에게서 받을 수 있는 것을 받아낼 것이다. 그리고 그들 모두를, 이 드라마에 등장한 모든 등장인물들을 기억 속으로 사라지게 할 것이다. 에마 매슈스와 그녀를 사랑했고 결국 집착하게 된 남자들. 그들은 이제 우리에게 아무 의미도 없다. 그러다 언젠가 토비가 내 이야기를 이해할 수 있는 나이가 되면, 구두상자를 보관해둔 선반에서 그 상자를 가지고 와, 먼저 왔던 소녀인 누나 이저벨 마거릿 캐번디시의 이야기를 들려줄 것이다.

"정말 독특하네요." 옅은 빛깔의 석조 벽이며 그것이 에워싼 공간, 빛을 보니 도저히 믿어지지 않아 감탄이 절로 나온다. "이렇게 대단한 집은 처음 봤어요. 덴마크에서도 이런 건 못 봤어요."

"꽤 특별하죠." 커밀라도 맞장구를 친다. "이 집을 지은 건축가도 꽤 유명해요. 혹시 작년 콘월의 에코타운 때문에 난리가 났던 일 기억해요?"

"주민들이 임대계약을 받아들이지 않겠다고 했던 거요? 그 사람이 주민들을 다 쫓아내지 않았나요?"

"이곳의 임대 조건도 상당히 복잡해요." 커밀라가 말한다. "당신이 앞으로 이 집을 임대하고 싶다면 조건을 미리 알려줄게요."

주위를 둘러보니 솟구치는 듯한 벽과 허공에 떠 있는 계단, 믿을 수 없을 정도의 차분함과 고요함이 눈에 들어온다. 이런 곳이라면 다시 온전한 나를 되찾고, 이혼으로 내게 남은 쏠쏠함과 분노에서 벗어날 수 있을 것 같다는 생각이 든다. "정말 관심이 있어요." 나도 모르게 대답이 나온다.

"좋아요. 아, 그런데," 커밀라는 나와 눈을 맞추기 싫은지 공동과 같은 천장을 멍하니 바라본다. "어차피 당신이 인터넷에서 이집을 검색해볼 테니 내가 숨기려고 해봐야 소용이 없겠죠. 이 집에는 사연이 있어요. 예전에 이 집에 젊은 커플이 살았어요. 처음에는 여자가 계단에서 추락해서 죽었고, 그로부터 삼 년 후에 남자도 똑같은 지점에 떨어져서 죽었어요. 남자가 여자와 함께하고 싶어서 일부러 계단에서 몸을 던졌다는 이야기가 있죠."

"어머나, 정말 비극적이네요." 내가 대답한다. "비극이기는 해도 꽤 낭만적이에요. 그런 이야기로 흥미가 사라졌느냐고 물어보신다면…… 아닐걸요. 또 내가 알아야 할 이야기가 있나요?"

"이 집의 주인이 여간 제멋대로가 아니에요. 지난 몇 주 동안 열 명도 넘는 입주 희망자들에게 이 집을 보여줬는데, 그 사람들 전부 퇴짜를 맞았어요."

"걱정 마세요. 제멋대로인 인간을 어떻게 다루는지 잘 아니까. 그런 인간과 육 년이나 살았거든요."

그리하여 오늘 저녁 나는 넘겨도 넘겨도 끝이 나지 않을 것 같은 신청서를 훑어보고 있다. 읽어야 할 규칙이 이렇게 많다니! 게다가 대답해야 할 질문은 또 왜 이렇게 많고! 한잔하면서 작성하면 훨씬 수월할 것 같지만 술을 한 방울도 입에 대지 않은 지 벌써 삼 주가 되어가기 때문에 맨정신으로 해보기로 한다.

1. 당신의 인생에서 없어서는 안 될 소유물을 빠짐없이 목록으로

작성하시오.

나는 심호흡을 하고 펜을 든다.

감사의 말

    이 이야기를 어떻게 독자에게 들려주면 좋을지 십 년이 넘게 고군분투하면서 많고 많은 분들에게 도움을 받았다. 특히 처음부터 격려를 아끼지 않은 프로듀서 질 그린, 미완성 초고에 특유의 통찰력을 발휘해 의견을 보내준 로라 파머, 시인의 관점을 들려준 티나 세더홈, 의학적인 정보를 알려주고 그 외 더 많은 조언을 해준 닥터 에마 퍼거슨에게 깊은 감사를 드린다.

    펭귄 랜덤하우스의 여러분에게 감사한다. 프랑크푸르트 북페어에서 판권을 구입해 하룻밤 만에 오십 쪽짜리 샘플을 만들어 동료인 데니즈 크로닌과 그녀의 훌륭한 팀에게 전해주었을 뿐만 아니라 그로부터 몇 달 동안 열띤 토론과 흠잡을 데 없는 솜씨, 편집의 열정을 보여준 케이트 미시악에게 깊은 감사의 마음을 전한다.

    하지만 내 마음의 빚이 가장 큰 분들은, 이 소설이 기획 단계에 머무르고 있을 때부터 최초의 몇 페이지를 읽어준 유나이티드 에

이전츠 사의 캐러독 킹과 그의 팀원들―밀드러드 유안, 밀리 호스킨스, 야스민 맥도널드, 에이미 미첼―이다. 이분들의 열의와 믿음이 없었다면 이 책은 끝내 기획 단계를 벗어나지 못했을 것이다.

　세계적으로도 희귀한, B형 주버트증후군을 타고났지만 언제나 씩씩하고 무슨 일에도 쾌활함을 잃지 않는 내 아들 올리와, 먼저 온 소년인 올리의 형 니컬러스에 대한 기억에 이 책을 바친다.

옮긴이 **이경아**

한국외국어대학교 러시아어과와 같은 대학 통역번역대학원 한노과를 졸업했다. 현재 한국
외국어대학교 통역번역대학원에서 강의하면서 전문 번역가로 활동중이다. 옮긴 책으로 '셜
록 홈스 전집' 『모두를 위한 페미니즘』 『위대한 중서부의 부엌들』 『모든 일이 드래건플라이
헌책방에서 시작되었다』 『소설이 필요할 때』 『여행하지 않을 자유』 『오시리스의 눈』 『구석
의 노인 사건집』 외 다수가 있다.

문학동네 세계문학
더 걸 비포

1판 1쇄 2018년 8월 17일 | 1판 3쇄 2018년 9월 28일

지은이 JP 덜레이니 | 옮긴이 이경아 | 펴낸이 염현숙
기획 이현자 | 책임편집 윤정민 | 편집 이현자 김경미 | 독자모니터 양은희
디자인 이효진 이원경 | 저작권 한문숙 김지영
마케팅 정민호 정진아 함유지 김혜연 박지영 김수현 | 홍보 김희숙 김상만 이천희
제작 강신은 김동욱 임현식 | 제작처 (주)상지사P&B

펴낸곳 (주)문학동네
출판등록 1993년 10월 22일 제406-2003-000045호
주소 10881 경기도 파주시 회동길 210
전자우편 editor@munhak.com | 대표전화 031) 955-8888 | 팩스 031) 955-8855
문의전화 031) 955-8862(마케팅) 031) 955-2634(편집)
문학동네카페 http://cafe.naver.com/mhdn | 트위터 @munhakdongne
북클럽문학동네 http://bookclubmunhak.com

ISBN 978-89-546-5228-5 03840

www.munhak.com